COLLECTION MYRIADE

Le cahier d'exercices pour tous 6e

Sous la direction de
Marc Boullis

Christophe Botella

Marc Boullis

Olivier Cellarier

Virginie Gallien

Juliette Hernano

Élodie Herrmann

Stéphane Percot

Axelle Soto

bordas
éditeur

Sommaire

 • ISBN : 978-2-04-733926-8

Un cahier pour t'aider à progresser

Une méthode de résolution à connaître

Des exercices de difficulté progressive

Un rappel de cours

Un exercice sur le vocabulaire

Tu peux t'évaluer ici et ton professeur aussi !

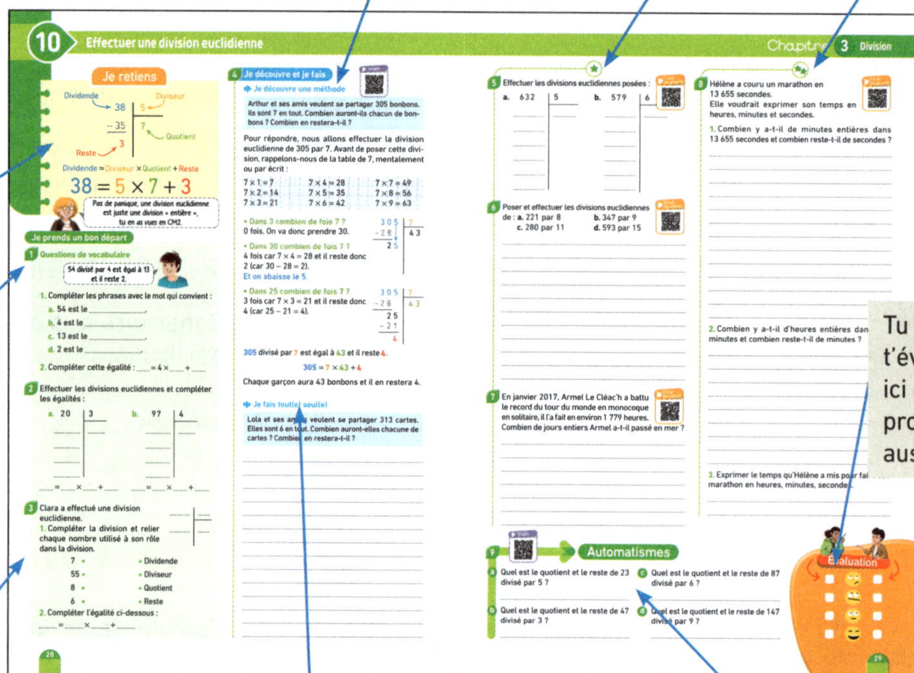

Des exercices très simples pour commencer

Un exercice pour appliquer la méthode vue au-dessus

Des exercices que tu sauras faire en un clin d'œil !

… avec de nombreuses ressources

Les vidéos de méthode

Vidéo

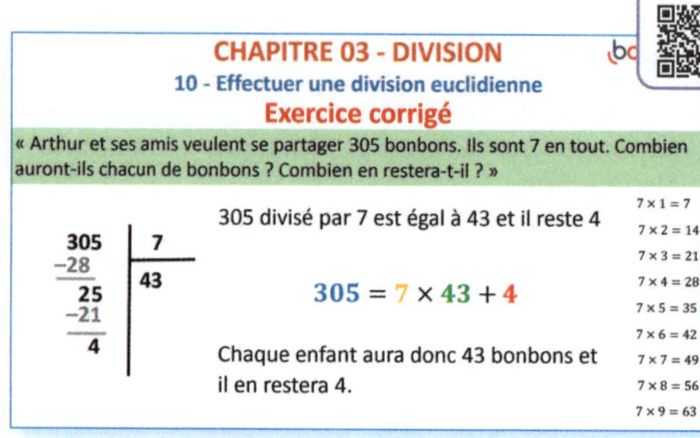

Un exercice corrigé en vidéo pour mieux comprendre la méthode de résolution de l'exercice.

Accède à ces ressources sur https://bordas.media/CM6 ou en flashant les QR codes de ton cahier.

tout au long de l'année ...

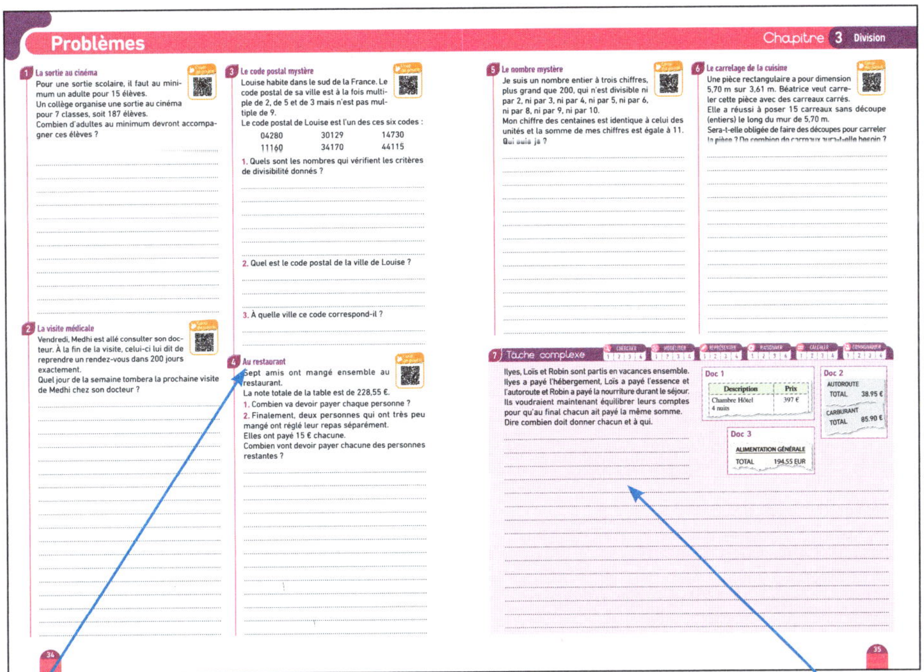

Problèmes

Chapitre 3 Division

1 La sortie au cinéma
Pour une sortie scolaire, il faut au minimum un adulte pour 15 élèves.
Un collège organise une sortie au cinéma pour 7 classes, soit 187 élèves.
Combien d'adultes au minimum devront accompagner ces élèves ?

2 La visite médicale
Vendredi, Medhi est allé consulter son docteur. À la fin de la visite, celui-ci lui dit de reprendre un rendez-vous dans 200 jours exactement.
Quel jour de la semaine tombera la prochaine visite de Medhi chez son docteur ?

3 Le code postal mystère
Louise habite dans le sud de la France. Le code postal de sa ville est à la fois multiple de 2, de 5 et de 3 mais n'est pas multiple de 9.
Le code postal de Louise est l'un des ces six codes :

04280	30129	14730
11160	34170	44115

1. Quels sont les nombres qui vérifient les critères de divisibilité donnés ?
2. Quel est le code postal de la ville de Louise ?
3. À quelle ville ce code correspond-il ?

4 Au restaurant
Sept amis ont mangé ensemble au restaurant.
La note totale de la table est de 228,55 €.
1. Combien va devoir payer chaque personne ?
2. Finalement, deux personnes qui ont très peu mangé ont réglé leur repas séparément.
Elles ont payé 15 € chacune.
Combien vont devoir payer chacune des personnes restantes ?

5 Le nombre mystère
Je suis un nombre entier à trois chiffres, plus grand que 200, qui n'est divisible ni par 2, ni par 3, ni par 4, ni par 5, ni par 6, ni par 8, ni par 9, ni par 10.
Mon chiffre des centaines est identique à celui des unités et la somme de mes chiffres est égale à 11.
Qui suis-je ?

6 Le carrelage de la cuisine
Une pièce rectangulaire a pour dimension 5,70 m sur 3,61 m. Béatrice veut carreler cette pièce avec des carreaux carrés.
Elle a réussi à poser 15 carreaux sans découpe (entiers) le long du mur de 5,70 m.
Sera-t-elle obligée de faire des découpes pour carreler la pièce ? De combien de carreaux aura-t-elle besoin ?

7 Tâche complexe
Ilyes, Loïs et Robin sont partis en vacances ensemble. Ilyes a payé l'hébergement, Loïs a payé l'essence et l'autoroute et Robin a payé la nourriture durant le séjour. Ils voudraient maintenant équilibrer leurs comptes pour qu'au final chacun ait payé la même somme. Dire combien doit donner chacun et à qui.

Doc 1

Description	Prix
Chambre Hôtel 4 nuits	397 €

Doc 2
AUTOROUTE TOTAL 38.95 €
CARBURANT TOTAL 85.90 €

Doc 3
ALIMENTATION GÉNÉRALE
TOTAL 194.55 EUR

34 35

À la fin de chaque chapitre, des problèmes à résoudre en utilisant les capacités que tu as étudiées dans les fiches

Une tâche complexe pour conclure le chapitre

numériques pour t'accompagner

Les coups de pouce

CHAPITRE 03 - DIVISION
10 - Effectuer une division euclidienne

COUP DE POUCE pour l'exercice 7 page 29

Combien y-a-t-il d'heures dans une journée ?

Il faut donc diviser le nombre d'heures donné par 24, ce qui permettra de savoir combien de jours entier le navigateur a passé en mer.

Pour effectuer la division on peut compléter à l'avance la table de 24, cela aidera beaucoup :

$24 \times 1 = \cdots$

$24 \times 2 = \cdots$

$24 \times 3 = \cdots$

$24 \times 4 = \cdots$

Un coup de pouce par exercice à consulter si tu es bloqué(e) pour te mettre sur le chemin de la solution.

Les automatismes

CHAPITRE 03 - DIVISION
Effectuer une division euclidienne
Automatisme

a) Quel est le quotient et le reste de 19 divisé par 3 ?

$3 \times 6 = 18$

$Donc\ 3 \times 6 + 1 = 19$

$3 \times 7 = 21$

Le quotient est donc égal à 6 et le reste à 1.

Des exercices supplémentaires corrigés en vidéo pour bien assimiler ces automatismes.

1 Lire et écrire des nombres entiers

Je retiens

0, 1, 2, 3, 4, 5, 6, 7, 8 et 9 sont les dix **chiffres** qui permettent d'écrire tous les **nombres**.

Classe des milliers			Classe des unités		
C	D	U	C	D	U
5	0	7	8	6	0

cinq cent sept — *mille* — *huit cent soixante*

507 860 = 500 000 + 7 000 + 800 + 60

Je prends un bon départ

1 Questions de vocabulaire

Dans le nombre 159 086 :

a. 1 est le chiffre des centaines de mille ;

b. 8 est le chiffre des dizaines ;

c. 1 590 est le nombre de centaines ;

d. 5 est le chiffre des dizaines de mille ;

e. 15 est le nombre de dizaines de mille.

2 Décomposer ou recomposer les nombres en suivant cet exemple :

12 501 = (**1** × 10 000) + (**2** × 1 000) + (**5** × 100) + **1**

a. 26 435 = (2 × 10 000) + (6 × 1 000) + (4 × 100) + (3 × 10) + 5

b. 50 803 = (5 × 10 000) + (0 × 1 000) + (8 × 100) + (0 × 10) + 3

c. 140 049 = (1 × 100 000) + (4 × 10 000) + (4 × 10) + 9

d. 470 005 = (4 × 100 000) + (7 × 10 000) + 5

e. 652 080 = (6 × 100 000) + (5 × 10 000) + (2 × 1 000) + (8 × 10)

3 Relier les écritures du même nombre :

a. Deux-cent-cinquante-mille-quatre-vingt-dix-huit •

- • 250 980
- • 250 098
- • 200 598
- • 205 098

b. 1 010 001 •

- • Un-million-cent-mille-un
- • Dix-millions-dix-mille-un
- • Un-million- dix-mille-un
- • Dix-millions-cent-mille

(a. est relié à 250 098 ; b. est relié à Un-million- dix-mille-un)

4 Je découvre et je fais

Vidéo

Je découvre une méthode

Écrire en chiffres :
Trois **milliards** soixante-seize **millions** quatre cent trente **mille** huit.

- Dans un premier temps, il faut reconnaître les différentes classes avec les mots « milliards », « millions » et « mille ».
- Ensuite, on décompose le nombre :

3 × 1 000 000 000 + **76** × 1 000 000 + **430** × 1 000 + 8

- Pour finir, on utilise le tableau de numération de position :

Milliards			Millions			Mille			Unités		
C	D	U	C	D	U	C	D	U	C	D	U
0	0	3	0	7	6	4	3	0	0	0	8

Trois-milliards-soixante-seize-millions-quatre-cent-trente-mille-huit

Les deux premiers zéros sont inutiles, donc on ne les écrit pas : ~~00~~3 076 430 008

Le nombre s'écrit donc : 3 076 430 008.

Je fais tout(e) seul(e)

Écrire en chiffres :
Dix-sept **milliards** vingt-trois **millions** quatre cent cinq.

Dans un premier temps, il faut identifier les différentes classes avec les mots « milliards », « millions » et « mille ».

Ensuite, on décompose le nombre :

17 × 1 000 000 000 + 23 × 1 000 000 + 0 × 1 000 + 405

Pour finir, on utilise le tableau de numération de position :

Milliards			Millions			Mille			Unités		
C	D	U	C	D	U	C	D	U	C	D	U
0	1	7	0	2	3	0	0	0	4	0	5

dix-sept — *milliards* — *vingt-trois* — *millions* — *quatre cent cinq*

rien n'est mentionné dans la classe des mille

Le nombre s'écrit donc : 17 023 000 405.

5 Écrire 14 741 084 140 en lettres en plaçant les chiffres dans le tableau de numération :

Coup de pouce

Milliards			Millions			Mille			Unités		
C	D	U	C	D	U	C	D	U	C	D	U
0	1	4	7	4	1	0	8	4	1	4	0

14 milliards 741 millions 84 mille 140

Quatorze milliards sept cent quarante et un millions quatre-vingt-quatre mille cent quarante

6 En utilisant le tableau ci-dessous, donner l'écriture en lettres des nombres suivants :

Coup de pouce

Milliards			Millions			Mille			Unités		
C	D	U	C	D	U	C	D	U	C	D	U
				9	5	3	0	6	3	1	9

a. 95 306 319 : Quatre-vingt-quinze millions trois cent six mille trois cent dix-neuf

b. 105 009 017 : Cent cinq millions neuf mille dix-sept

c. 300 016 532 000 : Trois cent milliards seize millions cinq cent trente-deux mille

7 Recopier la phrase en écrivant le nombre en chiffres :

Coup de pouce

« Sur Tik Tok, j'ai 123 034 000 abonnés. »

8 Colorier d'une même couleur les différentes écritures d'un même nombre.

Coup de pouce

5 000 000 000 + 30 000 000 + 9 000 + 500	Cinquante-milliards-trois-cent-quatre-vingt-dix-millions-cinq-cent-mille	50 000 000 000 + 300 000 000 + 90 000 000 + 500 000
5 030 009 500	(5 × 1 000 000 000) + (3 × 10 000 000) + (9 × 1 000) + (5 × 100)	Cinq-milliards-trente millions neuf-mille-cinq-cents
50 390 500 000		(5 × 10 000 000 000) + (3 × 100 000 000) + (9 × 10 000 000) + (5 × 100 000)

9 Compléter les égalités avec des nombres écrits en chiffres :

Coup de pouce

a. 14 millions + 5 centaines de mille = 14 500 mille

b. 6 centaines de millions + 4 dizaines de mille = 600 040 mille

c. 17 dizaines de millions + 15 unités de mille = 170 015 000

d. 5 dizaines de milliards + 18 millions = 50 018 millions

10 À l'aide de ces cartes contenant des nombres, former :

Coup de pouce

19 | 213 | 5 104 | 7 | 65

– le plus petit entier possible de 12 chiffres :
192 135 104 657

– le plus grand entier possible de 12 chiffres :
765 510 421 319

11 Vidéo

Automatismes

Compléter ces tableaux.

a 7 210 048	7 × 1 000 000 + 2 × 100 000 + 1 × 10 000 + 4 × 10 + 8	Sept millions deux cent dix mille quarante-huit
b 253 080 600	2 × 1 000 000 000 + 5 × 100 000 000 + 3 × 1 000 000 + 8 × 10 000 + 6 × 100	Deux cent cinquante-trois millions quatre-vingt mille six cents

2 Comprendre et utiliser des nombres décimaux

Je retiens

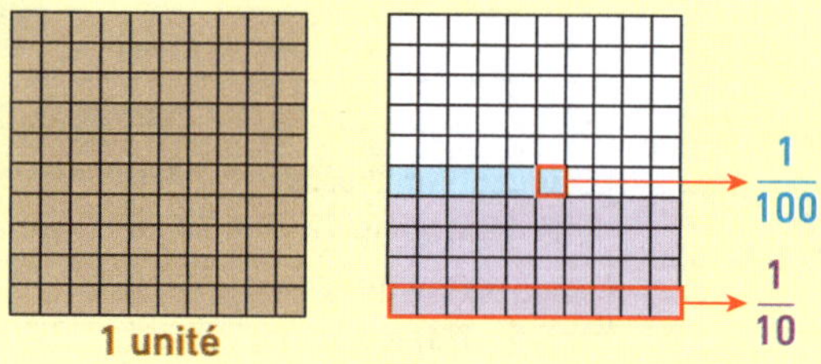

$$1+\frac{4}{10}+\frac{6}{100}=1+\frac{46}{100}=1+0{,}46=1{,}46$$

partie entière : 1 — partie décimale : 0,46

Partie entière				Partie décimale		
centaines	dizaines	unités		dixièmes	centièmes	millièmes
× 100	× 10	× 1		$\times\frac{1}{10}$	$\times\frac{1}{100}$	$\times\frac{1}{1\,000}$
		1	,	4	6	0

Je prends un bon départ

1 Questions de vocabulaire

Si on considère le nombre 2,53 :

a. 5 est le chiffre des ....dixièmes.... ;

b. ....253.... est le nombre de centièmes ;

c. 3 est le chiffre des ....centièmes.... ;

d. 25 est le ....nombre.... de ....dixièmes.... ;

e. sa partie ....entière.... est 2 ;

f. sa partie ....décimale.... est 0,53.

2 Écrire la fraction de la surface colorée :

a.

....$\frac{2}{10}$....

b.

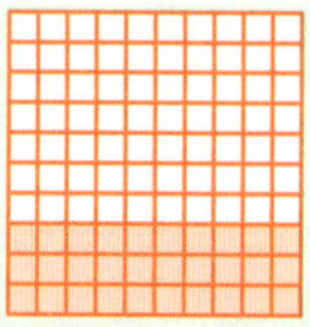

$\frac{3}{10}$ ou $\frac{30}{100}$

c.

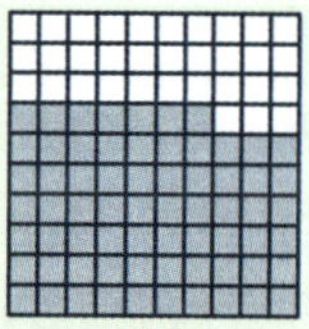

....$\frac{67}{100}$....

3 Compléter :

a.

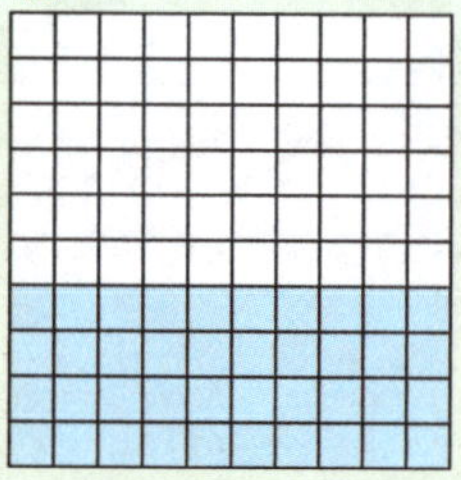

$\frac{4}{10}=\frac{40}{100}=$ ....0,4....

b.

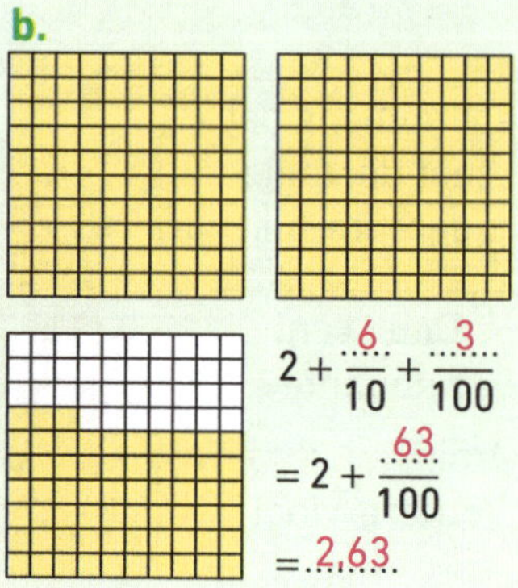

$2+\frac{6}{10}+\frac{3}{100}$

$=2+\frac{63}{100}$

$=$ 2,63

4 Je découvre et je fais

Vidéo

Je découvre une méthode

Colorier les expressions égales à $\frac{325}{100}$.

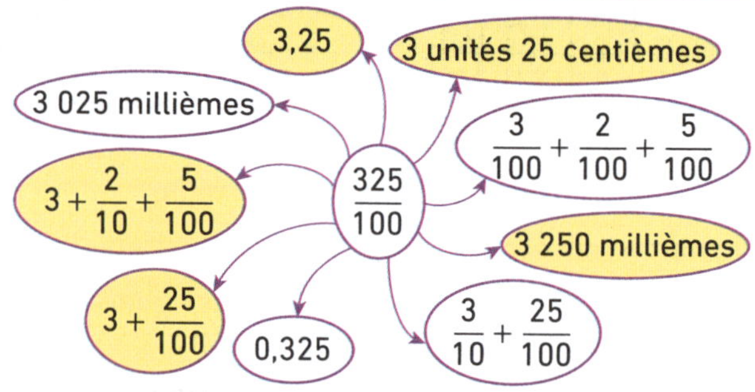

En représentant $\frac{325}{100}$, cela donne :

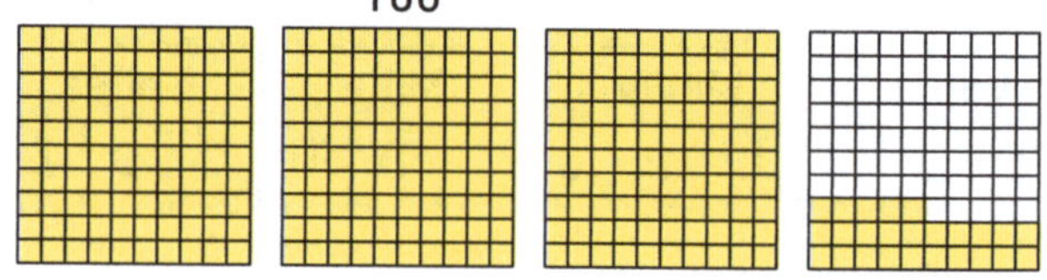

$$\frac{325}{100}=\frac{300}{100}+\frac{25}{100}=3+\frac{25}{100}=3+\frac{2}{10}+\frac{5}{100}=3{,}25$$

Partie entière				Partie décimale		
centaines	dizaines	unités		dixièmes	centièmes	millièmes
		3	,	2	5	0

On lit ici : 3 unités 25 centièmes ou 3 250 millièmes.

Je fais tout(e) seul(e)

Colorier les expressions égales à $\frac{254}{100}$.

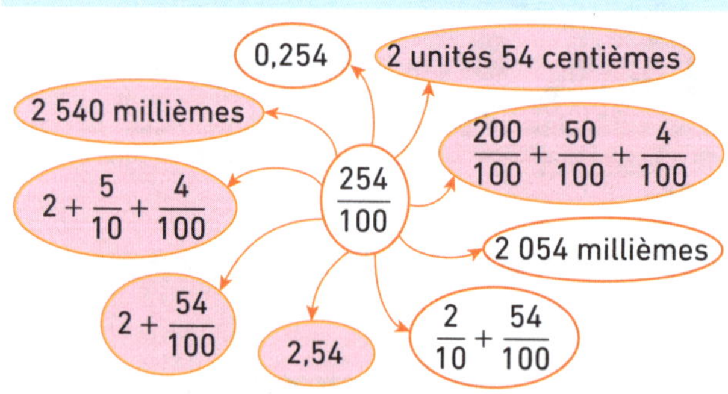

En représentant $\frac{254}{100}$, cela donne :

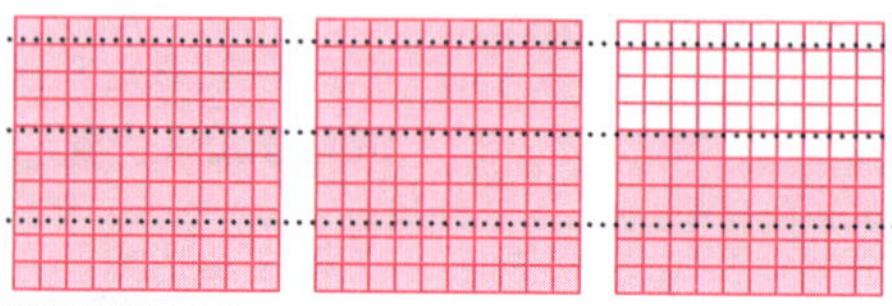

$$\frac{254}{100}=\frac{200}{100}+\frac{50}{100}+\frac{4}{100}=2+\frac{54}{100}$$

$$=2+\frac{5}{10}+\frac{4}{100}=2{,}54$$

ou 2 540 millièmes ou 2 unités 54 centièmes.

5 Écrire chaque nombre décimal sous la forme d'une fraction décimale en coloriant la bonne quantité.

Coup de pouce

a. $0{,}6 = \frac{6}{10} = \frac{60}{100}$

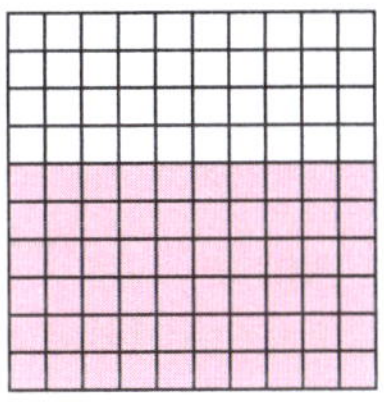

b. $0{,}82 = \frac{8}{10} + \frac{2}{100} = \frac{82}{100}$

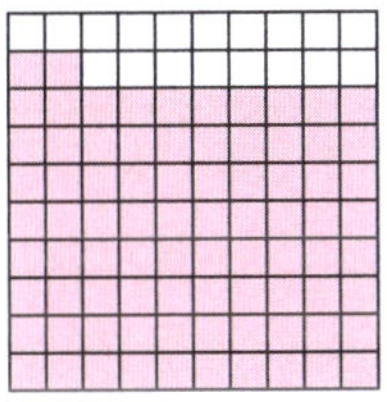

c. $2{,}51 = \frac{251}{100}$

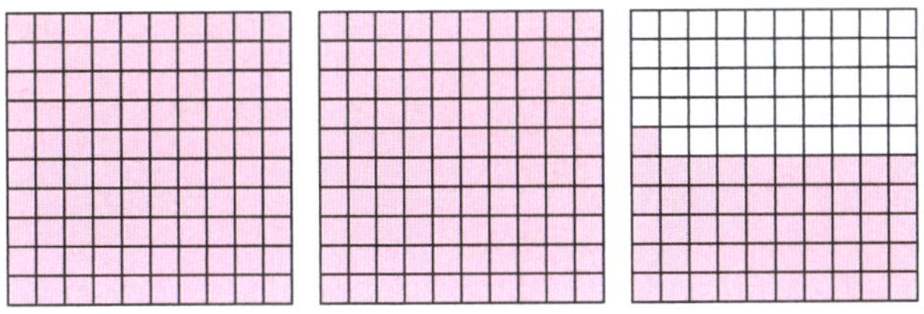

6 Compléter ce tableau :

Coup de pouce

Écriture décimale	Partie entière + partie décimale	Décomposition
4,53	$4 + \frac{53}{100}$	$4 + \frac{5}{10} + \frac{3}{100}$
47,98	$47 + \frac{98}{100}$	$4 \times 10 + 7 + 9 \times 0{,}1 + 8 \times 0{,}01$
961,005	$961 + \frac{5}{1000}$	$9 \times 100 + 6 \times 10 + 1 + 5 \times 0{,}001$

7 Si on considère le nombre 6 014,857 :

Coup de pouce

a. 8 est le chiffre des dixièmes ;

b. 601 485 est le nombre de centièmes ;

c. 5 est le chiffre des centièmes ;

d. 6 014 est sa partie entière ;

e. 0,857 est sa partie décimale.

8 Pour chacun des nombres, donner sa partie entière, sa partie décimale, puis son écriture décimale.

Coup de pouce

a. $\frac{342}{100} = 3 + \frac{42}{100} = 3 + 0{,}42 = 3{,}42.$

b. $\frac{507}{10} = 50 + \frac{7}{10} = 50 + 0{,}7 = 50{,}7.$

c. $\frac{4\,251}{1\,000} = 4 + 0{,}251 = 4{,}251$

d. $\frac{1\,563}{10} = 156 + \frac{3}{10} = 156 + 0{,}3 = 156{,}3.$

e. $\frac{58}{1\,000} = 0 + 0{,}058 = 0{,}058$

f. $\frac{14\,781}{10\,000} = 1 + 0{,}4781 = 1{,}4781.$

9 Colorier d'une même couleur les écritures équivalentes :

Coup de pouce

56 dixièmes	$5 + \frac{6}{100}$	50,6
560 millièmes	$5 \times 10 + 6 \times 0{,}1$	5,6
5 unités 6 centièmes	$\frac{56}{100}$	560
506 dixièmes	$5 + \frac{6}{10}$	0,56
56 000 centièmes	$5 \times 100 + 6 \times 10$	5,06

10 Colorier les écritures égales à 987,654 :

Coup de pouce

$987 + \frac{654}{100}$	$\frac{9\,876}{10} + \frac{54}{1\,000}$	$987 + \frac{654}{1\,000}$
$\frac{9\,876}{10} + \frac{54}{10}$	$\frac{987\,654}{1\,000}$	$9 + \frac{87\,654}{1\,000}$

11 Placer la virgule au bon endroit afin que :

Coup de pouce

a. 4 soit le chiffre des dixièmes

1 2 3,4 5 6 7 8 9

b. 123 456 soit le nombre de centièmes

1 2 3 4,5 6 7 8 9

c. 12 345 soit le nombre de dizaines

1 2 3 4 5 6,7 8 9

12 Vidéo

Automatismes

Donner l'écriture décimale de chacun des nombres ci-dessous.

a Seize unités et vingt-trois centièmes : 16,23

b Deux-cent-quarante unités et quatre centièmes : 240,04

c Neuf unités et douze millièmes : 9,012

d Cent trente-trois unités et cinq millièmes : 133,005

Je retiens

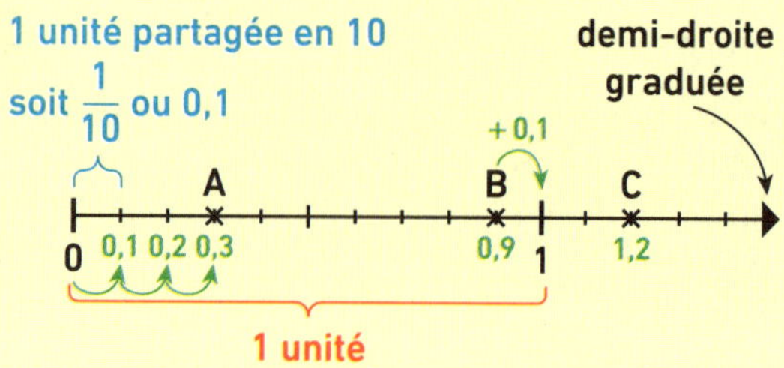

On dit que l'**abscisse** du point B est 0,9 et on note **B(0,9)**.

Je prends un bon départ

1 Questions de vocabulaire

Compléter les phrases en utilisant les mots *unité, abscisse, demi-droite, placés, graduation, graduée.*

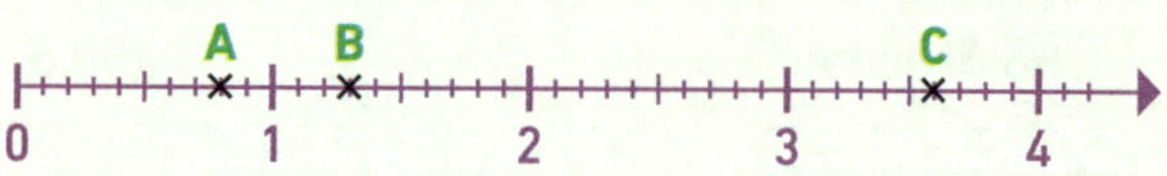

a. Les points A, B et C sont ....placés.... sur une demi-droite ....graduée.....

b. Chaque ....graduation.... de cette ....demi-droite.... représente 0,1 ....unité.....

c. L'....abscisse.... du point A est 0,8.

d. L'abscisse du point B est ....1,3.....

e. L'....abscisse.... du point C est ....3,6.....

2 Placer les points dont on connaît l'abscisse et lire l'abscisse de ceux qui sont placés sur la demi-droite :

a.

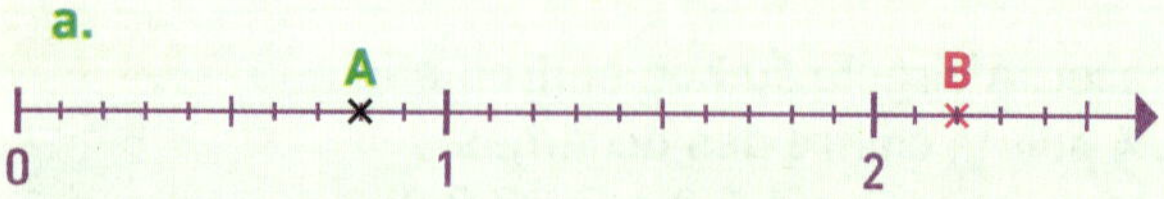

A(..0,8..) B(2,2)

b.

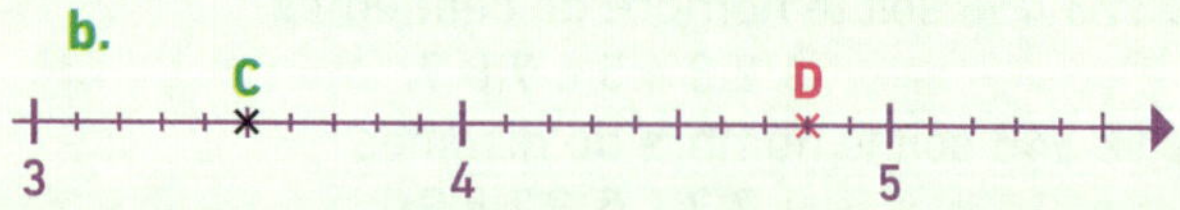

C(..3,5..) D(4,8)

3 **1.** Lire les abscisses des points D, E et F placés sur cette demi-droite graduée.

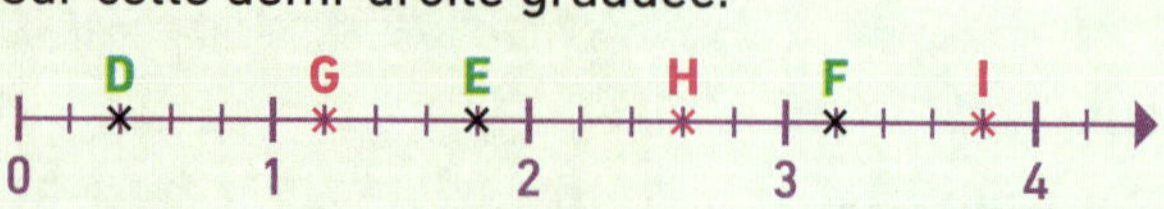

D(..0,4..) E(..1,8..) F(..3,2..)

2. Placer sur cette demi-droite graduée les points suivants : G(1,2) ; H(2,6) ; I(3,8).

4 Je découvre et je fais

Vidéo

Je découvre une méthode

Placer les points A, B et C sur la demi-droite graduée ci-dessous :

A(25,7) ; B$\left(26+\frac{8}{10}\right)$; C$\left(\frac{2810}{100}\right)$.

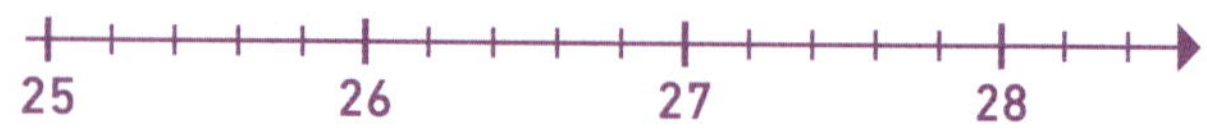

Entre 25 et 26, il y a une unité partagée en 5.
Pour partager cette même unité en 10, il suffit donc de découper chacun de ces segments en 2.
On obtiendra alors des dixièmes d'unités et l'on pourra placer 25,7 ensuite en comptant 7 graduations de $\frac{1}{10}$.

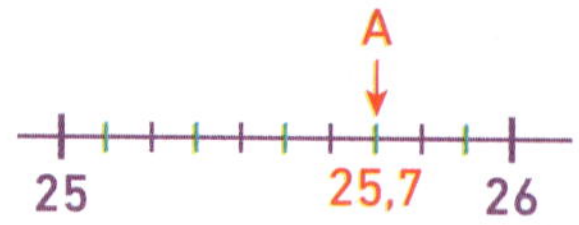

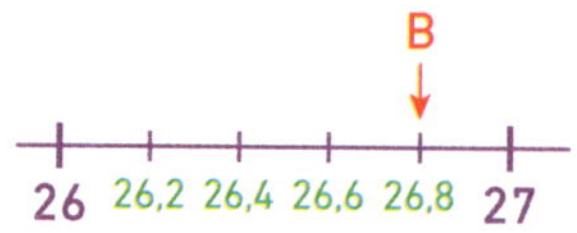

$26+\frac{8}{10}=26{,}8$

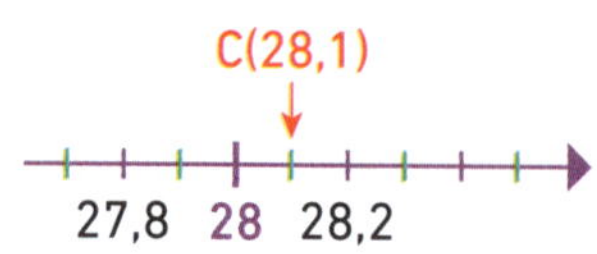

$\frac{2\,810}{100}=28{,}1$

Le point C est donc au milieu des points 28 et 28,2.
On obtient donc :

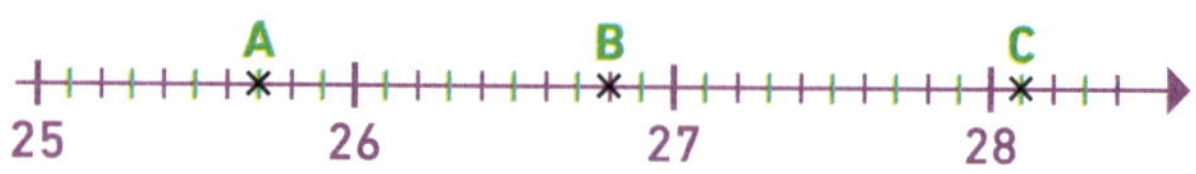

Je fais tout(e) seul(e)

Placer les points D, E et F sur la demi-droite graduée ci-dessous :

D(54,1) ; E$\left(55+\frac{4}{10}\right)$; F$\left(\frac{5\,630}{100}\right)$.

Entre 54 et 55, il y a une unité partagée en 5.
Pour partager cette même unité en 10, il suffit donc de découper chacun de ces segments en 2.
On obtiendra alors des dixièmes d'unités et l'on pourra placer 54,1 ensuite en comptant 1 graduation de $\frac{1}{10}$.

$55+\frac{4}{10}=55{,}4$: l'abscisse du point E est 55,4.

$\frac{5\,630}{100}=56{,}3$. Le point F est donc au milieu des points 56,2 et 56,4.

5 Compléter les cadres bleus afin de trouver le nombre mystère dans le cadre noir :

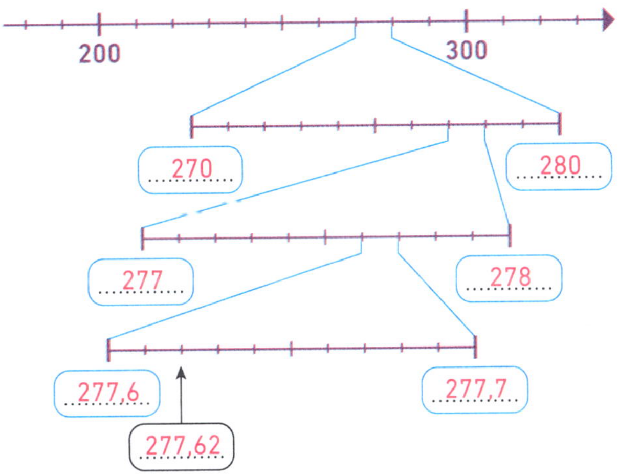

6 En utilisant le même schéma de demi-droites graduées qu'à l'exercice 5, donner un encadrement de 43,5129 :

a. par deux nombres décimaux, au millième près

43,512 < 43,5129 < 43,513

b. par deux nombres décimaux, au centième près

43,51 < 43,5129 < 43,52

c. par deux nombres décimaux, au dixième près

43,5 < 43,5129 < 43,6

d. par deux nombres entiers consécutifs

43 < 43,5129 < 44

7 Déterminer l'abscisse du point A, puis l'abscisse du point B :

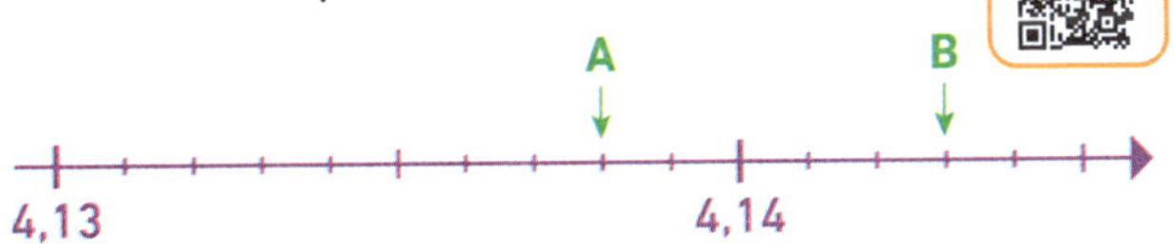

A(4,138) B(4,143)

8 Tracer une demi-droite graduée en prenant 1 cm pour unité.
Placer le 0, origine de cette demi-droite.
Placer ensuite les points A(2) ; B(3,4) et C(5,6).

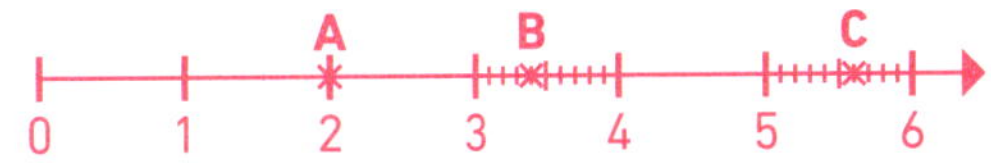

9 Tracer des demi-droites graduées en choisissant l'unité la plus adaptée pour placer les abscisses données.

a. 0 – 0,1 – 0,3 – 0,5 – 0,7.

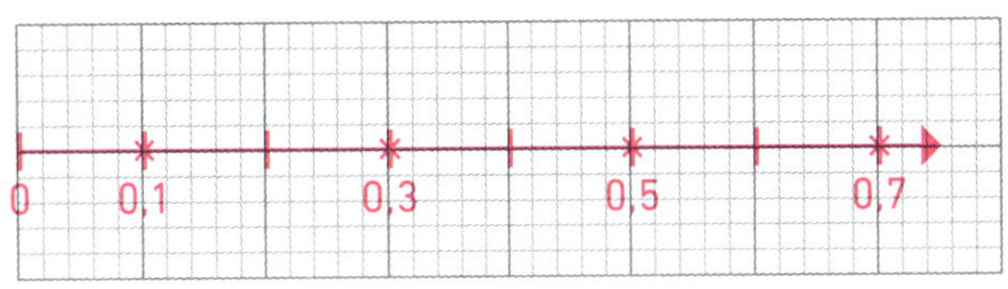

b. 0,2 – 0,32 – 0,45 – 0,78 – 0,89.

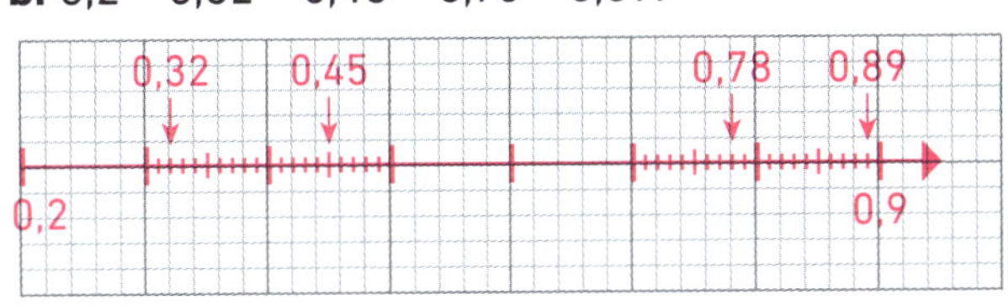

c. 3,2 – 3,28 – 3,31 – 3,54 – 3,76.

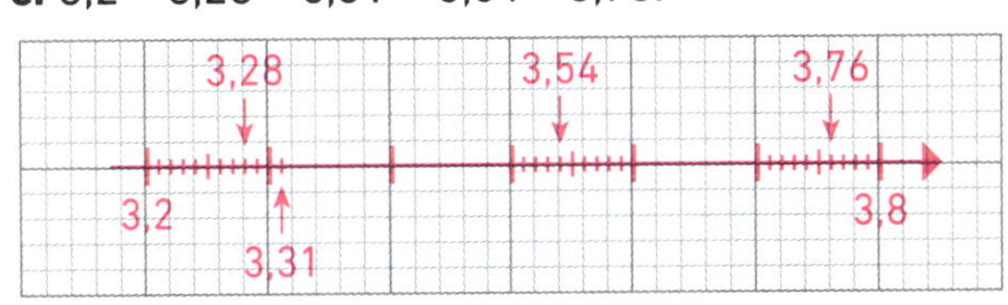

d. 5,61 – 5,612 – 5,614 – 5,6156 – 5,6163.

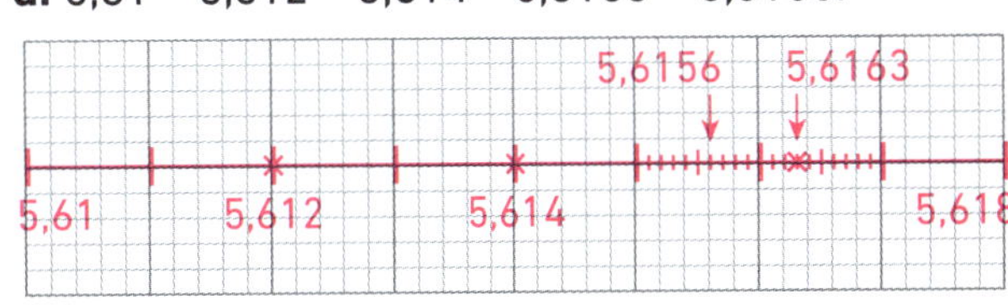

10 Vidéo

Automatismes

Lire les abscisses des points suivants :

a A(2,8)

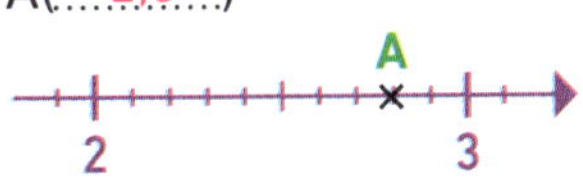

b B(4,37)

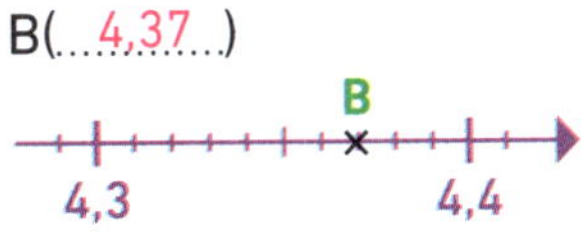

c C(144,74)

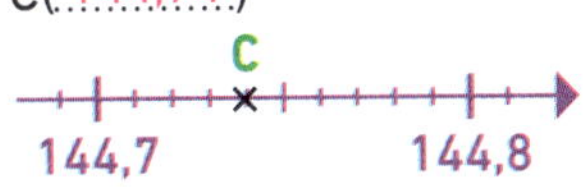

d D(417,132)

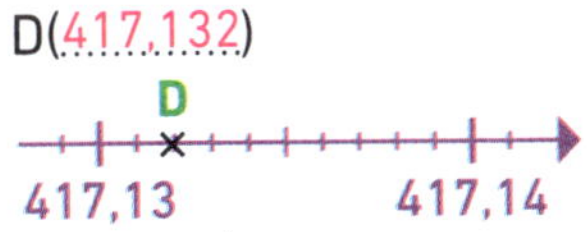

Comparer des nombres décimaux

Je retiens

On compare les parties entières

Elles sont différentes → Je peux conclure → Exemple : **16**,5 < **18**,9

Elles sont égales → On compare les chiffres des dixièmes

Ils sont différents → Je peux conclure → Exemple : 19,**3** > 19,**1**

Ils sont égaux → On compare les chiffres des centièmes

Ils sont différents → Je peux conclure → Exemple : 26,4**2** < 26,4**7**

Ils sont égaux → Etc.

Ordre **croissant** →

1 < 2,51 < 2,6 < 3

← Ordre **décroissant**

Je prends un bon départ

1 Questions de vocabulaire

Compléter avec les mots ou signes suivants :

inférieur ; supérieur ; égal ; croissant ; décroissant ; < ; > ; =.

a. 8,12 est inférieur à 8,6.
On note 8,12 < 8,6.

b. 02,23 est égal à 2,2300.
On note 02,23 = 2,2300.

c. 2,45 ; 2,3 ; 2,21 sont rangés dans l'ordre décroissant.

d. 12,7 est supérieur à 12,19.
On note 12,7 > 12,19.

e. 3,3 ; 3,42 ; 3,8 sont rangés dans l'ordre croissant.

2 Entourer les nombres qui sont écrits le plus simplement possible. Réécrire les autres.

a. (3,05)	**b.** 05,001	**c.** (4,505)
	5,001	
d. 3,050	**e.** (4,0505)	**f.** 006,3
3,05		6,3

3 Je découvre et je fais

Vidéo

Je découvre une méthode

Ranger les nombres dans l'ordre croissant :
3,9 – 3,005 – 4,3 – 3,17 – 3,123 – 4,21 – 4,205 – 3,51

Pour commencer, on compare les parties entières :

Partie entière : **3**	Partie entière : **4**
3,9 – **3**,005 – **3**,17 – **3**,123 – **3**,51	**4**,3 – **4**,21 – **4**,205

Ensuite, pour les nombres qui ont la même partie entière, il faut comparer leur chiffre des dixièmes et les ranger par ordre croissant.

3,**0**05 [3,**1**7 3,**1**23] 3,**5**1 3,**9** [4,**2**1 4,**2**05] 4,**3**

Enfin, pour les nombres qui ont aussi le même chiffre des dixièmes, il faut comparer le chiffre des centièmes et les ranger par ordre croissant.

3,005 < 3,1**2**3 < 3,1**7** < 3,51 < 3,9 < 4,2**0**5 < 4,2**1** < 4,3

Je fais tout(e) seul(e)

Ranger les nombres dans l'ordre croissant :
6,104 – 6,5 – 7,001 – 7,02 – 6,11 – 7,4 – 7,456 – 6,118

Pour commencer, on compare les parties entières :

Partie entière : **6**	Partie entière : **7**
6,104 – **6**,5 – **6**,11 – **6**,118	**7**,001 – **7**,02 – **7**,4 – **7**,456

Ensuite, pour les nombres qui ont la même partie entière, il faut comparer le chiffre des dixièmes et les ranger par ordre croissant.

[6,(1)04 6,(1)18 6,(1)1] 6,5 [7,(0)01 7,(0)2] [7,(4) 7,(4)56]

Pour les nombres qui ont aussi le même chiffre des dixièmes, il faut comparer le chiffre des centièmes et les ranger par ordre croissant.

6,1(0)4 [6,1(1)8 6,1(1)] 6,5 7,0(0)1 7,0(2) 7,4**0** 7,4(5)6

Pour les nombres qui ont aussi le même chiffre des centièmes, il faut comparer le chiffre des millièmes et les ranger par ordre croissant.

6,104 < 6,11**0** < 6,11**8** < 6,5 < 7,001 < 7,02**0** < 7,4**00** < 7,456

4 Comparer les nombres en utilisant <, > ou =.

a. 7,9 ..>.. 6,98

b. 14,63 ..<.. 15 **c.** 19,006 ..<.. 19,6

d. 7,00 ..=.. 7 **e.** 24,085 ..<.. 24,1

f. 48,010 ..>.. 48,001 **g.** 37,02 ..>.. 37,002

h. 4,65 ..>.. 4,605 **i.** 12,04 ..=.. 12,040

5 Ranger ces scores au jeu vidéo de courses de voiture *Fast and curious* dans l'ordre croissant.

Vitesse du tour en secondes

Joueur 1	Joueur 2	Joueur 3	Joueur 4	Joueur 5	Joueur 6	Joueur 7
47,07	47,007	47,71	46,351	46,4	46,53	47,7

46,351 < 46,4 < 46,53 < 47,007 < 47,07 < 47,7 < 47,71

6 Écrire les nombres en chiffres, puis les ranger dans l'ordre décroissant :

a. Six unités et trois dixièmes : 6,3

b. Soixante-sept-dixièmes : 6,7

c. Six-cent-cinquante-trois-centièmes : 6,53

d. Six-mille-deux-cent-cinquante-trois-millièmes : 6,253

e. Six unités et neuf millièmes : 6,009

6,009 < 6,253 < 6,3 < 6,53 < 6,7

7 Compléter ces encadrements avec un nombre décimal :

a. 5,3 < 5,32 < 5,4

b. 18,29 < 18,296 < 18,30

c. 13,1 < 13,104 < 13,11

8 Relier les nombres à l'étiquette qui leur correspond :

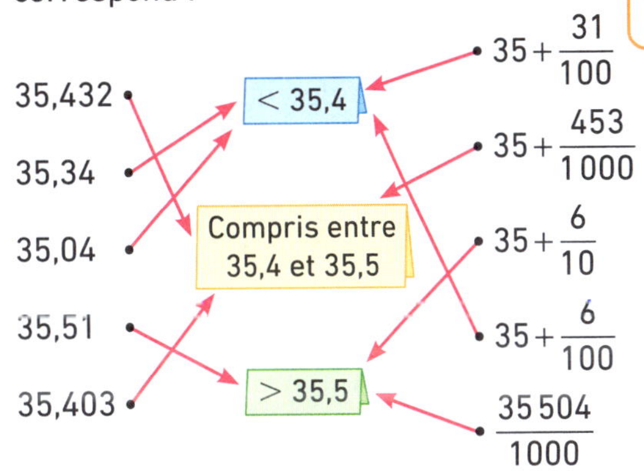

9 Donner l'écriture décimale des nombres, puis les ranger dans l'ordre décroissant :

huit-mille-onze millièmes ; 8,111 ;

$8+\frac{1}{10}+\frac{1}{100}$; $8+\frac{101}{1000}$; 80 001 dix-millièmes.

8,011 ; 8,111 ; 8,11 ; 8,101 ; 8,0001

8,111 > 8,11 > 8,101 > 8,011 > 8,0001

10 Encadrer chacun des nombres au rang précisé, puis préciser l'arrondi de ce nombre au rang donné en le surlignant.

Tu peux t'aider de cet exemple :
17,30 < 17,37 < 17,40.
17,30 et 17,40 sont des valeurs approchées de 17,37.
Or, **17,37 est plus proche de 17,40** que de 17,30.
17,40 est donc l'arrondi au dixième de 17,37.

a. 23,9 à l'unité

23,0 < 23,9 < 24,0

b. 41,33 au dixième

41,30 < 41,33 < 41,40

c. 1 254,416 au centième

1 254,410 < 1 254,416 < 1 254,420

11 Vidéo

Automatismes

Comparer :

a 3,79 ..<.. 4,10

b 12,5 ..>.. 12,05

c 25,00 ..=.. 25

d 1 863,19 ..>.. 1 863,021

e 53,01 ..>.. 53,001

f 042,5 ..=.. 42,500

g 13,8 ..>.. 13,11

h 12,31 ..<.. 12,6

i 2 584,8 ..=.. 2 584,80

j 0062,740 ..<.. 062,80

Problèmes

1 Myriade Fiche 1

Dans la Grèce Antique, 10 000 était considéré comme un très grand nombre, « indéfini ». Ce nombre est à l'origine du mot *myriade*. Beaucoup de cultures asiatiques comptent en myriades. Ce tableau présente les différentes façons (kanjis) d'écrire les nombres en japonais :

一	二	三	四	五	六	七
1	**2**	**3**	**4**	**5**	**6**	**7**
八	九	十	百	千	万	
8	**9**	**10**	**100**	**1 000**	**10 000**	

Une fois que l'on connaît ce tableau, il suffit de mettre les kanjis côte à côte pour construire les nombres. Une différence avec notre système réside néanmoins dans le fait que l'on regroupe les chiffres par quatre et non par trois.

Exemples :

- 14 = 1 × **10** + 4. Il s'écrit donc : 十四
- 148 = 1 × **100** + 4 × **10** + 8. Il s'écrit donc : 百四十八
- 1 856 = 1 × **1 000** + 8 × **100** + 5 × **10** + 6.

1 856 s'écrit donc : 千八百五十六

- 120 000 = 12 × **10 000**.

120 000 s'écrit donc 12 **0000**, soit 12 × 1 **0000** ou 12 **myriades** : 十二万

- On utilise ce tableau pour répondre aux questions :

Film	Akiko	Konbanha
Nombre d'entrées	十三万五千四百八十	十七万二千

1. Combien d'entrées ont fait chacun de ces films ?

• Akiko : (10 + 3) × 10 000 + 5 × 1 000 + 4 × 100 + 8 × 10 = 130 000 + 5 000 + 400 + 80 = 135 480.

• Konbanha : (10 + 7) × 10 000 + 2 × 1 000 = 170 000 + 2 000 = 172 000.

2. Lequel de ces deux films a fait le plus grand nombre d'entrées ?

C'est Konbanha qui a fait le plus d'entrées car 172 000 > 135 480.

2 Nombre mystère Fiches 1 et 2

- Je suis un nombre décimal à cinq chiffres inférieur à l'unité dont tous les chiffres sont différents.
- Mon chiffre des dixièmes est le même que le chiffre des millièmes de 6 310,004.
- Mon chiffre des centièmes est le chiffre des unités de millions de 513 652 941.
- Mon chiffre des millièmes est le double de celui des dixièmes.
- La somme de chacun de mes chiffres est 21.

Je suis : 0,4386

3 Athlétisme Fiches 2, 3 et 4

Donner le classement des concurrents aux deux épreuves d'athlétisme décrites.

Saut en longueur

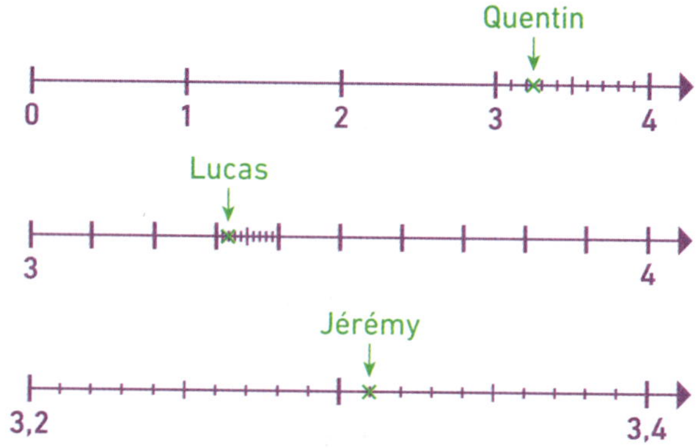

1. Lucas : 3,32
2. Jérémy : 3,31
3. Quentin : 3,25

Course 200 m

USAIN
25 secondes et 250 millièmes

CHRISTOPHE
$25\text{ s} + \dfrac{202}{1\,000}$

PERCY
25 020 millièmes

AARON
$25\text{ s} + \dfrac{20}{10\,000}$

ERRIYON
25,205 s

1. Aaron : 25,002
2. Percy : 25,020
3. Christophe : 25,202
4. Erriyon : 25,205
5. Usain : 25,250

4 Défi ! Fiches 2 et 4

Coup de pouce

1. Colorier les nombres égaux de la même couleur.

$\frac{2}{5}$ — 2,5 — 0,4 — $\frac{4}{100}$ — $\frac{25}{100}$ — $\frac{25}{10}$ — $\frac{2}{100}+\frac{5}{1\,000}$ — $\frac{2}{50}$ — $2+\frac{5}{10}$ — $\frac{4}{10}$

2. Classer par ordre croissant, ces différents nombres en utilisant leurs écritures décimales.

0,025 < 0,04 < 0,25 < 0,4 < 2,5

5 Potion magique Fiche 2

Coup de pouce

Quel volume est occupé dans cette bouteille de potion magique ?

Potion magique

- $\frac{20}{100}$ L de bave de crapaud
- 4 dL de sang de dragon
- $\frac{3}{10}+\frac{6}{100}$ L de larmes de licorne
- 8 mL de jus de limace

Donner le résultat en fraction décimale de litre, puis en écriture décimale.

$\frac{20}{100}+\frac{4}{10}+\frac{3}{10}+\frac{6}{100}+\frac{8}{1000}$

$=\frac{200}{1000}+\frac{400}{1000}+\frac{300}{1000}+\frac{60}{1000}+\frac{8}{1000}$

$=\frac{968}{1000}=0{,}968$ L

6 Tâche complexe

CHERCHER 1 2 3 4 — MODÉLISER 1 2 3 4 — REPRÉSENTER 1 2 3 4 — RAISONNER 1 2 3 4 — CALCULER 1 2 3 4 — COMMUNIQUER 1 2 3 4

Donner le classement des cinq équipes du championnat d'highlight du Grand Sud.

Doc 1 : Résultats du championnat

- **AQUA Narbonne** : 70 points, 8 dixièmes et 3 millièmes
- **SÈTE NAT'** : 70 points et 8 millièmes
- **NAT'ART Montpellier** : 70 213 millièmes
- **SYNCHRO Toulouse** : 70 points et 5 dixièmes
- **AQUA'NAT 66** : $70+\frac{947}{1\,000}$

Doc 2 : Highlight

Le highlight est une épreuve de ballet de natation artistique qui se déroule en 2 minutes et 30 secondes. Dix nageuses effectuent une chorégraphie composée principalement de portés acrobatiques.
Une pénalité de 5 dixièmes est appliquée si le nombre de nageuses n'est pas respecté et une pénalité de 3 dixièmes de points est appliquée si le temps est dépassé de plus de 15 secondes.

Doc 3 : Composition des équipes

- Nat'Art Montpellier (2 min 32 s) : Margot-Lisa-Pénélope-Suzie-Flora-Laora-Elina-Chadia-Bénédicte-Laura
- Aqua'Nat 66 (2 min 46 s) : Zélie-Victoire-Lucile-Madison-Shana-Lola-Lua-Clarisse-Salomé-Sanaa
- Synchro Toulouse (2 min 47 s) : Virginie-Mélanie-Léa-Marie-Claire-Claudine-Johanna-Aurélie-Cloé-Lily
- Aqua Narbonne (2 min 43 s) : Emma-Justine-Julie-Zoé-Jade-Paola-Maëlys-Noah-Lilou
- Sète Nat' (2 min 35 s) : Léonie-Clémentine-Carla-Julia-Lucie-Inaya-Maëlle-Elodie-Aïcha-Salomé

1. Aqua'Nat 66 : $70+\frac{947}{1000}-\frac{300}{1000}=70{,}647$
2. Aqua Narbonne : $70+\frac{803}{1000}-\frac{500}{1000}=70{,}303$
3. Nat'Art Montpellier : 70,213
4. Synchro Toulouse : $\frac{705}{10}-\frac{3}{10}=\frac{702}{10}=70{,}2$
5. Sète Nat' : 70,008

5 Additionner et soustraire avec des nombres décimaux

Je retiens

Termes

$$\begin{array}{r} {}^{1} \\ 12,6 \\ +\ 4,5 \\ \hline 17,1 \end{array} \qquad \begin{array}{r} 14,8 \\ -\ 3,2 \\ \hline 11,6 \end{array}$$

Somme — Différence

N'oublie pas que les virgules doivent être alignées !

Je prends un bon départ

1 Questions de vocabulaire

Lou dit : « 14,5 plus 12,3 est égal à 26,8 ».

1. Traduire cette phrase par un calcul en ligne :

14,5 + 12,3 = 26,8

2. Compléter les phrases suivantes :

a. 14,5 et 12,3 sont les termes de cette somme.

b. 26,8 est la somme de 14,5 et 12,3.

2 Questions de vocabulaire

Alexia dit : « 26,8 moins 14,5 est égal à 12,3 ».

1. Traduire cette phrase par un calcul en ligne :

26,8 − 14,5 = 12,3

2. Compléter les phrases suivantes :

a. 26,8 et 14,5 sont les termes de cette différence.

b. 12,3 est la différence entre 26,8 et 14,5.

3 Vrai ou Faux ?

Pour additionner des nombres décimaux, on additionne les parties entières et ensuite les parties décimales. Par exemple, 4,6 + 3,5 = 7,11.

Faux ! On ne peut pas additionner les parties entières indépendamment des parties décimales : 4,6 + 3,5 ≠ 7,11. En effet :

$$\begin{array}{r} {}^{1} \\ 4,6 \\ +3,5 \\ \hline 8,1 \end{array}$$

4 Je découvre et je fais

Vidéo

Je découvre une méthode

Tao a économisé 87 €. Il voudrait acheter un nouveau jeu pour sa console à 55,90 € ; un jeu de cartes à 11,25 € et une bande dessinée à 8,73 €.

1. Calculer le montant total des dépenses qu'il a prévues. A-t-il assez d'argent ?

On pose l'addition :

$$\begin{array}{r} {}^{1\,1} \\ 55,90 \\ +11,25 \\ +\ \ 8,73 \\ \hline 75,88 \end{array}$$

Tao devra dépenser 75,88 €. Il aura donc assez d'argent.

2. Combien d'argent lui restera-t-il ?

Pour savoir combien il lui restera d'argent, on doit effectuer une soustraction :

$$\begin{array}{r} {}^{1\,1} \\ 87,00 \\ -75,88 \\ {}^{1\,1} \\ \hline 11,12 \end{array}$$

Il lui restera 11,12 €.

Je fais tout(e) seul(e)

Novak décide de commencer le tennis avec un budget de 70 €. Avec cette somme, il veut acheter une raquette à 22,45 €, un survêtement à 27,90 € et une boîte de balles à 8,42 €.

1. Calculer le montant total des dépenses qu'il a prévues. A-t-il assez d'argent ?

On pose l'addition :

$$\begin{array}{r} {}^{1\,1} \\ 22,45 \\ +27,90 \\ +\ \ 8,42 \\ \hline 58,77 \end{array}$$

Sachant qu'il a 70 €, il aura donc assez d'argent.

2. Combien lui restera-t-il pour acheter une casquette ?

Pour savoir combien il lui restera d'argent, on doit effectuer une soustraction :

$$\begin{array}{r} {}^{1\ \ 1\,1} \\ 70,00 \\ -58,77 \\ {}^{1\,1\ \ 1} \\ \hline 11,23 \end{array}$$

Il lui restera 11,23 € pour acheter une casquette.

5 Poser et effectuer les additions suivantes :

a. 6,3 + 2,5

```
  6,3
+ 2,5
-----
  8,8
```

b. 3,8 + 7,5

```
  1
   3,8
+  7,5
------
  11,3
```

c. 68,9 + 3,75

```
 1 1
 68,90
+ 3,75
------
 72,65
```

d. 3,59 + 52,5 + 78,24

```
 1 1  1
   3,59
+ 52,50
+ 78,24
-------
 134,33
```

6 Poser et effectuer les soustractions suivantes :

a. 18,6 – 2,5

```
  18,6
–  2,5
------
  16,1
```

b. 61,2 – 34,6

```
  1 1
  61,2
– 34,6
  1 1
------
  26,6
```

c. 26,7 – 6,83

```
 1  1 1
  26,70
–  6,83
  1 1 1
-------
  19,87
```

d. 437,63 – 52,7

```
  1   1
 437,63
–  52,70
  1  1
--------
 384,93
```

7 Trouver les chiffres manquants :

a.

```
  5,85
+ 3,12
------
  8,97
```

b.

```
  1 1
  34,3
+ 57,9
------
  92,2
```

c.

```
  8,46
– 6,32
------
  2,14
```

d.

```
  1 1
  73,4
– 23,7
  1 1
------
  49,7
```

8 Donner un ordre de grandeur des sommes et des différences suivantes :

a. 9,78 + 10,22 ≈ 10 + 10 = 20 ;

b. 122,18 – 21,47 ≈ 120 – 20 = 100 ;

c. 159,75 – 51,12 ≈ 160 – 50 = 110 ;

d. 1 981,3 + 512,12 ≈ 2 000 + 500 = 2 500.

Un ordre de grandeur d'un résultat est une valeur approchée de ce résultat.
Par exemple : 53,9 + 48,7 ≈ 50 + 50 = 100.

9 Calculer astucieusement et mentalement :

a. 19 + 13 + 81 + 7 = 120 ;

b. 7,4 + 4,1 + 2,6 = 14,1 ;

c. 6,53 + 3,8 + 6,2 + 3,47 = 20 ;

d. 12,42 + 7,58 + 6,38 + 13,62 = 40.

10 La plage est à 47,2 km de la maison d'Issa. Pour s'y rendre, il commence par un trajet en tramway de 7,36 km, puis il prend le bus et pour finir marche pendant 1,653 km.

1. Quelle distance a-t-il parcourue en tramway et à pied ?

Calculons la distance parcourue :

```
  1 1
  7,360
+ 1,653
-------
  9,013
```

En tramway et à pied, il a parcouru 9,013 km.

2. En déduire la distance qu'il a parcourue en bus.

Pour le savoir, il faut effectuer l'opération 47,2 – 9,013.

```
   1   1 1
  47,200
–  9,013
  1   1 1
--------
  38,187
```

Issa a parcouru 38,187 km en bus.

11 Vidéo

Automatismes

a Compléter :

- 6,5 + 2,2 = 8,7
- 7,8 + 5,6 = 13,4
- 4,7 + 5,12 = 9,82
- 8,71 + 15,6 = 24,31

b Compléter :

- 5,5 – 1,3 = 4,2
- 12,3 – 5,6 = 6,7
- 8,72 – 3,2 = 5,5
- 19,2 – 8,72 = 10,48

6 Multiplier avec des nombres entiers ou décimaux

Je retiens

```
      2 1
      1 1
      2,7 6      ← Facteurs
  ×     3,2      ← Facteurs
      1
      5 5 2
    + 8 2 8 •
      8,8 3 2    ← Produit
```

Facteurs : 2,76 et 3,2 — Retenues : 2 1 / 1 1 / 1 — Trois chiffres (après la virgule) — Produit : 8,832

Fais attention de bien placer la virgule dans le résultat ! Tu peux vérifier ce résultat avec un ordre de grandeur, ici $2{,}76 \times 3{,}2 \approx 3 \times 3 = 9$.

Je prends un bon départ

1 Questions de vocabulaire

Ali dit : « 34 multiplié par 45 est égal à 1 530 ».
Compléter les phrases suivantes :

a. 34 et 45 sont les ......facteurs...... de ce ......produit.......

b. 1 530 est le ......produit...... de ...34... par ...45....

2 Poser et effectuer ces multiplications :

a. 21×4

```
   2 1
 ×   4
 -----
   8 4
```

b. 32×12

```
     3 2
 ×   1 2
 -------
     6 4
 + 3 2 •
 -------
   3 8 4
```

c. 68×37

```
     2
     5
     6 8
 ×   3 7
 -------
   1
   4 7 6
 + 2 0 4 •
 ---------
   2 5 1 6
```

d. 387×26

```
       1 1
       5 4
       3 8 7
 ×       2 6
 -----------
     1
     2 3 2 2
 +   7 7 4 •
 -----------
   1 0 0 6 2
```

3 Vrai ou Faux ?

Multiplier revient toujours à augmenter.

Oui car 2 × 3 = 6 et 6 est plus grand que 2.

Faux, multiplier ne revient pas toujours à augmenter, exemple : $2 \times 0{,}6 = 1{,}2$ et 1,2 est plus petit que 2.

4 Je découvre et je fais

Vidéo

Je découvre une méthode

Sur le marché, Romane souhaite acheter 2,8 kg de tomates bio à 3,65 € le kg.

1. Combien Romane va-t-elle dépenser pour acheter les tomates ?
Vérifier le résultat en calculant un ordre de grandeur.

On pose la multiplication :

```
       1 1
       5 4
       3,6 5
 ×       2,8
 -----------
     1
     2 9 2 0
 +   7 3 0 •
 -----------
   1 0,2 2 0
```

Romane devra payer 10,22 €.
On vérifie le résultat en calculant un ordre de grandeur : $2{,}8 \times 3{,}65 \approx 3 \times 4 = 12$.
Le résultat de la multiplication est cohérent.

2. Combien lui restera-t-il d'argent après son achat sachant qu'elle a 15 € ?

On doit effectuer une soustraction :
$15 - 10{,}22 = 4{,}78$.
Il lui restera donc 4,78 €.

Je fais tout(e) seul(e)

Avec 50 €, monsieur Tagada souhaite acheter 7,5 kg de fraises à 5,94 € le kg.

1. Combien va-t-il dépenser pour acheter les fraises ?
Vérifier le résultat en calculant un ordre de grandeur.

On pose la multiplication :

```
       6 2
       4 2
       5,9 4
 ×       7,5
 -----------
     1 1
     2 9 7 0
 + 4 1 5 8 •
 -----------
   4 4,5 5 0
```

Monsieur Tagada dépensera 44,55 €.
On vérifie le résultat en calculant un ordre de grandeur : $7{,}5 \times 5{,}94 \approx 8 \times 6 = 48$.
Le résultat est cohérent.

2. Sachant qu'il a 50 €, combien d'argent lui restera-t-il ?

On effectue une soustraction : $50 - 44{,}55 = 5{,}45$ €.
Il lui restera 5,45 €.

5 Poser et effectuer ces multiplications :

Coup de pouce

a. 4,2 × 3

```
   4, 2
×     3
-------
 1 2, 6
```

b. 2,3 × 1,2

```
     2, 3
×    1, 2
---------
     4 6
+  2 3 •
---------
   2, 7 6
```

c. 0,38 × 57

```
       1 4
       2 5
     0, 3 8
×       5 7
-----------
   1
     2 6 6
+  1 9 0 •
-----------
   2 1, 6 6
```

d. 2,75 × 56,3

```
           3 2
           4 3
           2 1
           2, 7 5
×          5 6, 3
-----------------
       1 1
           8 2 5
+      1 6 5 0 •
     1 3 7 5 • •
-----------------
     1 5 4, 8 2 5
```

6 Donner un ordre de grandeur des produits suivants :

Coup de pouce

a. 9,12 × 51,23 ≈ 10 × 50 = 500

b. 4,912 × 102,14 ≈ 5 × 100 = 500

c. 5,32 × 2,11 ≈ 5 × 2 = 10

d. 998,15 × 3,47 ≈ 1 000 × 3 = 3 000

7 Calculer astucieusement :

Coup de pouce

a. 4 × 3,77 × 0,25 = 3,77

b. 5,67 × 0,24 × 6,3 × 0 × 2,34 = 0

c. 0,125 × 3 × 2 × 8 = 6

d. 4 × 0,5 × 0,25 × 2,73 × 2 = 2,73

8 Sachant que 12 × 345 = 4 140, effectuer les produits suivants :

Coup de pouce

a. 12 × 34,5 = 414 **b.** 12 × 3,45 = 41,4

c. 1,2 × 34,5 = 41,4 **d.** 12 × 3 450 = 41 400

e. 1 200 × 345 = 414 000 **f.** 0,12 × 34,5 = 4,14

9 Entourer le résultat du calcul : 31,6 × 9,74.

Coup de pouce

30,778 4 307,785 307 784

3 077,84 (307,784) 307,84

10 Compléter par <, = ou > :

Coup de pouce

a. 4 × 1,28 > 4

b. 57 × 1,01 > 57

c. 6,5 × 0,81 < 6,5

d. 68 × 0,24 > 0,24

11 Nicolas veut recouvrir la table de la salle à manger de sa grand-mère d'une toile cirée. Il a choisi une toile cirée qui s'achète en rouleau de 1,20 m de large que l'on découpe à la longueur souhaitée.
Elle coûte 12,63 € le mètre linéaire.
La table de sa grand-mère mesure 2,45 m de longueur et 0,92 m de largeur. Il veut qu'une longueur identique de toile cirée dépasse des quatre côtés de la table car il trouve cela plus joli.
Quelle longueur de toile cirée doit-il acheter ?
Combien va-t-il payer ?

Coup de pouce

Commençons par modéliser la situation :

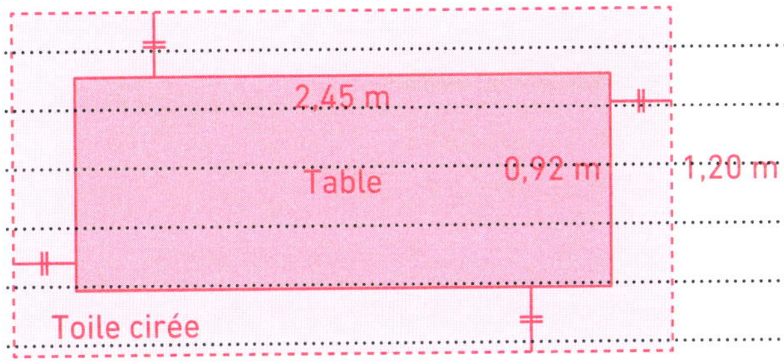

1,20 – 0,92 = 0,28 m.
La toile cirée débordera de 0,28 m en largeur (soit 0,14 m de chaque côté).
Calculons la longueur de toile que doit acheter Nicolas :
2,45 + 0,28 = 2,73 m.
Nicolas doit acheter 2,73 m de toile cirée :
2,73 × 12,63 = 34,4799 ≈ 34,48 €.
Nicolas payera sa toile cirée 34,48 €.

12 Vidéo

Automatismes

a Calculer sans poser le calcul :

- 3 × 3,2 = 9,6
- 4 × 6,2 = 24,8
- 4,2 × 7 = 29,4
- 7,5 × 6 = 45

b Calculer :

- 12 × 2,42 = 29,04
- 35 × 4,53 = 158,55
- 8,32 × 2,3 = 19,136
- 0,915 × 61 = 55,815

7 Multiplier par 10 ; 100 ; 1 000 ou 0,1 ; 0,01 ; 0,001

Je retiens

• Multiplier par 10 revient à donner à chaque chiffre une valeur 10 fois plus grande.

	centaines	dizaines	unités		dixièmes	centièmes	millièmes	
		4	5	,	1	2		× 10
	4	5	1	,	2			=

• Multiplier par 0,01 revient à donner à chaque chiffre une valeur 100 fois plus petite.

	centaines	dizaines	unités		dixièmes	centièmes	millièmes	
	1	8	2	,	7			× 0,01
			1	,	8	2	7	=

Je prends un bon départ

1 Questions de vocabulaire

On considère le nombre 5,863.

a. 3 est le chiffre des millièmes ;

b. 8 est le chiffre des dixièmes ;

c. 5 est le chiffre des unités ;

d. 6 est le chiffre des centièmes.

2 Questions de vocabulaire

a. Lorsqu'on multiplie 51,23 par 10 :

– le chiffre 2 des dixièmes devient le chiffre des unités ;

– le chiffre 1 des unités devient le chiffre des dizaines.

On a 51,23 × 10 = 512,3.

b. Lorsqu'on multiplie 63,2 par 0,1 :

– le chiffre 6 des dizaines devient le chiffre des unités ;

– le chiffre 3 des unités devient le chiffre des dixièmes.

On a 63,2 × 0,1 = 6,32.

3 Compléter :

a. 62 × 0,1 = 62 : 10 = 6,2 ;

b. 659,12 × 0,01 = 659,12 : 100 = 6,5912 ;

c. 34,8 × 0,01 = 34,8 : 100 = 0,348.

4 Je découvre et je fais

Vidéo

Je découvre une méthode

Pour son anniversaire, Enzo veut préparer 5 L de cocktail sans alcool. Pour cela, il a besoin de 2,5 L de jus d'ananas, 25 cL de sirop de grenadine, 5 dL de jus de citron et du jus d'orange pour compléter.

1. Convertir les quantités de sirop de grenadine et de jus de citron en litres.

– Sirop de grenadine : 25 cl = 25 × 0,01 L = 0,25 L.
– Jus de citron : 5 dL = 5 × 0,1 L = 0,5 L.

2. De quelle quantité de jus d'orange a-t-il besoin pour compléter ?

On additionne les quantités de sirop de grenadine, de jus de citron et de jus d'ananas en prenant soin d'utiliser les mêmes unités : 0,25 + 0,5 + 2,5 = 3,25 L.
On calcule la quantité de jus d'orange :
5 – 3,25 = 1,75 L.
Enzo a besoin de 1,75 L de jus d'orange.

3. Convertir cette quantité de jus d'orange en millilitres.

1,75 L = 1,75 × 1 000 mL = 1 750 mL.

Je fais tout(e) seul(e)

Ryad veut préparer une salade de pâtes de 1 kg. Il prévoit 200 g de maïs, 160 g de tomates, une boîte de thon de 125 g et des pâtes pour compléter.

1. Convertir les masses en kg.

Maïs : 200 g = 200 × 0,001 kg = 0,2 kg.
Tomates : 160 g = 160 × 0,001 kg = 0,16 kg.
Thon : 125 g = 125 × 0,001 kg = 0,125 kg.

2. De quelle quantité de pâtes a-t-il besoin ?

– Masse de maïs, tomates, thon :
0,2 + 0,16 + 0,125 = 0,485 kg.
– Masse de pâtes : 1 – 0,485 = 0,515 kg.
Il a besoin de 0,515 kg de pâtes.

3. Convertir la masse de pâtes en g.

0,515 kg = 0,515 × 1 000 g = 515 g.
Il aura besoin de 515 g de pâtes.

5 Compléter :

1. a. 14 × 10 = 140

b. 42 × 100 = 4 200

c. 57 × 1 000 = 57 000 **d.** 2,57 × 10 = 25,7

e. 1,4 × 100 = 140 **f.** 4,3 × 1 000 = 4 300

2. a. 32 × 0,1 = 3,2 **b.** 6,2 × 0,001 = 0,0062

c. 4 587 × 0,001 = 4,587 **d.** 65,23 × 0,1 = 6,523

e. 43 × 0,01 = 0,43 **f.** 7,531 × 0,01 = 0,07531

6 Calcul mental

a. 0,1 × 45,321 × 10 = 45,321

b. 0,01 × 1 000 × 2,3 = 23

c. 5,48 × 0,001 × 10 = 0,0548

d. 100 × 6,24 × 0,100 = 62,4

e. 3,27 × 10 × 100 = 3 270

7 Convertir les quantités suivantes :

a. 17 g = 17 000 mg
car 17 × 1 000 = 17 000.

b. 3,24 m = 324 cm car 3,24 × 100 = 324.

c. 78,21 L = 782,1 dL car 78,21 × 10 = 782,1.

d. 530 centimes = 5,30 € car 530 × 0,01 = 5,3.

e. 38 m = 3,8 dam car 38 × 0,1 = 3,8.

f. 34 mL = 0,034 L car 34 × 0,001 = 0,034.

8 Une patinoire propose deux tarifs :
– une entrée unique à 5,85 € ;
– une carte 10 entrées à 42,30 €.
Combien économise-t-on en achetant une carte 10 entrées ?

5,85 × 10 = 58,50 €. Si on achète 10 entrées uniques, on paye 58,50 €.
58,50 – 42,30 = 16,20 €. Si on prévoit d'aller 10 fois à la patinoire, la carte permet d'économiser 16,20 €.

9 Avec 10 €, Kevin souhaite préparer une salade de fruits de 1,5 kg. Pour cela, il achète 380 g de bananes à 3,79 € le kg, une barquette de 500 g de fraises à 6,30 € et des pommes à 3,43 € le kg.

1. Quelle quantité de pommes doit-il mettre dans sa salade ?

Nous commençons par convertir la masse totale de la salade en g : 1,5 kg = 1,5 × 1 000 g = 1 500 g.
Nous calculons la masse de bananes et de fraises :
380 + 500 = 880 g.
Nous calculons la masse de pommes :
1 500 – 880 = 620 g.
Kevin a besoin de 620 g de pommes.

2. Combien lui coûtera cette salade de fruits ?
Arrondir les prix si besoin au centime près.

Pour calculer le prix total, nous convertissons en kg les masses de bananes et de pommes :
380 × 0,001 = 0,38 kg de bananes ;
620 × 0,001 = 0,62 kg de pommes.
Nous calculons le prix des bananes :
0,38 × 3,79 ≈ 1,44 €.
Nous calculons le prix des pommes :
0,62 × 3,43 ≈ 2,13 €.
La barquette de fraises coûte 6,30 €.
Nous calculons le prix total :
1,44 + 2,13 + 6,30 = 9,87 €.

3. Combien lui reste-t-il d'argent ?
Donner le résultat en centimes.

10 – 9,87 = 0,13 €.
En payant avec 10 €, il lui restera 0,13 €, soit 13 centimes d'euros (car 0,13 × 100 = 13).

10 Vidéo

Automatismes

a Calculer :

- 23 × 10 = 230
- 5,29 × 10 = 52,9
- 7,3 × 1 000 = 7 300
- 0,213 × 10 = 2,13

b Calculer :

- 351 × 0,1 = 35,1
- 65,7 × 0,01 = 0,657
- 0,1 × 0,01 = 0,001
- 451 × 0,01 = 4,51

8 Utiliser les priorités de calcul

Je retiens

Il faut effectuer les calculs dans l'ordre :

1. Les calculs entre parenthèses
2. Les multiplications
3. Les additions et les soustractions

$4 + 2 \times (7 - 4)$
$= 4 + 2 \times 3$
$= 4 + 6$
$= 10$

Je prends un bon départ

1 Questions de vocabulaire

On considère l'expression suivante :

$A = 13 - 2 \times (5 + 1)$

1. Compléter le texte à l'aide des mots suivants :

entre parenthèses — la soustraction — l'addition — la multiplication — la soustraction — prioritaire

On effectue d'abord ....l'addition.... car elle est entre parenthèses. Ensuite on effectue ..la multiplication.. car elle est ....prioritaire.... sur ..la soustraction...

On finit le calcul par ..la soustraction...

2. Calculer en détaillant les étapes :

$A = 13 - 2 \times (5 + 1)$

$A = 13 - 2 \times 6$

$A = 13 - 12$

$A = 1$

2 Dans les expressions suivantes, entourer l'opération qui doit être effectuée en premier :

- $A = (3{,}1 + 5{,}2) \times 4{,}7$
- $B = 6{,}3 \times 5 - 2 \times 7{,}1$
- $C = 3 + 6{,}7 \times 3$
- $D = 12{,}8 \times (9{,}5 - 1{,}45)$

3 Ajouter, si nécessaire, des parenthèses pour que les égalités soient vraies :

a. $3 + 2 \times (4 + 1) = 13$;

b. $3 + 2 \times 4 + 1 = 12$;

c. $(3 + 2) \times (4 + 1) = 25$;

d. $(3 + 2) \times 4 + 1 = 21$.

4 Je découvre et je fais

Vidéo

Je découvre une méthode

Emma prépare la fête d'Halloween et achète un déguisement à 15,59 €, trois paquets de bonbons à 4,90 € chacun et des décorations pour sa maison à 12,99 €. Elle paye avec un billet de 50 €.

1. Écrire et calculer l'expression permettant de connaître le montant de ses dépenses.

Voici l'expression donnant les dépenses d'Emma :

$D = 15{,}59 + 3 \times 4{,}90 + 12{,}99$

$D = 15{,}59 + 14{,}7 + 12{,}99$

$D = 43{,}28$

Emma a dépensé 43,28 €.

2. Calculer la monnaie que le vendeur va lui rendre.

$R = 50 - 43{,}28 = 6{,}72$.

Le vendeur lui rendra 6,72 €.

3. Écrire, en une seule expression, le calcul permettant de savoir ce que va lui rendre le vendeur.

$R = 50 - (15{,}59 + 3 \times 4{,}90 + 12{,}99)$.

Je fais tout(e) seul(e)

Léo a 76,39 € dans son porte-monnaie. Il achète quatre cartes postales à 3,10 € l'une ; deux bandes dessinées à 9,60 € l'une et trois DVD à 12,35 € l'un.

1. Écrire et calculer l'expression permettant de connaître le montant de ses dépenses.

Calculons le montant de sa dépense :

$D = 4 \times 3{,}10 + 2 \times 9{,}60 + 3 \times 12{,}35$

$D = 12{,}4 + 2 \times 9{,}60 + 3 \times 12{,}35$

$D = 12{,}4 + 19{,}2 + 3 \times 12{,}35$

$D = 12{,}4 + 19{,}2 + 37{,}05$

$D = 68{,}65$

Léo a dépensé 68,65 €.

2. Calculer la somme qu'il aura dans son porte-monnaie après cet achat.

$R = 76{,}39 - 68{,}65 = 7{,}74$.

Il aura dans son porte-monnaie 7,74 €.

3. Écrire, en une seule expression, le calcul permettant de connaître la somme qu'il aura dans son porte-monnaie à la fin.

$R = 76{,}39 - (4 \times 3{,}10 + 2 \times 9{,}60 + 3 \times 12{,}35)$.

5 Calculer en colonne les expressions suivantes et souligner à chaque étape l'opération à faire en premier :

Coup de pouce

1. $A = \underline{8 + 5} - 4 + 7$
$A = \underline{13 - 4} + 7$
$A = \underline{9 + 7}$
$A = 16$

2. $B = \underline{13{,}7 - 2{,}7} + 1{,}3 + 3{,}2$
$B = \underline{11 + 1{,}3} + 3{,}2$
$B = \underline{12{,}3 + 3{,}2}$
$B = 15{,}5$

3. $C = 2 + \underline{3 \times 4}$
$C = \underline{2 + 12}$
$C = 14$

4. $D = 15{,}2 - \underline{4{,}1 \times 2}$
$D = \underline{15{,}2 - 8{,}2}$
$D = 7$

5. $E = \underline{5 \times 5} - 3 \times 7$
$E = 25 - \underline{3 \times 7}$
$E = \underline{25 - 21}$
$E = 4$

6. $F = 5 + \underline{2 \times 3} + 1$
$F = \underline{5 + 6} + 1$
$F = \underline{11 + 1}$
$F = 12$

7. $G = 5 \times \underline{(5 - 3)} \times 7$
$G = \underline{5 \times 2} \times 7$
$G = \underline{10 \times 7}$
$G = 70$

8. $H = 1 + \underline{(5 + 2)} \times 3$
$H = 1 + \underline{7 \times 3}$
$H = \underline{1 + 21}$
$H = 22$

6 **Calcul mental**

Coup de pouce

a. $23 \times 101 = 23 \times (100 + 1)$
$= 23 \times 100 + 23 \times 1 = 2\,323.$

b. $5 \times 99 = 5 \times (100 - 1)$
$= 5 \times 100 - 5 \times 1 = 495.$

c. $6 \times 7{,}5 + 6 \times 2{,}5 = 6 \times (7{,}5 + 2{,}5)$
$= 6 \times 10 = 60.$

d. $8{,}2 \times 102{,}4 - 8{,}2 \times 2{,}4 = 8{,}2 \times (12{,}4 - 2{,}4)$
$= 8{,}2 \times 100 = 820.$

7 Laurena doit trouver 83 en utilisant les trois opérations (+ ; − ; ×), les parenthèses et les cinq nombres suivants :

Coup de pouce

1 5 7 10 25

Écrire, en une seule expression, le calcul lui permettant d'obtenir 83. $(5 - 1) \times 25 - (10 + 7) = 83$

8 Voici un programme de calcul :

Coup de pouce

- Choisir un nombre
- Ajouter 4
- Multiplier par 3

Écrire une expression permettant de calculer le nombre obtenu si on choisit 2 comme nombre de départ et calculer cette expression.

$(2 + 4) \times 3$
$= 6 \times 3 = 18$

9 Lina veut faire construire sa maison sur une parcelle de 437 m². Le promoteur immobilier lui propose le plan ci-dessous et lui promet un jardin de plus de 300 m² :

Coup de pouce

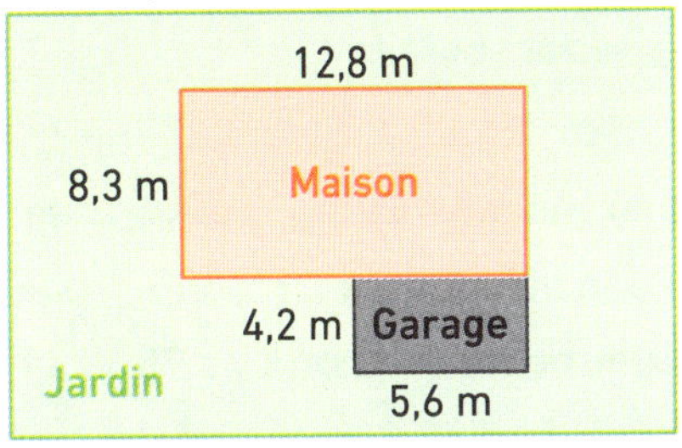

Lina veut vérifier si elle aura au moins 300 m² de jardin quand la maison sera construite.

1. Écrire le calcul, en une seule opération, qu'elle va devoir effectuer pour calculer la surface de son futur jardin.

$S = 437 - (12{,}8 \times 8{,}3 + 5{,}6 \times 4{,}2)$

2. Calculer la superficie de son futur jardin en détaillant les étapes du calcul et en soulignant à chaque étape l'opération à effectuer.

$S = 437 - (\underline{12{,}8 \times 8{,}3} + 5{,}6 \times 4{,}2)$
$S = 437 - (106{,}24 + \underline{5{,}6 \times 4{,}2})$
$S = 437 - \underline{(106{,}24 + 23{,}52)}$
$S = \underline{437 - 129{,}76} = 307{,}24$ m²

La superficie de son jardin sera bien supérieure à 300 m².

10 Vidéo

Automatismes

a Calculer les expressions suivantes :

- $(5{,}73 + 4{,}27) \times 5{,}2 = 52$
- $3{,}5 + 3 \times 5 = 18{,}5$
- $12{,}6 - 2{,}6 + 4{,}5 + 0{,}5 = 15$
- $(4 + 3 \times 5) \times 0{,}1 = 1{,}9$

b Si nécessaire, ajouter les parenthèses pour que le calcul soit correct :

- $(4 + 3) \times (5 - 2) = 21$
- $4 + 3 \times (5 - 2) = 13$
- $4 + 3 \times 5 - 2 = 17$
- $(4 + 3) \times 5 - 2 = 33$

9 Calculer avec des durées

Je retiens

1 min = 60 s	1 h = 60 min	1 jour = 24 h

```
     1
   2 7 min 5 1 s
 + 2 5 min 2 3 s
 ---------------
   5 2 min 7 4 s
```

Or 52 min 74 s = 52 min + 60 s + 14 s
= 52 min + 1 min + 14 s
= 53 min 14 s

27 min 51 s + 25 min 23 s = 53 min 14 s

Je prends un bon départ

1 Questions de vocabulaire

a. Dans deux minutes, il y a 120 secondes.

b. Dans dix minutes, il y a 600 secondes.

c. Dans une heure, il y a 3 600 secondes.

d. Dans une heure et quart, il y a 75 minutes.

e. Dans une journée, il y a 1 440 minutes.

f. Dans trois jours et demi, il y a 84 heures.

2 Compléter en calculant les durées suivantes :

a. 23 s + 12 s = 35 s.

b. 45 s + 15 s = 60 s = 1 min.

c. 40 s + 30 s = 70 s
= (60 + 10) s = 1 min 10 s.

d. 45 min + 20 min = 65 min = 1 h 5 min.

e. 5 min 30 s + 2 min 40 s = 7 min 70 s
= 8 min 10 s.

f. 15 h + 13 h = 28 h = 1 jour 4 h.

3 Compléter en convertissant les durées suivantes :

a. 3 min = 3 × 60 s = 180 s

b. 5 h = 5 × 60 min = 300 min

c. 4 h = 4 × 60 min = 240 min
= 240 × 60 s = 14 400 s
ou 4 h = 4 × 3 600 s = 14 400 min

d. 3 h 28 min = (3 × 3 600 + 28 × 60) s
= (10 800 + 1 680) s = 12 480 s

e. 2 jours 5 h = (2 × 24 + 5) h
= (48 + 5) h = 53 h

f. 5 jours 37 h 13 min
= (5 × 24 × 60 + 37 × 60 + 13) min
= (7 200 + 2 220 + 13) h = 9 433 h

4 Je découvre et je fais

Vidéo

Je découvre une méthode

Olivia prépare son voyage en voiture pour aller de Montpellier à Nice. Dans un premier temps, elle mettra 1 h 41 min pour rejoindre Aix-en-Provence où elle fera une pause de 15 min. Ensuite, elle reprendra la route pour rejoindre Nice en 1 h 56 min.

1. Combien de temps durera son trajet ?

Pour calculer la durée du trajet, nous additionnons toutes les durées :
D = 1 h 41 min + 15 min + 1 h 56 min
D = 2 h 112 min
D = 2 h + 60 min + 52 min
D = 3 h 52 min
Le trajet durera 3 h 52 min.

2. Si elle veut arriver au plus tard à 18 h à Nice, à quelle heure doit-elle partir de Montpellier ?

Nous devons calculer son heure de départ :
H = 18 h – 3 h 52 min
H = 17 h 60 min – 3 h 52 min
H = 14 h 8 min
Pour arriver avant 18 h, elle devra partir au maximum à 14 h 08 min.

Je fais tout(e) seul(e)

Yannick prépare son trajet en voiture pour aller d'Angers à Quimper. Dans un premier temps, il mettra 1 h 58 min pour arriver à Vannes où il prévoit de faire une pause de 30 min. Ensuite, il reprendra la route pour rejoindre Quimper en 1 h 36 min.

1. Combien de temps durera son trajet ?

Pour connaître la durée totale du trajet, nous additionnons toutes les durées :
D = 1 h 58 min + 30 min + 1 h 36 min
D = 2 h 124 min
D = 2 h + 120 min + 4 min
D = 2 h + 2 h + 4 min = 4 h 4 min
Le trajet durera 4 h 4 min.

2. S'il veut arriver au plus tard à midi à Quimper, à quelle heure doit-il partir d'Angers ?

12 h 00 min – 4 h 4 min
= 11 h 60 min – 4 h 4 min = 7 h 56 min.
Pour arriver au plus tard à midi, il doit partir au maximum à 7 h 56 min.

5 Vrai ou Faux ?

Coup de pouce

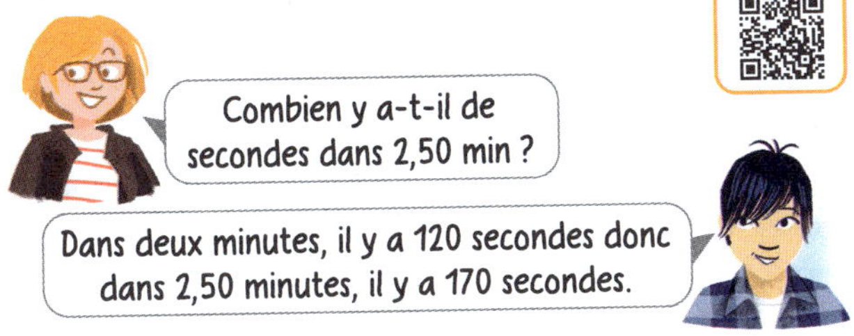

Faux car 2,50 min = 2,50 × 60 s = 150 s ≠ 170 s.
L'erreur vient du fait que 0,50 min est différent de 50 s.
En effet : 0,50 min = 0,50 × 60 s = 30 s ≠ 50 s.

6 Poser et effectuer les calculs suivants :

Coup de pouce

a. 34 min 43 s + 17 min 54 s.

```
     1
   3 4  min 4 3  s
+  1 7  min 5 4  s
   5 1  min 9 7  s
```

51 min 97 s
= 51 min + 60 s + 37 s
= 52 min 37 s

b. 15 h 32 min – 4 h 53 min.

Comme 32 < 53,
on transforme :
15 h 32 min en 14 h 92 min.

```
           1
   1 4  h  9 2  min
–    4  h  5 3  min
     1
   1 0  h  3 9  min
```

7 Calculer mentalement :

Coup de pouce

a. 15 min 23 s + 4 min 37 s = 20 min
b. 45 min 37 s – 15 min 37 s = 30 min
c. 2 jours 10 h + 14 h = 3 jours
d. 1 jour 23 h 40 min + 20 min = 2 jours

8 Jojo l'escargot part à 10 h 34 en direction de sa salade placée à 100 m de lui. Il commence à la manger à 12 h 26.
Combien de temps a duré son trajet ?

Coup de pouce

Effectuons une soustraction :
12 h 26 min – 10 h 34 min = 1 h 52 min.
Son trajet a duré 1 h 52 min.

9 Le 1er mars 1999 à 8 h 05, le Suisse Bertrand Piccard et l'Anglais Brian Jones s'élancent en montgolfière pour réaliser le premier tour du monde en ballon sans escale.
Ils réalisent ce défi en posant leur ballon dans le désert égyptien après avoir parcouru 45 755 km en 19 jours 21 heures et 47 minutes.

Coup de pouce

1. Quel jour et à quelle heure ont-ils atterri ?

Calculons le jour et l'heure de leur atterrissage :
1 mars + 19 jours = 20 mars.
8 h 05 min + 21 h 47 min = 29 h + 52 min
= 24 h + 5 h + 52 min
= 1 jour + 5 h + 52 min.
20 mars + 1 jour + 5 h + 52 min
Ils sont donc arrivés le 21 mars à 5 h 52 min.

2. L'Américain Steve Fossett est, quant à lui, le premier a avoir réalisé ce tour du monde en solitaire en 13 jours 12 heures et 10 minutes. De combien de temps a-t-il amélioré le temps de Piccard et Jones ?

Pour répondre à cette question, nous devons effectuer une soustraction :
19 jours 21 h 47 min – 13 jours 12 h 10 min
= 6 jours 9 h 37 min.

3. Actuellement le record est détenu par l'Ukrainien Fyodor Konyukhov en 11 jours 5 heures 32 minutes. De combien de minutes a-t-il amélioré le temps de Steve Fossett ?

13 jours 12 h 10 min – 11 jours 5 h 32 min
= 2 jours 6 h 38 min.
Transformons cette durée en minutes :
2 jours = 2 × 24 h = 48 h = 48 × 60 min = 2 880 min.
6 h = 6 × 60 min = 360 min.
Calculons le nombre total de minutes :
2 880 + 360 + 38 = 3 278 min.
Il a amélioré le temps de Steve Fossett de 3 278 min.

10 Vidéo

Automatismes

a Convertir :

- 2 min 50 s = 170 s
- 3 h 40 min = 220 min
- 1,5 min = 90 s
- 2,5 jours = 60 h

b Calculer :

- 2 h 34 min + 3 h 12 min = 5 h 46 min
- 6 min 43 s + 10 min 38 s = 17 min 21 min
- 15 min 53 s – 2 min 31 s = 13 min 22 s
- 27 h 25 min – 18 h 53 min = 8 h 32 min

Problèmes

1 Record pour un Ironman
Fiches 5, 7 et 9

Coup de pouce

Un Ironman est une épreuve sportive de 226,195 km qui comprend :
- 3 800 m de natation ;
- une course à vélo ;
- un marathon (course à pied) de 42,195 km.

1. Quelle est la longueur de la partie à vélo ?

On convertit : 3 800 m = 3 800 × 0,001 km = 3,8 km.

Course à vélo = 226,195 − (3,8 + 42,195)

= 226,195 − 45,995 = 180,2 km.

La longueur de la partie à vélo est de 180,2 km.

2. L'Allemand Jan Frodeno détenait le record de l'épreuve avec un temps de 7 h 35 min 39 s mais en 2019, il a battu son propre record de 7 min 46 s. Quel est son nouveau record ?

On effectue la soustraction :

7 h 35 min 39 s − 7 min 46 s = 7 h 27 min 53 s.

Son nouveau record est de 7 h 27 min 53 s.

3. En 2019, il a parcouru les 3 800 m de natation en 46 min 26 s et le marathon en 2 h 43 min 52 s.
En combien de temps Jan Frodeno a effectué le parcours à vélo ?

On commence par additionner les durées de natation et de course à pied :

46 min 26 s + 2 h 43 min 52 s = 3 h 30 min 18 s.

On effectue la soustraction suivante :

temps à vélo = 7 h 27 min 53 s − 3 h 30 min 18 s

= 3 h 43 min 35 s.

Jan Frodeno a effectué le parcours à vélo en 3 h 43 min 35 s.

2 Un train peut en cacher un autre
Fiche 9

Coup de pouce

Voici le billet de train de Margo :

METZ ▶ PARIS	1 passager	28,80 €
Dimanche 2 octobre		
Aller 16h56 METZ VILLE / 18h20 PARIS EST	TGV 2575	2e classe

Mais elle le rate car elle arrive à la gare avec 12 minutes de retard ! Et le prochain train part à 17 h 42.
Combien de temps va-t-elle devoir attendre à la gare ?

16 h 56 + 12 min = 16 h 68 min.

Elle est arrivée à la gare à 17 h 08 min.

Le train suivant part à 17 h 42 :

17 h 42 min − 17 h 8 min = 34 min.

Elle va devoir attendre 34 minutes à la gare.

3 Mangez des pommes
Fiches 5, 6 et 7

Coup de pouce

Dans une caisse, on peut ranger 26 pommes. Chaque pomme pèse 95 g environ et une caisse pèse 130 g.
Pour transporter ces caisses, on utilise un camion dans lequel on peut ranger 19 caisses en longueur, 7 caisses en largeur et 22 caisses en hauteur.

1. Calculer la masse en kg d'une caisse de pommes.

95 g = 0,095 kg et 130 g = 0,13 kg.

26 × 0,095 + 0,13 = 2,6 kg.

Une caisse de pommes remplie pèse 2,6 kg.

2. Combien peut-on mettre de caisses dans le camion ?

19 × 7 × 22 = 2 926.

On peut ranger 2 926 caisses dans le camion.

3. La masse de chargement ne doit pas dépasser 10 t.
Est-ce que ce chargement respecte la législation ?

10 t = 10 × 1 000 kg = 10 000 kg.

2 926 × 2,6 = 7 607,6 kg.

La législation est respectée.

4 Le tajine de Diego
Fiches 5, 6 et 7

Coup de pouce

Diego a trouvé une recette de tajine pour 4 personnes. Avant de cuisiner, il regarde ce qui lui manque :
- 370 g de pruneaux
- 50 g d'amandes en poudre
- 400 g de poulet
- 10 g de piment
- 65 g de cannelle

Sur le marché, voici le prix des produits :

Combien devra-t-il dépenser pour préparer ce tajine ?

Tout d'abord, effectuons les conversions :

370 g = 0,37 kg ; 50 g = 0,05 kg ;

400 g = 0,4 kg ; 65 g = 0,065 kg.

Nous calculons le prix des produits :

– pruneaux : 0,37 × 13,10 ≈ 4,85 € ;

– amandes : 0,05 × 26,6 = 1,33 € ;

– poulet : 0,4 × 12,60 = 5,04 € ;

– cannelle : 0,065 × 36,85 ≈ 2,40 € ;

– piment : 2,99 €.

4,85 + 1,33 + 5,04 + 2,4 + 2,99 = 16,61.

Le tajine lui reviendra à 16,61 €.

5 Le cinéma Fiches 5, 6 et 8

Coup de pouce

Un cinéma propose trois tarifs différents :
- tarif normal : 10,50 € ;
- tarif étudiant : 6,90 € ;
- tarif jeune (– de 10 ans) : 4,20 €.

Pour la première séance, le cinéma accueille 142 personnes dont 46 étudiants et 39 jeunes.
Pour la deuxième séance, le cinéma accueille 131 personnes dont 27 étudiants et 24 jeunes.
Quelle séance a rapporté le plus d'argent ?

• Première séance : calculons le nombre de personnes ayant payé le tarif normal :

$142 - (46 + 39) = 57$.

Recette :

$57 \times 10{,}50 + 46 \times 6{,}90 + 39 \times 4{,}20 = 1\,079{,}70$ €.

• Deuxième séance : calculons le nombre de personnes ayant payé le tarif normal :

$131 - (27 + 24) = 80$.

Recette :

$80 \times 10{,}50 + 27 \times 6{,}90 + 24 \times 4{,}20 = 1\,127{,}10$ €.

Même s'il y a eu moins de personnes à la deuxième séance, c'est celle qui a rapporté le plus d'argent car il y a eu plus de personnes payant un tarif normal.

6 Les deux frères Fiche 5

Coup de pouce

Clément et Aurélien comptent leur argent. À eux deux ils ont 117,31 € mais Aurélien a 29,07 € de plus que son frère.

1. Combien d'argent a Clément ?

Nous représentons la situation :

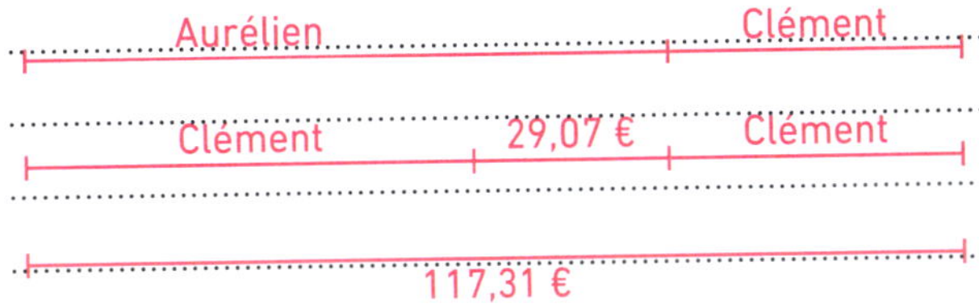

Sur le schéma précédent, si Aurélien a 29,07 € de plus que Clément alors (117,31 – 29,07) € représente le double de l'argent de Clément :

$117{,}31 - 29{,}07 = 88{,}24$.

Clément a donc 44,12 € car $2 \times 44{,}12 = 88{,}24$.

2. En déduire combien d'argent a Aurélien et vérifier les résultats.

Aurélien a 29,07 € de plus que son frère :

$44{,}12 + 29{,}07 = 73{,}19$.

Aurélien a donc 73,19 €.

Vérification : $73{,}19 + 44{,}12 = 117{,}31$.

À eux deux, ils ont bien 117,31 €.

7 Tâche complexe

CHERCHER 1 2 3 4 | MODÉLISER 1 2 3 4 | REPRÉSENTER 1 2 3 4 | RAISONNER 1 2 3 4 | CALCULER 1 2 3 4 | COMMUNIQUER 1 2 3 4

Suzanne veut repeindre sa chambre. Elle cherche la solution la plus économique.

On convertit en m les longueurs exprimées en cm :

80 cm $= 80 \times 0{,}01$ m $= 0{,}8$ m ; 82 cm $= 82 \times 0{,}01$ m $= 0{,}82$ m ;

120 cm $= 120 \times 0{,}01$ m $= 1{,}2$ m.

On calcule la surface S à peindre en supposant que sa chambre ait la forme d'un pavé droit :

$S = 2 \times 4{,}85 \times 2{,}5 + 2 \times 4{,}24 \times 2{,}5 + 4{,}85 \times 4{,}24 - 0{,}8 \times 2{,}05 - 0{,}82 \times 1{,}2$;

$S = 24{,}25 + 21{,}2 + 20{,}654 - 1{,}64 - 0{,}984$;

$S = 63{,}39$ m².

Peinture n° 1 : Trois couches

$3 \times S = 3 \times 63{,}39 = 190{,}17$ m².

On a besoin de quatre pots : $4 \times 34{,}95 = 139{,}80$ €.

Peinture n° 2 : Deux couches

$2 \times S = 2 \times 63{,}39 = 126{,}78$ m².

On a besoin de deux pots : $2 \times 65{,}35 = 130{,}70$ €.

La solution la plus économique est celle utilisant la peinture n° 2.

Doc 1 : Sa chambre

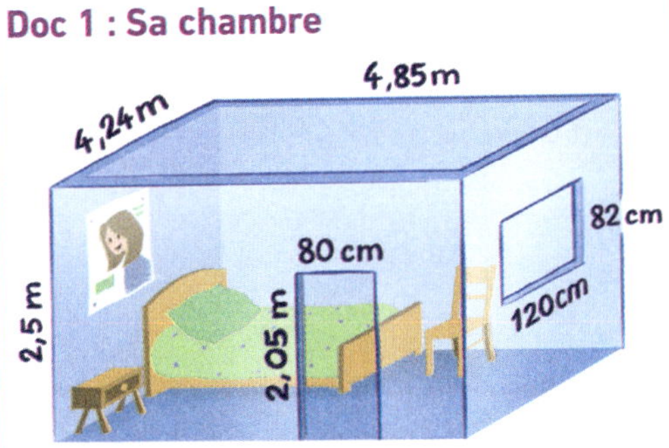

Doc 2 : La peinture

Peinture n° 1	**Peinture n° 2**
• Vendue en pots de 5 L à 34,95 € qui permettent de recouvrir 50 m². • Nécessite trois couches.	• Vendue en pots de 7,5 L à 65,35 € qui permettent de recouvrir 75 m². • Nécessite deux couches.

10 Effectuer une division euclidienne

Je retiens

Dividende → 38 | 5 ← Diviseur
– 35 | 7 ← Quotient
Reste → 3

Dividende = Diviseur × Quotient + Reste

$$38 = 5 \times 7 + 3$$

Pas de panique, une division euclidienne est juste une division « entière », tu en as vues en CM2.

Je prends un bon départ

1 Questions de vocabulaire

54 divisé par 4 est égal à 13 et il reste 2.

1. Compléter les phrases avec le mot qui convient :

a. 54 est le dividende.
b. 4 est le diviseur.
c. 13 est le quotient.
d. 2 est le reste.

2. Compléter cette égalité : 54 = 4 × 13 + 2

2 Effectuer les divisions euclidiennes et compléter les égalités :

a.
20 | 3
–18 | 6
2

20 = 3 × 6 + 2

b.
97 | 4
–8 | 24
17
–16
1

97 = 4 × 24 + 1

3 Clara a effectué une division euclidienne.

55 | 8
7 | 6

1. Compléter la division et relier chaque nombre utilisé à son rôle dans la division.

7 • — • Reste
55 • — • Dividende
8 • — • Diviseur
6 • — • Quotient

2. Compléter l'égalité ci-dessous :

55 = 8 × 6 + 7

4 Je découvre et je fais

Vidéo

Je découvre une méthode

Arthur et ses amis veulent se partager 305 bonbons. Ils sont 7 en tout. Combien auront-ils chacun de bonbons ? Combien en restera-t-il ?

Pour répondre, nous allons effectuer la division euclidienne de 305 par 7. Avant de poser cette division, rappelons-nous de la table de 7, mentalement ou par écrit :

7 × 1 = 7	7 × 4 = 28	7 × 7 = 49
7 × 2 = 14	7 × 5 = 35	7 × 8 = 56
7 × 3 = 21	7 × 6 = 42	7 × 9 = 63

• **Dans 3 combien de fois 7 ?**
0 fois. On va donc prendre 30.

• **Dans 30 combien de fois 7 ?**
4 fois car 7 × 4 = 28 et il reste donc 2 (car 30 – 28 = 2).
Et on abaisse le 5.

3 0 5 | 7
– 2 8 | 4 3
2 5

• **Dans 25 combien de fois 7 ?**
3 fois car 7 × 3 = 21 et il reste donc 4 (car 25 – 21 = 4).

3 0 5 | 7
– 2 8 | 4 3
2 5
– 2 1
4

305 divisé par 7 est égal à 43 et il reste 4.

$$305 = 7 \times 43 + 4$$

Chaque garçon aura 43 bonbons et il en restera 4.

Je fais tout(e) seul(e)

Lola et ses amies veulent se partager 313 cartes. Elles sont 6 en tout. Combien auront-elles chacune de cartes ? Combien en restera-t-il ?

Nous allons effectuer la division euclidienne de 313 par 6. Avant de poser cette division, rappelons-nous de la table de 6, mentalement ou par écrit.

• Dans 31 combien de fois 6 ?
5 fois car 6 × 5 = 30 et il reste 1 (car 31 – 30 = 1).
Et on abaisse le 3.

3 1 3 | 6
– 3 0 | 5
1 3

• Dans 13 combien de fois 6 ?
2 fois car 6 × 2 = 12 et il reste 1 (car 13 – 12 = 1).
313 divisé par 6 est égal à 52 et il reste 1 donc 313 = 6 × 52 + 1.
Chaque fille aura donc 52 cartes et il en restera 1.

3 1 3 | 6
– 3 0 | 5 2
1 3
– 1 2
1

5 Effectuer les divisions euclidiennes posées :

a.

632	5
−5	126
13	
−10	
32	
−30	
2	

b.

579	6
−54	96
39	
−36	
3	

6 Poser et effectuer les divisions euclidiennes de : **a.** 221 par 8 **b.** 347 par 9 **c.** 280 par 11 **d.** 593 par 15

a.

221	8
−16	27
61	
−56	
5	

b.

347	9
−27	38
77	
−72	
5	

c.

280	11
−22	25
60	
−55	
5	

d.

593	15
−45	39
143	
−135	
8	

7 En janvier 2017, Armel Le Cléac'h a battu le record du tour du monde en monocoque en solitaire, il l'a fait en environ 1 779 heures. Combien de jours entiers Armel a-t-il passé en mer ?

Un jour contient 24 heures, on va donc diviser 1 779 par 24.

1779	24
−168	74
99	
−96	
3	

1 779 divisé par 24 est égal à 74 et il reste 3.
Armel Le Cléac'h a donc passé 74 jours entiers et environ 3 heures en mer pour ce record.

8 Hélène a couru un marathon en 13 655 secondes. Elle voudrait exprimer son temps en heures, minutes et secondes.

1. Combien y a-t-il de minutes entières dans 13 655 secondes et combien reste-t-il de secondes ?

Dans une minute, il y a 60 secondes.
On divise 13 655 par 60.

13655	60
−120	227
165	
−120	
455	
−420	
35	

13 655 divisé par 60 est égal à 227 et il reste 35.
13 655 secondes correspondent à 227 minutes et 35 secondes.

2. Combien y a-t-il d'heures entières dans 227 minutes et combien reste-t-il de minutes ?

Dans une heure, il y a 60 minutes.
On divise 227 par 60.

227	60
−180	3
47	

227 divisé par 60 est égal à 3 et il reste 47.
227 minutes correspondent à 3 heures et 47 minutes.

3. Exprimer le temps qu'Hélène a mis pour faire son marathon en heures, minutes, secondes.

Hélène a donc mis 3 heures 47 minutes et 35 secondes pour faire son marathon.

9 Vidéo

Automatismes

a Quel est le quotient et le reste de 23 divisé par 5 ?
Quotient : 4 Reste : 3

b Quel est le quotient et le reste de 47 divisé par 3 ?
Quotient : 15 Reste : 2

c Quel est le quotient et le reste de 87 divisé par 6 ?
Quotient : 14 Reste : 3

d Quel est le quotient et le reste de 147 divisé par 9 ?
Quotient : 16 Reste : 3

11 Utiliser les critères de divisibilité

Je retiens

Un nombre entier est divisible par :

- **2** si son **chiffre des unités** est **0** ; **2** ; **4** ; **6** ou **8** ;
- **5** si son **chiffre des unités** est **0** ou **5** ;
- **10** si son **chiffre des unités** est **0** ;
- **3** si la **somme de ses chiffres** est **un multiple de 3** ;
- **9** si la **somme de ses chiffres** est **un multiple de 9**.

Je prends un bon départ

1 Questions de vocabulaire

Compléter chaque phrase avec le mot qui convient parmi *divisible*, *diviseur*, *multiple* et *divise*.

a. 15 est ......divisible...... par 3 et par 5.

b. 32 est un ......multiple...... de 2.

c. 10 est un ......diviseur...... de 50.

d. 234 est ......divisible...... par 9.

e. 3 ......divise...... 435.

2 Entourer en rouge les nombres divisibles par 2, en bleu les nombres divisibles par 5 et en vert les nombres divisibles par 10 :

24	57	35	60
140	154	245	309
3 002	2 021	7 100	7 405

3 Entourer en rouge les nombres divisibles par 3 et en bleu les nombres divisibles par 9 :

16	42	54	87
104	108	126	174
2 004	2 021	4 500	6 741

4 Parmi ces nombres se cache un nombre multiple de 2, de 3 mais pas de 5 ni de 9. Quel est ce nombre ?

30	18	45	75	40
39	35	63	42	54

Le nombre cherché est 42.

5 Je découvre et je fais

Vidéo

Je découvre une méthode

Compléter ce tableau par **OUI** ou **NON** :

est divisible par	2	3	5	9	10
96	OUI	OUI	NON	NON	NON
140	OUI	NON	OUI	NON	OUI
195	NON	OUI	OUI	NON	NON
414	OUI	OUI	NON	OUI	NON
630	OUI	OUI	OUI	OUI	OUI

Pour répondre, on observe le dernier chiffre de chaque nombre et on calcule la somme de ses chiffres.

- **96** se termine par **6**, il est donc divisible par **2** mais pas par **5**, ni par **10**.
$9 + 6 = 15$ donc **96** est divisible par **3** mais pas par **9**.
- **140** se termine par **0**, il est donc divisible par **2**, par **5** et par **10**.
$1 + 4 + 0 = 5$ donc **140** n'est divisible ni par **3**, ni par **9**.
- **195** se termine par **5**, il est donc divisible par **5** mais pas par **2**, ni par **10**.
$1 + 9 + 5 = 15$ donc **195** est divisible par **3** mais pas par **9**.
- **414** se termine par **4**, il est donc divisible par **2** mais pas par **5**, ni par **10**.
$4 + 1 + 4 = 9$ donc **414** est divisible par **3** et par **9**.
- **630** se termine par **0**, il est donc divisible par **2**, par **5** et par **10**.
$6 + 3 + 0 = 9$ donc **630** est divisible par **3** et par **9**.

Je fais tout(e) seul(e)

Compléter ce tableau par **OUI** ou **NON** :

est divisible par	2	3	5	9	10
190	OUI	NON	OUI	NON	OUI
258	OUI	OUI	NON	NON	NON
270	OUI	OUI	OUI	OUI	OUI
378	OUI	OUI	NON	OUI	NON
465	NON	OUI	OUI	NON	NON

6 Le professeur Myriadus a écrit des nombres au tableau :

298 — 74 — 3645 — 525 — 126 — 5472 — 155 — 180

1. Quels sont les nombres qui sont divisibles par 2 et par 9 en même temps ?

5 472 - 126 - 180

2. Quels sont les nombres qui sont divisibles par 3 et par 5 en même temps ?

525 - 3 645 - 180

7 Anna a effectué la division euclidienne de 123 456 789 par 9.
Quel reste a-t-elle obtenu ? Expliquer.

1 + 2 + 3 + 4 + 5 + 6 + 7 + 8 + 9 = 45 et 45 est un multiple de 9.
Le reste de la division euclidienne de 123 456 789 par 9 est donc 0.

8 Compléter les phrases :

a. 257♥ est divisible par 5.
♥ peut être remplacé par 0 ou 5.

b. 3♦81 est divisible par 9.
♦ peut être remplacé par 6.

c. 6♣25 est divisible par 3.
♣ peut être remplacé par 2 ; 5 ou 8.

d. 754♠ est divisible par 2.
♠ peut être remplacé par 0 ; 2 ; 4 ; 6 ou 8.

9 Dans chaque cas, proposer des chiffres à mettre à la place des dessins pour que les phrases soient correctes.

a. 2♥8♦ est divisible par 2 et par 9.
♥ = 8 et ♦ = 0, d'autres réponses sont possibles.

b. ♣51♠ est divisible par 3 et par 5.
♣ = 3 et ♠ = 0, d'autres réponses sont possibles.

c. 7♥1♥ est divisible par 2 et par 3.
♥ = 2 ou ♥ = 8.

d. ♣7♣5 est divisible par 9 et par 5.
♣ = 3.

10 Je suis un nombre entier, plus grand que 111 mais plus petit que 189. Je suis divisible par 3 et par 5 mais je ne suis pas divisible par 2 et par 9. Qui suis-je ?

Entre 111 et 189, les multiples de 5 sont :
115-120-125-130-135-140-145-150-155-160-165-170-175-180-185.
Parmi ces nombres, ceux qui sont multiples de 3 sont : 120-135-150-165-180.
Parmi ces nombres, ceux qui ne sont pas multiples de 2 sont : 135-165.
Et le seul de ces deux nombres qui n'est pas multiple de 9 est 165.

11 **1.** Écrire un nombre à cinq chiffres qui soit divisible par 3 et par 5 mais qui ne soit divisible ni par 2, ni par 9.

Il faut un nombre dont le chiffre des unités est 5 et dont la somme des chiffres est un multiple de 3 sans être un multiple de 9 (par exemple 12 345).

2. Quel est le plus grand nombre à cinq chiffres qui vérifie ces conditions ? Quel est le plus petit ?

Le plus grand est 99 975.
Le plus petit est 10 005.

12 Vidéo

Automatismes

a 2 436 est divisible par :
☒ 2 ☒ 3 ☐ 5 ☐ 9 ☐ 10

b 1 872 est divisible par :
☒ 2 ☒ 3 ☐ 5 ☒ 9 ☐ 10

c 5 925 est divisible par :
☐ 2 ☒ 3 ☒ 5 ☐ 9 ☐ 10

d 8 410 est divisible par :
☒ 2 ☐ 3 ☒ 5 ☐ 9 ☒ 10

e 7 425 est divisible par :
☐ 2 ☒ 3 ☒ 5 ☒ 9 ☐ 10

f 72 450 est divisible par :
☒ 2 ☒ 3 ☒ 5 ☒ 9 ☒ 10

12 Effectuer une division décimale

Je retiens

23,2 (Dividende)	4 (Diviseur)
− 20	5,8 (Quotient)
3 2	
− 3 2	
0 (Reste)	

Dividende = Diviseur × Quotient

$$23{,}2 = 4 \times 5{,}8$$

• Diviser un nombre par 10 ; 100 ou 1 000 revient à rendre le chiffre des unités 10 fois ; 100 fois ou 1 000 fois plus petit.

Je prends un bon départ

1 Questions de vocabulaire

J'ai divisé 54,9 par 6 et j'ai obtenu 9,15.

Compléter avec les mots qui conviennent :

a. 54,9 est le dividende ;

b. 6 est le diviseur ;

c. 9,15 est le quotient.

2 Effectuer cette division décimale et compléter les phrases :

14,8	4
−1 2	3,7
2 8	
−2 8	
0	

a. Le quotient est 3,7.

b. Le dividende est 14,8 et le diviseur est 4.

c. On peut écrire l'égalité : 14,8 = 4 × 3,7.

3 Aïssa a acheté 8 paquets de gâteaux identiques. Elle a payé en tout 19,20 €. Combien coûte un paquet de gâteaux ?

19,2	8
−1 6	2,4
3 2	
−3 2	
0	

Un paquet de gâteaux coûte 2,40 €.

4 Je découvre et je fais

Vidéo

Je découvre une méthode

Zineb et ses amis ont récolté 106,50 € en faisant des petits travaux chez leurs voisins. Ils sont 6 en tout et veulent se partager équitablement cette somme. Combien auront-ils chacun ?

Nous allons effectuer la division de 106,50 par 6. Avant de poser cette division, rappelons-nous de la table de 6, mentalement ou par écrit :

6 × 1 = 6	6 × 4 = 24	6 × 7 = 42
6 × 2 = 12	6 × 5 = 30	6 × 8 = 48
6 × 3 = 18	6 × 6 = 36	6 × 9 = 54

• **Dans 1 combien de fois 6 ?**
0 fois. On va donc prendre 10.
Dans 10 combien de fois 6 ? 1 fois, 6 × 1 = 6 et il reste donc 4 (car 10 − 6 = 4).
Et on abaisse le 6.

• **Dans 46 combien de fois 6 ?**
7 fois, 6 × 7 = 42 et il reste donc 4 (car 46 − 42 = 4).
Et on abaisse le 5.
Comme on a dépassé la virgule au dividende, on rajoute une virgule au quotient.

1 0 6,5 0	6
− 6	17,75
4 6	
− 4 2	
4 5	
− 4 2	
3 0	
− 3 0	
0	

• **Dans 45 combien de fois 6 ?**
7 fois, 6 × 7 = 42 et il reste donc 3 (car 45 − 42 = 3).
Et on abaisse le 0.

• **Dans 30 combien de fois 6 ?**
5 fois, 6 × 5 = 30 et il reste donc 0.

106,50 = 6 × 17,75.

Chaque enfant recevra donc 17,75 €.

Je fais tout(e) seul(e)

À la fin du service, les 8 serveurs d'un restaurant se partagent les 187,20 € de pourboire récoltés. Combien recevra chaque serveur ?

Nous allons effectuer la division euclidienne de 187,20 par 8.

187,20	8
−1 6	23,4
2 7	
−2 4	
3 2	
−3 2	
0	

187,20 = 8 × 23,4

Chaque serveur recevra donc 23,40 €.

5 Un immeuble de 7 étages a une hauteur de 18,76 mètres.
Quelle est la hauteur d'un étage de cet immeuble ?

Coup de pouce

```
 18,76 | 7
−14    | 2,68
   4 7
  −4 2
     56
   − 56
      0
```

Un étage de cet immeuble mesure 2,68 mètres.

6 Anaïs a chargé 12 caisses identiques dans son camion pour une masse totale de 237 kg.
Quelle est la masse d'une seule caisse ?

Coup de pouce

```
 237 | 12
−12  | 19,75
 117
−108
   90
  −84
    60
   −60
     0
```

Une caisse pèse 19,75 kg.

7 **1.** Calculer mentalement :

Coup de pouce

a. 354 : 10 = 35,4

b. 287 : 100 = 2,87

c. 1 298 : 1 000 = 1,298 **d.** 356 : 1 000 = 0,356

2. Compléter les égalités ci-dessous :

a. 1 254 : 100 = 12,54 **b.** 3 548 : 1 000 = 3,548

c. 784 : 100 = 7,84 **d.** 25 : 1 000 = 0,025

8 **1.** Effectuer la division de 13 par 7 jusqu'à ce que le quotient ait au moins 9 chiffres après la virgule.

Coup de pouce

```
13        | 7
 60       | 1,857142857
  40
   50
    10
     30
      20
       60
        40
         50
          1
```

2. Expliquer pourquoi cette division ne s'arrêtera jamais.

Tous les six restes, on retombe sur le même reste.
Ainsi dans le quotient, la suite de chiffres 857142 va se répéter indéfiniment.

9 Les mêmes bouteilles de lait sont vendues soit en pack de 6 bouteilles à 4,92 €, soit en pack de 8 bouteilles à 6,32 €.
Quel est le prix d'une seule bouteille dans chaque pack ?

Coup de pouce

```
 4,92 | 6          6,32 | 8
−4 8  | 0,82      −5 6  | 0,79
   12                72
  −12               −72
    0                 0
```

Dans le pack de 6, le prix d'une bouteille est de 0,82 € ; dans le pack de 8, il est de 0,79 €.

10 **1.** Compléter mentalement :

Coup de pouce

a. 24,7 : 10 = 2,47

b. 30,64 : 100 = 0,3064

c. 80 : 1 000 = 0,08

d. 5,4 : 100 = 0,054

11 Vidéo

Automatismes

a 3 457 : 100 = ?
☐ 345,7 ☒ 34,57 ☐ 3,457

b 2 581 : 10 = ?
☒ 258,1 ☐ 25,81 ☐ 2,581

c 8 674 : 1 000 = ?
☐ 867,4 ☐ 86,74 ☒ 8,674

d 12,34 : 1 000 = ?
☐ 1,234 ☐ 0,1234 ☒ 0,01234

e 654,74 : 10 = ?
☒ 65,474 ☐ 6,5474 ☐ 0,65474

f 2,8 : 100 = ?
☐ 0,28 ☒ 0,028 ☐ 0,0028

Problèmes

1 La sortie au cinéma Fiche 10

Coup de pouce

Pour une sortie scolaire, il faut au minimum un adulte pour 15 élèves.
Un collège organise une sortie au cinéma pour 7 classes, soit 187 élèves.
Combien d'adultes au minimum devront accompagner ces élèves ?

Il va falloir effectuer la division euclidienne de 187 par 15.

```
 187 | 15
−15  | 12
  37 |
 −30 |
   7 |
```

Il faudra donc 13 adultes pour encadrer cette sortie au cinéma (12 ne suffiraient pas car il resterait encore 7 élèves à encadrer).

2 La visite médicale Fiche 10

Coup de pouce

Vendredi, Medhi est allé consulter son docteur. À la fin de la visite, celui-ci lui dit de reprendre un rendez-vous dans 200 jours exactement.
Quel jour de la semaine tombera la prochaine visite de Medhi chez son docteur ?

Dans 7 jours, nous serons encore vendredi, puis 7 jours après, nous serons encore vendredi, etc.
Il faut donc trouver combien de fois on peut caser 7 jours dans 200 jours.
On effectue pour cela la division euclidienne de 200 par 7.

```
 200 | 7
−14  | 28
  60 |
 −56 |
   4 |
```

On peut donc compter 28 fois 7 jours, nous serons toujours un vendredi, avec les 4 jours qui restent on peut conclure que le prochain rendez-vous de Medhi aura lieu un mardi.

3 Le code postal mystère Fiche 11

Coup de pouce

Louise habite dans le sud de la France. Le code postal de sa ville est à la fois multiple de 2, de 5 et de 3 mais n'est pas multiple de 9.
Le code postal de Louise est l'un des ces six codes :

04280	30129	14730
11160	34170	44115

1. Quels sont les nombres qui vérifient les critères de divisibilité donnés ?

Les seuls nombres qui vérifient les critères donnés sont 14730 et 34170.
04280 n'est pas divisible par 3 ; 30129 n'est pas divisible par 2 et 5 ; 11160 est divisible par 9 ; 44115 n'est pas divisible par 2.

2. Quel est le code postal de la ville de Louise ?

14730 est un code postal du Nord de la France (Calvados) alors que 34170 est un code postal du Sud (Hérault).

3. À quelle ville ce code correspond-il ?

34170 est le code postal de la ville de Castelnau-le-Lez, proche de Montpellier.

4 Au restaurant Fiche 12

Coup de pouce

Sept amis ont mangé ensemble au restaurant.
La note totale de la table est de 228,55 €.

1. Combien va devoir payer chaque personne ?

2. Finalement, deux personnes qui ont très peu mangé ont réglé leur repas séparément.
Elles ont payé 15 € chacune.
Combien vont devoir payer chacune des personnes restantes ?

1.

```
 228,55 | 7
−21     | 32,65
  18    |
 −14    |
   45   |
  −42   |
    35  |
   −35  |
     0  |
```

Chaque personne va devoir payer 32,65 €.

2. 228,55 − 30 = 198,55

```
 198,55 | 5
−15     | 39,71
  48    |
 −45    |
   35   |
  −35   |
    05  |
   − 5  |
     0  |
```

Chaque personne restante va devoir payer 39,71 €.

5 Le nombre mystère Fiche 11

Coup de pouce

Je suis un nombre entier à trois chiffres, plus grand que 200, qui n'est divisible ni par 2, ni par 3, ni par 4, ni par 5, ni par 6, ni par 8, ni par 9, ni par 10.
Mon chiffre des centaines est identique à celui des unités et la somme de mes chiffres est égale à 11.
Qui suis-je ?

On peut déjà éliminer tous les nombres pairs ainsi que les multiples de 5.
Donc notre nombre a pour chiffre des unités 1 ; 3 ; 7 ou 9.
Son chiffre des centaines est identique à celui des unités donc ce nombre s'écrit :
1?1 ou 3?3 ou 7?7 ou 9?9.
La somme de ses chiffres est égale à 11 donc les deux seules possibilités sont :
191 ou 353.
Mais comme ce nombre est plus grand que 200, c'est forcément 353.

6 Le carrelage de la cuisine Fiche 12

Coup de pouce

Une pièce rectangulaire a pour dimension 5,70 m sur 3,61 m. Béatrice veut carreler cette pièce avec des carreaux carrés.
Elle a réussi à poser 15 carreaux sans découpe (entiers) le long du mur de 5,70 m.
Sera-t-elle obligée de faire des découpes pour carreler la pièce ? De combien de carreaux aura-t-elle besoin ?

```
 5,7 0 | 1 5
-4 5   | 0,3 8
  1 2 0
 -1 2 0
      0
```

Béatrice a placé 15 carreaux de 38 cm de côté le long du mur de 5,70 m.
On convertit les longueurs en cm et on divise 361 par 38.

```
 3 6 1 | 3 8
-3 4 2 | 9,5
   1 9 0
  -1 9 0
       0
```

Béatrice sera donc obligée de faire des découpes puisqu'il rentre 9 carreaux et demi sur l'autre longueur. On aura $15 \times 9 = 135$ carreaux entiers.
Ensuite il faudra 15 demi-carreaux donc on va en découper 8 en deux pour cela. $135 + 8 = 143$.
Elle aura donc besoin au total de 143 carreaux (135 entiers et 8 qui seront coupés en 2).

7 Tâche complexe

CHERCHER 1 2 3 4 | MODÉLISER 1 2 3 4 | REPRÉSENTER 1 2 3 4 | RAISONNER 1 2 3 4 | CALCULER 1 2 3 4 | COMMUNIQUER 1 2 3 4

Ilyes, Loïs et Robin sont partis en vacances ensemble. Ilyes a payé l'hébergement, Loïs a payé l'essence et l'autoroute et Robin a payé la nourriture durant le séjour. Ils voudraient maintenant équilibrer leurs comptes pour qu'au final chacun ait payé la même somme. Dire combien doit donner chacun et à qui.

Doc 1

Description	Prix
Chambre Hôtel 4 nuits	397 €

Doc 2

AUTOROUTE
TOTAL 38.95 €

CARBURANT
TOTAL 85.90 €

Doc 3

ALIMENTATION GÉNÉRALE
TOTAL 194.55 EUR

• Calcul de la dépense totale :

```
    3 2 2 1
    3 9 7, 0 0
+     8 5, 9 0
+     3 8, 9 5
+   1 9 4, 5 5
    7 1 6, 4 0
```

Les trois amis ont dépensé au total 716,40 €.

• Calcul de ce que chacun aurait dû dépenser :

```
 7 1 6,4 0 | 3
-6         | 2 3 8,8
 1 1
-  9
   2 6
  -2 4
     2 4
    -2 4
       0
```

Chaque ami aurait dû payer 238,80 €.

Donc Ilyes a trop payé et Loïs et Robin pas assez.

• Dépenses de Loïs

```
    1 1
    8 5, 9 0
+   3 8, 9 5
  1 2 4, 8 5
```

Loïs a payé 124,85 €.

```
  2 3 8, 8 0
- 1 2 4, 8 5
  1 1 3, 9 5
```

Loïs doit donner 113,95 € à Ilyes.

• Dépenses de Robin

Robin a payé 194,55 €

```
  2 3 8, 8 0
- 1 9 4, 5 5
  0 4 4, 2 5
```

Robin doit donner 44,25 € à Ilyes.

Partager avec des fractions

Je retiens

Une fraction

3 parts considérées → Numérateur

Unité divisée en 4 parts égales → Dénominateur

$\frac{3}{4} = 3 \times \frac{1}{4}$

3 parts

$\frac{1}{4}$	$\frac{1}{4}$	$\frac{1}{4}$	$\frac{1}{4}$

4 parts

Je prends un bon départ

1 Questions de vocabulaire

Compléter les phrases par les mots qui conviennent.

a. Dans la fraction $\frac{7}{5}$, le nombre 7 est appelé le ....numérateur.... et le nombre 5 est appelé le ....dénominateur....

b. $\frac{1}{2}$ se lit un ....demi.....

c. $\frac{1}{3}$ se lit un ....tiers.....

d. $\frac{1}{4}$ se lit un ....quart.....

e. $\frac{1}{5}$ se lit un ....cinquième.....

2 1. Dans chaque cas, préciser la fraction de cercle qui a été coloriée.

a.

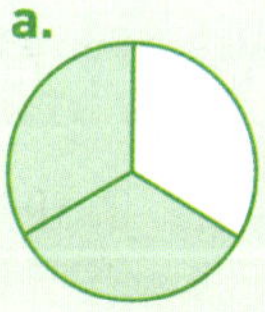

$\frac{2}{3}$

b.

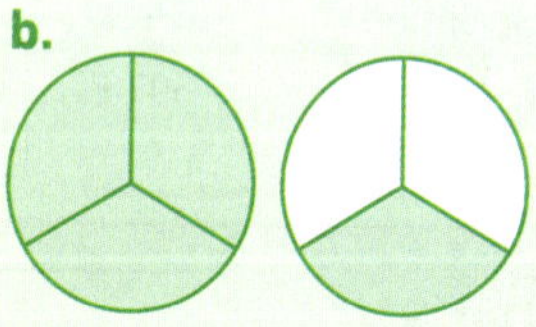

$\frac{4}{3}$

2. Dans chaque cas, préciser la fraction de triangle qui a été coloriée.

a.

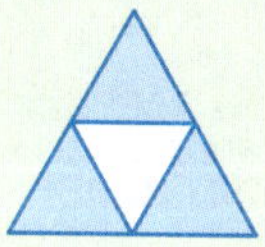

$\frac{3}{4}$

b.

$\frac{11}{4}$

3 Entourer en rouge les fractions inférieures à 1,
en vert les fractions supérieures à 1,
en bleu les fractions égales à 1.

$\frac{3}{5}$ $\frac{4}{3}$ $\frac{5}{2}$ $\frac{10}{9}$ $\frac{6}{100}$ $\frac{10}{10}$ $\frac{2}{5}$ $\frac{15}{6}$ $\frac{4}{4}$ $\frac{200}{100}$ $\frac{3}{8}$ $\frac{7}{7}$

4 Je découvre et je fais

Vidéo

Je découvre une méthode

Si on colorie les $\frac{4}{15}$ du rectangle en rouge et les $\frac{7}{15}$ du rectangle en vert, quelle fraction du rectangle n'est pas coloriée ? Expliquer.

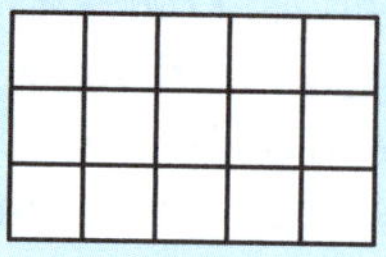

• On colorie 4 cases en rouge et 7 cases en vert sur les 15 cases du rectangle.

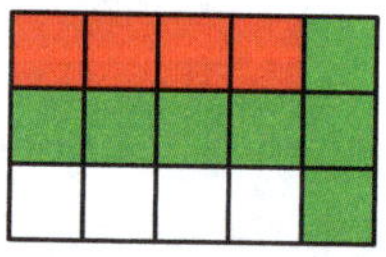

Les $\frac{4}{15}$ du rectangle sont coloriés en rouge et les $\frac{7}{15}$ du rectangle sont coloriés en vert.

• $\frac{4}{15}+\frac{7}{15}=\frac{11}{15}$ donc les $\frac{11}{15}$ du rectangle sont coloriés.

• $\frac{15}{15}-\frac{11}{15}=\frac{4}{15}$, on en conclut que les $\frac{4}{15}$ du rectangle ne sont pas coloriés.

Je fais tout(e) seul(e)

Si on colorie les $\frac{5}{24}$ du rectangle en rouge et les $\frac{17}{24}$ du rectangle en vert, quelle fraction du rectangle n'est pas coloriée ? Expliquer.

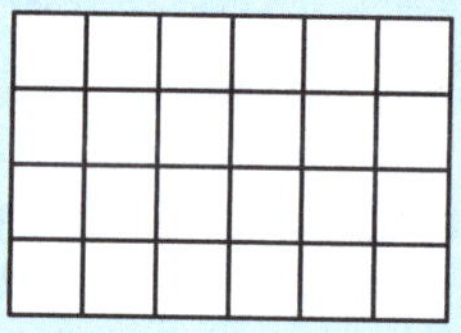

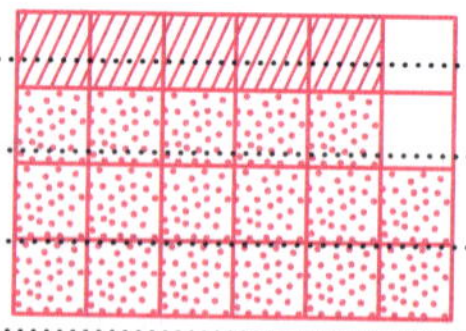

Les $\frac{5}{24}$ du rectangle sont coloriés en rouge ; les $\frac{17}{24}$ du rectangle sont coloriés en vert.

• $\frac{17}{24}+\frac{5}{24}=\frac{22}{24}$ donc les $\frac{22}{24}$ du rectangle sont coloriés.

• $\frac{24}{24}-\frac{22}{24}=\frac{2}{24}$, on en conclut que les $\frac{2}{24}$ du rectangle ne sont pas coloriés.

5 1. **a.** Colorier les $\frac{7}{10}$ du rectangle n° 1, puis les $\frac{3}{5}$ du rectangle n° 2.

Coup de pouce

b. Compléter par <, > ou = : $\frac{7}{10}$ > $\frac{3}{5}$.

2. **a.** Repasser en couleur les $\frac{3}{4}$ du segment n° 1, puis les $\frac{5}{6}$ du segment n° 2.

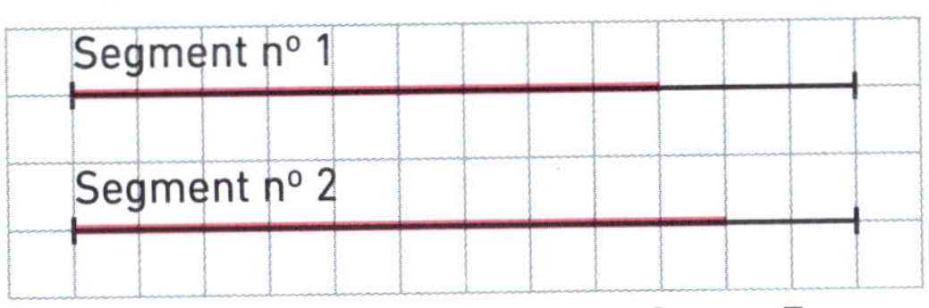

b. Compléter par <, > ou = : $\frac{3}{4}$ < $\frac{5}{6}$.

6 **Vrai ou Faux ?**

Coup de pouce

a. $\frac{1}{3} = \frac{3}{9}$

☒ Vrai ☐ Faux

b. $\frac{7}{5} = \frac{3}{2}$

☐ Vrai ☒ Faux

Fais des schémas pour justifier les réponses.

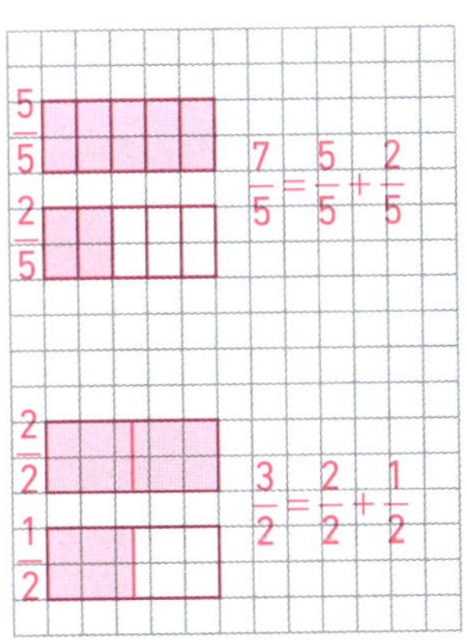

7 1. Colorier les $\frac{3}{10}$ du rectangle en vert, et, à côté, colorier $\frac{1}{3}$ de ce rectangle en rouge.

Coup de pouce

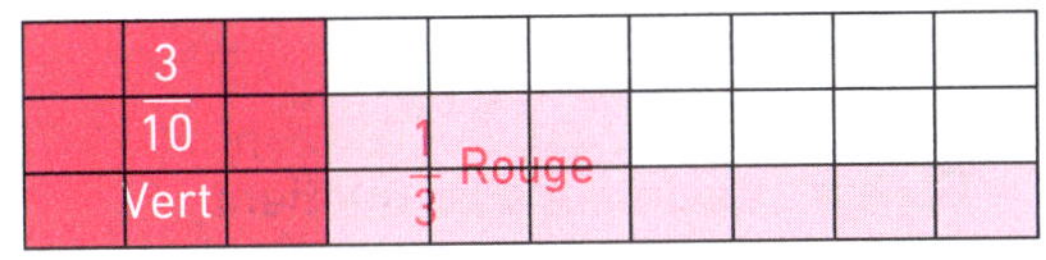

2. Quelle fraction du rectangle est coloriée ? Expliquer.

Le rectangle est partagé en trentièmes.
À la question 1, on colorié les $\frac{9}{30}$ du rectangle en vert et les $\frac{10}{30}$ du rectangle en rouge donc les $\frac{19}{30}$ du rectangle sont coloriés.

8 *Dans cet exercice, aucune justification n'est demandée.*

Coup de pouce

Tu peux représenter les partages sur les photos pour t'aider.

1. Sam partage une pizza en deux moitiés, il partage ensuite chaque moitié en tiers.
Quelle fraction de la pizza représente une part ?

Chaque part de pizza représente $\frac{1}{6}$ de la pizza.

2. Sidonie partage un brownie en quarts, puis chaque quart à nouveau en quarts.
Quelle fraction du brownie représente une part ?

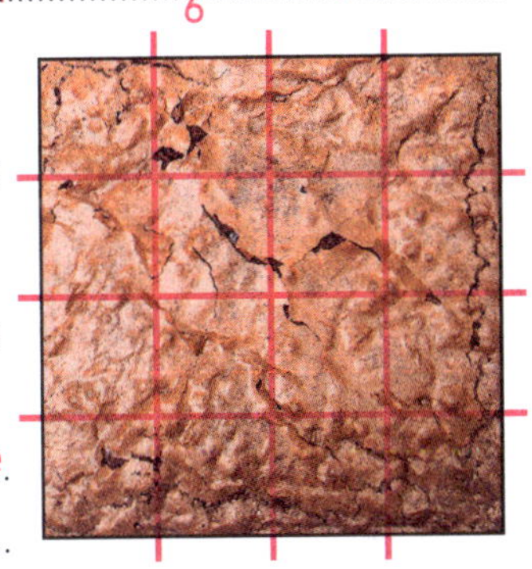

Chaque part de brownie représente $\frac{1}{16}$ du brownie.

9 Vidéo

Automatismes

a Écrire en chiffres, puis donner le résultat de « un tiers plus un tiers ».

$\frac{1}{3}+\frac{1}{3}=\frac{2}{3}$

b Écrire en chiffres, puis donner le résultat de « trois cinquièmes plus quatre cinquièmes ».

$\frac{3}{5}+\frac{4}{5}=\frac{7}{5}$

c Écrire en chiffres, puis donner le résultat du « double de trois quarts ».

$2\times\frac{3}{4}=\frac{6}{4}$

d Écrire en chiffres, puis donner le résultat de « 4 fois trois demis ».

$4\times\frac{3}{2}=\frac{12}{2}$

14 Écrire des quotients avec des fractions

Je retiens

- **Écriture** **fractionnaire** **d'un quotient**

toujours exacte

$3 : 4 = \frac{3}{4}$ $5 : 3 = \frac{5}{3}$

- **Écriture** **décimale** **d'un quotient**

parfois exacte, parfois approchée

$3 : 4 = 0{,}75$ $5 : 3 \approx 1{,}66$

- **Nombre manquant dans une multiplication**

$7 \times ? = 11$

$? = 11 : 7 = \frac{11}{7}$ On a : $7 \times \frac{11}{7} = 11$.

Je prends un bon départ

1 Questions de vocabulaire

Compléter avec les mots qui conviennent.

1. Le résultat d'une division s'appelle un quotient.

2. $5 : 7 = \frac{5}{7}$ — dividende (5 de 5 : 7) ; diviseur (7 de 5 : 7) ; numérateur (5 de $\frac{5}{7}$) ; dénominateur (7 de $\frac{5}{7}$).

2 Entourer toutes les fractions qui sont égales à un nombre entier :

$\frac{5}{3}$ $\frac{14}{4}$ $\frac{5}{2}$ $\frac{6}{4}$ $\frac{1}{3}$ $\frac{2}{4}$

$\frac{4}{2}$ (entourée) $\frac{7}{7}$ (entourée) $\frac{15}{5}$ (entourée) $\frac{3}{6}$ $\frac{12}{3}$ (entourée) $\frac{10}{2}$ (entourée)

3 1. Donner l'écriture décimale des fractions décimales suivantes :

a. $\frac{4}{10} = 0{,}4$ b. $\frac{3}{100} = 0{,}03$ c. $\frac{20}{10} = 2$

d. $\frac{68}{100} = 0{,}68$ e. $\frac{56}{10} = 5{,}6$ f. $\frac{700}{100} = 7$

2. Écrire les nombres décimaux suivants comme des fractions décimales :

a. $0{,}06 = \frac{6}{100}$ b. $0{,}8 = \frac{8}{10}$ c. $1{,}4 = \frac{14}{10}$

d. $8 = \frac{80}{10}$ e. $9{,}1 = \frac{91}{10}$ f. $3{,}14 = \frac{314}{100}$

Dans une fraction décimale, le dénominateur est égal à 10 ; 100 ; 1 000, etc.

4 Je découvre et je fais

Vidéo

Je découvre une méthode

Gabriel veut partager un ruban de 17 mètres en 6 morceaux de même longueur.
Donner la longueur exacte de chacun des morceaux, puis une valeur approchée au centième de mètre.

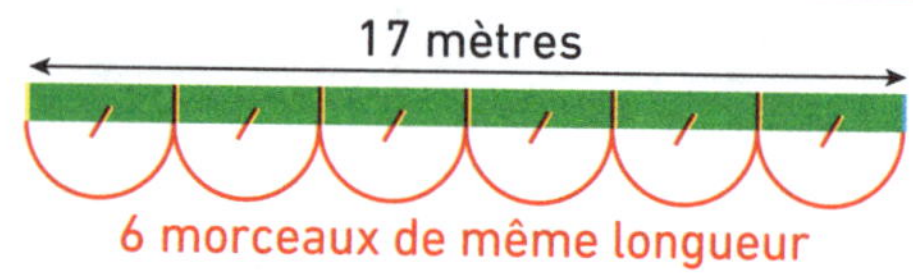

On cherche le nombre à écrire à la place du ? dans l'égalité $17 = 6 \times ?$.
Pour trouver ce nombre, on fait la division 17 : 6.

- Le résultat peut toujours s'écrire de façon exacte sous forme fractionnaire :

$$17 : 6 = \frac{17}{6}.$$

- Sous forme décimale, le quotient peut être exact ou approché, ici la division est infinie donc c'est une valeur approchée :

$$17 : 6 \approx 2{,}83.$$

Chaque morceau va mesurer exactement $\frac{17}{6}$ m, soit environ 2,83 m.

```
 1 7      | 6
-1 2      |-------
----      | 2,8 3 3
   5 0
 - 4 8
 -----
     2 0
   - 1 8
   -----
       2 0
     - 1 8
     -----
         2
```

Je fais tout(e) seul(e)

Mona veut partager un parcours de 44 kilomètres en trois étapes de même longueur.
Donner la longueur exacte de chacune des étapes, puis une valeur approchée au dixième de kilomètre.

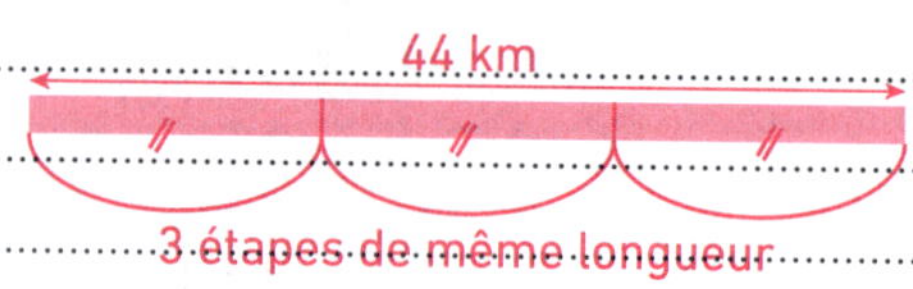

On cherche le nombre à écrire à la place du ? dans l'égalité $44 = 3 \times ?$.
Pour trouver ce nombre, on fait la division 44 : 3.

- Sous forme fractionnaire, on obtient :

$$44 : 3 = \frac{44}{3}.$$

- Sous forme décimale, la division est infinie donc c'est une valeur approchée :

$$44 : 3 \approx 14{,}6.$$

Chaque étape fera exactement $\frac{44}{3}$ km, soit environ 14,6 km.

```
 4 4      | 3
-3        |------
---       | 14,6
 1 4
-1 2
----
   2 0
 - 1 8
 -----
     2 0
```

5 **1.** Clotilde partage équitablement trois litres de jus de pomme dans cinq bouteilles. Quelle quantité de jus de pomme contient exactement chaque bouteille ?

Coup de pouce

$3 : 5 = \frac{3}{5} = 0{,}6$.

Chaque bouteille contient exactement 0,6 L (ou $\frac{3}{5}$ L).

3,0 | 5
– 0 | 0,6
3 0
– 3 0
0

2. Félix partage équitablement cinq litres de jus d'orange dans trois carafes.
Quelle quantité de jus d'orange contient exactement chaque carafe ?

$5 : 6 = \frac{5}{6} \approx 0{,}83$.

Chaque carafe contient exactement $\frac{5}{6}$ L.

5,0 0 | 6
– 0 | 0,8 3
5 0
– 4 8
2 0
– 1 8
2

6 **1.** Déterminer l'écriture décimale exacte de chaque fraction.

Coup de pouce

a. $\frac{9}{5} = 1{,}8$

9 | 5
– 5 | 1,8
4 0
– 4 0
0

b. $\frac{7}{4} = 1{,}75$

7 | 4
– 4 | 1,75
3 0
– 2 8
2 0
– 2 0
0

2. En utilisant les résultats de la question **1**, comparer $\frac{9}{5}$ et $\frac{7}{4}$:

$\frac{7}{4} < \frac{9}{5}$

7 Un rectangle a pour aire 47 cm^2 et pour largeur 6 cm.
Déterminer la valeur exacte de la longueur de ce rectangle.

Coup de pouce

On utilise la formule de calcul de l'aire d'un rectangle :

Longueur × Largeur = Aire

Avec les valeurs de l'énoncé, on obtient :

Longueur × 6 = 47

On en déduit que :

Longueur $= 47 : 6 = \frac{47}{6}$.

La valeur exacte de la longueur de ce rectangle est $\frac{47}{6}$ cm.

8 Compléter par les nombres qui conviennent.

Coup de pouce

a. $\frac{15}{5} = 3$ **b.** $0{,}5 = \frac{2}{4}$

c. $\frac{24}{10} = 2{,}4$ **d.** $\frac{24}{3} = 8$

e. $\frac{6}{4} = 1{,}5$ **f.** $3{,}5 = \frac{7}{2}$

9 **1.** Compléter les égalités suivantes par une fraction :

Coup de pouce

a. $4 \times \frac{5}{4} = 5$ **b.** $3 \times \frac{7}{3} = 7$

c. $11 \times \frac{3}{11} = 3$ **d.** $\frac{3}{10} \times 10 = 3$

2. Compléter les égalités suivantes par un nombre décimal :

a. $4 \times 1{,}25 = 5$ **b.** $6 \times 1{,}5 = 9$

c. $20 \times 0{,}5 = 10$ **d.** $2{,}8 \times 5 = 14$

Tu peux utiliser un brouillon pour les calculs.

10 Vidéo

Automatismes

a Compléter les égalités :
- $3 \times \frac{8}{3} = 8$
- $6 \times \frac{5}{6} = 5$

b Compléter les égalités :
- $\frac{1}{4} \times 4 = 1$
- $\frac{7}{3} \times 3 = 7$

c Compléter les égalités :
- $100 \times \frac{3}{100} = 3$
- $\frac{9}{8} \times 8 = 9$

d Compléter les égalités :
- $\frac{10}{11} \times 11 = 10$
- $2 \times \frac{5}{2} = 5$

15 Repérer une fraction sur une demi-droite graduée

Je retiens

Repérage d'un nombre

On considère la **distance à 0** de ce nombre.

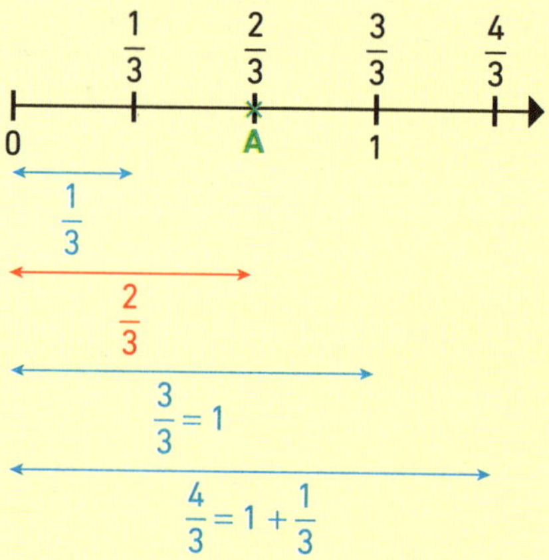

Le nombre $\frac{2}{3}$ est l'**abscisse** du point A.

Je prends un bon départ

1 Questions de vocabulaire

1. Compléter avec les mots qui conviennent :

Pour placer une ....fraction.... sur une demi-droite ....graduée...., on peut découper l'unité en autant de ....morceaux.... que le ....dénominateur.... de la fraction et on compte en partant de ....zéro.... autant de graduations que le ....numérateur.... de la fraction.

2. Dans l'égalité $4 \times 3 = 12$, on dit que :

a. 4 et 3 sont des ....diviseurs.... de 12 ;

b. 12 est un ....multiple.... de 4 et de 3.

2 **1.** Donner les onze premiers multiples de 7 :

0 ; 7 ; 14 ; 21 ; 28 ; 35 ; 42 ; 49 ; 56 ; 63 ; 70.

2. Donner les onze premiers multiples de 8 :

0 ; 8 ; 16 ; 24 ; 32 ; 40 ; 48 ; 56 ; 64 ; 72 ; 80.

3 Écrire une fraction sous chaque graduation :

a.

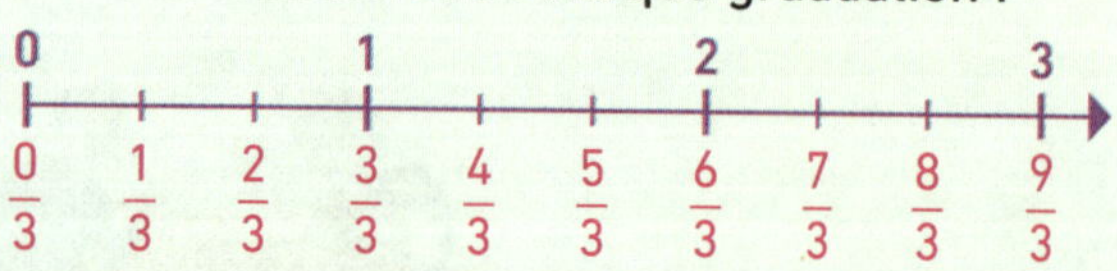

b.

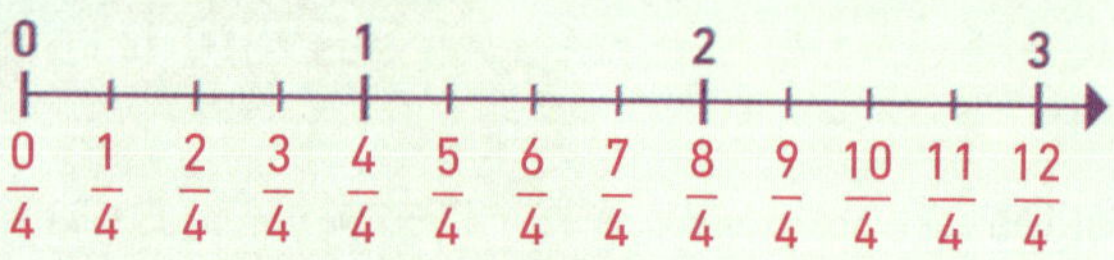

c.

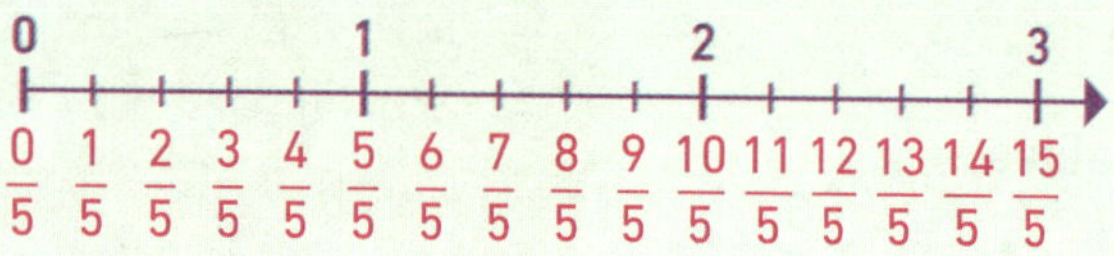

4 Je découvre et je fais Vidéo

Je découvre une méthode

1. Écrire les nombres $\frac{5}{2}$; $\frac{7}{2}$; $\frac{3}{4}$ et $\frac{9}{4}$ comme la somme d'un nombre entier et d'une fraction inférieure à 1.

• Les premiers multiples de 2 sont 0 ; 2 ; 4 ; 6 ; 8 ; ...
4 est le plus grand multiple de 2 inférieur à 5 donc

$\frac{5}{2} = \frac{4}{2} + \frac{1}{2} = 2 + \frac{1}{2}$, avec $\frac{1}{2} < 1$.

6 est le plus grand multiple de 2 inférieur à 7 donc :

$\frac{7}{2} = \frac{6}{2} + \frac{1}{2} = 3 + \frac{1}{2}$, avec $\frac{1}{2} < 1$.

• Les premiers multiples de 4 sont 0 ; 4 ; 8 ; 12 ; ...
0 est le plus grand multiple de 4 inférieur à 3 donc :

$\frac{3}{4} = \frac{0}{4} + \frac{3}{4} = 0 + \frac{3}{4}$, avec $\frac{3}{4} < 1$.

8 est le plus grand multiple de 4 inférieur à 9 donc :

$\frac{9}{4} = \frac{8}{4} + \frac{1}{4} = 2 + \frac{1}{4}$, avec $\frac{1}{4} < 1$.

2. Placer les quatre nombres de la question **1** sur la demi-droite graduée ci-dessous :

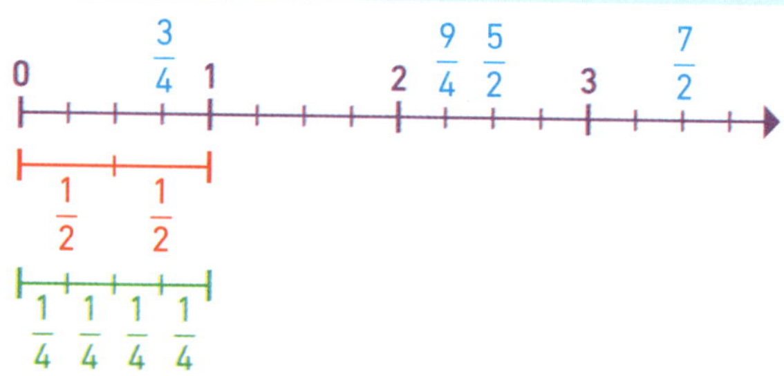

Je fais tout(e) seul(e)

1. Écrire les nombres $\frac{2}{3}$; $\frac{7}{3}$; $\frac{7}{6}$ et $\frac{11}{6}$ comme la somme d'un nombre entier et d'une fraction inférieure à 1.

• Les premiers multiples de 3 sont 0 ; 3 ; 6 ; 9 ; 12 ; ...
0 est le plus grand multiple de 3 inférieur à 2 donc

$\frac{2}{3} = \frac{0}{3} + \frac{2}{3} = 0 + \frac{2}{3}$, avec $\frac{2}{3} < 1$.

6 est le plus grand multiple de 3 inférieur à 7 donc

$\frac{7}{3} = \frac{6}{3} + \frac{1}{3} = 2 + \frac{1}{3}$, avec $\frac{1}{3} < 1$.

• Les premiers multiples de 6 sont 0 ; 6 ; 12 ; 18 ; ...
6 est le plus grand multiple de 6 inférieur à 7 donc

$\frac{7}{6} = \frac{6}{6} + \frac{1}{6} = 1 + \frac{1}{6}$, avec $\frac{1}{6} < 1$.

6 est le plus grand multiple de 6 inférieur à 11 donc

$\frac{11}{6} = \frac{6}{6} + \frac{5}{6} = 1 + \frac{5}{6}$, avec $\frac{5}{6} < 1$.

2. Placer les quatre nombres de la question **1** sur la demi-droite graduée ci-dessous :

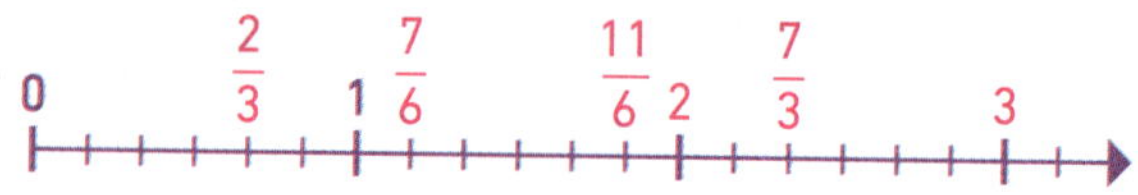

5 Compléter par les nombres qui conviennent.

a. $\frac{5}{3} = 1 + \frac{2}{3}$ b. $\frac{9}{2} = 4 + \frac{1}{2}$

c. $\frac{15}{4} = 3 + \frac{3}{4}$ d. $\frac{22}{5} = 4 + \frac{2}{5}$

e. $\frac{67}{10} = 6 + \frac{7}{10}$ f. $\frac{134}{100} = 1 + \frac{34}{100}$

6 Compléter par les nombres qui conviennent.

a. $2 + \frac{1}{3} = \frac{7}{3}$ b. $2 + \frac{3}{4} = \frac{11}{4}$

c. $5 + \frac{1}{2} = \frac{11}{2}$ d. $3 + \frac{5}{6} = \frac{23}{6}$

e. $3 + \frac{1}{10} = \frac{31}{10}$ f. $4 + \frac{3}{100} = \frac{403}{100}$

7 **1.** Placer les nombres $\frac{1}{2}$; $\frac{3}{2}$; $\frac{4}{5}$; $\frac{7}{5}$; $\frac{3}{10}$ et $\frac{12}{10}$ sur la demi-droite graduée :

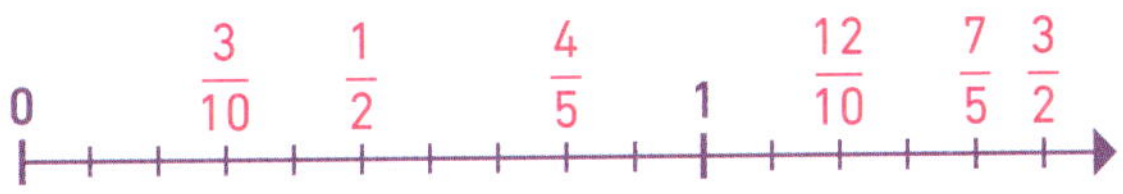

2. En utilisant la demi-droite graduée de la question **1**, compléter ces égalités :

a. $\frac{3}{2} = \frac{15}{10}$ b. $\frac{4}{5} = \frac{8}{10}$ c. $\frac{12}{10} = \frac{6}{5}$

8 **1.** Placer les nombres $\frac{1}{2}$; $\frac{1}{3}$; $\frac{2}{3}$; $\frac{2}{4}$; $\frac{3}{4}$; $\frac{2}{6}$; $\frac{3}{6}$; $\frac{8}{12}$ et $\frac{9}{12}$ sur la demi-droite graduée :

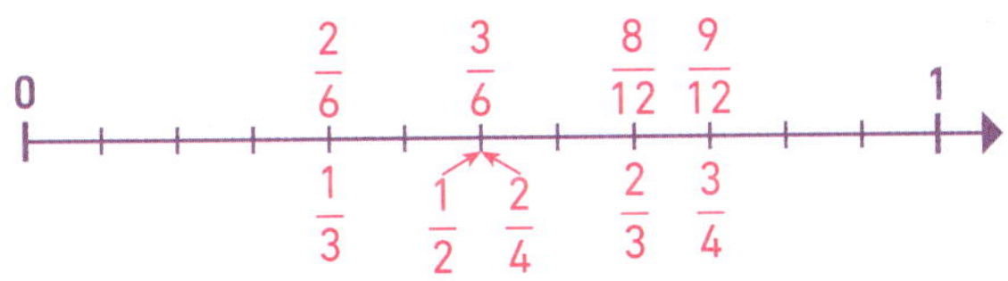

2. Quelles égalités de fractions peut-on écrire ?

$\frac{2}{6} = \frac{1}{3}$; $\frac{1}{2} = \frac{2}{4} = \frac{3}{6}$; $\frac{2}{3} = \frac{8}{12}$; $\frac{9}{12} = \frac{3}{4}$

9 Compléter par un nombre qui convient.

a. $2 < \frac{7}{3} < 3$ b. $3 < \frac{7}{2} < 4$

c. $2 < \frac{11}{4} < 3$ d. $5 < \frac{53}{10} < 6$

Il peut y avoir plusieurs solutions !

10 On utilisera cette demi-droite pour répondre aux questions :

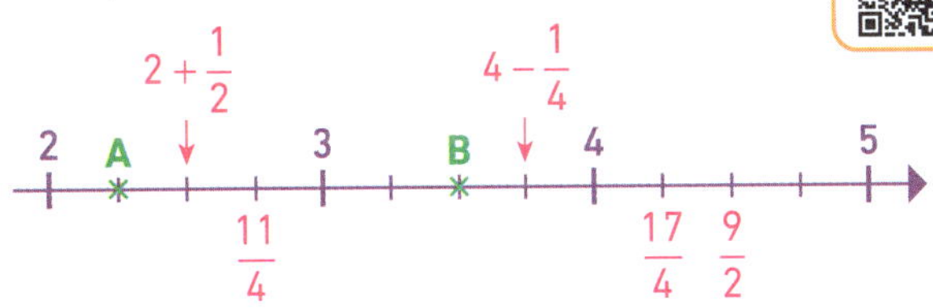

1. Entourer les nombres qui peuvent être l'abscisse du point A :

$\frac{1}{4}$ $2 + \frac{1}{4}$ (entouré) $3 - \frac{1}{4}$ $\frac{9}{4}$ (entouré) $\frac{3}{4}$

2. Entourer les nombres qui peuvent être l'abscisse du point B :

$3 + \frac{1}{4}$ $3 + \frac{1}{2}$ (entouré) $\frac{7}{2}$ (entouré) $\frac{4}{2}$ $4 - \frac{1}{2}$ (entouré)

3. Sur la demi-droite, placer les nombres :

$2 + \frac{1}{2}$; $4 - \frac{1}{4}$; $\frac{9}{2}$; $\frac{11}{4}$ et $\frac{17}{4}$.

$\frac{9}{2} = 4 + \frac{1}{2}$ $\frac{11}{4} = 2 + \frac{3}{4}$ $\frac{17}{4} = 4 + \frac{1}{4}$

11 Placer les nombres $\frac{3}{4}$; $\frac{1}{2}$; 1 et $\frac{2}{3}$ sur cette demi-droite graduée :

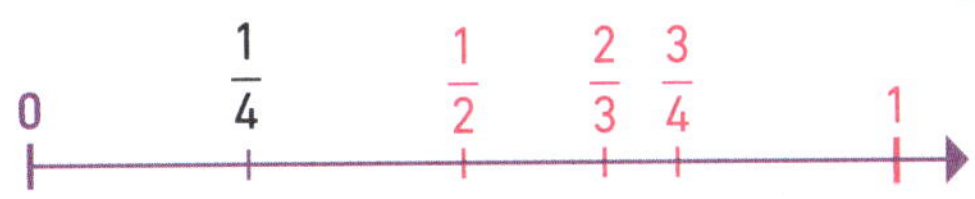

12 Vidéo

Automatismes

a Encadrer $\frac{10}{3}$ par deux entiers consécutifs :

$3 < \frac{10}{3} < 4$

b Encadrer $\frac{31}{5}$ par deux entiers consécutifs :

$6 < \frac{31}{5} < 7$

c Encadrer $\frac{35}{8}$ par deux entiers consécutifs :

$4 < \frac{35}{8} < 5$

d Encadrer $\frac{54}{7}$ par deux entiers consécutifs :

$7 < \frac{54}{7} < 8$

16 Prendre une fraction d'une quantité

Je retiens

On calcule les $\frac{3}{5}$ de 30.

• **Schéma**

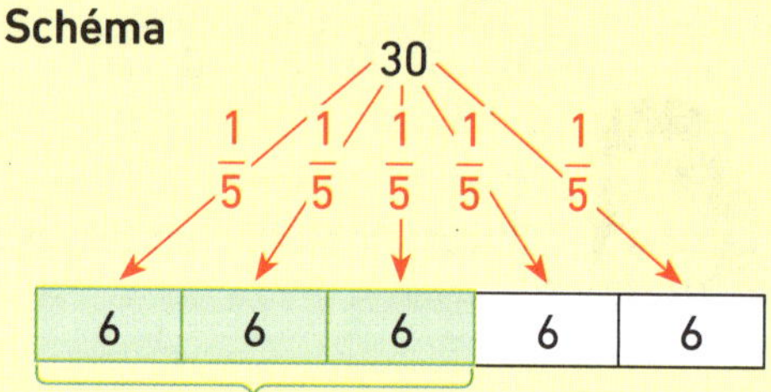

$\frac{3}{5}$ de $30 = 3 \times 6 = 18$.

• **Calcul**

$\frac{3}{5} \times 30 = 3 \times \left(\frac{1}{5} \times 30\right) = 3 \times (30 : 5)$

$= 3 \times 6 = 18.$

Je prends un bon départ

1 Questions de vocabulaire

Compléter avec les mots qui conviennent.

a. En multipliant une quantité par $\frac{1}{2}$, on obtient ......la moitié...... de cette quantité.

b. En multipliant une quantité par $\frac{1}{3}$, on obtient ......le tiers...... de cette quantité.

c. En multipliant une quantité par $\frac{1}{4}$, on obtient ......le quart...... de cette quantité.

d. En multipliant une quantité par $\frac{1}{10}$, on obtient ......le dixième...... de cette quantité.

e. En multipliant une quantité par $\frac{1}{100}$, on obtient ......le centième...... de cette quantité.

2 Compléter par la quantité qui convient.

a. La moitié de 15 kg est égale à ......7,5 kg......

b. Le tiers de 24 heures est égal à ......8 heures......

c. Le quart de 10 L est égal à ......2,5 L......

d. Le dixième de 130 € est égal à ......13 €......

e. Le centième de 1 000 km est égal à ......10 km......

3 Dans chaque cas, indiquer la quantité d'eau présente dans le récipient.

a.

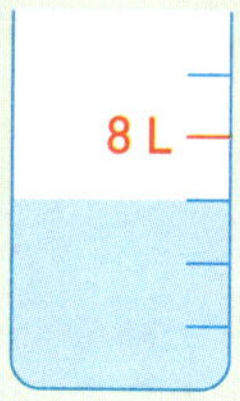

...6... L

b.

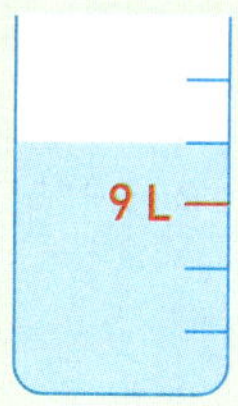

...12... L

4 Je découvre et je fais

▶ Vidéo

Je découvre une méthode

Nabil et Romain participent à une course de 35 km. Une heure après le départ, Nabil doit encore parcourir les $\frac{5}{7}$ du trajet et Romain les $\frac{3}{4}$ du trajet.

Quelle distance doit encore parcourir Nabil ? et Romain ?

• $\frac{5}{7}$ correspond à 5 fois $\frac{1}{7}$ donc on peut calculer à combien correspond $\frac{1}{7}$ de 35 km, puis multiplier le résultat par 5.

$\frac{5}{7} \times 35 = 5 \times \left(\frac{1}{7} \times 35\right) = 5 \times (35 : 7) = 5 \times 5 = 25.$

Nabil doit encore parcourir 25 km.

• $\frac{3}{4}$ correspond à 3 fois $\frac{1}{4}$ donc on peut calculer à combien correspond $\frac{1}{4}$ de 35 km, puis multiplier le résultat par 3.

$\frac{3}{4} \times 35 = 3 \times \left(\frac{1}{4} \times 35\right)$

$= 3 \times (35 : 4)$

$= 3 \times 8{,}75$

$= 26{,}25.$

Romain doit encore parcourir 26,25 km.

```
  3 5  | 4
- 3 2  |-----
  ---  | 8,75
    3 0
  - 2 8
    ---
      2 0
    - 2 0
      ---
        0
```

Je fais tout(e) seul(e)

Sandra possède une exploitation agricole de 20 hectares. Les $\frac{2}{5}$ de son exploitation sont occupés par des pommiers, les $\frac{3}{8}$ de son exploitation sont occupés par des noyers.

Quelle est la superficie occupée par les pommiers ?

Quelle est la superficie occupée par les noyers ?

• $\frac{2}{5} \times 20 = 2 \times \left(\frac{1}{5}\right) \times 20 = 2 \times (20 : 5) = 2 \times 4 = 8.$

La superficie occupée par les pommiers est de 8 ha.

• $\frac{3}{8} \times 20 = 3 \times \left(\frac{1}{8} \times 20\right)$

$= 3 \times (20 : 8)$

$= 3 \times 2{,}5$

$= 7{,}5.$

```
  2 0  | 8
- 1 6  |-----
  ---  | 2,5
    4 0
  - 4 0
    ---
      0
```

La superficie occupée par les noyers est de 7,5 ha.

5 Trois frères veulent acheter un cadeau à 75 € pour leur mère. Jules a déjà donné les $\frac{3}{10}$ du prix et Arthur les $\frac{7}{20}$ du prix.

Coup de pouce

1. Combien d'argent ont-ils donné chacun ?

• $\frac{3}{10} \times 75 = 3 \times \left(\frac{1}{10} \times 75\right) = 3 \times (75 : 10)$

$= 3 \times 7{,}5 = 22{,}5$.

Jules a donné 22,50 €.

• $\frac{4}{15} \times 75 = 4 \times \left(\frac{1}{15} \times 75\right) = 4 \times (75 : 15)$

$= 4 \times 5 = 20$.

Arthur a donné 20 €.

2. Combien doit donner Léo, le troisième frère, pour pouvoir acheter le cadeau ?

$22{,}5 + 20 = 42{,}5$.

Jules et Arthur ont donné ensemble 42,50 €.

$75 - 42{,}5 = 32{,}5$.

Léo doit donner 32,50 €.

6 Calculer :

Coup de pouce

a. $\frac{3}{2}$ de 1 heure

$= \frac{3}{2} \times 60$ min

$= 3 \times 30$ min

$= 1$ h 30 min

b. $\frac{2}{3}$ de 1 heure

$= \frac{2}{3} \times 60$ min

$= 2 \times 20$ min

$= 40$ min

c. $\frac{7}{6}$ de 1 heure

$= \frac{7}{6} \times 60$ min

$= 7 \times 10$ min

$= 1$ h 10 min

d. $\frac{2}{5}$ de 1 heure

$= \frac{2}{5} \times 60$ min

$= 2 \times 12$ min

$= 24$ min

Remplace 1 heure par 60 minutes dans les calculs.

7 Dans un collège, les $\frac{5}{7}$ des 364 élèves font anglais en LV1. Parmi ces élèves, les $\frac{1}{13}$ font chinois en LV2.

Coup de pouce

1. Combien d'élèves font anglais en LV1 dans ce collège ?

$\frac{5}{7} \times 364 = 5 \times \left(\frac{1}{7} \times 364\right)$

$= 5 \times (364 : 7)$

$= 5 \times 52$

$= 260$.

364	7
− 35	52
14	
− 14	
0	

260 élèves font anglais en LV1.

2. Combien d'élèves font anglais en LV1 et chinois en LV2 dans ce collège ?

$\frac{1}{13} \times 260 = 260 : 13 = 20$.

20 élèves font anglais en LV1 et chinois en LV2.

8 Adèle veut acheter un vélo avant l'été. Elle a déjà économisé 442 € et le prix du vélo est égal aux $\frac{7}{4}$ de ses économies.

Coup de pouce

1. Quel est le prix du vélo ?

$\frac{7}{4} \times 442 = 7 \times \left(\frac{1}{4} \times 442\right)$

$= 7 \times (442 : 4)$

$= 7 \times 110{,}5$

$= 773{,}5$

442	4
− 4	110,5
04	
− 4	
02	
− 0	
20	
− 20	
0	

Le prix du vélo est de 773,50 €.

2. Combien Adèle doit-elle encore économiser ?

$773{,}50 - 442 = 331{,}5$.

Elle doit encore économiser 331,50 €.

9 Vidéo

Automatismes

Calcul mental

a Calculer les $\frac{2}{3}$ de 15 kg.

10 kg

b Calculer les $\frac{4}{7}$ de 21 km.

12 km

c Calculer les $\frac{5}{3}$ de 12 L.

20 L

d Calculer les $\frac{3}{100}$ de 450 €.

13,50 €

Problèmes

1 Les peintures Fiches 13 et 16

Coup de pouce

1. Deux classes de 6e veulent peindre au sol les dessins suivants. Dans chaque cas, quelle fraction du dessin est en couleur ? La noter.

6e A

$\frac{7}{16}$

6e B

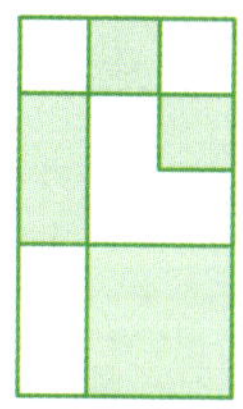

$\frac{8}{15}$

2. L'aire du dessin de la 6e A est de 32 m^2 ; l'aire du dessin de la 6e B est de 30 m^2. Dans quel projet l'aire en couleur est-elle la plus grande ?

6e A : $\frac{7}{16} \times 32 = 7 \times \left(\frac{1}{16} \times 32\right) = 7 \times 2 = 14.$

L'aire en couleur est de 14 m^2.

6e B : $\frac{8}{15} \times 30 = 8 \times \left(\frac{1}{15} \times 30\right) = 8 \times 2 = 16.$

L'aire en couleur est de 16 m^2.

Le projet avec l'aire en couleur la plus grande est celui de la 6e B.

2 Le saut en longueur Fiches 14, 15 et 16

Coup de pouce

Ana, Betty et Cho s'entraînent au saut en longueur :

– Ana a sauté un mètre plus trois quarts de mètre ;
– Betty a sauté les quatre cinquièmes de deux mètres ;
– Cho a sauté deux mètres moins le tiers d'un mètre.

1. Sur le schéma, repérer l'endroit où chacune des filles a atterri après son saut.

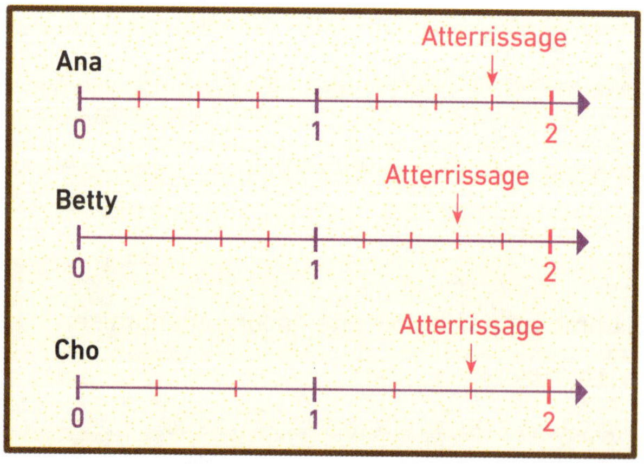

2. Déterminer une valeur décimale (exacte ou approchée) de la longueur de chaque saut.

Pour Ana : 1,75 m car

$1 + \frac{3}{4} \times 1 = 1 + \frac{3}{4} = 1 + 0{,}75 = 1{,}75.$

Pour Betty : 1,6 m car

$\frac{4}{5} \times 2 = 4 \times \left(\frac{1}{5} \times 2\right) = 4 \times 0{,}4 = 1{,}6.$

Pour Cho : environ 1,67 m car

$2 - \frac{1}{3} \times 1 = 2 - \frac{1}{3} \approx 2 - 0{,}33 = 1{,}67.$

3 Le jardin partagé Fiches 13 et 16

Coup de pouce

Voici le plan d'un jardin partagé :

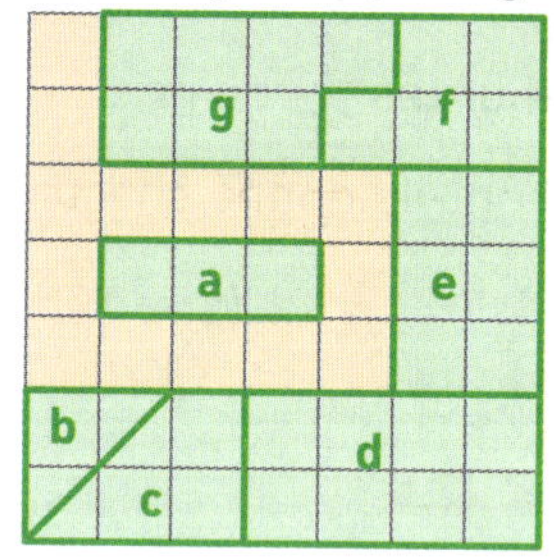

La parcelle « e » a une aire de 12 m^2.

Pour répartir les frais de gestion entre les différentes personnes, Elie a besoin de connaître l'aire de chaque parcelle.

Pour l'aider, compléter le tableau suivant :

Parcelle	Fraction de la parcelle « e »	Aire en m^2
« a »	$\frac{1}{2}$	$\frac{1}{2} \times 12 = 6$
« b »	$\frac{1}{3}$	$\frac{1}{3} \times 12 = 4$
« c »	$\frac{4}{6}$ ou $\frac{2}{3}$	$\frac{2}{3} \times 12 = 2 \times 4 = 8$
« d »	$\frac{8}{6}$ ou $\frac{4}{3}$	$\frac{4}{3} \times 12 = 4 \times 4 = 16$
« e »	1	12
« f »	$\frac{5}{6}$	$\frac{5}{6} \times 12 = 5 \times 2 = 10$
« g »	$\frac{7}{6}$	$\frac{7}{6} \times 12 = 7 \times 2 = 14$

4 Le gâteau au chocolat Fiches 13 et 16

Coup de pouce

Pour son anniversaire, Rodolphe veut faire un énorme gâteau en multipliant les quantités de sa recette préférée par 5. La recette de départ utilise les $\frac{3}{4}$ d'une tablette de chocolat.

1. Combien de tablettes entières de chocolats lui faudra-t-il acheter ?

$5 \times \frac{3}{4} = \frac{15}{4}$ et $\frac{12}{4} < \frac{15}{4} < \frac{16}{4}.$

Donc $3 < \frac{15}{4} < 4.$

Il lui faudra acheter 4 tablettes de chocolat.

2. Si chaque tablette pèse 250 g, quelle sera la quantité totale de chocolat utilisée ?

$\frac{15}{4} \times 250 = 15 \times \left(\frac{1}{4} \times 250\right) = 15 \times 62{,}5 = 937{,}5.$

La quantité totale de chocolat utilisée sera 937,5 g.

5 Le livre de lecture Fiches 14 et 16

Coup de pouce

Sofiane doit finir un livre de 205 pages pour la semaine prochaine.

Il a déjà lu les $\frac{3}{5}$ du livre et prévoit de lire $\frac{1}{7}$ du reste chaque jour de la semaine.

Combien de pages doit-il lire chaque jour pour avoir fini le livre dans 7 jours ?

Donner la valeur exacte du nombre de pages à lire, puis une valeur approchée à l'unité.

• $\frac{3}{5} \times 205 = 3 \times \left(\frac{1}{5} \times 205\right)$
$= 3 \times (205 : 5)$
$= 3 \times 41$
$= 123.$

```
 2 0 5 | 5
-2 0   | 4 1
   0 5 |
  -  5 |
     0 |
```

Sofiane a déjà lu 123 pages.

• $205 - 123 = 82.$

Il lui reste au total 82 pages à lire.

• $\frac{1}{7} \times 82 = 82 : 7 = \frac{82}{7}$

Il doit lire exactement $\frac{82}{7}$ de page chaque jour.

• $82 : 7 \approx 11{,}7.$

Sofiane doit donc lire environ 12 pages par jour.

```
 8 2   | 7
-7     | 1 1,7
 1 2   |
-  7   |
   5 0 |
 - 4 9 |
     1 |
```

6 Téléchargement Fiches 13 et 16

Coup de pouce

Chloé est en train de copier des fichiers de sa clé USB à son ordinateur.

Le téléchargement dure depuis 2 minutes ce qui correspond aux trois cinquièmes de la durée totale de téléchargement.

Compléter le schéma avec les informations de l'énoncé, puis déterminer la durée totale de téléchargement en minutes et secondes.

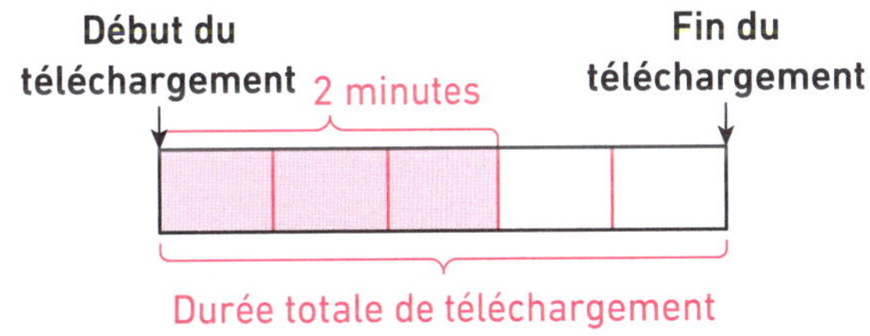

• 2 min = 120 s

$\frac{1}{3} \times 120 = 40$ s

Un tiers de 2 min et donc un cinquième de la durée totale de téléchargement correspond à 40 s.

• $40 \times 5 = 200$

200 s = 3 min 20 s

La durée totale de téléchargement est de 3 min et 20 s.

7 Tâche complexe

CHERCHER 1 2 3 4 | MODÉLISER 1 2 3 4 | REPRÉSENTER 1 2 3 4 | RAISONNER 1 2 3 4 | CALCULER 1 2 3 4 | COMMUNIQUER 1 2 3 4

Samira et Nathan sont amis et fans de mangas.

Sans le savoir, ils étaient tous les deux à la Foire à la BD aujourd'hui.

Repérer l'arrivée et le départ à la Foire des deux amis sur l'axe de temps ci-dessous, puis, par lecture sur cet axe, déterminer combien de temps ils étaient présents à la Foire en même temps et qui est resté le plus longtemps.

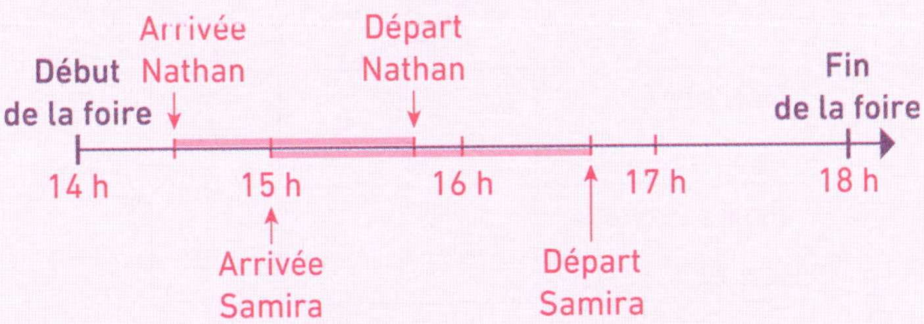

Nathan est arrivé à 14 h 30 et est reparti à 15 h 45.

Samira est arrivée à 15 h et est repartie à 16 h 40.

Ils étaient en même temps à la Foire de 15 h à 15 h 45 min.

Samira est restée plus longtemps, 1 h 40 min contre 1 h 15 min pour Nathan.

Doc 1 : Affiche de la Foire à la BD

Doc 2 : Échange de textos

17 Reconnaître la proportionnalité

Je retiens

• **Situation 1**

Nombre de stylos	5	30
Prix (en €)	7	42

×6 (de 5 à 30 et de 7 à 42) ; × 1,4 (de la première ligne à la deuxième)

Le prix à payer est **proportionnel** au nombre de stylos achetés.
Le **coefficient de proportionnalité** est 1,4.

• **Situation 2**

Âge	1	4
Poids (en Kg)	8	16

×4 (de 1 à 4) ; ×2 (de 8 à 16)

Le poids d'un enfant **n'est pas proportionnel** à son âge.

Je prends un bon départ

1 Questions de vocabulaire

Souligner les phrases correctes.

a. Le nombre 3 est proportionnel.
b. La masse d'une tomate est proportionnelle.
c. Le prix à payer à la station-service est proportionnel à la quantité d'essence achetée.
d. La taille d'un enfant est proportionnelle à son âge.
e. Le périmètre d'un carré est proportionnel à la longueur de son côté.

2 Ce tableau est-il un tableau de proportionnalité ?

2,5	5,2	7,6
12,5	26	38

Si oui, déterminer le coefficient de proportionnalité.

On passe de la première ligne à la deuxième en multipliant par 5 car $\frac{12,5}{2,5} = \frac{26}{5,2} = \frac{38}{7,6} = 5$.
Ce tableau est donc un tableau de proportionnalité.
Le coefficient de proportionnalité est 5.

3 Ce tableau est-il un tableau de proportionnalité ?

2,5	5,2	7,5
10,5	24	31,5

Si oui, déterminer le coefficient de proportionnalité.

$\frac{10,5}{2,5} \neq \frac{24}{5,2}$. Ce tableau n'est pas un tableau de proportionnalité.

4 Je découvre et je fais

Vidéo

Je découvre une méthode

Le magasin *Les Délices de l'Olivier* vend des bouteilles d'huile d'olive vierge. Voici le prix des bouteilles :

Volume	50 cL	1 L	3 L	10 cL
Prix	12 €	24 €	72 €	2,40 €

Y a-t-il proportionnalité entre le prix de la bouteille et le volume d'huile d'olive dans la bouteille ?
Si oui, préciser le coefficient de proportionnalité.

Si on remplace 50 cL par 0,5 L et 10 cL par 0,1 L, on s'aperçoit que l'on passe de la première ligne à la deuxième en multipliant toujours par 24.

$$\frac{12}{0,5} = \frac{24}{1} = \frac{72}{3} = \frac{2,4}{0,1} = 24.$$

Volume d'huile d'olive (en L)	0,5	1	3	0,1
Prix (en €)	12	24	72	2,4

× 24

Donc il y a proportionnalité entre le prix de la bouteille et le volume d'huile d'olive dans la bouteille.
Le coefficient de proportionnalité est 24.

Je fais tout(e) seul(e)

Pierre achète deux croissants et les paie 1,80 €.
Dans la même boulangerie, Paul achète cinq croissants et les paie 3 €. Puis Jacques achète huit croissants et les paie 4,80 €.
Y a-t-il proportionnalité entre le prix payé et le nombre de croissants achetés ?
Si oui, préciser le coefficient de proportionnalité.

On résume les valeurs de l'énoncé dans un tableau, puis on regarde si les grandeurs « nombre de croissants » et « prix à payer » sont des grandeurs proportionnelles.

Nombre de croissants	2	5	7
Prix à payer (en €)	1,80	4,5	6,30

×2,5 ; + ; = ; × 0,9

Il y a proportionnalité entre le prix payé et la quantité de croissants achetée.
Le coefficient de proportionnalité est 0,9.

5 Un insecte a six pattes.

1. Combien de pattes peut-on compter sur : 2, 3, 5 ou 11 insectes ?

Les 2, 3, 5 et 11 insectes ont respectivement 12, 18, 30 et 66 pattes.

2. Combien faut-il d'insectes pour avoir 600 pattes ?

$\frac{600}{6} = 100$ insectes.

3. Compléter le tableau :

Série 1 Nombre d'insectes	1	2	3	5	11	100
Série 2 Nombre de pattes	6	12	18	30	66	600

4. Barrer les mots inutiles.

a. On passe de la Série 1 à la Série 2 en multipliant par/~~ajoutant~~ 6.

b. On passe de la Série 2 à la Série 1 en divisant/~~multipliant~~ par 6.

c. C'est une situation de proportionnalité/~~non proportionnalité~~.

6 **1.** Compléter ce tableau pour qu'il soit un tableau de proportionnalité :

Stylos	4	8	12	28
Prix (euros)	2,42	4,84	7,26	16,94

2. Calculer le coefficient de proportionnalité qui permet de passer de la deuxième ligne à la première.

$\frac{2,42}{4} = \frac{4,84}{8} = 0,605$.

7 Pour chacune des situations, dire si ce sont des situations de proportionnalité ou non, en précisant les grandeurs comparées.

Situation 1

$\frac{250}{4,8} \approx 52,08$; $\frac{500}{7,3} \approx 68,49$; $\frac{1\,000}{13,4} \approx 74,63$.

Ici, le prix du miel et la quantité de miel vendue ne sont pas proportionnelles.

Situation 2

Masse de poires (en kg)	2	15	20	7,5
Prix (en €)	3,2	24	32	12

$\frac{3,2}{2} = \frac{24}{15} = \frac{32}{20} = \frac{12}{7,5} = 1,6$.

Ici, la masse de poires achetées et le prix payé sont proportionnels.

Situation 3

Arthur fait le tour d'une île en barque. Il met 3 minutes pour parcourir 200 m et 15 minutes pour faire le tour complet. Le tour de l'île fait 1 km.

$5 \times 200 = 1\,000$ m. Arthur mettra donc $5 \times 3 = 15$ minutes pour faire le tour complet. La distance parcourue et le temps sont ici proportionnels.

8 Vidéo

Automatismes

Ces tableaux sont-ils des tableaux de proportionnalité ?

Situation 1

Volume (en L)	10	40	50
Prix (en €)	16,3	65,2	81,5

Oui, le coefficient de proportionnalité qui permet de passer de la première à la deuxième ligne est 1,63.

Situation 2

Volume (en L)	5	35	40
Prix (en €)	15	105	110

Non, $5 + 35 = 40$ mais $15 + 105 = 120 \neq 110$.

18 Utiliser la proportionnalité

Je retiens

Une fermière vend 12 œufs pour 2,10 €.
Le prix de ses œufs est proportionnel au nombre d'œufs achetés. Combien coûtent 16 œufs ?
On peut résoudre ce problème de plusieurs façons :

– en utilisant les propriétés de la proportionnalité

: 3 ; × 4

Nombre d'œufs	12	4	16
Prix (en €)	2,1	0,7	2,8

– en faisant un retour à l'unité

: 12 ; × 16

Nombre d'œufs	12	1	16
Prix (en €)	2,1	0,175	2,8

– en utilisant le coefficient de proportionnalité

Nombre d'œufs	12	16
Prix (en €)	2,1	2,8

× 0,175

Je prends un bon départ

1 Questions de vocabulaire

a. Dans un tableau de proportionnalité, on peut ajouter ou soustraire deux colonnes entre elles ou multiplier ou diviser une colonne par un même nombre.

b. Pour compléter un tableau de proportionnalité, on peut aussi calculer le coefficient de proportionnalité qui permet de passer d'une ligne à l'autre.

2 Compléter les tableaux de proportionnalité :

a.

+ ; =

Nombre de crayons	3	8	11
Prix du lot en €	1,50	4	5,5

+ ; =

b.

× 3 ; × 5

Nombre de crayons	3	9	45
Prix du lot en €	1,50	4,5	22,5

× 3 ; × 5

3 Je découvre et je fais

Vidéo

Je découvre une méthode

L'huile d'arnica est connue pour ses vertus calmantes, anti-inflammatoire et anti-douleur. Dans le magasin *STOP O BOBO*, le prix de cette huile est proportionnel à la quantité achetée. On peut y acheter un flacon d'huile d'arnica de 50 mL à 8,90 € par exemple.

1. Combien coûte un flacon de 100 mL d'huile ?

100 mL = 2 × 50 mL donc un flacon de 100 mL de cette huile d'arnica coûte 2 × 8,90 = 17,80 €.

2. Combien coûte un flacon d'huile de 150 mL ?

150 mL = 100 + 50 mL donc un flacon de 150 mL de cette huile d'arnica coûte 8,90 + 17,80 = 26,70 €.

3. Quel est le prix au L de cette huile d'arnica ?

100 mL coûte 17,80 € donc 1 000 mL coûte 178 € (prix au litre). Le prix et le volume d'huile d'arnica sont des grandeurs proportionnelles. Nous obtenons le tableau de proportionnalité suivant :

Volume (en mL)	50	100	150	1 000
Prix (en €)	8,90	17,80	26,70	178

Je fais tout(e) seul(e)

Dans le magasin *Les Délices du chocolat*, on peut acheter des tablettes de chocolat bio de 180 g à 3,60 €. Dans ce magasin, le prix à payer est proportionnel à la masse de chocolat achetée.

1. Combien coûte une tablette de 100 g ?

100 g = 180 : 1,8 donc une tablette de 100 g de ce chocolat coûte 3,6 : 1,8 = 2 €.

2. Combien coûte une tablette de 300 g ?

100 g de chocolat coûte 2 € donc une tablette de 300 g coûte 3 × 2 = 6 €.

3. Quel est le prix au kg de ce chocolat bio ?

100 g coûte 2 € donc 1 000 g = 1 kg coûte 20 €. Le prix et la masse de chocolat achetée sont des grandeurs proportionnelles. Nous obtenons le tableau de proportionnalité suivant :

Masse (en g)	180	100	300	1 000
Prix (en €)	3,6	2	6	20

4 Léana part de Grenoble avec ses parents pour aller à la mer à Marseille.
Quelle est la distance réelle à vol d'oiseau entre Grenoble et Marseille ?

Coup de pouce

Distance à vol d'oiseau Grenoble - Marseille
- Sur la carte : 8 cm
- Distance réelle : $\frac{8 \times 50}{2} = 200$ km.

5 Relier chaque record de saut en longueur à l'animal correspondant :

Coup de pouce

Animal	Distance en 1 saut (en m)	Distance en 5 sauts (en m)
La springbok (une antilope)	4	20
Le kangourou	15	75
La grenouille	1,5	7,5
La sauterelle	12	60

Tu peux regarder sur internet ou dans une encyclopédie avant de répondre si tu veux !

6 Au XVIe siècle, la princesse italienne Nérolia lança la mode des gants parfumés à l'essence de fleurs.
Voici la composition d'une bouteille de 20 cL de son eau de toilette « Fraîcheur d'orient » :
- 6 mL de parfum Jasmin ;
- 10 mL de parfum Boisé ;
- 2 mL de parfum Ambré ;
- 2 mL d'essence de Bergamote.

Compléter ce tableau de proportionnalité :

Coup de pouce

Jasmin (mL)	6	3	9
Boisé (mL)	10	5	15
Ambré (mL)	2	1	3
Bergamote (mL)	2	1	3
Total (mL)	20	10	30

7 L'astromobile *Perseverance* se déplace sur le sol martien pour étudier sa surface et collecter des échantillons du sol.

Coup de pouce

Sa vitesse maximale lui permet de parcourir 75 m en 5 h environ.

1. Compléter le tableau :

Distance parcourue par l'astromobile (en m)	75	15	7,5	22,5
Durée du déplacement (en h)	5	1	0,5	1,5

2. Combien le robot parcourt-il de km en 3 h ?

En 5 h, le robot parcourt 75 m.
Donc en 1 h, le robot parcourt $\frac{75}{5} = 15$ m.
En 3 h, il parcourt 3 fois plus de distance,
soit $3 \times 15 = 45$ m.

8 Vidéo

Automatismes

Voici les ingrédients d'une tarte à la citrouille :

+ 6 personnes −

10 personnes

Sucre	Farine	Vanille	Fleur d'oranger	Levure			
200 g de sucre en poudre	250 g de farine	1 sachet de sucre vanillé	2 c. à s. de fleur d'oranger	1 sachet de levure chimique	1 kg de citrouille	3 œufs	1 c. à c. de cannelle en poudre
334 g	417 g	2 sachets	4 c. à s.	2 sachets	2 kg	5	2 c. à c.

Quelle est la liste d'ingrédients à prévoir pour 10 personnes ?
Compléter les cadres bleus. Arrondir à l'entier supérieur.

19 Appliquer un taux de pourcentage

Je retiens

- $\frac{p}{100}$ se note *p* % qui se lit « *p* pour cent ».

Appliquer un taux de pourcentage
20 % de 50 € représentent 10 €
car $50 \times \frac{20}{100} = 10$.

Appliquer une remise
Un pull de 50 € est vendu avec une remise de 20 %.
Son nouveau prix est égal à 50 – 10 = 40 €.

Je prends un bon départ

1 Questions de vocabulaire

Compléter les phrases suivantes.

a. Un pourcentage peut s'exprimer à l'aide d'une fraction dont le ....dénominateur.... est 100.

b. Calculer un pourcentage d'une ....quantité.... revient à multiplier cette quantité par ce ....pourcentage.....

Par exemple, prendre 30 % de ....200.... € revient à calculer :

200 ....$\times \frac{30}{100}$.... = ...60.... €.

2 Relier les pourcentages aux fractions correspondantes :

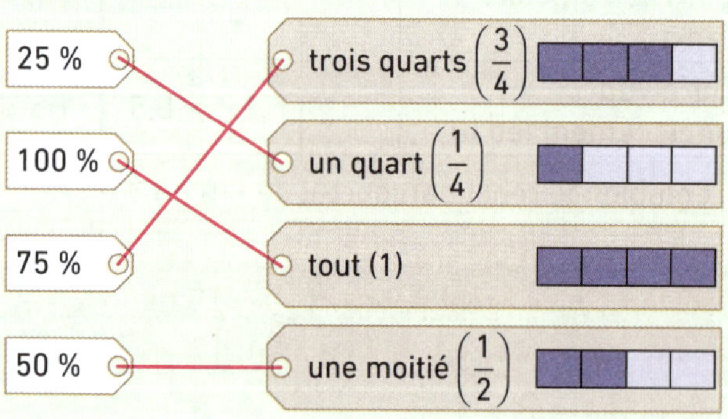

3 Dans chaque cas, colorier la surface du dessin correspondant au pourcentage indiqué et compléter les égalités ci-dessous :

a.

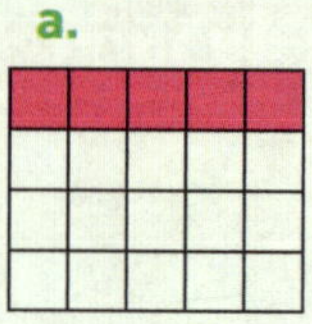

25 %

$\frac{25}{100} \times 20 =$ ....5....

b.

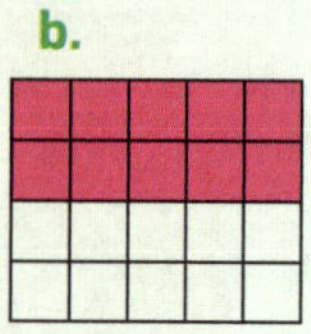

50 %

$\frac{50}{100} \times 20 =$ ....10....

c.

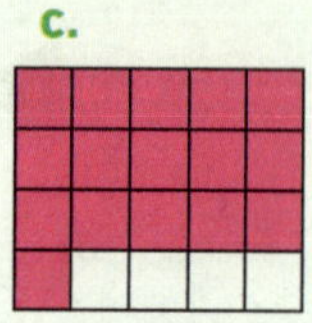

80 %

$\frac{80}{100} \times 20 =$ ....16....

4 Je découvre et je fais

Vidéo

Je découvre une méthode

Jules est fan de casse-têtes en bois.
Il achète un jeu qui coûte 36 € mais sur lequel le commerçant lui fait une réduction de 15 %.

1. Compléter ce tableau de proportionnalité :

Prix initial (en €)	100	36
Remise effectuée (en €)	15	5,4

Car $36 \times \frac{15}{100} = 5{,}4$.

2. En déduire le montant de la remise.

Le montant de la remise effectuée sur un jeu coûtant 36 € est de 5,40 €.

3. Combien Jules a-t-il payé ce jeu soldé ?

Le nouveau prix de ce jeu est de 36 – 5,40 = 30,60 €.
Jules a donc payé 30,60 €.

4. Chez un autre commerçant, le jeu est vendu 5 % de plus que ce jeu soldé. À combien est-il affiché ?

Montant de l'augmentation : $\frac{30{,}60 \times 5}{100} = 1{,}53$ €.
Prix affiché du jeu dans ce deuxième commerce :
30,60 + 1,53 = 32,13 €.

Je fais tout(e) seul(e)

Dans un magasin, une robe coûte 48 €.
Elle est soldée avec une remise de 25 %.

1. Compléter le tableau de proportionnalité :

Prix initial (en €)	100	48
Remise effectuée (en €)	25	12

Car $\frac{25 \times 48}{100} = 12$.

2. En déduire le montant de la remise.

Le montant de la remise effectuée sur une robe coûtant 48 € est de 12 €.

3. Quel est finalement le prix de cette robe ?

Son nouveau prix est de 48 – 12 = 36 €.

4. Chez un autre commerçant, la robe est vendue 5 % de plus que cette robe soldée. À combien est-elle affichée ?

Montant de l'augmentation : $\frac{36 \times 5}{100} = 1{,}80$ €.
Prix affiché de la robe dans ce deuxième commerce :
36 + 1,80 = 37,80 €.

5 Au mois de janvier, le loyer des parents de Jules a augmenté de 4 %. Leur loyer avant augmentation était de 850 euros.

Coup de pouce

1. À combien s'élève l'augmentation ?

$850 \times \frac{4}{100} = 34.$

L'augmentation s'élève à 34 €.

2. Quel est le nouveau montant du loyer ?

$850 + 34 = 884.$

Le nouveau loyer s'élève à 884 €.

3. L'année prochaine, le loyer baissera de 4 %. Calculer le nouveau montant du loyer.
Est-on revenu au montant initial ?

$884 \times \frac{4}{100} = 35{,}36.$

La baisse s'élève à 35,36 €.

$884 - 35{,}36 = 848{,}64$ €.

Le montant final sera légèrement inférieur à celui de départ.

6 Pour l'achat d'une télévision, Marie hésite entre deux magasins qui vendent le même modèle au même prix 300 €.

Coup de pouce

Mais le magasin Tardy indique une réduction de 60 € sur la télévision alors que le magasin Akéi affiche une réduction de 30 %.
Voici une feuille de calcul qui résume la situation :

	A	B	C	D
1		Prix TV	Réduction	Prix après réduction
2	Magasin Tardy	300	60 €	240 €
3	Magasin Akéi	300	90 €	210 €

1. Quelle formule faut-il écrire dans la cellule **D2** ?

=B2-C2

2. Quelle formule faut-il écrire dans la cellule **C3** ?

=B3*30/100

3. Compléter les résultats dans le tableau.

4. Dans quel magasin la télévision est-elle la moins chère ? C'est dans le magasin Akéi que la télévision est la moins chère.

7 Un *apiculteur* ou une *apicultrice* est une personne qui élève des abeilles.

Coup de pouce

1. L'observatoire du Miel et de la Gelée royale enregistre en 2020 une production record de miel en France. Elle était de 21 637 tonnes en 2019 et a augmenté de 46 %. Quelle a été la production en 2020, en tonnes ? Entourer la bonne réponse. Justifier.

9 953 | 30 690 | **31 590** (entouré) | 43 274

$21637 \times \frac{46}{100} = 9953{,}02.$

Production en 2020, en tonnes :

$21\,637 + 9\,953{,}02 \approx 31\,590$ tonnes.

2. Le nombre de ruches a augmenté de 9 % entre 2019 et 2020. Il y avait 1 584 273 ruches en 2019.
Combien y en avait-il en 2020 ? Arrondir à l'unité.

$1584273 \times \frac{9}{100} = 142584{,}57.$

Nombre de ruches en 2020 :

$1\,584\,273 + 142\,584{,}57 = 1\,726\,857{,}57.$

3. En 2020, la fédération des apiculteurs recensait 71 273 apiculteurs en France, soit une augmentation de 14 % par rapport à l'année 2019.
À combien s'élevait le nombre d'apiculteurs en France en 2019 ? Entourer la bonne réponse. Justifier.

60 291 | **62 520** (entouré) | 81 095 | 81 251

En testant les différentes propositions, on constate qu'avec 62 520, on obtient :

– augmentation du nombre d'apiculteurs :

$62520 \times \frac{14}{100} = 8752{,}8$;

– nombre d'apiculteurs en France en 2019 :

$62\,520 + 8\,752{,}8 \approx 71\,273.$

8 Vidéo

Automatismes

a • Entourer un ordre de grandeur de 48 % de 80,20 €.

30 € | **40 €** (entouré) | 50 € | 80 €

• Vérifier la réponse en calculant la valeur exacte :

$\frac{80{,}20 \times 48}{100} = 38{,}496.$

b • Entourer un ordre de grandeur de 62 % de 9 €.

2 € | 3 € | **6 €** (entouré) | 10 €

• Vérifier la réponse en calculant la valeur exacte :

$\frac{9 \times 62}{100} = 5{,}58.$

Problèmes

1 Longueurs proportionnelles... ou pas ! Fiches 17 et 18

Coup de pouce

1. Compléter les dimensions des rectangles en s'aidant des carreaux.

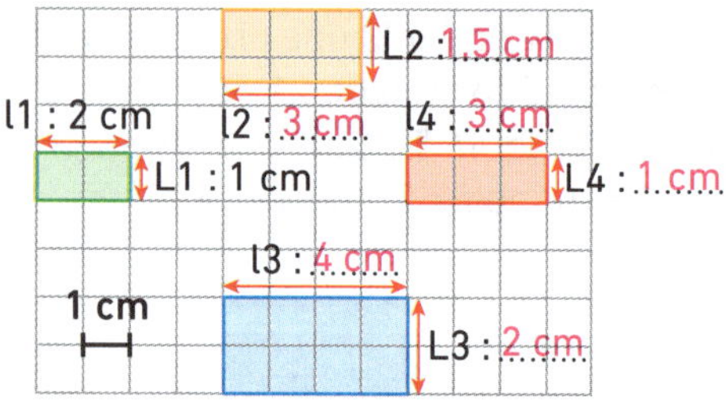

2. Les dimensions des rectangles orange, bleu et rouge sont-elles proportionnelles à celles du rectangle vert ? Si c'est le cas, préciser le coefficient de proportionnalité.

Les dimensions du rectangle orange sont proportionnelles à celles du rectangle vert : $k = \frac{3}{2} = \frac{1,5}{1} = 1,5$.

Les dimensions du rectangle bleu sont proportionnelles à celles du rectangle vert : $k = \frac{4}{2} = \frac{2}{1} = 2$.

Les dimensions du rectangle rouge ne sont pas proportionnelles à celles du rectangle vert : $\frac{3}{2} \neq \frac{1}{1}$.

2 Atterrissage de *Perseverance* Fiche 22

Coup de pouce

Le 18 février 2021, après un voyage de sept mois, le robot *Perseverance* de la Nasa posait ses roues sur Mars.

1. À son entrée dans l'atmosphère, pendant 120 km, sa vitesse approcha les 10 000 km/h.

a. Compléter ce tableau de proportionnalité :

Distance (en km)	10 000	120
Temps (en s)	3 600	43,2

× 0,36

b. Quel temps a mis le robot pour traverser ces 120 km ?

Le robot a parcouru les 120 km en 43,2 s.

2. À 11 km d'altitude, un immense parachute supersonique de 21 m de diamètre s'est déployé.
À environ 2 000 m de la surface, le robot a été largué, attaché à un étage de descente équipé de moteur-fusée. La vitesse moyenne du vaisseau sur ces 11 derniers kilomètres était d'environ 360 km/h.

a. Compléter ce tableau de proportionnalité :

Distance (en km)	360	11
Temps (en min)	3 600	110

× 10

b. Combien de temps le robot a-t-il mis pour terminer son atterrissage sur Mars ?

Le robot a parcouru les 11 km en 110 secondes.

3 Robot intelligent Fiche 19

Coup de pouce

1. Compléter la dernière ligne du programme pour que le robot calcule le pourcentage d'un nombre.

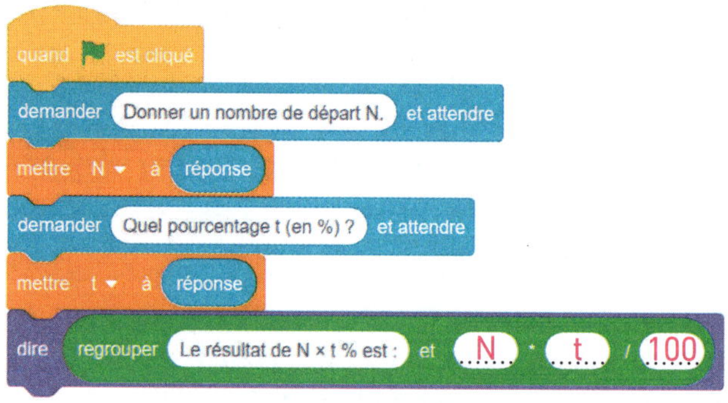

2. Compléter la réponse du robot.

3. Compléter les valeurs de *N* et *t* (plusieurs réponses sont possibles).

4 L'art de la poterie Fiche 19

Coup de pouce

En poterie, la pièce que l'on va façonner ou tourner va sécher, puis subir deux cuissons. À l'issue de ces deux processus, la taille de la pièce de départ va réduire de 14 %.

1. Calculer le diamètre final d'une assiette plate ronde de diamètre 20 cm avant cuisson.

Réduction du diamètre : $\frac{20 \times 14}{100} = 2,8$ cm.

Diamètre de l'assiette après cuisson :

$20 - 2,8 = 17,2$ cm.

2. Calculer la longueur finale du côté d'une assiette carrée de côté 15 cm avant cuisson.

Réduction de la longueur du côté du carré :

$\frac{15 \times 14}{100} = 2,1$ cm.

Côté de l'assiette après cuisson : $15 - 2,1 = 12,9$ cm.

5 Silence, ça tourne ! Fiche 18

Coup de pouce

1. Avant 1926, les films muets étaient tournés et projetés à un débit de 16 images par seconde. À cette cadence, combien d'images étaient projetées en deux minutes ? en une heure ?

Le nombre d'images et le temps sont des grandeurs proportionnelles :
2 minutes = 120 secondes et $120 \times 16 = 1\,920$;
1 heure = 3 600 secondes et $3\,600 \times 16 = 57\,600$.
Avant 1926, les films muets projetaient 1 920 images en 2 minutes et 57 600 images en une heure.

2. L'industrie du cinéma a ensuite augmenté la cadence de défilement des images à 24 images par seconde. Dans ces conditions, combien d'images sont projetées en deux minutes ? en une heure ?

2 minutes = 120 secondes et $120 \times 24 = 2\,880$;
1 heure = 3 600 secondes et $3\,600 \times 24 = 86\,400$.
Les films projettent ainsi 2 880 images en 2 minutes et 86 400 images en une heure.

3. Entourer la bonne réponse.

La cadence de défilement des images a augmenté de 5 %.	La cadence de défilement des images a augmenté de 50 %. (entouré)	La cadence de défilement des images a augmenté de 80 %.

Exemple pour 1 h : $57\,600 \times \frac{50}{100} = 28\,800$;
$57\,600 + 28\,800 = 86\,400$.

6 Le succès de la console Spitch Fiche 19

Coup de pouce

La console Spitch s'écoule comme des petits pains à travers le monde.
Au total 5,77 millions de consoles Spitch se sont vendues en 2020. Une légère baisse de 10 % est constatée en 2021 par rapport à 2020.

1. Donner le nombre de consoles Spitch vendues en 2021. $\frac{5{,}77 \times 10}{100} = 0{,}577$ et $5{,}77 - 0{,}577 = 5{,}193$.
5,193 millions de consoles Spitch se sont vendues en 2021.

2. Le nombre total de jeux vendus pour la console a atteint 600 millions en 2021. Voici le top 5 des jeux les plus vendus sur cette console Spitch :

Jeux	% par rapport au nombre total de jeux vendus	Vente arrondie à l'unité (en millions)
Martino Quad (entouré)	6 %	$\frac{600 \times 6}{100} = 36$
Pet trip (entouré)	5,8 %	$\frac{600 \times 5{,}8}{100} \approx 35$
Le combat des héros	4 %	$\frac{600 \times 4}{100} = 24$
The story of Melba	3,8 %	$\frac{600 \times 3{,}8}{100} \approx 23$
Mangamon et les chevaliers	3,5 %	$\frac{600 \times 3{,}5}{100} = 21$

a. Compléter le nombre de ventes des cinq jeux.
b. Entourer les jeux qui dépassent les 25 millions de ventes.

7 Tâche complexe

CHERCHER 1 2 3 4 | MODÉLISER 1 2 3 4 | REPRÉSENTER 1 2 3 4 | RAISONNER 1 2 3 4 | CALCULER 1 2 3 4 | COMMUNIQUER 1 2 3 4

Voici un panorama des réseaux sociaux en France en 2021 :

Réseau social	Facebook	WhatsApp	Snapchat	Instagram	TiK-ToK	Population française totale
Pourcentage de la population française (en %)	69	52	36	32	22	76
Nombre d'utilisateurs actifs mensuels (en millions, arrondi à 0,1 million près)	46	34,7	24	21,4	14,7	50,7

Source : https://www.onlyso.fr/les-chiffres-2021-des-reseaux-sociaux.html

Doc 1 : Les réseaux en pourcentage
En mai 2021, le nombre d'utilisateurs actifs des réseaux sociaux s'élève à 4,33 milliards, soit 55 % de la population mondiale.
Les instituts de sondage estiment que 76 % de la population française est sur les réseaux sociaux *(janvier 2021)*.

Doc 2 : Population française
Pour l'année 2021, la population légale atteint 66 732 538 habitants en France (Métropole et Outre-mer).

Quels sont les réseaux qui semblent être utilisés par plus de la moitié des Français ?
Il semble que Facebook et WhatsApp soient utilisés par plus de la moitié des Français.

20 Lire, exploiter et produire un tableau

Je retiens

La CPE du collège Molière a interrogé les élèves de 6e sur leur passe-temps préféré. Elle a récapitulé ces résultats dans un **tableau à double entrée**.

	Musique	Lecture	Télévision	Jeux vidéos
Filles	11	5	6	8
Garçons	10	9	**13**	7
Total	21	14	19	15

On peut par exemple y lire que, parmi les élèves interrogés, **13** sont des **garçons** qui regardent la **télévision**.

Je prends un bon départ

1 Questions de vocabulaire

km	Berlin	Madrid	Paris	Prague	Rome
Berlin		2 322	1 057	349	1 502
Madrid	2 322		1 276	2 215	1 959
Paris	1 057	1 276		1 031	1 420
Prague	349	2 215	1 031		1 299
Rome	1 502	1 959	1 420	1 299	

Ceci est un ....tableau.... qui donne les distances entre plusieurs capitales européennes.
C'est un tableau à ..double entrée..
La distance entre deux villes se lit dans la ....case.... à l'intersection de la ....ligne.... de la ville de départ et de la ....colonne.... de la ville d'arrivée.
La distance entre Paris et Rome est de ....1 420 km....

2 Voici le tableau récapitulatif des championnats de Noël d'un club de tennis :

Championnats	D1	D2	D3	D4	Total
Équipes hommes	10	8	6	1	25
Équipes femmes	0	0	3	5	8
Équipes mixtes	1	2	3	2	8
Total	11	10	12	8	41

1. Quel championnat a le plus d'équipes femmes ?
C'est en D4 qu'il y a le plus d'équipes femmes : 5

2. Combien d'équipes mixtes y a-t-il au total ?
Il y a 8 équipes mixtes au total.

3. Combien d'équipes hommes y a-t-il en D3 ?
Il y a 6 équipes hommes en D3.

3 Je découvre et je fais

Vidéo

Je découvre une méthode

Dans le discours du principal du collège cette année...
« Pour cette rentrée, nous comptons dans l'établissement 168 filles et 202 garçons.
Parmi les filles, 43 sont externes. Parmi les garçons, 48 sont externes. »
On récapitule les données dans un tableau :

	Externes	Demi-Pensionnaires	Total
Filles	43	125	168
Garçons	48	154	202
Total	91	279	370

On peut alors calculer :
– le nombre de filles demi-pensionnaires :
168 – 43 = 125 ;
– le nombre de garçons demi-pensionnaires :
202 – 48 = 154 ;
– le nombre total d'externes : **43 + 48 = 91** ;
– le nombre total d'élèves : **168 + 202 = 370** ;
– le nombre total de demi-pensionnaires :
125 + 154 = 279 ou **370 – 91 = 279**.

Ce qui permet de répondre aux questions suivantes :
a. Combien y a-t-il d'élèves au total ? **370**
b. Combien de filles sont demi-pensionnaires ? **125**
c. Combien de garçons sont demi-pensionnaires ? **154**
d. Combien compte-t-on d'élèves externes en tout ? **91**
e. Combien y a-t-il de demi-pensionnaires en tout ? **279**

Je fais tout(e) seul(e)

Voici la répartition des joueurs licenciés au club de tennis pour l'année en cours : il y a 184 femmes et 269 hommes. Parmi les femmes, 26 sont des adultes. Parmi les hommes, 171 sont des jeunes.
Récapituler ces données dans le tableau ci-dessous :

	Femmes	Hommes	Total
Jeunes	158	171	329
Adultes	26	98	124
Total	184	269	453

Répondre aux questions suivantes :
a. Combien y a-t-il de licenciés au total ? ....453....
b. Combien de jeunes sont des femmes ? ....158....
c. Combien d'adultes sont des hommes ? ....98....
d. Combien y a-t-il de jeunes au total ? ....329....
e. Combien y a-t-il d'adultes au total ? ....124....
f. Quelle est la catégorie la moins représentée ?
Les femmes adultes (26).

4 Marwa a rangé tous ses mangas.
Voici un état des lieux de sa collection :

Coup de pouce

Nom de la série de mangas	Neuf	Occasion	Tomes manquants dans la série	Total
FairyTail	5	19	39	63
Tokyo Ghoul	2	8	4	14
Death Note	8	4	1	13
PandoraHeart	7	9	8	24
Total	22	40	52	114

1. Compléter le tableau :

Total *FairyTail* : 114 – (14 + 13 + 24) = 63 ;

Manquants *FairyTail* : 63 – (5 + 19) = 39.

On complète de même le reste du tableau.

2. Combien y a-t-il de tomes manquants au total dans la collection de mangas de Marwa ?

Il manque 52 mangas à Marwa.

3. Combien a-t-elle de *Tokyo Ghoul* d'occasion ?

Marwa a 8 *Tokyo Ghoul* d'occasion.

4. Combien a-t-elle de mangas neufs ?

Marwa a 22 mangas neufs dans sa collection.

5 Ugo, Enzo, Éthan, Tina, Eliot et Loana collectionnent les cartes *Pokémoches*.
Voici le nombre de cartes de chacun :

Coup de pouce

H2 | × ✓ f_x

	A	B	C	D	E	F	G	H
1	Prénom	Ugo	Enzo	Ethan	Tina	Eliot	Louan	Total
2	Nb cartes	45	78	63	84	37	52	

Quelle formule faut-il entrer dans la case **H2** pour savoir combien ils ont de cartes au total ?

=SOMME(B2:G2)

6 Voici le tableau de répartition des élèves du collège de la Côte vermeille :

Coup de pouce

Ville d'origine	Classe de 3^e	Classe de 4^e	Classe de 5^e	Classe de 6^e	Total
Banyuls-sur-Mer	28	30	30	33	121
Cerbère	11	12	10	11	44
Collioure	15	16	14	22	67
Port-Vendres	19	26	30	33	108
Autres	7	2	1	1	11
Total	80	86	85	100	351

1. Compléter le tableau :

Total 3e : 351 – (86 + 85 + 100) = 80 ;

Banyuls-sur-Mer 4e : 121 – (28 + 30 + 33) = 30 ;

Autres 4e : 11 – (7 + 1 + 1) = 2 ;

Cerbère 5e : 85 – (30 + 14 + 30 + 1) = 10 ;

Collioure 6e : 100 – (33 + 11 + 33 + 1) = 22 ;

Total Port-Vendres : 351 – (121 + 44 + 67 + 11) = 108.

On peut ensuite calculer :

Port-Vendres 3e : 80 – (28 + 11 + 15 + 7) = 19 ;

Collioure 4e : 67 – (15 + 14 + 22) = 16.

2. Quelle ville a le plus d'élèves en 3e et en 4e ?

La commune qui a le plus d'élèves en 4e et 3e est Banyuls-sur-Mer.

3. Combien d'élèves sont de Collioure en 6e et 4e ?

Il y a 16 élèves de Collioure en 4e et 22 en 6e.

4. Quel niveau a le plus d'élèves ?

C'est la 6e avec 100 élèves.

5. Quelle commune a la plus grande régularité de la 6e à la 3e ?

C'est la commune de Cerbère dont l'écart maximum est de deux élèves.

7 Vidéo

Automatismes

Léa, la trésorière de l'école, note chaque mois les recettes (gains) et les dépenses dans un tableau.
Elle a oublié de noter quelques montants.
Compléter ce tableau.

	Recettes	Dépenses	Bénéfice
Janvier	320 €	113,50 €	206,50 €
Février	150 €	87 €	63 €
Mars	275 €	138 €	137 €
Total	745 €	338,50 €	406,50 €

21 Lire, exploiter et produire un diagramme

Je retiens

Diagramme circulaire

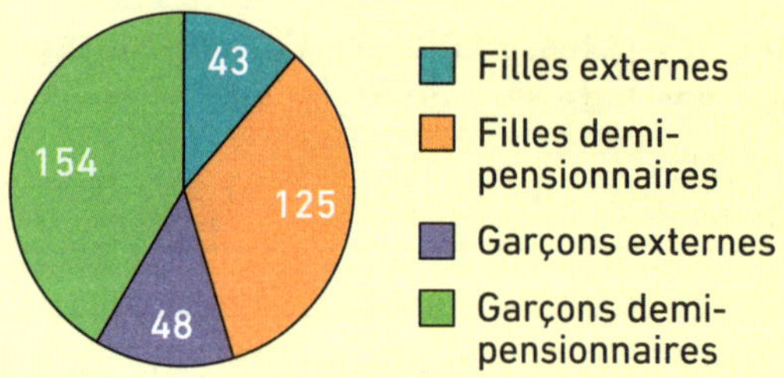

Diagramme à barres

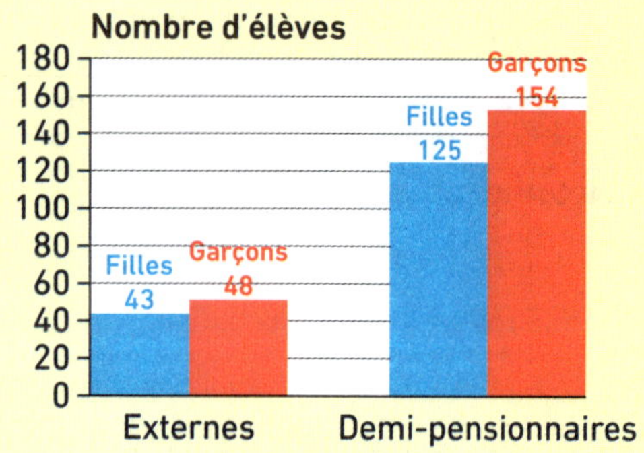

Je prends un bon départ

1 Questions de vocabulaire

Répartition des ventes de bandes dessinées

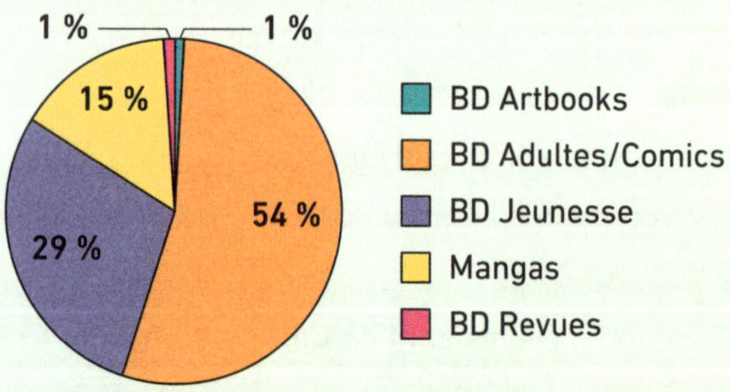

Compléter à l'aide du diagramme.

Ceci est un diagramme circulaire.

Chaque catégorie est représentée par un secteur angulaire de couleur différente.

L'angle est proportionnel au pourcentage indiqué.

La somme des angles est égale à 360 degrés.

Le plus grand pourcentage représente les BD Adultes et Comics.

Le pourcentage de mangas est 15 %.

29 % représentent les BD Jeunesse.

Lorsqu'on a un demi-disque au lieu d'un disque, on parlera de diagramme semi-circulaire. La somme des angles est alors égale à 180 degrés.

2 Je découvre et je fais

Vidéo

Je découvre une méthode

Voici la répartition en % par âge des lecteurs de BD :

Âge	11-14	15-17	18-24	25-29	30-39	40-49	50-59	60 et +
Hommes	94	52	38	32	33	36	33	16
Femmes	83	44	35	25	20	18	15	4

1. Représenter dans un diagramme à barres les données du tableau ci-dessus :

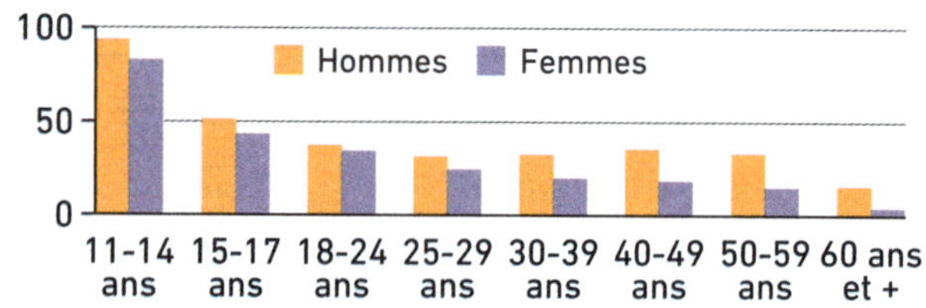

2. Comment évolue le diagramme en fonction de l'âge des lecteurs ?

Le nombre de lecteurs diminue avec l'âge.

3. Qui des hommes ou des femmes lit le plus de BD ?

Les hommes, la barre jaune est la plus haute.

Je fais tout(e) seul(e)

On a interrogé 100 hommes et 100 femmes sur les sports qu'ils pratiquaient. Certains en pratiquent plusieurs.

	Femmes	Hommes
Gymnastique	20	6
Danse	15	10
Marche à pied	74	61
Natation	20	17
Vélo	18	27
Course à pied	11	18
Autres sports	9	19
Sports de raquette	5	11
Sports collectifs	4	17

1. Représenter les données de l'enquête dans un diagramme à barres :

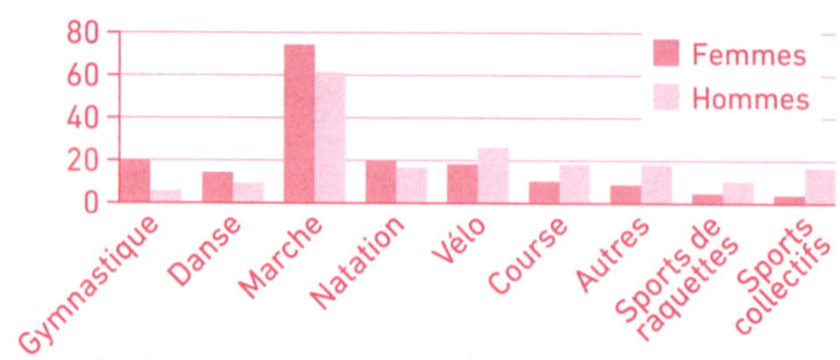

2. Quels sont les sports à majorité féminine ?

Gymnastique, danse, marche et natation sont les sports les plus pratiqués par les femmes.

3. Quel est le sport le plus pratiqué par tout le monde ?

Le sport le plus pratiqué est la marche.

3 Ce diagramme donne la répartition des licences de sport prises dans un club universitaire :

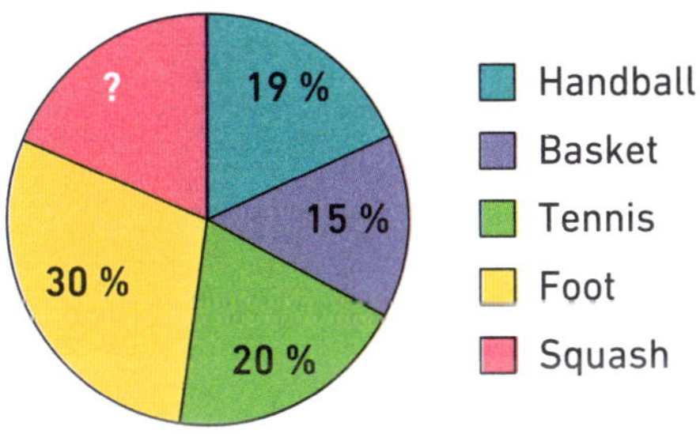

1. Quel est le pourcentage de licenciés qui ont choisi le handball ?

19 % des licenciés ont choisi le handball.

2. Compléter :
« Il y a deux fois plus de licenciés qui ont choisi le ...foot... que de licenciés qui ont choisi le ...basket... . »

3. Quel est le pourcentage de licenciés qui ont choisi le squash ?

100 – 30 – 20 – 15 – 19 = 16.

16 % des licenciés ont choisi le squash.

4. Classer les sports du plus pratiqué au moins pratiqué : Foot – Tennis – Handball – Squash – Basket

4 Ce diagramme donne pour différents matériaux le taux de recyclage de celui-ci :

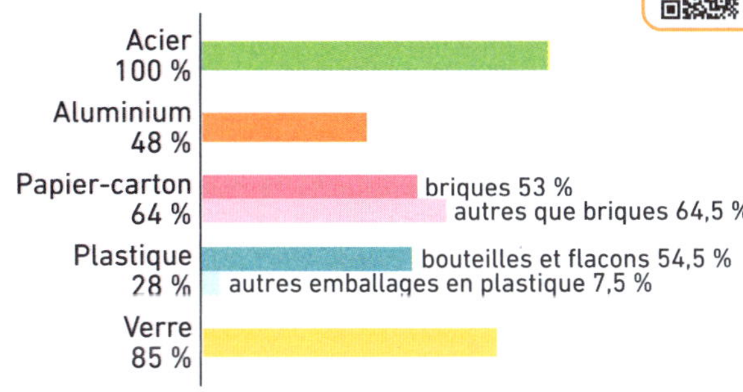

1. Le matériau le moins bien recyclé est :

Le plastique

2. Pourquoi la catégorie « Plastique » est-elle partagée en deux ?

Il y a deux types de plastiques : les bouteilles/flacons et les autres emballages.

3. Le pourcentage de recyclage du verre est : 85 %

4. Que représentent les 64,5 % du graphique ?

Les 64,5 % représentent le taux de recyclage du papier-carton autre que les briques.

5 Vidéo

Automatismes

Trois amis ont fait chacun un gâteau. Voici l'analyse nutritionnelle de ces gâteaux :

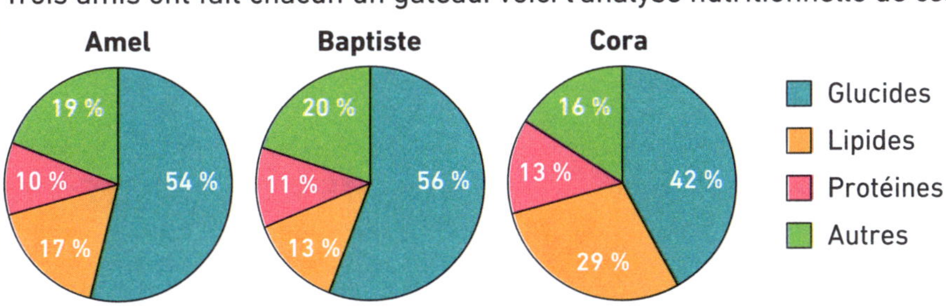

a Quel est le pourcentage de glucides dans le gâteau de Baptiste ? 56 %

b Quel est le pourcentage de lipides dans le gâteau d'Amel ? 17 %

c Quel est le pourcentage de protéines dans le gâteau de Cora ? 13 %

d Dans quel gâteau la part de lipides est-elle la plus importante ?

Dans le gâteau de Cora (29 %)

22 Lire, exploiter et produire un graphique cartésien

Je retiens

On construit un **graphique cartésien** à partir de données classées dans **un tableau**.

Pour cela, on doit représenter **deux axes**, un **horizontal** et un **vertical** sur papier quadrillé, qu'il faut **graduer** et on place des **points** à l'aide de ces axes.

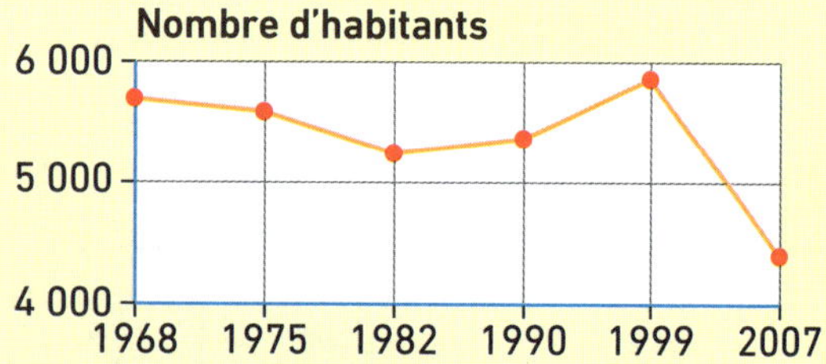

Je prends un bon départ

1 Questions de vocabulaire

Ce graphique donne le nombre de candidats libres au permis de conduire au fil des années :

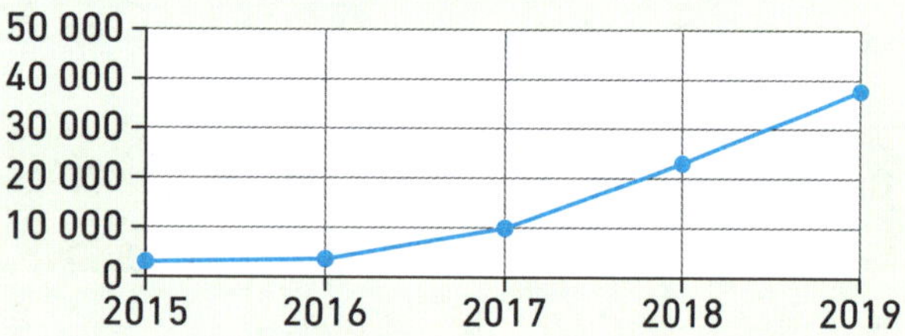

Dans ce graphique ...cartésien..., les années sont sur l'axe ...horizontal... et le nombre de candidats sur l'axe ...vertical....

La ...courbe... ne fait qu'...augmenter... de plus en plus au fil des ...années....

Il y avait environ 10 000 ...candidats... libres en 2017 et presque ...40 000... en 2019.

2

Ce graphique donne la température moyenne à Perpignan suivant les mois de l'année :

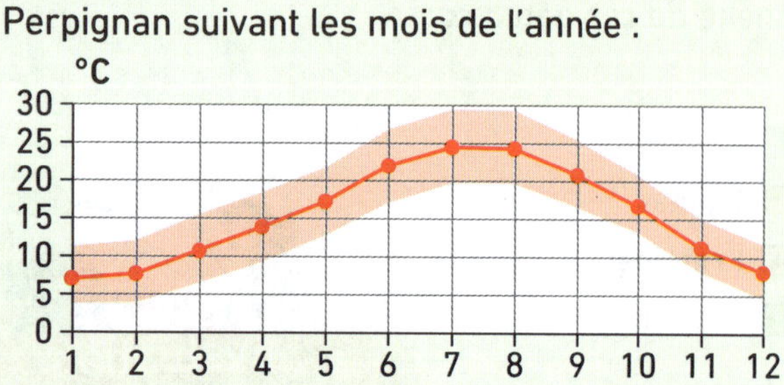

1. Quel est le mois le plus chaud ? Juillet

2. Quelle est la température moyenne en mai ?
Elle est d'environ 17,5 °C.

3. Quel est le mois le plus froid ? Janvier

3 Je découvre et je fais

Vidéo

Je découvre une méthode

Voici un tableau regroupant un relevé des hauteurs de précipitations à Perpignan au cours d'une année :

Mois	J	F	M	A	M	J	J	A	S	O	N	D
mm	58	46	51	61	52	28	20	32	57	93	67	59

1. Construire un graphique cartésien à partir de ces données.

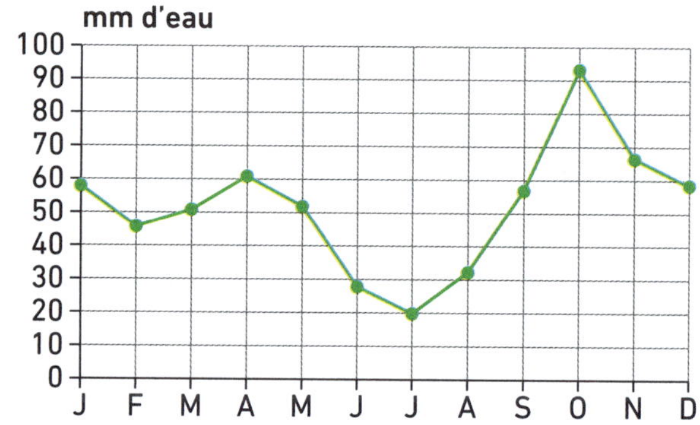

2. Quel est le total des précipitations de l'année ?

Il faut ajouter toutes les valeurs de la deuxième ligne du tableau pour le savoir :
58 + 46 + 51 + 61 + 52 + 28 + 20 + 32 + 57 + 93 + 67 + 59 = 324 mm.

Je fais tout(e) seul(e)

Amine pratique régulièrement du foot en salle.
Voici le tableau des réservations qu'il a effectuées pour son équipe en 2021 :

Mois	J	F	M	A	M	J	J	A	S	O	N	D
Rés	8	8	5	5	10	7	6	16	10	7	5	6

1. Construire un graphique cartésien à partir de ces données.

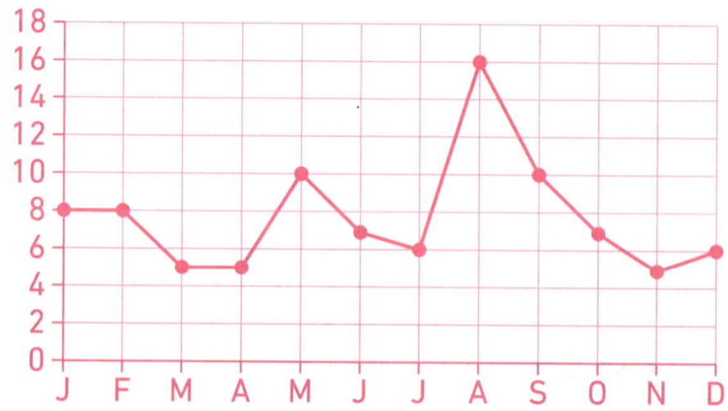

2. Quel est le nombre total de réservations d'Amine pour l'année 2021 ?

Il faut ajouter toutes les valeurs de la deuxième ligne du tableau :
8 + 8 + 5 + 5 +10 + 7 + 6 +16 + 10 + 7 + 5 + 6 = 93.
Amine a effectué 93 réservations en 2021.

4 Ce graphique cartésien compare sur l'année les températures moyennes à Papeete et à Paris.

Coup de pouce

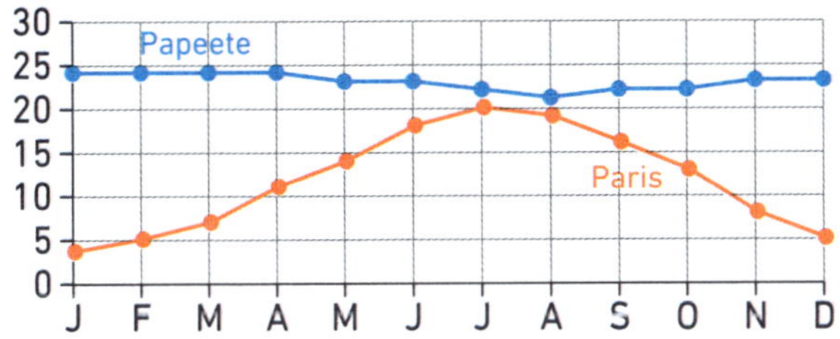

1. À partir du graphique, compléter le tableau suivant :

Mois	J	F	M	A	M	J	J	A	S	O	N	D
Papeete	24	24	24	24	23	23	22	21	22	22	23	23
Paris	4	5	7	11	14	18	20	19	16	13	8	5

2. La différence de température est la plus grande au mois de : janvier.

3. La différence de température est la plus faible au mois de : juillet et/ou août.

5 **1.** Représenter sur un même graphique cartésien les données de ce tableau :

Coup de pouce

Moyenne	Yanis	Milan	Eva	Halya	Leni	Lise
Mathématiques	12	20	13	11	9	16
Moyenne Générale	10	18	15	14	12	14

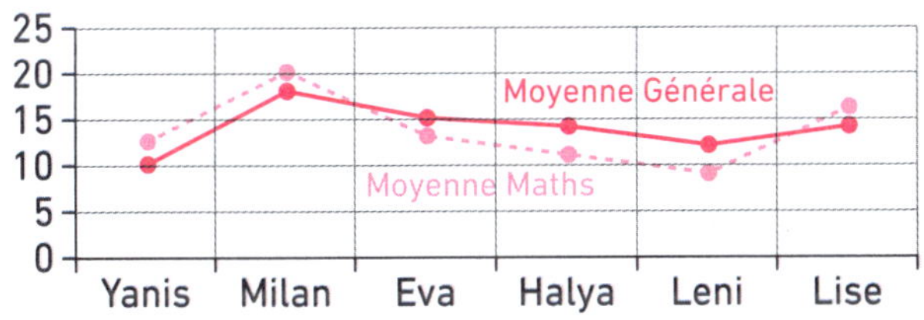

2. Quels sont les élèves dont la moyenne en mathématiques est supérieure à leur moyenne générale ?

Trois élèves : Yanis, Milan et Lise.

6 Alex et Léa comparent leurs notes de français, mathématiques, histoire-géographie et anglais.

Coup de pouce

– En français, Alex a 13, Léa trois points de plus.
– En mathématiques, il a 15 et elle a un point de moins.
– En histoire-géographie, Alex a deux points de moins que Léa qui a 18.

Ils ont la même note en anglais, cette note est supérieure de quatre points à la plus basse note des deux.

Faire un tableau récapitulatif de leurs notes et un diagramme cartésien représentant ces données.

Français : Alex a 13 donc Léa a 13 + 3 = 16.
Maths : Alex a 15 et donc Léa a 15 – 1 = 14.
En HG : Léa a 18 et donc Alex a 18 – 2 = 16.
La note la plus basse des deux est 13 donc la dernière note sera 13 + 4 = 17.

	Français	Maths	HG	LV1
Alex	13	15	16	17
Léa	16	14	18	17

7 Vidéo

Automatismes

Ce graphique donne l'évolution des entrées dans les cinémas en France au fil des ans :

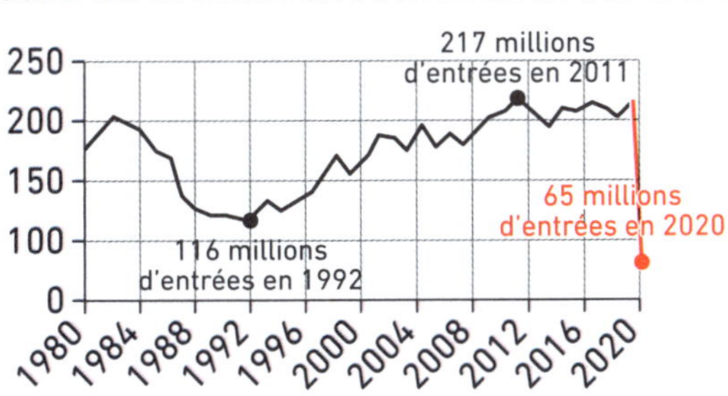

a En quelle année la fréquentation est-elle la plus forte ? 2011

b Avant 2020, en quelle année est-elle la plus faible ? 1992

c Quelle est la fréquentation en 2020 ? 65 millions

d Quelle est la fréquentation en 1980 ? 175 millions

1 Que d'écrans ! Fiches 20 et 21

Coup de pouce

Les élèves de 6e 4 ont été interrogés sur le nombre d'écrans qu'ils avaient chez eux, voici leurs réponses :
4 ; 3 ; 6 ; 6 ; 3 ; 2 ; 8 ; 5 ; 4 ; 6 ; 3 ; 7 ; 5 ; 6 ; 4 ; 3 ; 8 ; 3 ; 4 ; 4 ; 6 ; 4 ; 5 ; 7 ; 5.

1. Construire un tableau avec ces données.

Nombre d'écrans	1	2	3	4	5	6	7	8
Quantité	0	1	5	6	4	5	2	2

2. Combien d'écrans ont-ils au total ?

$1 \times 2 + 5 \times 3 + 6 \times 4 + 4 \times 5 + 5 \times 6 + 2 \times 7 + 2 \times 8 = 121.$

3. Construire un diagramme à barres représentant ces données.

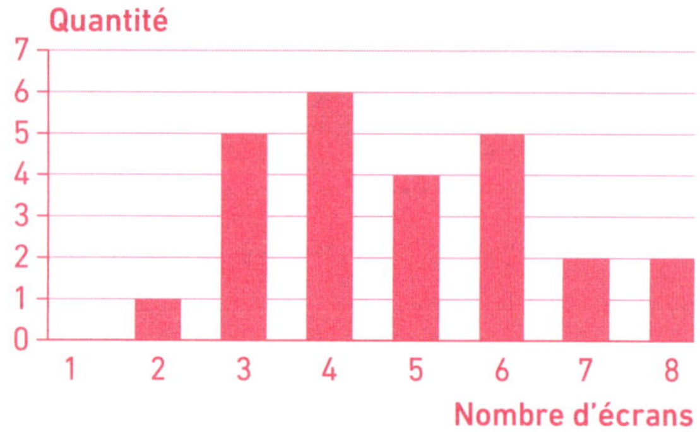

2 À la recherche du temps... Fiche 20

Coup de pouce

Voici le temps passé devant des écrans par Lilou cette semaine :

Jour	Lun.	Mar.	Mer.	Jeu.	Ven.	Sam.	Dim.
Temps (en min)	52	73	138	64	215	247	170

1. Quel jour passe-t-elle le moins de temps devant les écrans ?

Elle passe le moins de temps devant les écrans le lundi.

2. Combien de temps passe-t-elle devant les écrans le week-end ?

247 + 170 = 417. Elle passe 417 minutes devant les écrans le week-end.

3. Écrire une phrase traduisant le 73.

Le mardi, Lilou passe 73 minutes devant les écrans.

4. Combien de temps a-t-elle passé cette semaine devant les écrans ?

52 + 73 + 138 + 64 + 215 + 247 + 170 = 959.
Elle a donc passé 959 minutes devant les écrans durant toute la semaine.

3 Loisirs culturels Fiche 22

Coup de pouce

Ce graphique présente la proportion de personnes qui pratiquent une autre activité culturelle que la lecture de BD, en fonction du nombre de bandes dessinées lues au cours des 12 derniers mois.

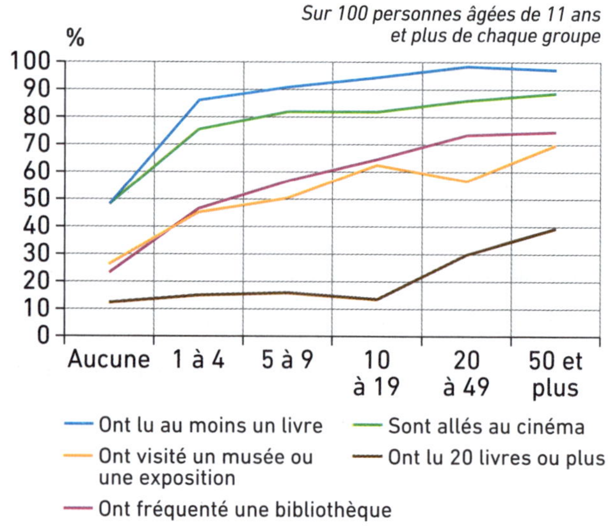

1. Qu'est-ce qui est représenté en horizontal ?

On peut voir le nombre de bandes dessinées lues au cours des 12 derniers mois.

2. Parmi les personnes qui lisent entre 20 et 49 BD, quel pourcentage d'entre elles sont aussi allées au cinéma ? au musée ?

On se place dans l'intervalle 20 à 49 et on lit sur les courbes verte et orange : 86 % pour le cinéma et 57 % pour les musées.

3. À qui s'applique le 57 % de fréquentation de la bibliothèque ?

Le 57 de la courbe violette s'applique aux personnes ayant lu entre 5 et 9 BD.

4 Frères et sœurs Fiche 20

Coup de pouce

Le professeur principal demande aux élèves de 6e C le nombre de frères et sœurs qu'ils ont.
Voici leurs réponses : 4 ; 1 ; 1 ; 2 ; 0 ; 1 ; 1 ; 2 ; 1 ; 2 ; 1 ; 2 ; 3 ; 3 ; 1 ; 2 ; 2 ; 1 ; 4 ; 1 ; 1 ; 0 ; 2 ; 2 ; 1 ; 1 ; 3 ; 0 ; 2 ; 1.

1. Rassembler ces données dans un tableau.

Nombre de frères et sœurs	0	1	2	3	4
Nombre d'élèves	3	13	9	3	2

2. Quelle est la catégorie la plus représentée ?

La majorité des élèves a un frère ou une sœur.

3 Quelle est la catégorie la moins représentée ?

Celle des élèves qui ont quatre frères et sœurs.

5 Quel temps fait-il ? Fiche 22

Coup de pouce

Ce graphique donne pour chaque mois de l'année, la température **minimale**, **maximale** et **moyenne** d'une ville :

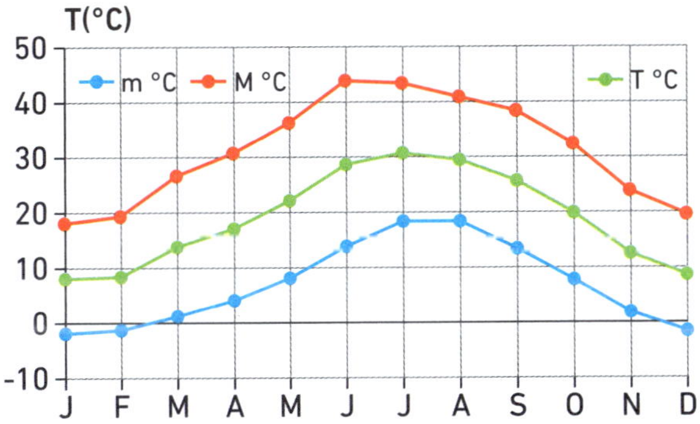

1. À quel mois de l'année la température maximale a été la plus haute ?

Cela s'est produit au mois de juin.

2. Quels ont été les trois mois les plus chauds ?

Juin, juillet et août.

3. À quels mois de l'année y a-t-il eu des températures négatives (en-dessous de 0 °C) ?

Cela s'est produit en janvier, février et décembre.

4. À quel mois de l'année l'écart de température a été le plus grand ?

Cela s'est produit au mois de juin.

6 Bleu, rouge, jaune, vert ? Fiche 21

Coup de pouce

Les 120 joueurs d'un club de basket doivent choisir la couleur de leur nouveau maillot. Ce diagramme représente leurs votes en pourcentages :

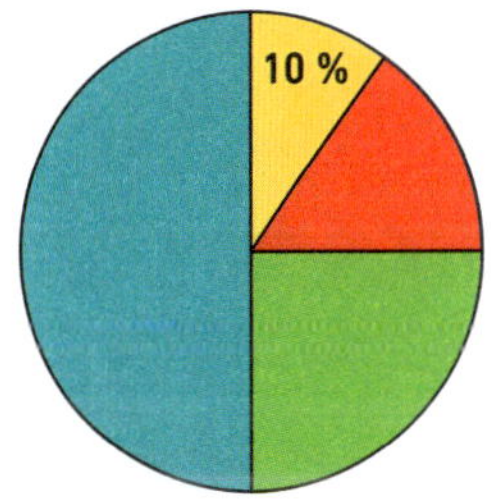

Entourer la bonne case.

a. La couleur la moins aimée est le :

Jaune	Vert	Rouge

b. Les joueurs qui préfèrent le bleu représentent le/la :

Moitié	Quart	Tiers

c. Le pourcentage de joueurs préférant le rouge est :

10 %	25 %	15 %

Car 100 – 50 – 25 – 10 = 15.

d. Le nombre de joueurs qui préfèrent le vert est :

25	40	30

7 Tâche complexe

CHERCHER 1 2 3 4 | MODÉLISER 1 2 3 4 | REPRÉSENTER 1 2 3 4 | RAISONNER 1 2 3 4 | CALCULER 1 2 3 4 | COMMUNIQUER 1 2 3 4

Quatre vendeurs de voitures sont en compétition pour le titre de Vendeur de l'année. Pour les départager, compléter les titres des Documents 2 ; 3 et 4 en précisant bien ce qu'ils représentent. Désigner ensuite, en argumentant, celui ou celle qui a gagné le titre de meilleur vendeur de l'entreprise *Carauto* cette année.

Doc 1 : Ventes de l'année des quatre vendeurs

VENTES	Anna	Brahim	Coline	Dorian
Trimestre 1	10	56	56	57
Trimestre 2	57	23	12	14
Trimestre 3	27	38	58	35
Trimestre 4	19	23	59	42

Doc 2 : Évolution des ventes de Coline

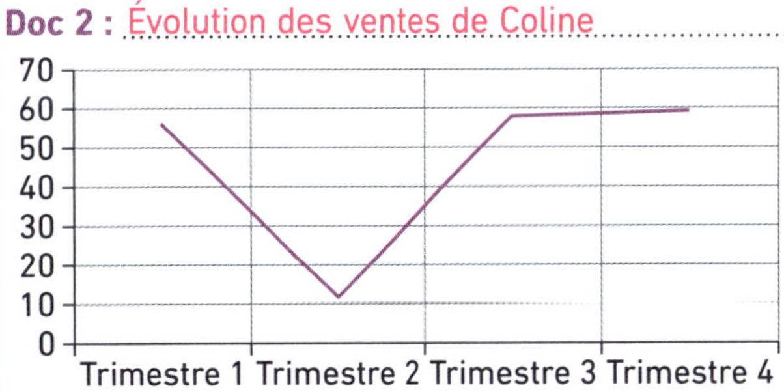

Doc 3 : Ventes réalisées au trimestre 3

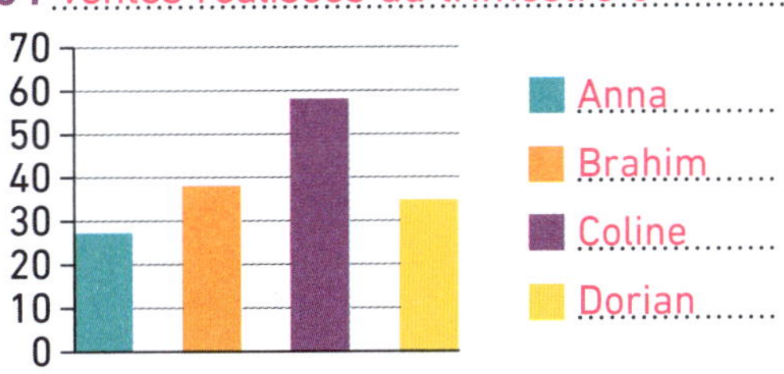

Doc 4 : Répartition des ventes du trimestre 2

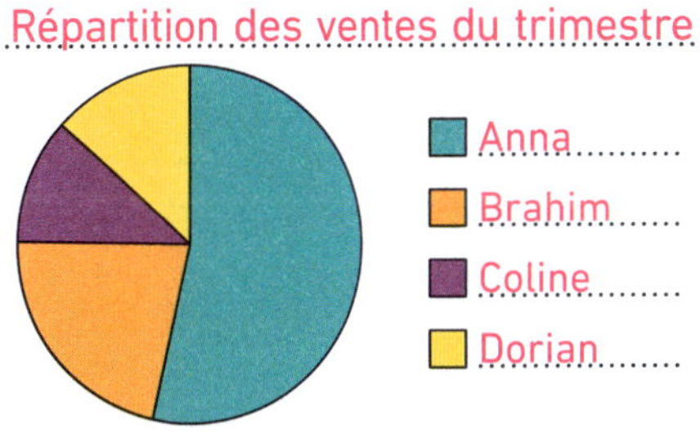

Le meilleur vendeur de l'entreprise semble être Coline qui totalise 185 ventes sur l'année et qui, en dépit d'un trimestre 2 décevant, a un niveau de ventes assez stable.

23 Tracer et coder des segments, droites et demi-droites

Je retiens

Les droites, demi-droites ou segments sont composés d'une infinité de points alignés.

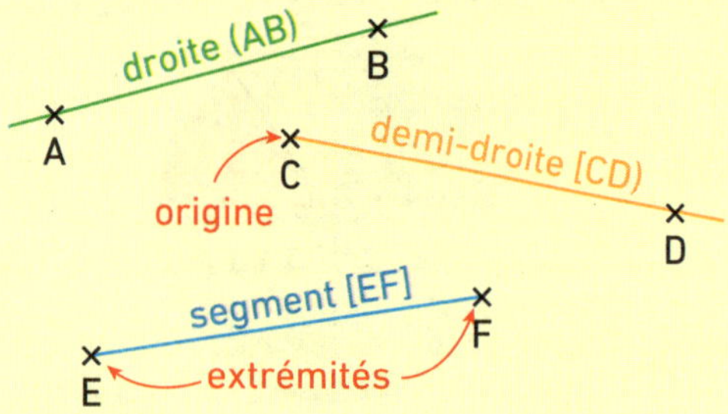

Je prends un bon départ

1 Questions de vocabulaire

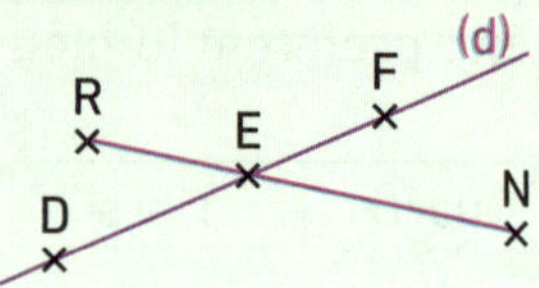

a. Les points D, E et F appartiennent à la ...droite... (d).

Cette ...droite... (d) peut aussi être notée par exemple ...(DF)... ou ...(EF)....

b. Les points R et N sont les ...extrémités... du ...segment... [RN].

c. Le point E est le point d'...intersection... de la ...droite... (DF) et du ...segment... [RN].

2

On considère les trois points distincts et non alignés B, J et K.

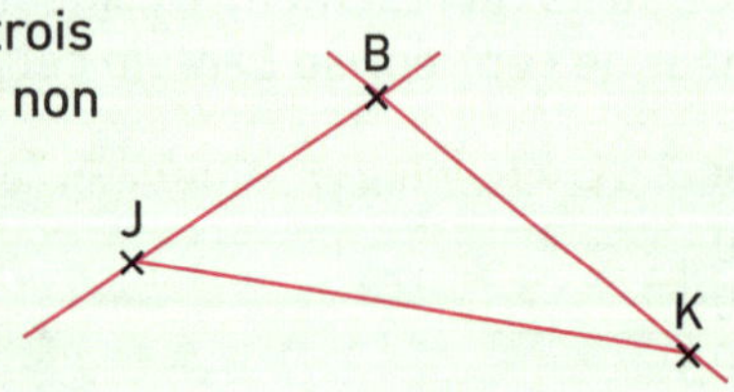

1. Tracer le segment [JK].

2. Tracer la droite (BJ).

3. Tracer l'ensemble des points alignés avec les points B et K.

3

Dire si les points de la figure sont alignés ou non.

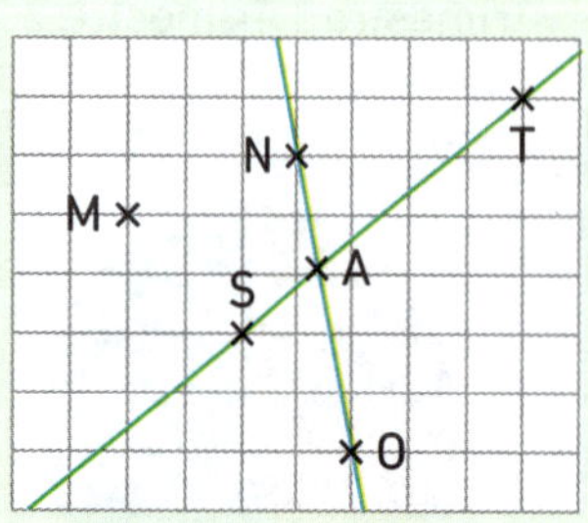

Les points S, A et T •
Les points A, O et N •
Les points M, N et T •
Les points O, S et M •

• alignés.
• non alignés.

4 Je découvre et je fais

Vidéo

Je découvre une méthode

Les points C, L, O et T sont quatre points distincts et non alignés.
1. Tracer en vert le segment [CO].
2. Tracer en bleu la droite (LT).
3. Nommer A le point d'intersection du segment [CO] et de la droite (LT).
4. Tracer en rouge les demi-droites [OL) et [OT).

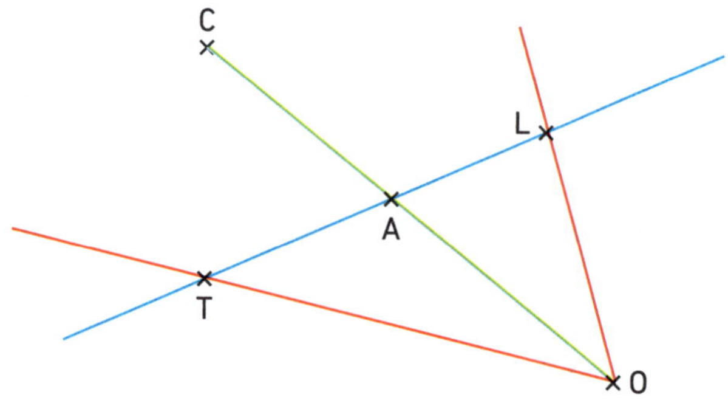

1. Le segment [CO] est l'ensemble des points alignés avec les points C et O, compris entre C et O.

2. La droite (LT) est l'ensemble des points alignés avec les points L et T.

3. Le segment [CO] et la droite (LT) se coupent en un point, c'est le point A.

4. La demi-droite [OL) est une partie de la droite (OL), celle d'origine O et passant par L.
La demi-droite [OT) est une partie de la droite (OT), celle d'origine O et passant par T.

Je fais tout(e) seul(e)

Les points B, G, H et U sont quatre points distincts et non alignés.
1. Tracer en vert le segment [BG].
2. Tracer en bleu la droite (HU).
3. Nommer X le point d'intersection du segment [BG] et de la droite (HU).
4. Tracer en rouge les demi-droites [UB) et [UG).

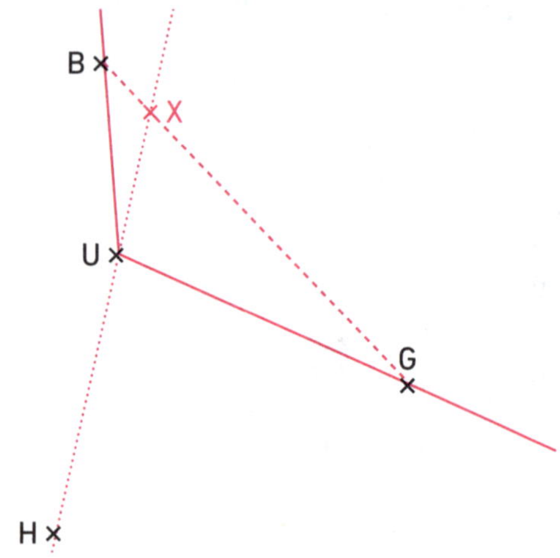

5 ★

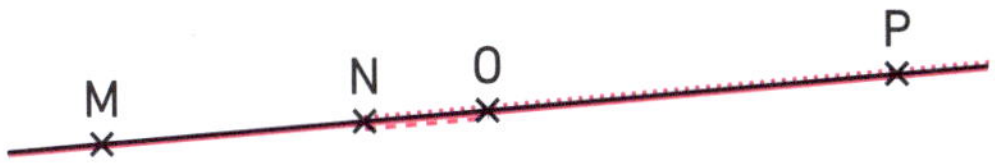

1. Tracer en bleu la droite (NO).
2. Tracer en vert le segment [NO].
3. Tracer en noir la demi-droite [NO).
4. Compléter par ∈ ou ∉ :

a. P ∈ (NO) **b.** P ∉ [NO] **c.** P ∈ [NO)
d. M ∈ (PN) **e.** O ∈ [PN] **f.** P ∉ [NM)

6 Écrire un programme de construction permettant d'obtenir cette figure :

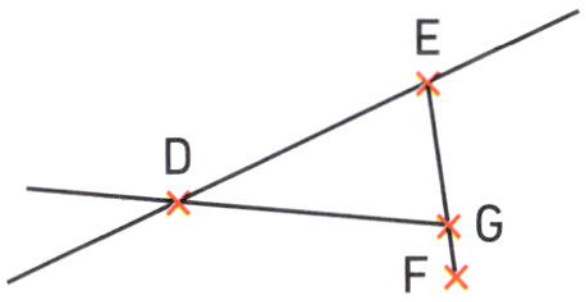

① Tracer une droite (DE).
② Placer un point F n'appartenant pas à la droite (DE).
③ Tracer le segment [EF].
④ Placer un point G sur le segment [EF].
⑤ Tracer la demi-droite [GD).

7 Placer un point L tel que :
– les points H, I et L soient alignés d'une part ;
– les points J, K et L soient alignés d'autre part.

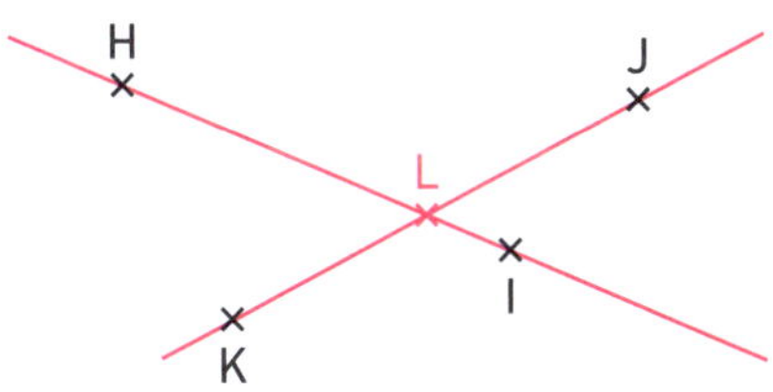

8 ★★

1. Placer trois points C, P et R non alignés.
2. Tracer le segment [CP].
3. Tracer les demi-droites [CR) et [PR).
4. Placer un point O tel que O ∈ [RC].
5. Placer un point E tel que E ∈ [PR), mais E ∉ [PR].
6. Tracer la droite (OE), elle coupe le segment [CP] en A. Placer le point A.

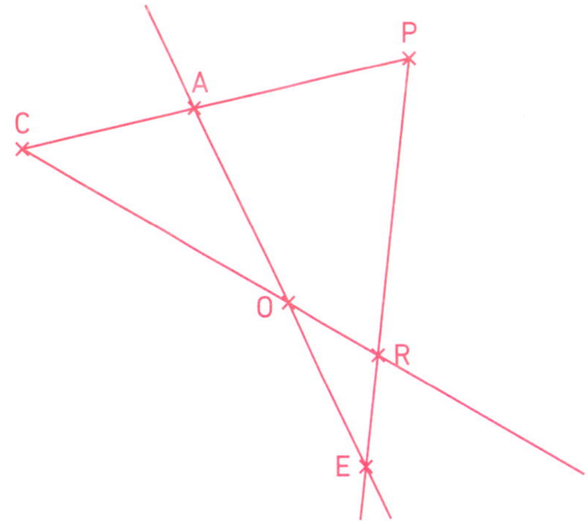

9

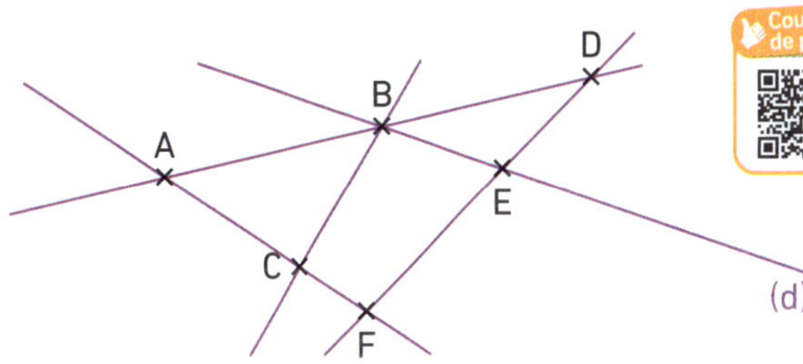

1. Compléter par ∈ ou ∉ :

a. D ∉ [AB] **b.** E ∈ (d) **c.** C ∉ (d)
d. D ∈ (AB) **e.** F ∈ [AC) **f.** F ∉ [CA]

2. En utilisant les points de la figure, donner tous les noms possibles de la droite passant par A et C :
(AC), (CA), (AF), (FA), (CF) et (FC).

10 Vidéo

Automatismes

a M est le point d'intersection des droites (AB) et (CD). Quels points sont alignés ? Les points M, A et B sont alignés entre eux ainsi que les points M, C et D.

b R est le point d'intersection des droites (IJ) et (KL). Quels points sont alignés ? Les points R, I et J sont alignés entre eux ainsi que les points R, K et L.

c Les points O, E et T sont alignés entre eux ainsi que les points F, N et T. Que peut-on dire des droites (OE) et (NF) ? Les droites (OE) et (NF) ont pour point d'intersection le point T.

d Les points G, R et S sont alignés entre eux ainsi que les points H, U et R. Que peut-on dire des droites (GS) et (HU) ? Les droites (GS) et (HU) ont pour point d'intersection le point R.

24 Tracer des droites perpendiculaires et parallèles

Je retiens

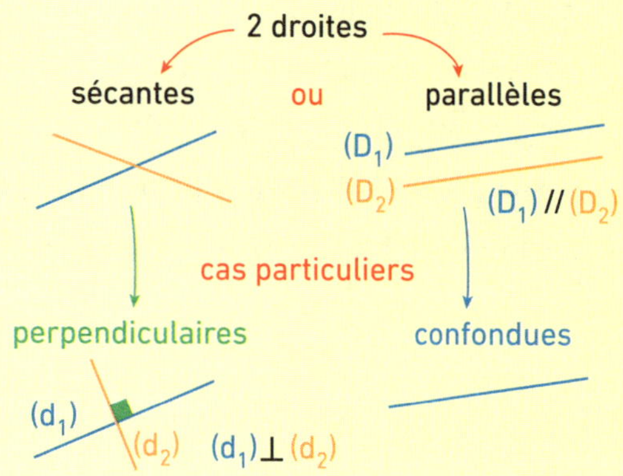

Je prends un bon départ

1 **Questions de vocabulaire**

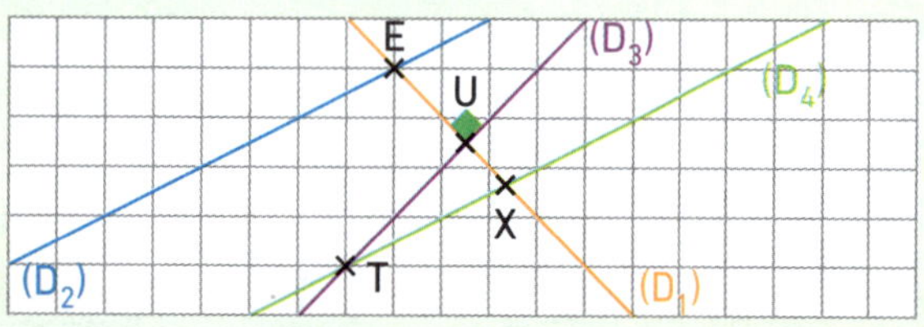

a. Les droites (D$_1$) et (D$_2$) sont ......sécantes...... en ......E......

b. Les droites (D$_1$) et (D$_3$) sont ......sécantes...... et ...perpendiculaires... en ......U......

c. Les droites (D$_2$) et (D$_4$) sont ......parallèles......

2 Tracer deux droites perpendiculaires à la droite (Δ). Les nommer (Δ$_1$) et (Δ$_2$).

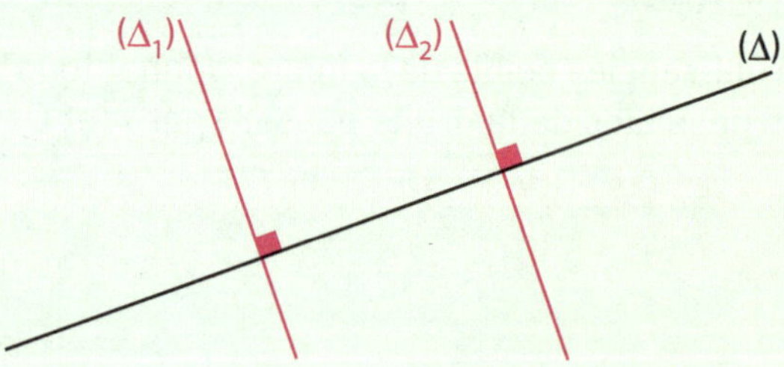

3 Tracer deux droites parallèles à la droite (d). Les nommer (d$_1$) et (d$_2$).

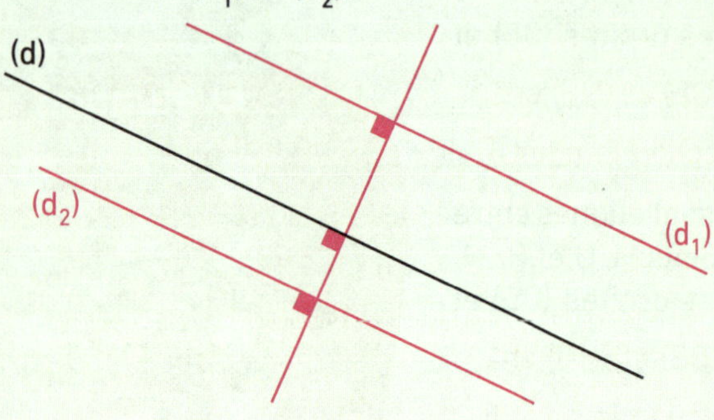

4 **Je découvre et je fais**

Vidéo

➡ Je découvre une méthode

1. Tracer la droite (d$_1$) perpendiculaire à la droite (d) et passant par le point I.
2. Tracer la droite (d$_2$) parallèle à la droite (d) et passant par le point J.

1. Pour tracer la droite (d$_1$), on place un côté de l'angle droit de l'équerre le long de la droite (d) (Étape 1). On déplace ensuite l'équerre pour que l'autre côté de l'angle droit de l'équerre passe par le point I (Étape 2).

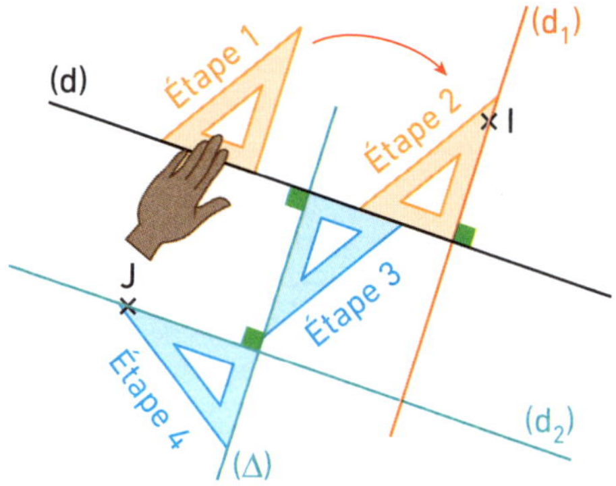

2. Pour tracer la droite (d$_2$), on trace une perpendiculaire à la droite (d), notée (Δ) (Étape 3).
On trace ensuite la droite perpendiculaire à la droite (Δ) qui passe par le point J. Pour cela, un côté de l'angle droit de l'équerre est placé le long de la droite (Δ) et l'autre côté doit passer par le point J (Étape 4).

N'oublie pas de coder un angle droit à chaque fois que l'équerre est utilisée.

➡ Je fais tout(e) seul(e)

1. Tracer la droite (D$_1$) perpendiculaire à la droite (D) et passant par le point V.
2. Tracer la droite (D$_2$) parallèle à la droite (D) et passant par le point T.

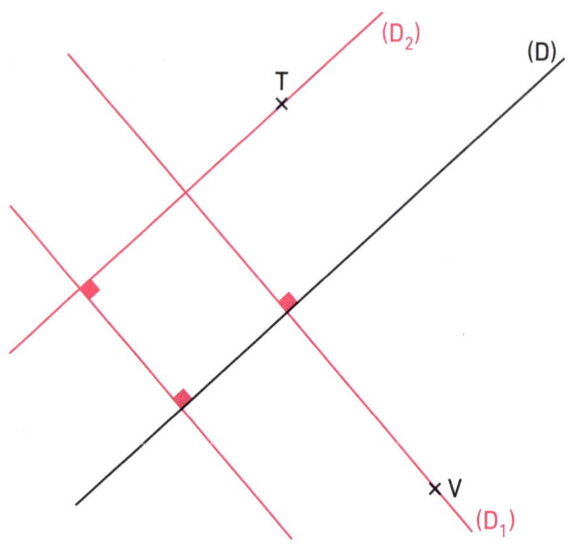

5 **1.** Tracer la droite perpendiculaire à la droite (d) passant par H. Cette droite et la droite (D) sont sécantes en E.
Placer le point E.

Coup de pouce

2. Tracer la droite parallèle à la droite (D) passant par H. Cette droite et la droite (d) sont sécantes en F.
Placer le point F.

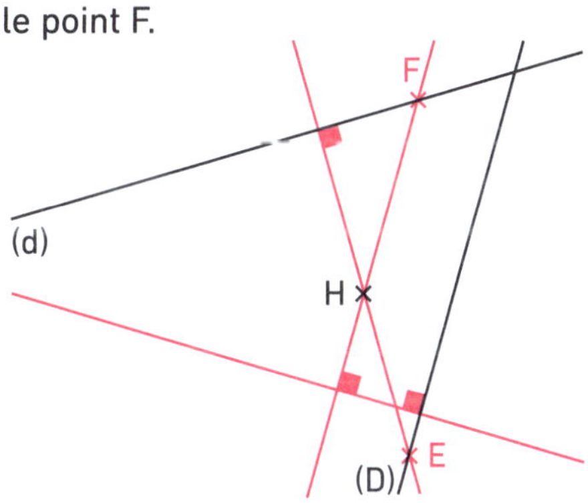

6 En utilisant le quadrillage, tracer, dans chaque cas, la droite perpendiculaire et la droite parallèle à la droite (Δ) passant chacune par le point L.

Coup de pouce

a.

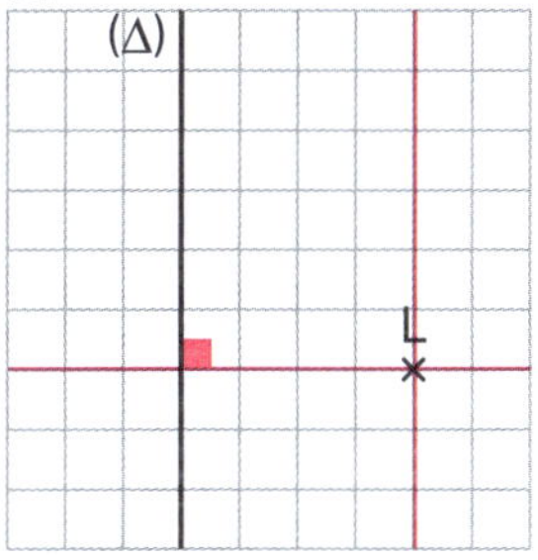

b.

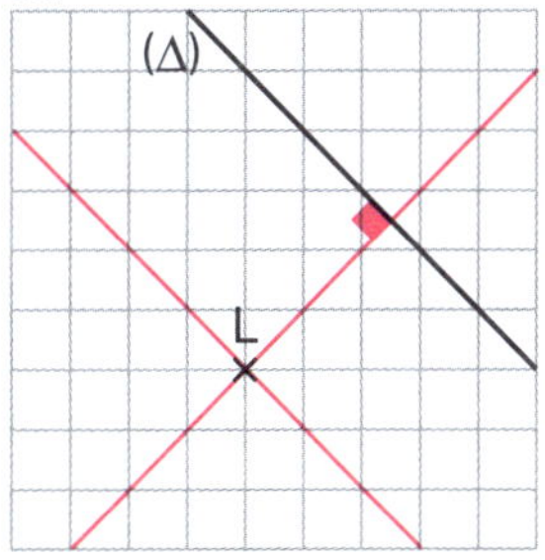

7 Sur la figure suivante, tracer :
– la perpendiculaire à la droite (AB) passant par C ;
– la perpendiculaire à la droite (AC) passant par B ;
– la perpendiculaire à la droite (BC) passant par A ;
– la parallèle à la droite (AB) passant par C ;
– la parallèle à la droite (AC) passant par B ;
– la parallèle à la droite (BC) passant par A.

Coup de pouce

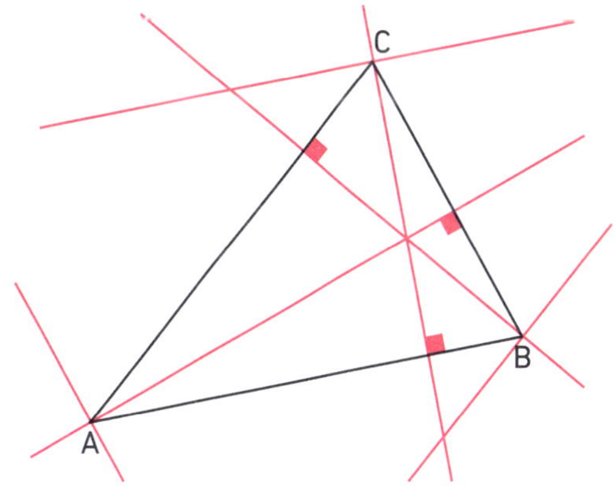

8 En utilisant le quadrillage, tracer, dans chacun des cas, la droite perpendiculaire et la droite parallèle à la droite (Δ) passant chacune par le point L.

Coup de pouce

a.

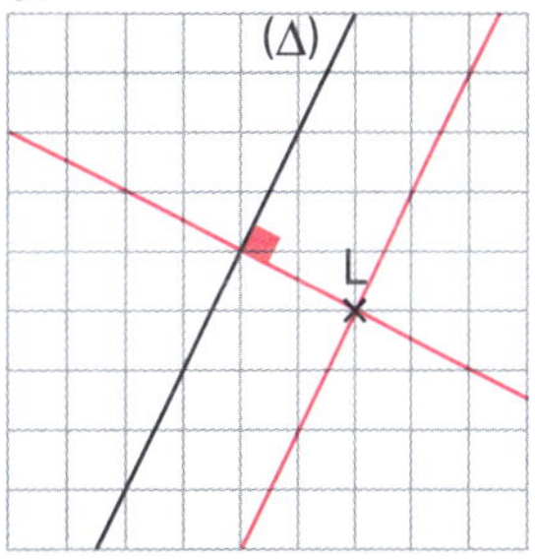

b.

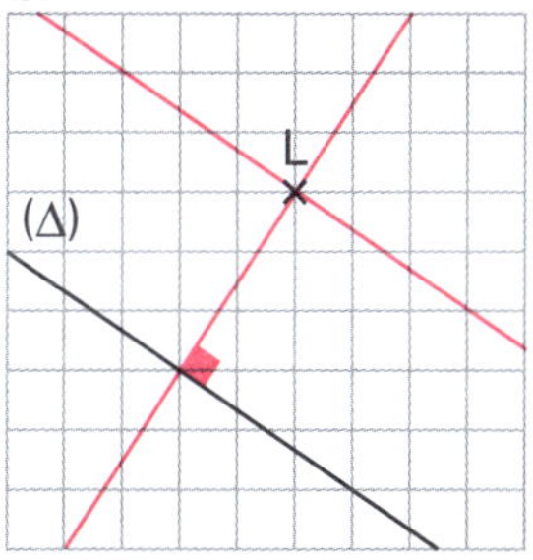

9 Vidéo

Automatismes

Tous les tracés demandés ici doivent être faits à main levée.

a Tracer la droite perpendiculaire à la droite (d) passant par A, puis la droite parallèle à la droite (d) passant par B.

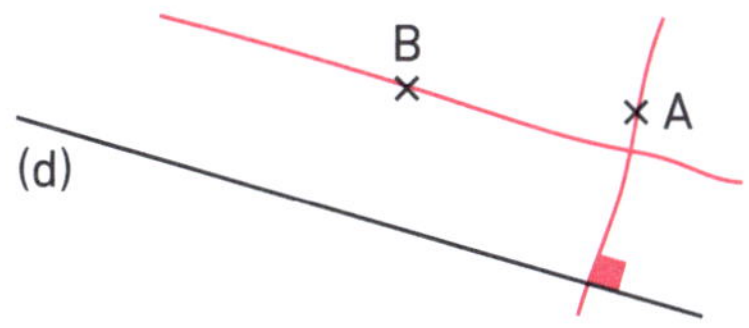

b Tracer la droite perpendiculaire à la droite (Δ) passant par M, puis la droite parallèle à la droite (Δ) passant par N.

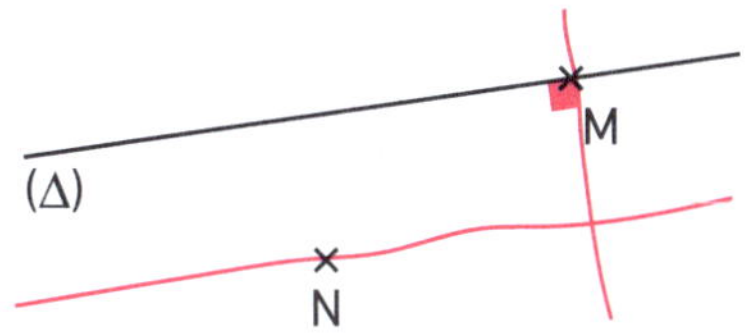

c Tracer la droite perpendiculaire à la droite (d) passant par J, puis la droite parallèle à la droite (d) passant par K.

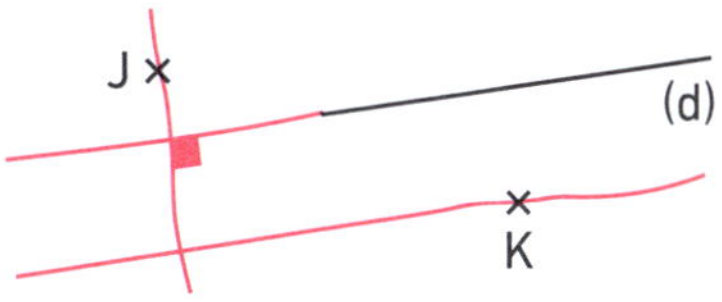

d Tracer la droite perpendiculaire à la droite (CE) passant par C, puis la droite parallèle à la droite (FE) passant par C.

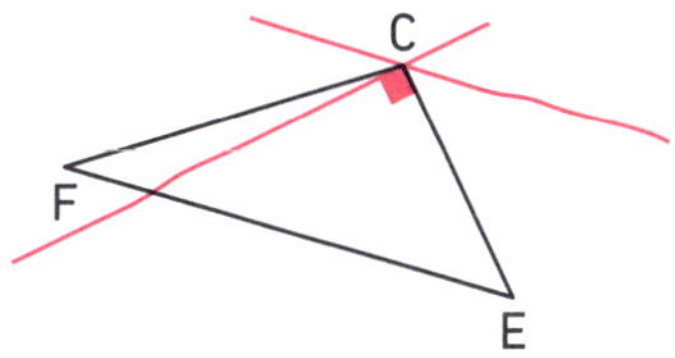

25 Raisonner avec des droites perpendiculaires et parallèles

Je retiens

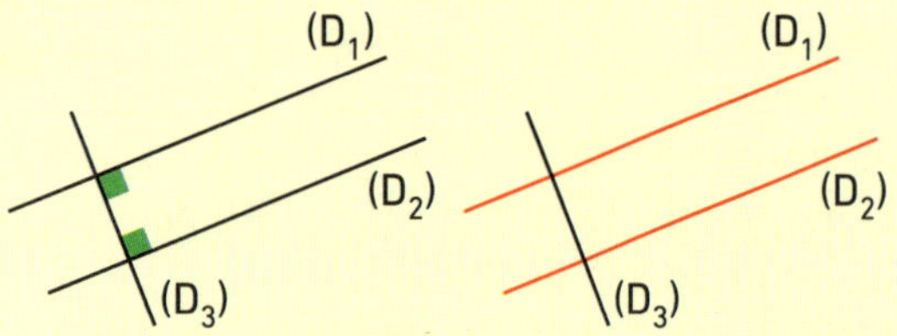

$(D_1) \perp (D_3)$
$(D_2) \perp (D_3)$ } → $(D_1) // (D_2)$

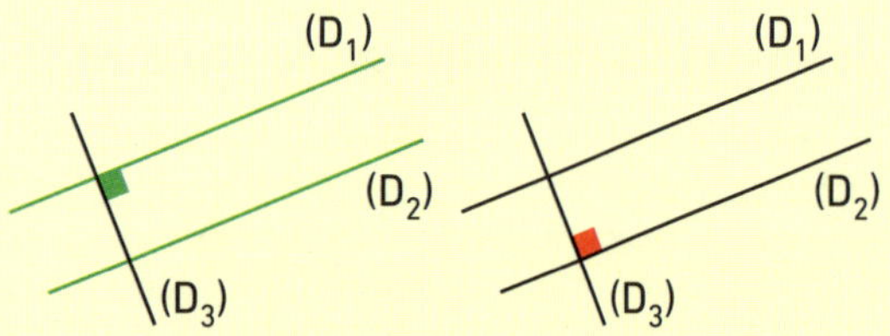

$(D_1) // (D_2)$
$(D_3) \perp (D_1)$ } → $(D_3) \perp (D_2)$

Je prends un bon départ

1 Questions de vocabulaire

Compléter les phrases par « la » ou « une ».

a. Tracer ...une... droite (d).

b. Tracer ...la... droite passant par les points A et P.

c. Tracer ...une... droite passant par le point B.

d. Tracer ...une... droite perpendiculaire à la droite (D).

e. Tracer ...la... droite perpendiculaire à la droite (IJ) passant par K.

f. Tracer ...une... droite parallèle à la droite (RS).

g. Tracer ...la... droite parallèle à la droite (EF) passant par C.

2 Compléter les phrases par des noms de droites qui conviennent.

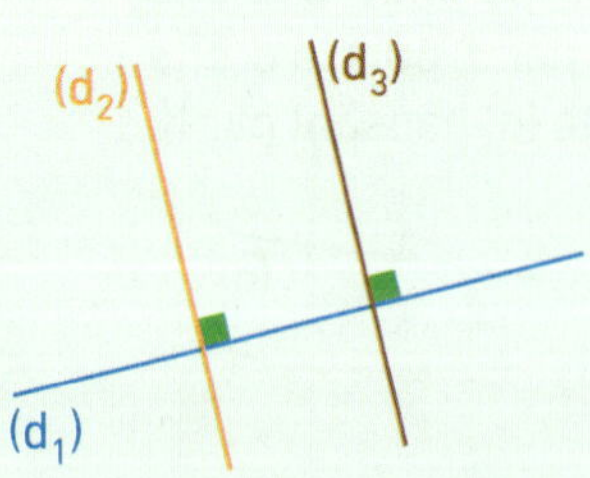

a. Les droites ...(d_1)... et ...(d_2)... sont perpendiculaires entre elles.

b. Les droites ...(d_2)... et ...(d_3)... sont perpendiculaires à la même droite ...(d_1)....

3 En utilisant les points de la figure, quelles sont toutes les droites que l'on peut nommer ?

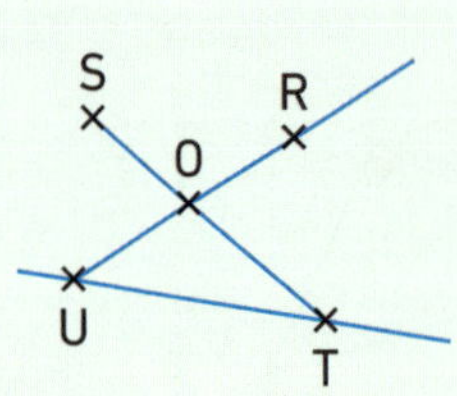

6 droites : (UT), (TS), (SR), (US), (RT) et (RU).

4 Je découvre et je fais

Vidéo

➡ Je découvre une méthode

Dans la figure suivante, les droites (d_1) et (d_3) sont parallèles.
Que peut-on dire des droites (d_1) et (d_2) ? Justifier.

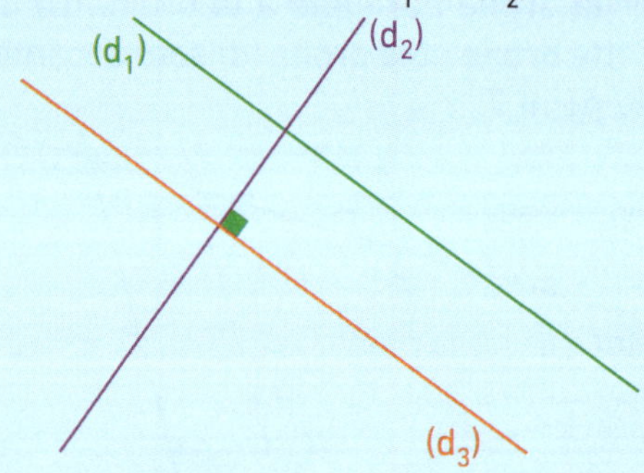

On peut dire que les droites (d_1) et (d_2) sont perpendiculaires. En effet :
– d'après l'énoncé, on sait que les droites (d_1) et (d_3) sont parallèles ;
– d'après le codage, on sait que les droites (d_2) et (d_3) sont perpendiculaires.
Or si deux droites sont parallèles et qu'une troisième droite est perpendiculaire à l'une des deux, alors cette troisième droite est aussi perpendiculaire à l'autre.
Donc les deux droites (d_1) et (d_2) sont perpendiculaires.

➡ Je fais tout(e) seul(e)

Dans la figure suivante, les droites (d_2) et (d_3) sont parallèles.
Que peut-on dire des droites (d_1) et (d_3) ? Justifier.

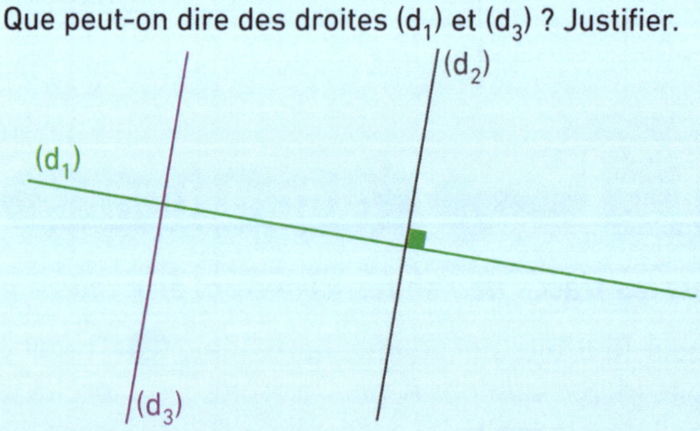

On peut dire que les droites (d_1) et (d_3) sont perpendiculaires. En effet :
– d'après l'énoncé, on sait que les droites (d_2) et (d_3) sont parallèles ;
– d'après le codage, on sait que les droites (d_1) et (d_2) sont perpendiculaires.
Or si deux droites sont parallèles et qu'une troisième droite est perpendiculaire à l'une des deux, alors cette troisième droite est aussi perpendiculaire à l'autre.
Donc les droites (d_1) et (d_3) sont perpendiculaires.

5

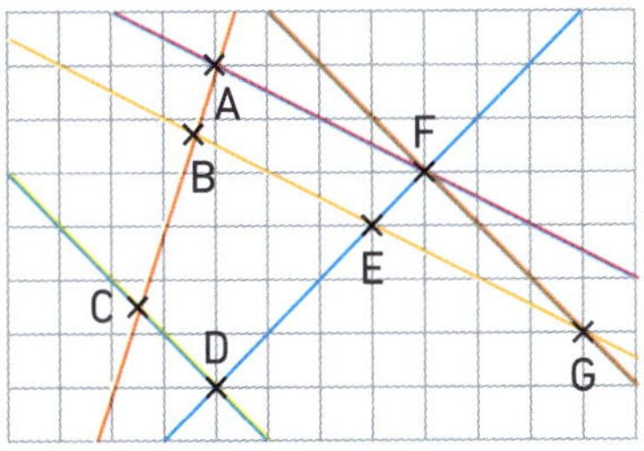

Coup de pouce

1. Nommer le ou les couples de droites perpendiculaires de la figure :

(CD) ⊥ (DF) (DF) ⊥ (FG)

2. Nommer le ou les couples de droites parallèles de la figure.

(CD) // (FG) (AF) // (BE)

6

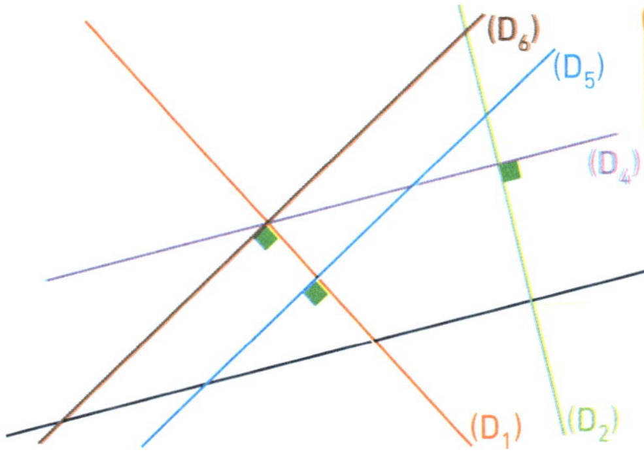

Coup de pouce

1. D'après les codages, quels sont le ou les couples de droites dont on peut affirmer qu'elles sont perpendiculaires ?

$(D_1) \perp (D_6)$ $(D_1) \perp (D_5)$ $(D_2) \perp (D_4)$

2. D'après les informations données à la question **1**, quels sont le ou les couples de droites dont on peut affirmer qu'elles sont parallèles ? Justifier.

Les droites (D_5) et (D_6) sont parallèles car les droites (D_5) et (D_6) sont toutes les deux perpendiculaires à la même droite (D_1).

7 Un trapèze est un quadrilatère qui a deux côtés opposés parallèles.

Coup de pouce

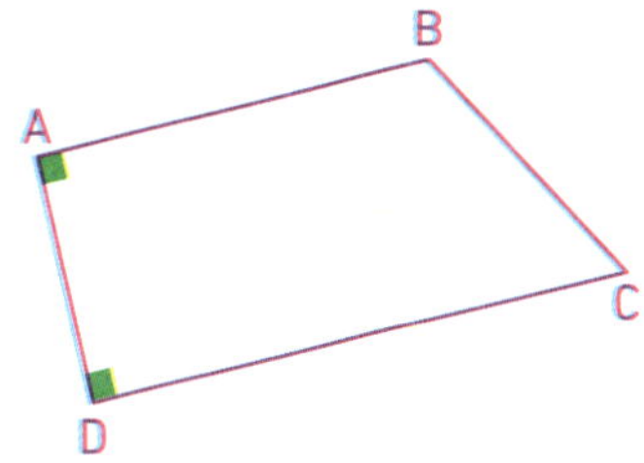

Le quadrilatère ABCD est-il un trapèze ? Justifier.

D'après les codages, on sait que les droites (AB) et (AD) sont perpendiculaires entre elles, ainsi que les droites (DC) et (AD).
Comme les deux droites (AB) et (DC) sont toutes les deux perpendiculaires à la même droite (AD), on peut conclure que ces deux droites sont parallèles entre elles. ABCD est un trapèze.

8 Dans la figure, les droites (RS) et (MN) sont parallèles.
Justifier que le segment [MN] est la hauteur du triangle STM, issue du sommet M.

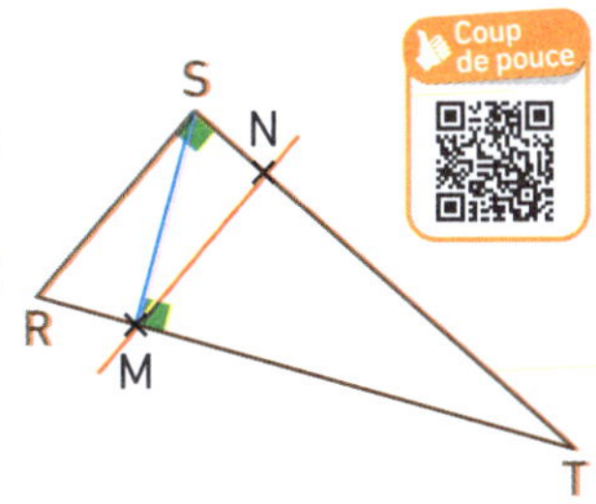

Coup de pouce

Une hauteur dans un triangle passe par un sommet de ce triangle et est perpendiculaire au côté opposé à ce sommet.

On sait que les droites (RS) et (MN) sont parallèles donc, comme la droite (ST) est perpendiculaire à la droite (RS), elle est aussi perpendiculaire à la droite (MN). Le segment [MN] est donc la hauteur du triangle STM, issue du sommet M.

9 Vidéo

Automatismes

a On sait que $(d_3) \perp (d_2)$ et que $(d_1) \perp (d_2)$.
Que peut-on conclure ?

Les droites (d_3) et (d_1) sont parallèles.

b On sait que (RT) ⊥ (FH) et que (KL) // (FH).
Que peut-on conclure ?

Les droites (RT) et (KL) sont perpendiculaires.

c On sait que $(d) \perp (\Delta)$ et que $(\Delta) \perp (D)$.
Que peut-on conclure ?

Les droites (d) et (D) sont parallèles.

d On sait que (AB) // (DC) et que (DA) ⊥ (AB).
Que peut-on conclure ?

Les droites (DC) et (DA) sont perpendiculaires.

26 Mesurer et convertir des longueurs

Je retiens

- AB = **longueur** du segment [AB]
  = **distance** entre les points A et B
- I **milieu** du segment [AB] ↔ { IA = IB ; I ∈ [AB] }

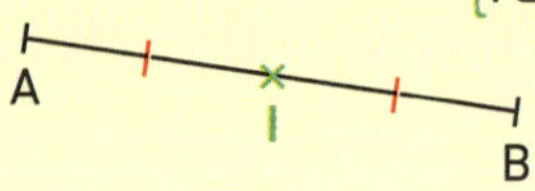

- **Distance du point M à la droite (d)** = MH

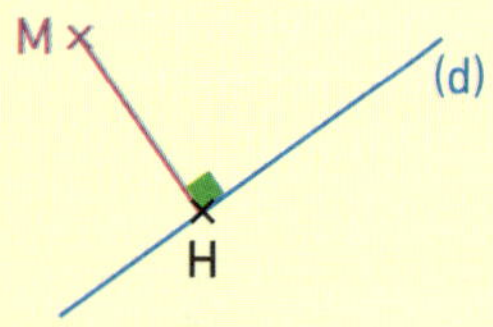

Je prends un bon départ

1 Questions de vocabulaire

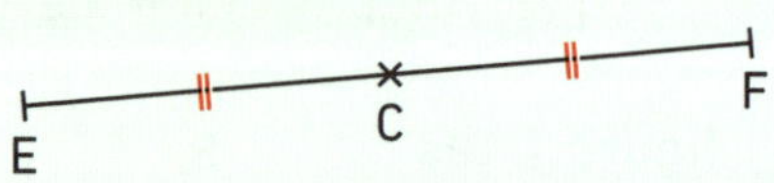

a. La ...longueur... du segment [EF] est égale à 5 cm. On écrit ...EF... = 5 cm.

b. Les points E et F sont à la même ...distance... du point C. Cette ...distance... est égale à 2,5 cm.

c. Le point C est le ...milieu... du segment [EF].

2

1. Tracer un segment [IJ] de 4,2 cm de longueur.
2. Tracer un segment [AB] de 37 mm de longueur.
3. Tracer un segment [RS] de 0,5 dm de longueur.

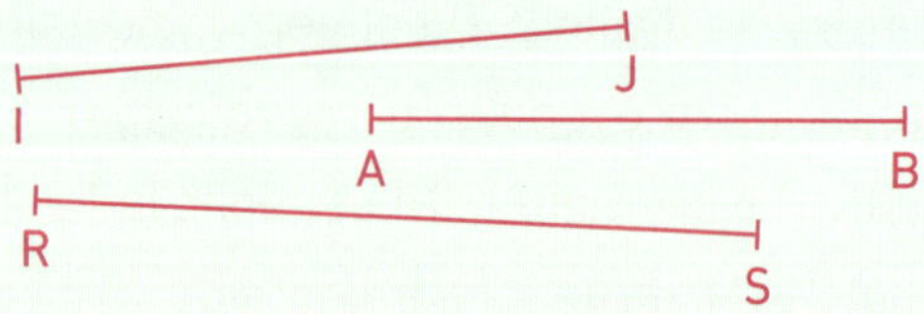

3

1. Mesurer les longueurs TL, TM, TN, TO :

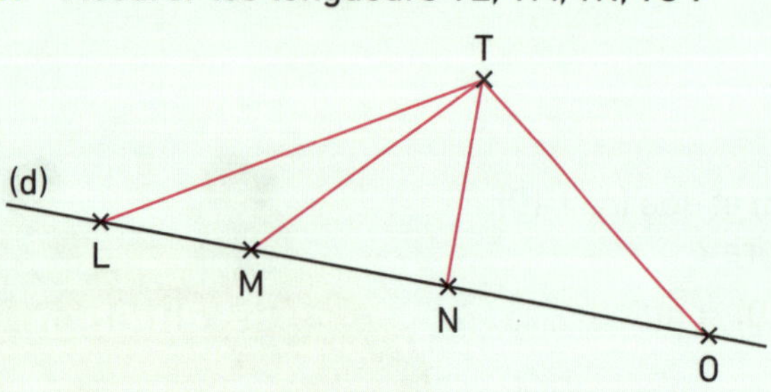

a. TL = ...4 cm...　　b. TM = ...2,8 cm...

c. TN = ...2 cm...　　d. TO = ...3,3 cm...

2. Ranger ces longueurs par ordre croissant :

...TN < TM < TO < TL...

4 Je découvre et je fais

Vidéo

➡ Je découvre une méthode

1. Convertir 7,2 cm en mm, puis en m.

7,2 cm signifie :
7 cm
et 2 dixièmes de cm, c'est-à-dire 2 mm.
Lorsqu'on place 7,2 cm dans un tableau de conversion, on écrit le chiffre des unités 7 dans la colonne des centimètres :

km	hm	dam	m	dm	cm	mm
			0	0	7	2

On peut lire dans le tableau, en ajoutant les « 0 » nécessaires :
7,2 cm = 72 mm = 0,072 m.

2. Convertir 156 m en cm, puis en km.

156 m signifie :
6 m
et 5 dizaines de m, c'est-à-dire 5 dam,
et 1 centaine de m, c'est-à-dire 1 hm.
Lorsqu'on place 156 m dans un tableau de conversion, on écrit le chiffre des unités 6 dans la colonne des mètres :

km	hm	dam	m	dm	cm	mm
0	1	5	6	0	0	

On peut lire dans le tableau :
156 m = 15 600 cm = 0,156 km.

➡ Je fais tout(e) seul(e)

1. Convertir 3,4 dm en mm, puis en m.

Lorsqu'on place 3,4 dm dans un tableau de conversion, on écrit le chiffre des unités 3 dans la colonne des décimètres :

km	hm	dam	m	dm	cm	mm
			0	3	4	0

On peut lire dans le tableau :
3,4 dm = 340 mm = 0,34 m.

2. Convertir 98 m en cm, puis en km.

Lorsqu'on place 98 m dans un tableau de conversion, on écrit le chiffre des unités 8 dans la colonne des mètres :

km	hm	dam	m	dm	cm	mm
0	0	9	8	0	0	

On peut lire dans le tableau :
98 m = 9 800 cm = 0,098 km.

5 **1. a.** Construire le milieu D du segment [RF].

Coup de pouce

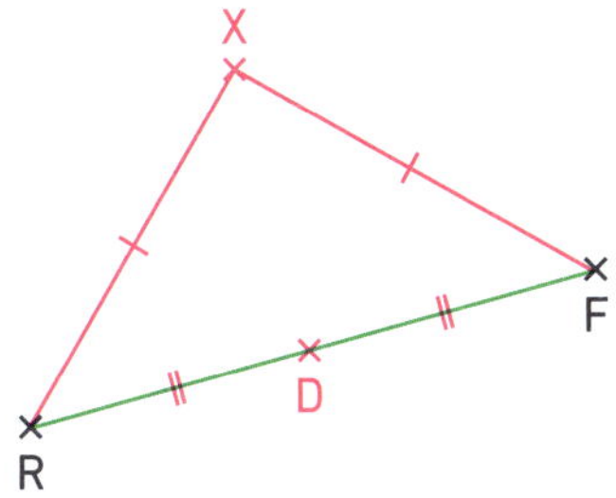

b. Quelles égalités de longueurs peut-on écrire ?

RF = 4,2 cm DR = DF = 2,1 cm

2. a. Sur la figure précédente, placer un point X, distinct du point D, tel que XR = XF.

b. Que peut-on dire des points X, R et F ?

Les points X, R et F sont les sommets d'un triangle isocèle en X.

6 Compléter les conversions suivantes :

Coup de pouce

a. 82 dm = 820 cm

b. 46 mm = 4,6 cm

c. 15,7 m = 1 570 cm **d.** 7 800 m = 7,8 km

e. 923 mm = 0,923 m **f.** 0,25 km = 250 m

7

Coup de pouce

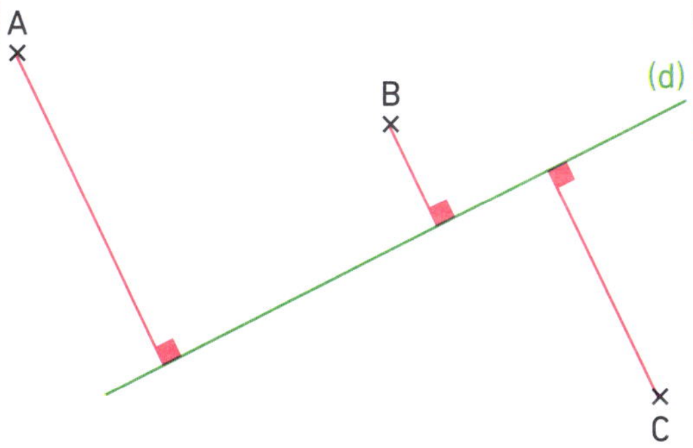

Déterminer la distance des points A, B et C à la droite (d).

La distance du point A à la droite (d) est 3,4 cm.

Celle du point B à la droite (d) est 1,1 cm.

Celle du point C à la droite (d) est 2,5 cm.

8

Coup de pouce

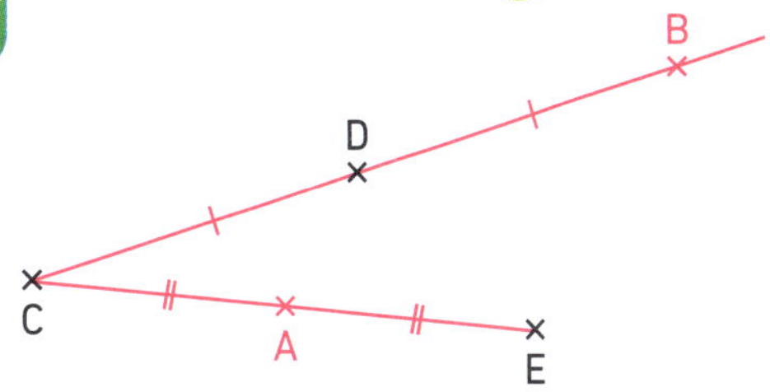

1. Construire le milieu A du segment [CE].

2. Construire le point B tel que D soit le milieu du segment [BC].

9 Calculer les longueurs suivantes :

Coup de pouce

a. 2 m + 5 cm = 205 cm ou 2,05 m

b. 1 km – 150 m = 850 m ou 0,85 km

c. 16 m + 57 mm = 16 057 mm ou 16,057 m

10 **1.** Tracer un quadrilatère quelconque IJKL.

Coup de pouce

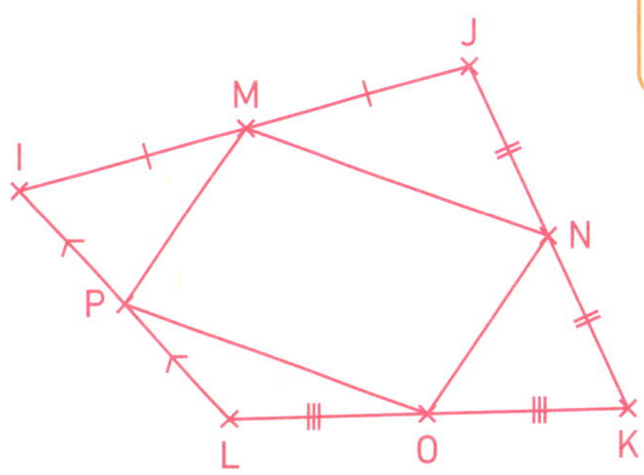

2. Construire M le milieu de [IJ], N le milieu de [JK], O le milieu de [KL] et P le milieu de [LI].

3. Tracer le quadrilatère MNOP.

4. a. Mesurer les longueurs MN, NO, OP et PM.

Les longueurs varient selon les constructions.

b. Que remarque-t-on ?

On constate que les segments [MN] et [OP] semblent être de la même longueur, ainsi que les segments [NO] et [PM].

11 Vidéo

Automatismes

a T est le milieu du segment [CD]. Que peut-on en conclure ?

TC = TD et T ∈ [CD].

b JK = JL, peut-on en conclure que J est le milieu du segment [KL] ?

Non car on ne sait pas si J ∈ [KL].

c OT = OU et O ∈ [TU]. Que peut-on en conclure ?

O est le milieu du segment [TU].

d S est le milieu du segment [RB]. Que peut-on en conclure ?

SR = SB et S ∈ [RB].

27 Tracer et utiliser des cercles

Je retiens

Dire qu'un point M appartient au cercle de centre O et de rayon *R* revient à dire que OM = *R*.

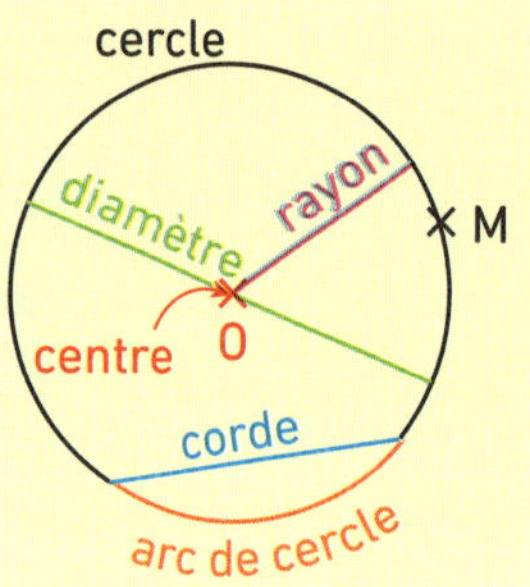

Je prends un bon départ

1 Questions de vocabulaire

a. Le point H est le ....milieu.... du segment [RS] et le ....centre.... du cercle $\mathscr{C}$.

b. Le segment [RS] est un ....diamètre.... du cercle $\mathscr{C}$.

c. Les segments [HU] et [HQ] sont des ....rayons.... du cercle $\mathscr{C}$.

d. Les segments [TU] et [TQ] sont des ....cordes.... du cercle $\mathscr{C}$.

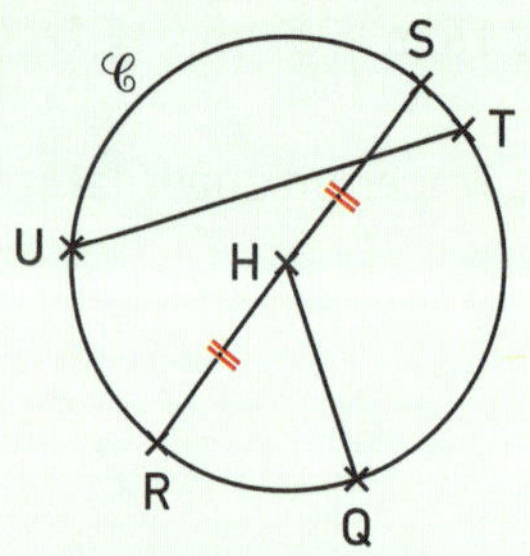

2 **1.** Tracer le cercle de centre E et passant par F.

2. Tracer le cercle de centre F et de rayon 2 cm

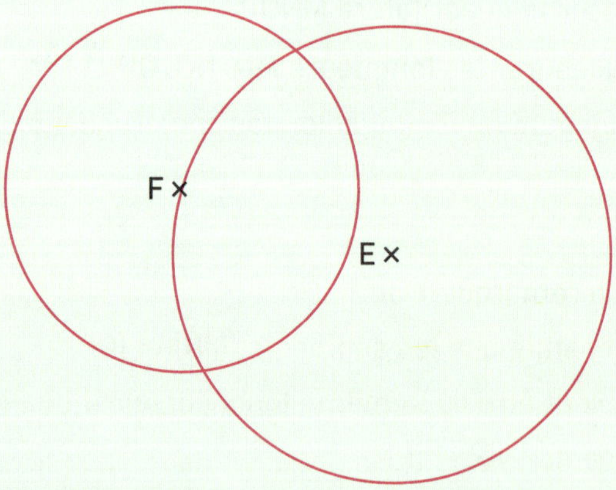

3 Le cercle ci-dessous a pour rayon 6 m.
Compléter par $<$, $>$ ou $=$.

a. OI ....$>$.... 6 m

b OJ ....$<$.... 6 m

c. OK ....$=$.... 6 m

d. OL ....$<$.... 6 m

e. OM ....$>$.... 6 m

f. ON ....$=$.... 6 m

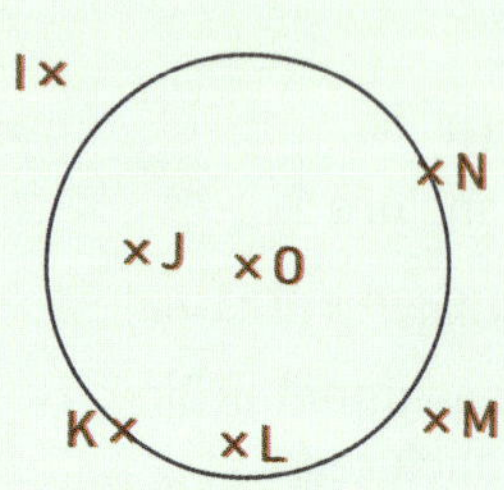

4 Je découvre et je fais

Vidéo

Je découvre une méthode

1. Tracer le cercle ayant le segment [AB] pour diamètre.
2. Tracer l'ensemble des points situés à 1,5 cm du point B.

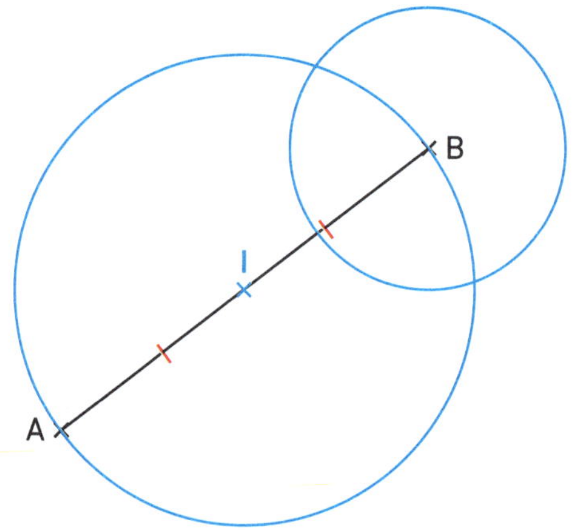

1. Étape 1 : on mesure le segment [AB], AB = 5 cm.
Étape 2 : on place le milieu I du segment [AB], ici tel que IA = IB = 2,5 cm.
On n'oublie pas de coder l'égalité de longueurs sur la figure.
Le milieu du diamètre [AB] est le centre du cercle.
Étape 3 : on trace le cercle de centre I et passant par les points A et B.

2. L'ensemble des points situés à 1,5 cm du point B est le cercle de centre B et de rayon 1,5 cm.
Il faut tracer ce cercle.

Je fais tout(e) seul(e)

1. Tracer le cercle ayant le segment [CD] pour diamètre.
2. Tracer l'ensemble des points situés à 3 cm du point C.

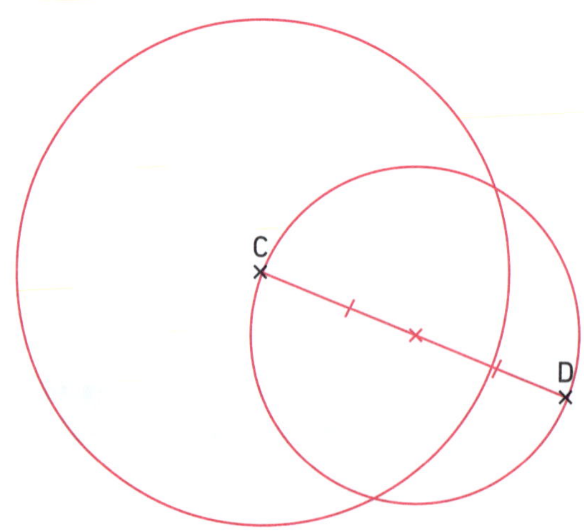

5 **1.** Tracer le cercle $\mathscr{C}_1$ de centre F passant par le point O.

Coup de pouce

2. Le cercle $\mathscr{C}_1$ coupe le segment [EF] en M et le segment [FG] en N. Placer les points M et N.

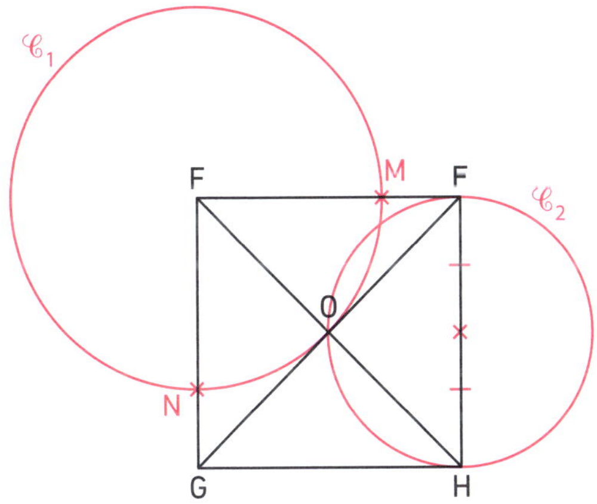

3. Tracer le cercle $\mathscr{C}_2$ de diamètre [EH].

6 **1.** Placer deux points A et B tels que AB = 3 cm :

Coup de pouce

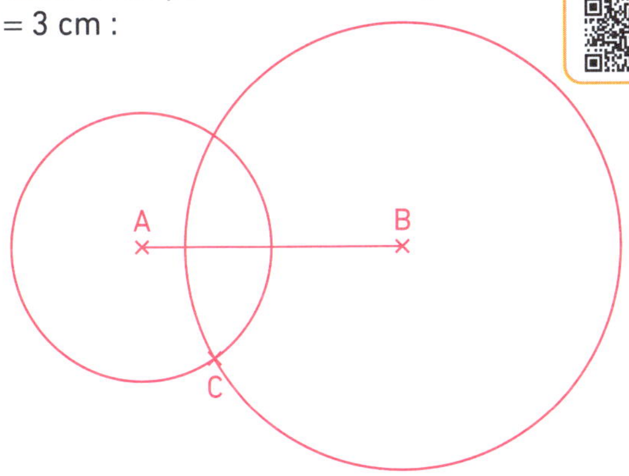

2. Tracer tous les points situés à 1,5 cm du point A.

3. Tracer tous les points situés à 2,5 cm du point B.

4. a. Placer un point C pour obtenir un triangle ABC tel que AB = 3 cm, AC = 1,5 cm et BC = 2,5 cm.

b. Combien y a-t-il de possibilités ?

Il y a deux possibilités car il y a deux intersections entre les deux cercles tracés.

7 Le cercle $\mathscr{C}_1$ a pour centre I et pour rayon 11 m. Le cercle $\mathscr{C}_2$ a pour centre J et pour rayon 8 m.

Coup de pouce

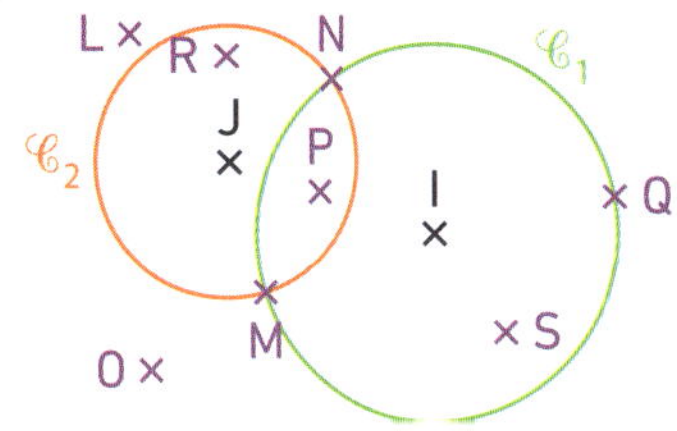

1. Quels sont les points de la figure qui sont situés à exactement 11 m du point I ?

Les points M, N et Q.

2. Quels sont les points de la figure qui sont situés à plus de 8 m du point J ?

Les points L, O, I, S et Q.

3. Quels sont les points de la figure qui sont situés à moins de 8 m de J et à plus de 11 m de I ?

Les points R et J.

8 Les points G et T sont deux points d'un cercle de centre K et de rayon 15 m tel que GT = 15 m.

Coup de pouce

1. Faire un schéma à main levée en codant toutes les informations de l'énoncé.

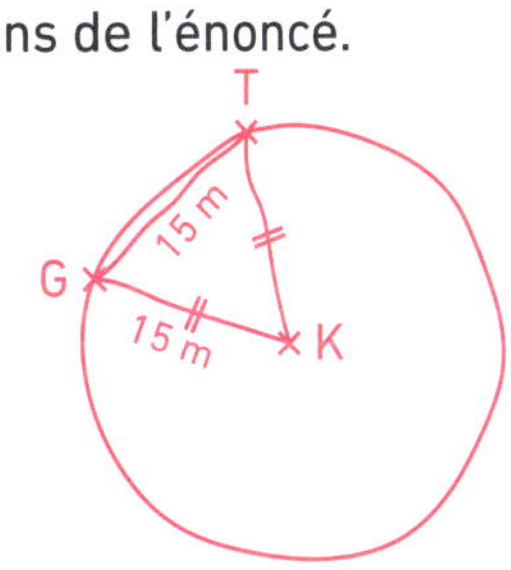

2. Que peut-on dire du triangle GTK ? Justifier.

Les points G et T appartiennent au cercle de centre K et de rayon 15 m donc on a l'égalité KG = KT = 15 m.

On sait de plus que GT = 15 m.

Donc KG = KT = GT = 15 m. Le triangle GTK est donc un triangle équilatéral de côté 15 m.

9 Vidéo

Automatismes

a Les points A et B appartiennent au cercle de centre O et de rayon 3 cm. Quelles égalités de longueurs peut-on écrire ? OA = OB = 3 cm.

b Le cercle de centre M et de rayon 5,1 m passe par les points N et O. Quelles égalités de longueurs peut-on écrire ? MN = MO = 5,1 m.

c Les points D, E et F appartiennent au cercle de centre G et de diamètre 15 m. Quelles égalités de longueurs peut-on écrire ? GD = GE = GF = 7,5 m.

d Le cercle de centre R et de diamètre 24 m passe par les points S, J et L. Quelles égalités de longueurs peut-on écrire ? RS = RJ = RL = 12 m.

Problèmes

1 En vraie grandeur Fiches 24 et 26

Coup de pouce

Reproduire la figure ci-contre en vraie grandeur sachant que RS = 5,4 cm, RT = 3 cm et (MN) // (TS).

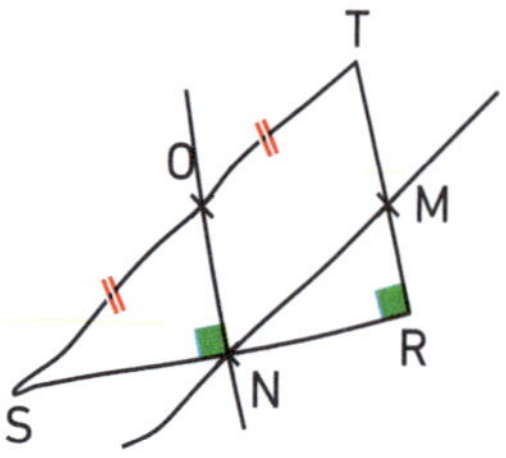

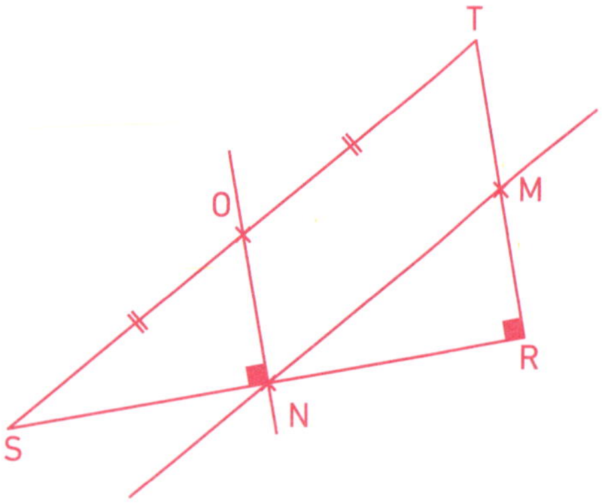

2 La séance d'EPS Fiches 24 et 26

Coup de pouce

Un professeur d'EPS a installé un plot pour signaler le point de départ des courses ainsi que deux lignes d'arrivée.

1. Sachant que sur le schéma 1 cm représente 10 m en réalité, quelle est la distance du plot à chacune des lignes d'arrivée ?

Pour la distance entre le plot et la ligne 1, on mesure 1,5 cm sur le dessin ce qui correspond à 15 m en réalité.

Pour la distance entre le plot et la ligne 2, on mesure 3,2 cm sur le dessin ce qui correspond à 32 m en réalité.

2. Sur le schéma, placer une troisième ligne d'arrivée à 26 m du plot.

3 Un quadrilatère particulier Fiches 24 et 25

Coup de pouce

Le but de cet exercice est de démontrer qu'un quadrilatère qui a trois angles droits est un rectangle.

1. Tracer un quadrilatère ayant trois angles droits.

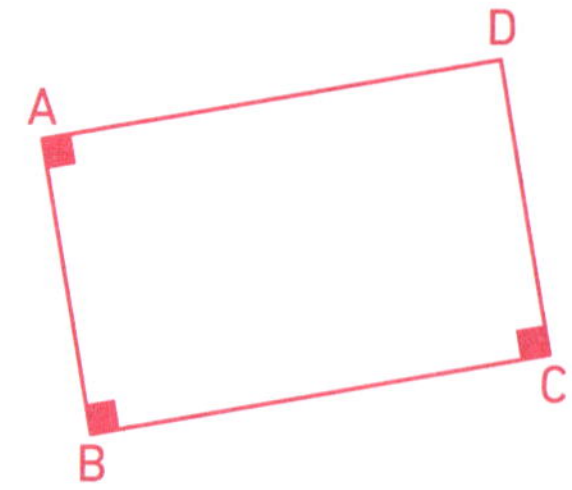

2. Démontrer que ce quadrilatère a en fait quatre angles droits.

• Les deux droites (AD) et (BC) sont toutes les deux perpendiculaires à la droite (AB) donc elles sont parallèles entre elles.

• Comme les droites (AD) et (BC) sont parallèles entre elles, la droite (CD) qui est perpendiculaire à la droite (BC) est aussi perpendiculaire à la droite (AD).

• Le quadrilatère ABCD a donc quatre angles droits, c'est un rectangle.

4 Une lune Fiches 23 et 27

Coup de pouce

Écrire un programme de construction qui permet de tracer et de colorier la lune suivante :

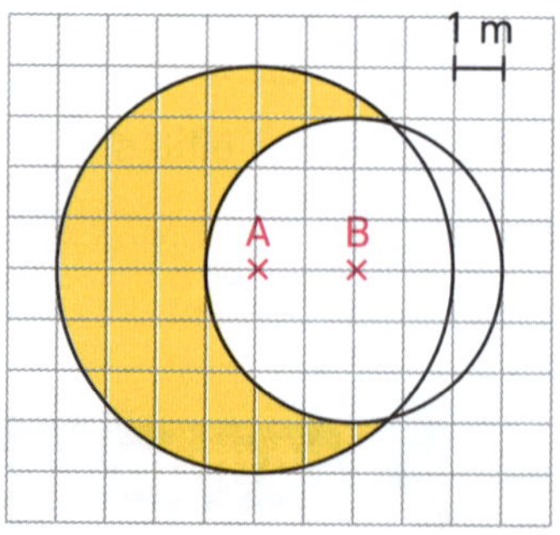

Placer deux points A et B tels que AB = 2 m.

Tracer le cercle de centre A et de rayon 4 m.

Tracer le cercle de centre B et de rayon 3 m.

Colorier en jaune l'ensemble des points qui sont à la fois à plus de 3 m du point B et à moins de 4 m du point A.

5 Un ovale Fiches 23 et 27

Coup de pouce

1. a. Tracer le cercle de centre M passant par N, puis le cercle de centre N passant par M.

b. Ces deux cercles se coupent en S et T.

Placer les points S et T.

2. a. Tracer la demi-droite [SM), elle coupe le cercle de centre M en A.

b. Tracer la demi-droite [SN), elle coupe le cercle de centre N en B.

c. Tracer l'arc de cercle de centre S et de rayon [SA] compris entre les points A et B.

3. a. Tracer la demi-droite [TM), elle coupe le cercle de centre M en C.

b. Tracer la demi-droite [TN), elle coupe le cercle de centre N en D.

c. Tracer l'arc de cercle de centre T et de rayon [TC] compris entre les points C et D.

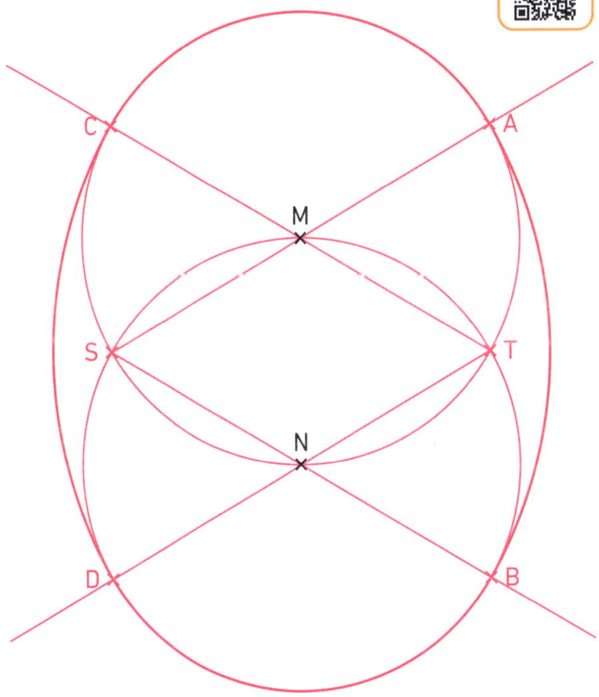

6 Tâche complexe

CHERCHER 1 2 3 4 | MODÉLISER 1 2 3 4 | REPRÉSENTER 1 2 3 4 | RAISONNER 1 2 3 4 | CALCULER 1 2 3 4 | COMMUNIQUER 1 2 3 4

Les deux pirates « Jambe de bois » et « N'a qu'un œil » ont chacun la moitié d'un message indiquant les emplacements d'un coffre rempli de pièces d'or et de la clé de ce coffre.

Tous deux décident de s'associer pour retrouver le coffre et sa clé, ils se partageront le trésor ensuite.

Indiquer sur la carte tous les endroits possibles pour la clé et le coffre.

Doc 1 : Le message de « Jambe de bois »

- Le coffre est aligné avec le palmier et la cascade.
- La clé se trouve sur la droite qui passe par le rocher et qui est perpendiculaire à la droite passant par le palmier et la grotte.

Doc 2 : Le message de « N'a qu'un œil »

- Le coffre est aligné avec la grotte et le rocher.
- La clé se trouve à 300 m de la cascade.

Doc 3 : La carte au trésor

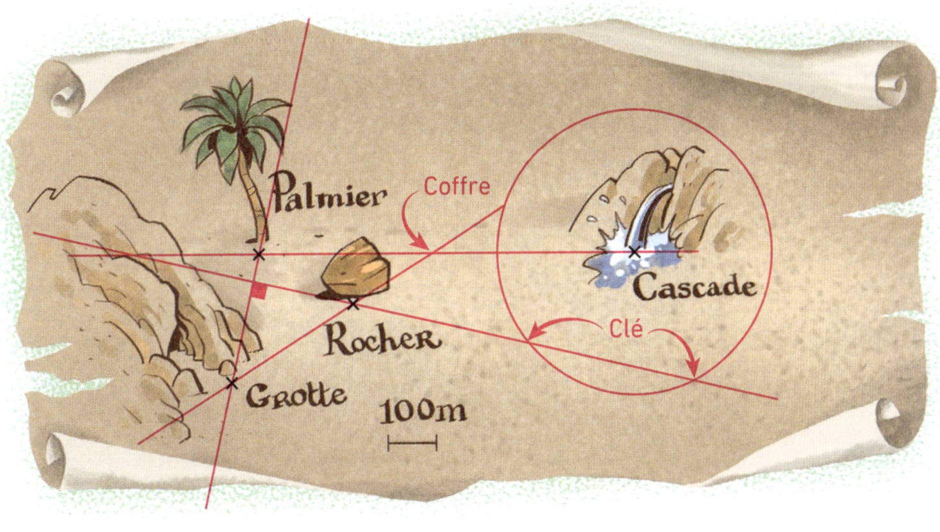

28 Connaître, utiliser et calculer des angles

Je retiens

- Cet angle se nomme $\widehat{BAC}$ ou $\widehat{CAB}$.

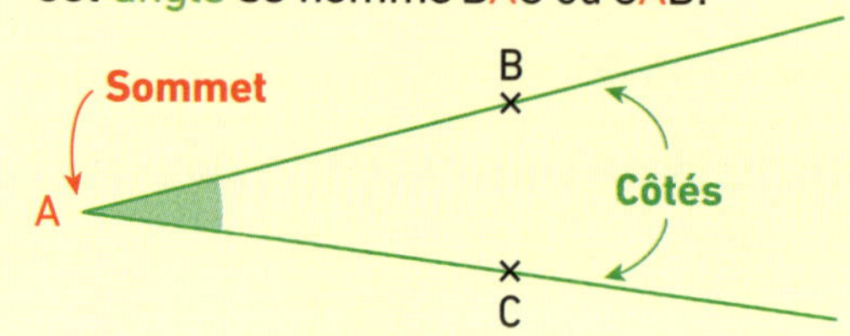

- On exprime la mesure d'un angle en degrés.

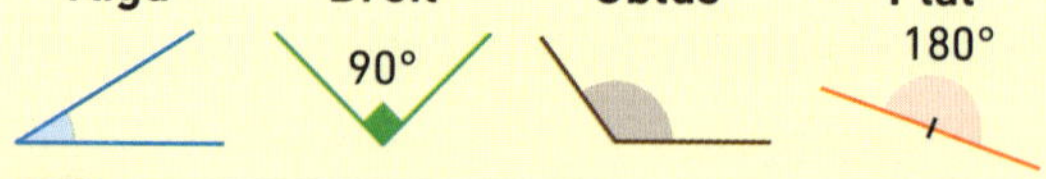

La mesure d'un angle aigu est comprise entre 0° et 90°, celle d'un angle obtus entre 90° et 180°.

Je prends un bon départ

1 Questions de vocabulaire

Compléter le tableau à l'aide des angles :

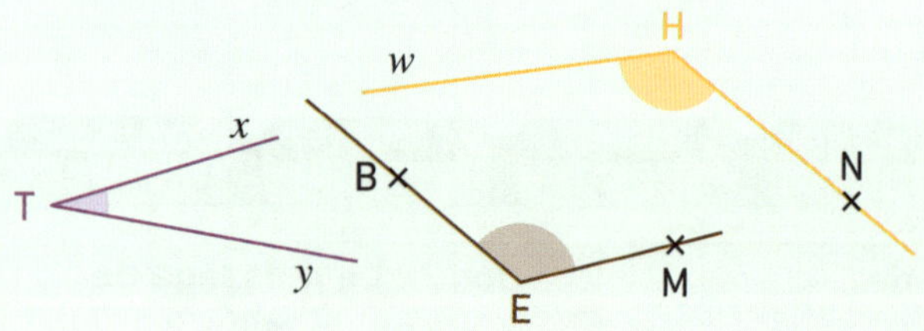

Noms	$\widehat{xTy}$ $\widehat{yTx}$	$\widehat{BEM}$ $\widehat{MEB}$	$\widehat{wHN}$ $\widehat{NHw}$
Sommet	T	E	H
Côtés	[Tx) [Ty)	[EB) [EM)	[Hw) [HN)
Nature	Aigu	Obtus	Obtus

2 Sans rapporteur, dire quel est l'angle le plus grand.

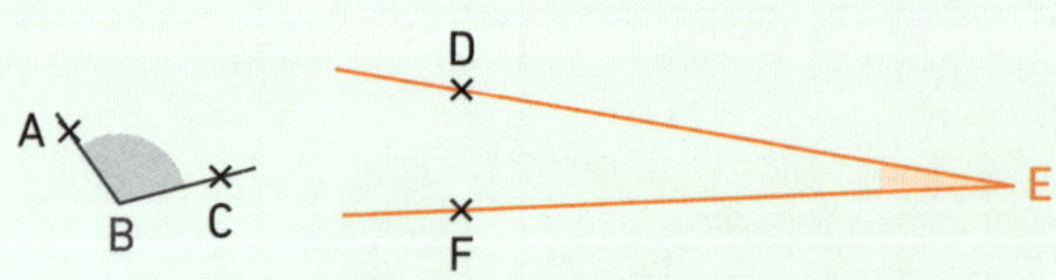

Pour comparer des angles, on regarde l'écartement : l'angle $\widehat{ABC}$ est plus grand que l'angle $\widehat{DEF}$.

3 Donner huit noms différents à cet angle. Qu'est-ce qui est commun à ces huit noms ?

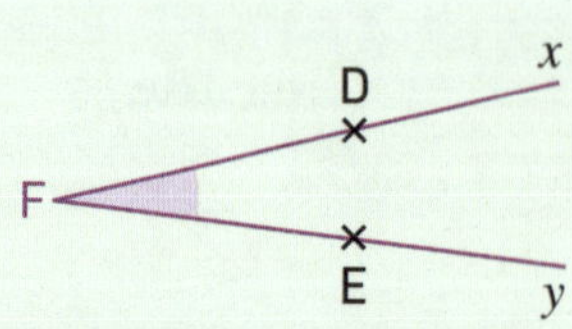

$\widehat{DFE}$; $\widehat{xFE}$; $\widehat{DFy}$; $\widehat{xFy}$; $\widehat{EFD}$; $\widehat{EFx}$; $\widehat{yFD}$; $\widehat{yFx}$.
La lettre F au milieu est commune à toutes ces écritures. F est le sommet de l'angle.

4 Je découvre et je fais

Vidéo

Je découvre une méthode

1. Marquer dans la figure suivante les angles $\widehat{HAE}$ (en rouge), $\widehat{AEy}$ (en bleu) et $\widehat{xCy}$ (en vert).

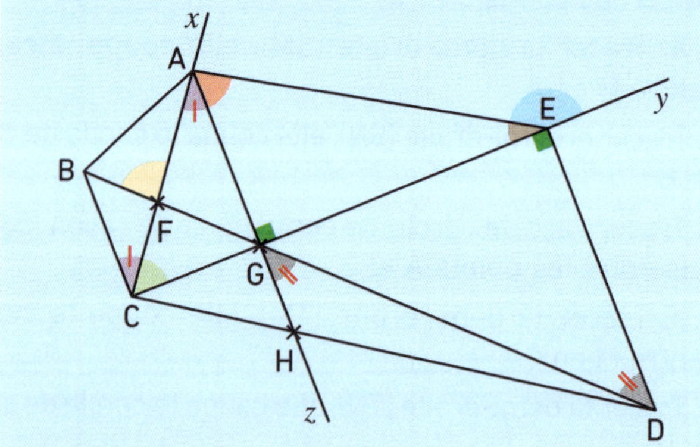

2. Relier les angles identiques :

$\widehat{BGA}$	$\widehat{FGy}$
$\widehat{yGH}$	$\widehat{AGB}$
$\widehat{FGC}$	$\widehat{CGB}$
$\widehat{BGE}$	$\widehat{zGE}$

3. Grâce au codage, trouver trois couples d'angles de même mesure :

$\widehat{BCF} = \widehat{FAG}$; $\widehat{HGD} = \widehat{GDE}$; $\widehat{AGE} = \widehat{GED}$.

Je fais tout(e) seul(e)

1. Marquer dans la figure suivante les angles $\widehat{MTR}$ (en rouge), $\widehat{vMx}$ (en bleu) et $\widehat{xMT}$ (en vert).

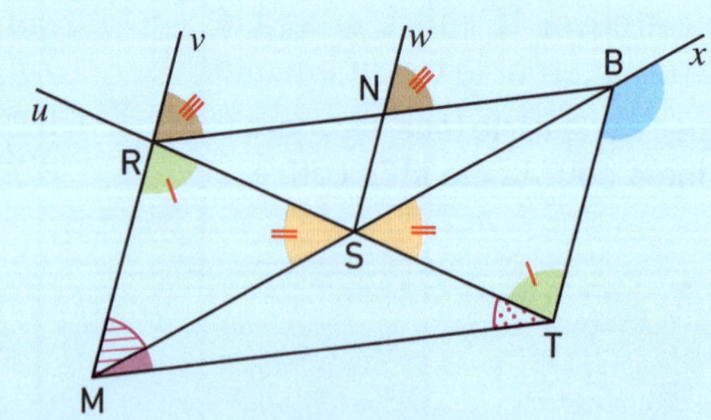

2. Relier les angles identiques :

$\widehat{RSw}$	$\widehat{NSR}$
$\widehat{NSB}$	$\widehat{wSM}$
$\widehat{RST}$	$\widehat{wSx}$
$\widehat{NSM}$	$\widehat{TSu}$

3. Grâce au codage, trouver trois couples d'angles de même mesure :

$\widehat{wNB} = \widehat{vRN}$; $\widehat{MSR} = \widehat{BST}$; $\widehat{MRS} = \widehat{STB}$.

5 Sans rapporteur, classer les angles suivants du plus petit au plus grand :

Coup de pouce

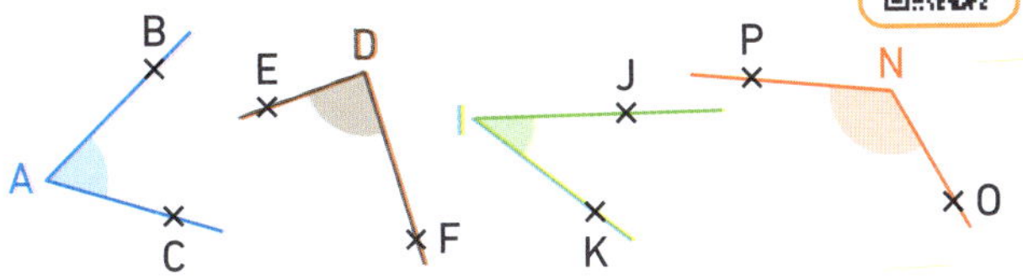

$\widehat{KIJ} < \widehat{BAC} < \widehat{EDF} < \widehat{PNO}$

6 En utilisant une équerre, compléter le tableau :

Coup de pouce

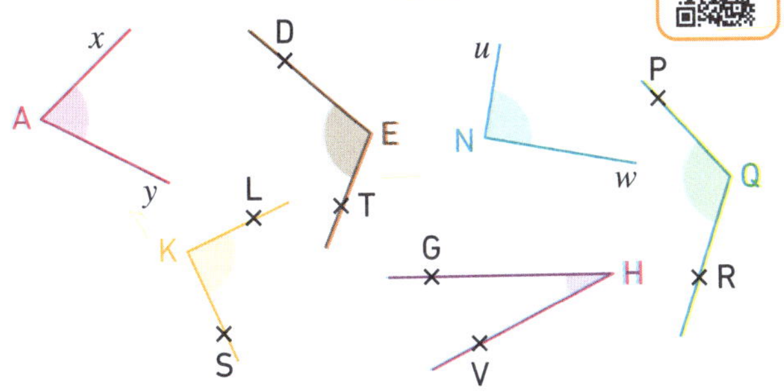

Angles aigus	Angles droits	Angles obtus
$\widehat{xAy}$ et $\widehat{GHV}$	$\widehat{LKS}$ et $\widehat{uNw}$	$\widehat{DET}$ et $\widehat{PQR}$

7 Sans utiliser d'équerre, compléter le tableau :

Coup de pouce

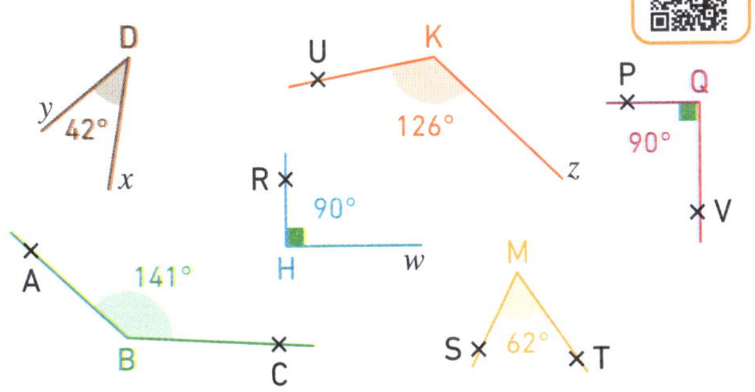

Angles aigus	Angles droits	Angles obtus
$\widehat{xDy}$ et $\widehat{SMT}$	$\widehat{RHw}$ et $\widehat{PQV}$	$\widehat{UKz}$ et $\widehat{ABC}$

8 Calculer la mesure des angles formés par les deux aiguilles.

Coup de pouce

a.

$360 : 12 = 30°$.

b.

$4 \times (360 : 12) = 120°$.

9 **1.** Calculer la mesure de l'angle $\widehat{FGK}$:

Coup de pouce

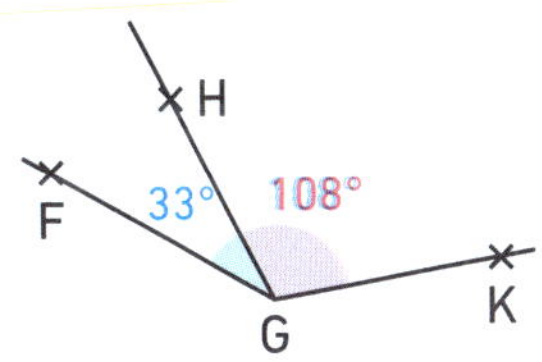

$\widehat{FGK} = \widehat{FGH} + \widehat{HGK}$;

$\widehat{FGK} = 33° + 108° = 141°$.

La mesure de l'angle $\widehat{FGK}$ est égale à 141°.

2. Calculer la mesure de l'angle $\widehat{ABD}$:

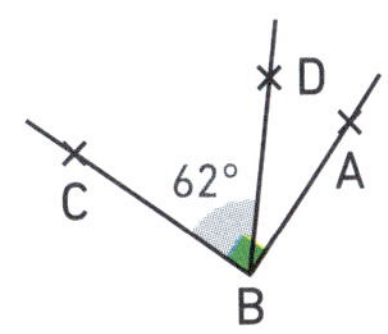

$\widehat{ABD} = \widehat{ABC} - \widehat{DBC}$;

$\widehat{ABD} = 90° - 62° = 28°$.

La mesure de l'angle $\widehat{ABD}$ est 28°.

3. Est-ce que les points M, N et P sont alignés ?

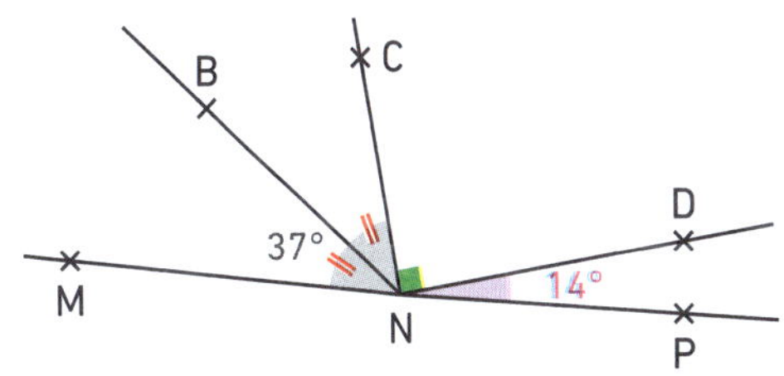

D'après le codage, $\widehat{MNB} = \widehat{BNC} = 37°$

et donc $\widehat{MNP} = \widehat{MNB} + \widehat{BNC} + \widehat{CND} + \widehat{DNP}$.

$\widehat{MNP} = 37 + 37 + 90 + 14 = 178° \neq 180°$.

Les points M, N et P ne sont pas alignés.

10 Vidéo

Automatismes

Calculer la mesure des angles suivants sachant que les points A, O et C sont alignés, puis indiquer leur nature.

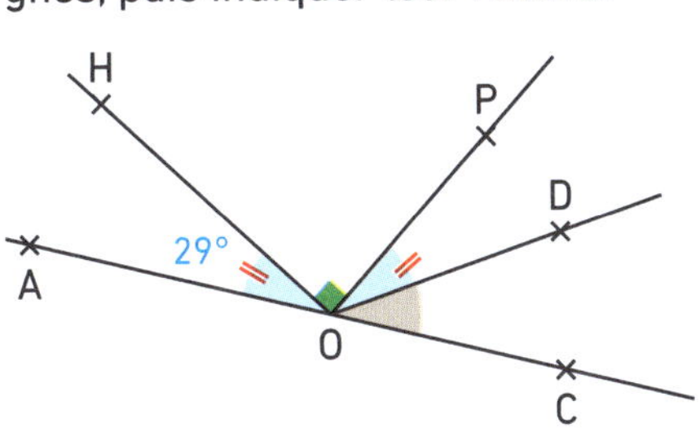

a) $\widehat{AOP} =$ 119° (obtus)

b) $\widehat{DOA} =$ 148° (obtus)

c) $\widehat{DOC} =$ 32° (aigu)

d) $\widehat{POC} =$ 61° (aigu)

29 Mesurer un angle

Je retiens

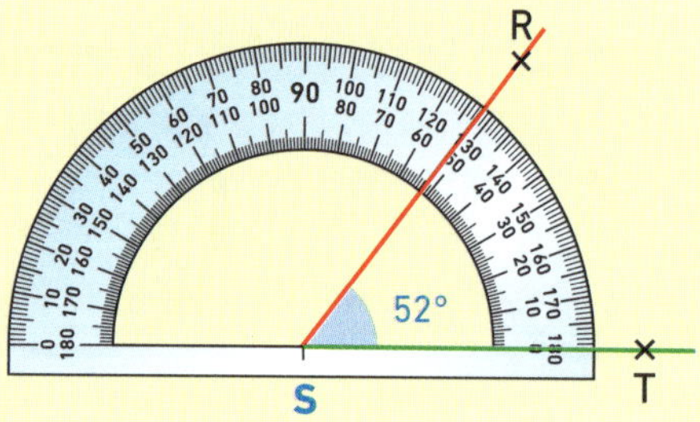

Pour mesurer l'angle $\widehat{RST}$:

1. on place le centre du rapporteur sur le **sommet de l'angle S** ;

2. on positionne **le côté [ST]** sur un des « 0 » ;

3. on lit en partant du « 0 » la mesure de l'angle sur **le côté [SR]** : $\widehat{RST} = 52°$.

Je prends un bon départ

1 Dans chaque cas, préciser si les rapporteurs sont bien positionnés.

a.

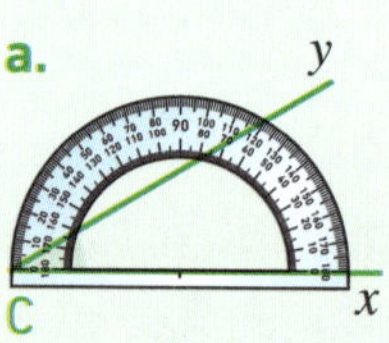

b.

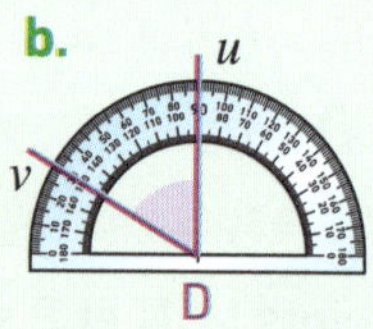

c.

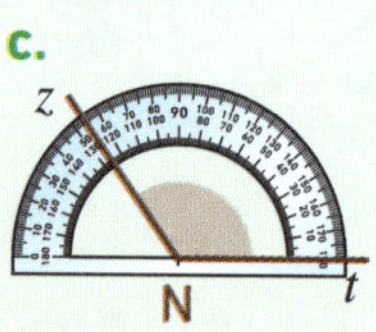

Le seul rapporteur qui est bien placé est celui qui mesure l'angle $\widehat{zNt}$.

2 Chercher et corriger les erreurs de mesure :

a.

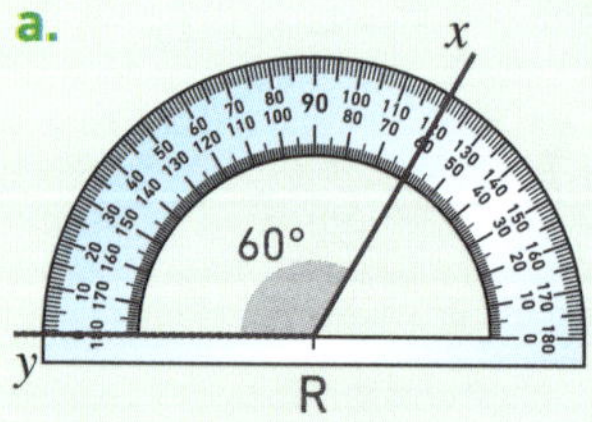

$\widehat{xRy} = 60°$

$\widehat{xRy} = 120°$

b.

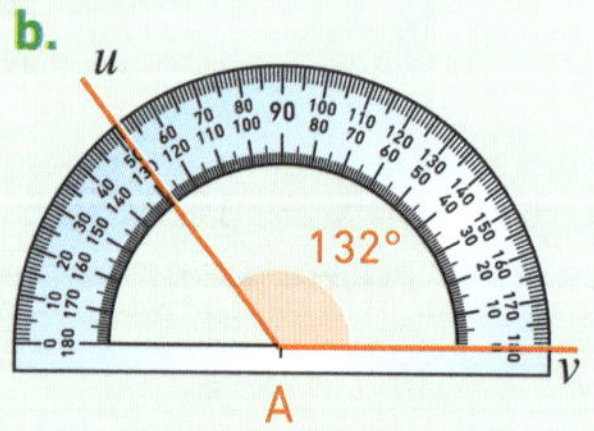

$\widehat{vAu} = 132°$

$\widehat{vAu} = 128°$

3 Écrire la mesure des angles suivants :

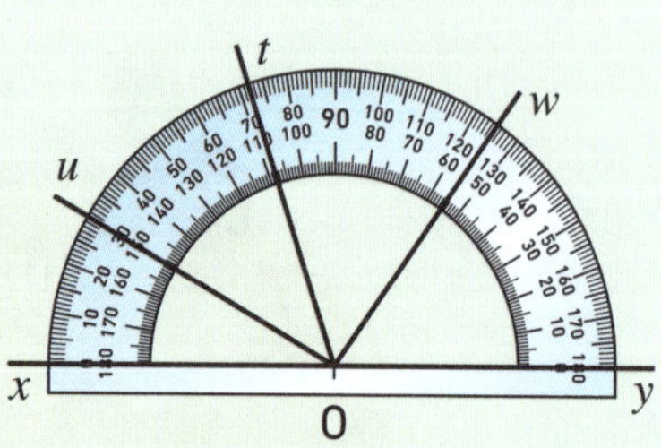

a. $\widehat{xOu} =$ 30° **b.** $\widehat{uOx} =$ 30° **c.** $\widehat{wOx} =$ 125°

d. $\widehat{xOy} =$ 180° **e.** $\widehat{yOw} =$ 55° **f.** $\widehat{yOt} =$ 108°

g. $\widehat{xOx} =$ 0° **h.** $\widehat{uOy} =$ 150° **i.** $\widehat{xOt} =$ 72°

4 Je découvre et je fais

Vidéo

Je découvre une méthode

On considère le triangle LOU ci-dessous :

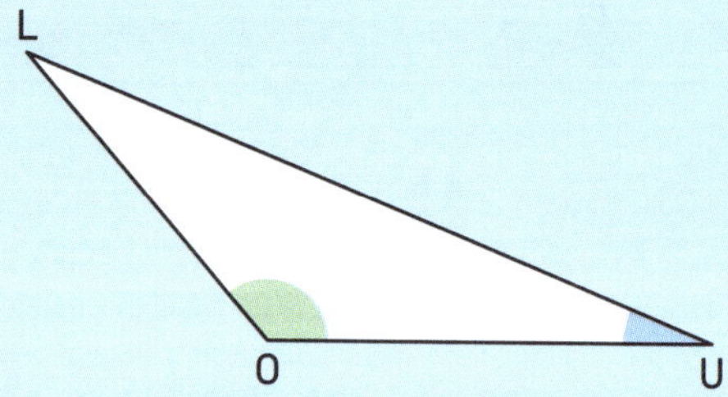

1. Nommer les deux angles marqués.

Les angles marqués sont l'angle $\widehat{OUL}$ (en bleu) et l'angle $\widehat{LOU}$ (en vert).

2. Mesurer les trois angles du triangle avec un rapporteur.

L'angle $\widehat{OUL}$ mesure 22° ; l'angle $\widehat{LOU}$ mesure 131° ; l'angle $\widehat{OLU}$ mesure 27°.

3. Vérifier que les mesures correspondent à la nature des angles.

On remarque que les angles $\widehat{OUL}$ et $\widehat{OLU}$ sont des angles aigus. Leurs mesures sont bien comprises entre 0° et 90°.

L'angle $\widehat{LOU}$ est un angle obtus et sa mesure est bien comprise entre 90° et 180°.

Je fais tout(e) seul(e)

On considère le triangle TAO ci-dessous :

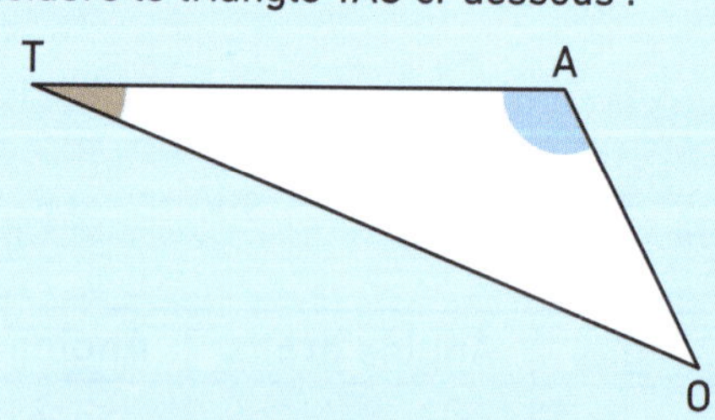

1. Nommer les deux angles marqués.

Les angles marqués sont l'angle $\widehat{ATO}$ (en marron) et l'angle $\widehat{TAO}$ (en bleu).

2. Mesurer les trois angles du triangle TAO et vérifier que les mesures correspondent à la nature des angles.

L'angle $\widehat{ATO}$ mesure 22°, l'angle $\widehat{TOA}$ mesure 41° et l'angle $\widehat{TAO}$ mesure 117°.

Les angles $\widehat{ATO}$ et $\widehat{TOA}$ sont aigus, leurs mesures sont bien comprises entre 0° et 90°.

L'angle $\widehat{TAO}$ est obtus et sa mesure est bien comprise entre 90° et 180°.

5 ★

Coup de pouce

a.

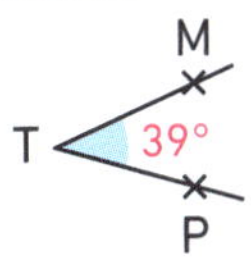

b.

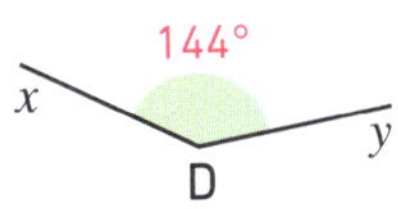

Comment l'aider ? Mesurer les angles et noter leurs mesures. Il suffit de prolonger les côtés.

6 Dans chaque cas, donner une estimation à l'œil nu de la mesure de l'angle et vérifier en utilisant le rapporteur :

Coup de pouce

a.

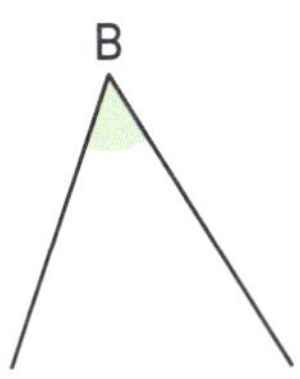

Estimation ≈ 50° (sans rapporteur)
$\widehat{B}$ = 52° (avec rapporteur)

b.

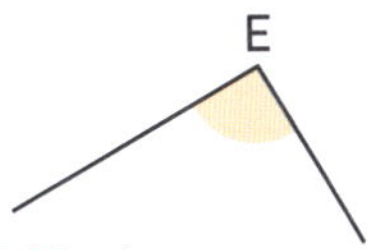

Estimation ≈ 90° (sans rapporteur)
$\widehat{E}$ = 92° (avec rapporteur)

c.

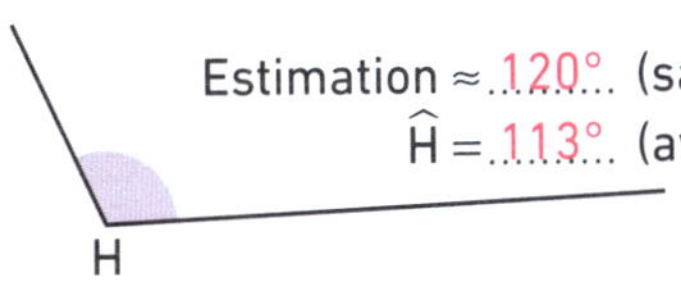

Estimation ≈ 120° (sans rapporteur)
$\widehat{H}$ = 113° (avec rapporteur)

7 Mesurer les angles de la figure pour compléter le tableau :

Coup de pouce

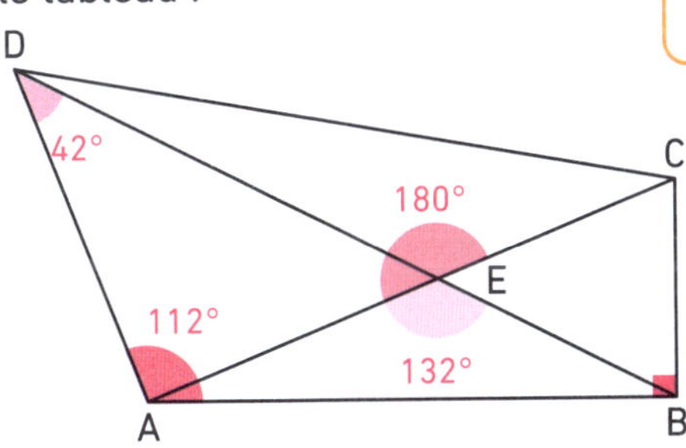

$\widehat{ADB}$ = 42°	$\widehat{AEB}$ = 132°	$\widehat{DAB}$ = 112°
$\widehat{AEC}$ = 180°	$\widehat{BDE}$ = 0°	$\widehat{CBA}$ = 90°

8 ★★ Un prisme est un dispositif utilisé en physique pour étudier les rayons de la lumière.

Coup de pouce

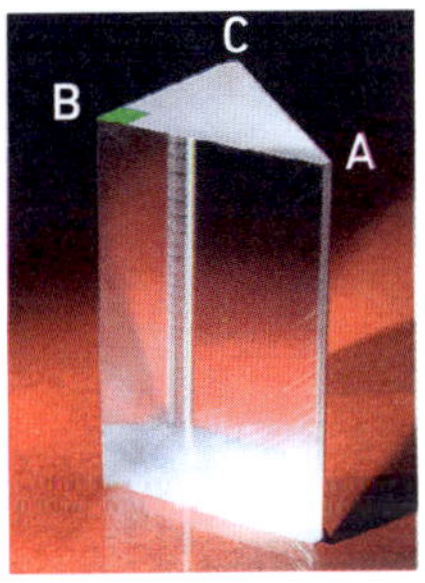

Les professeurs de sciences physiques du collège Myriadville veulent commander un prisme. Ils en ont choisi un dont la face supérieure ABC est un triangle rectangle en B avec :

AB = 8 cm et BC = 4,7 cm.

1. Construire le triangle ABC en vraie grandeur :

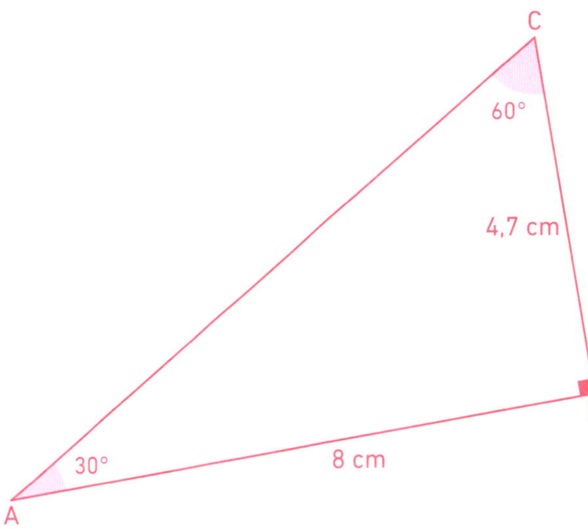

2. Le fabricant donne les informations suivantes :
– l'angle $\widehat{BAC}$ mesure 30° environ ;
– l'angle $\widehat{BCA}$ mesure 60° environ.
Ces informations sont-elles justes ?

Oui les informations semblent justes car $\widehat{BAC} \approx 30°$ et $\widehat{BCA} \approx 60°$.

9 Vidéo

Automatismes

Mesurer les angles suivants :

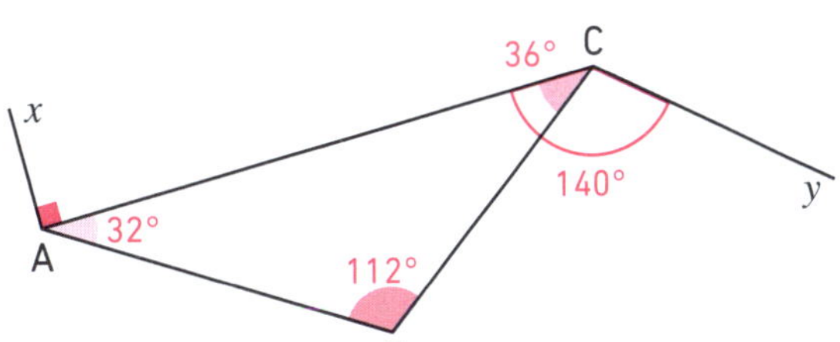

$\widehat{ABC}$ = 112° ; $\widehat{BCA}$ = 36° ; $\widehat{xAC}$ = 90° ;
$\widehat{CAB}$ = 32° ; $\widehat{ACy}$ = 140° ; $\widehat{BAx}$ = 122°.

30 Construire un angle

Je retiens

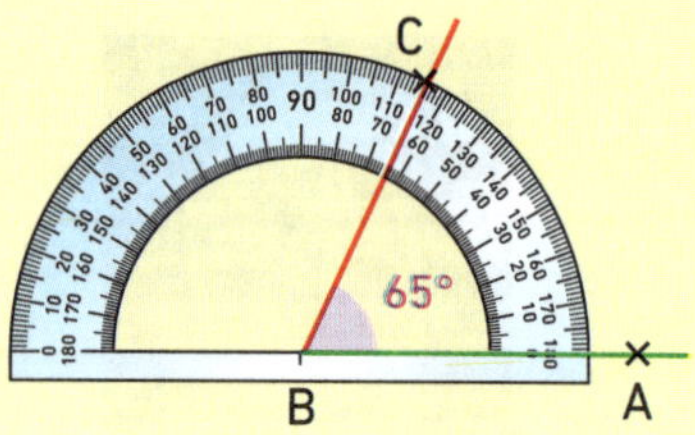

Pour construire un angle $\widehat{ABC} = 65°$:

1. on trace une demi-droite [BA] ;

2. on place le centre du rapporteur sur le sommet B ;

3. on place un des « 0 » sur la demi-droite [BA] ;

4. en partant de ce « 0 », on met une marque sur la graduation 65° ;

5. on trace la demi-droite [BC).

Je prends un bon départ

1 Questions de vocabulaire

Qui a raison ?

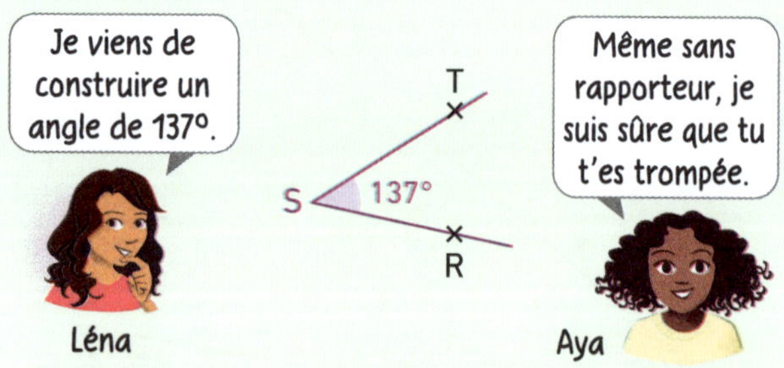

Aya a raison car l'angle construit est un angle aigu alors qu'il devrait être obtus.

2 Dans la figure suivante, construire les angles :

- $\widehat{xOu} = 125°$
- $\widehat{vOx} = 37°$
- $\widehat{yOw} = 73°$
- $\widehat{xOz} = 162°$
- $\widehat{tOy} = 90°$
- $\widehat{yOs} = 121°$

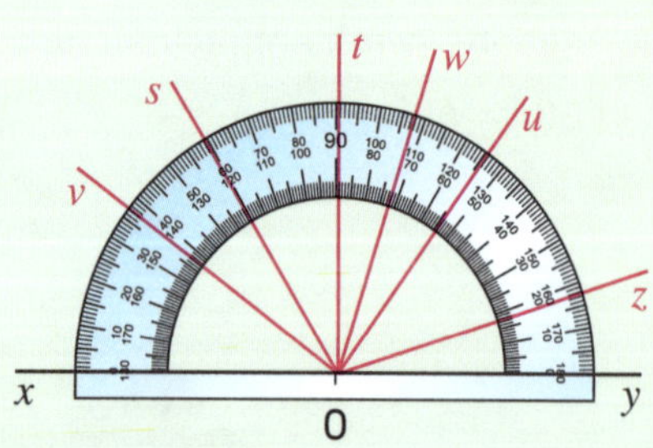

3 À partir des segments déjà tracés, construire les angles $\widehat{FGH} = 36°$; $\widehat{SRT} = 138°$ et $\widehat{MNP} = 93°$.

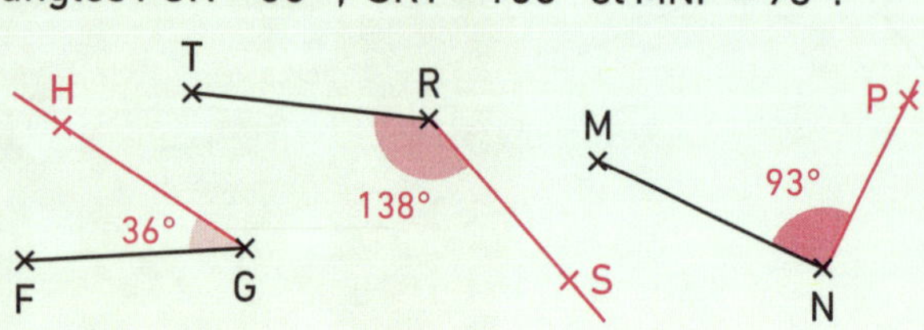

4 Je découvre et je fais

Vidéo

Je découvre une méthode

On considère le triangle KLM tel que :

LK = 4,5 cm ; $\widehat{KLM} = 27°$ et $\widehat{LKM} = 124°$.

1. Construire une figure à main levée.

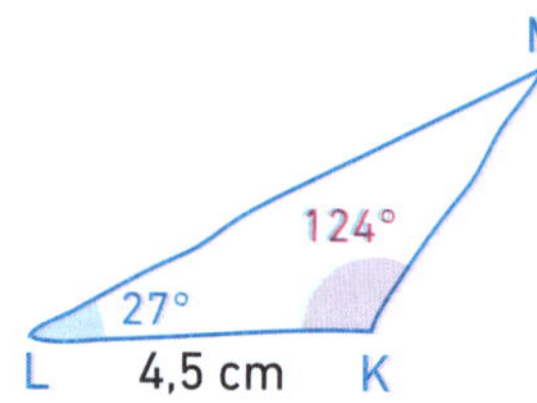

2. Construire ce triangle en vraie grandeur.

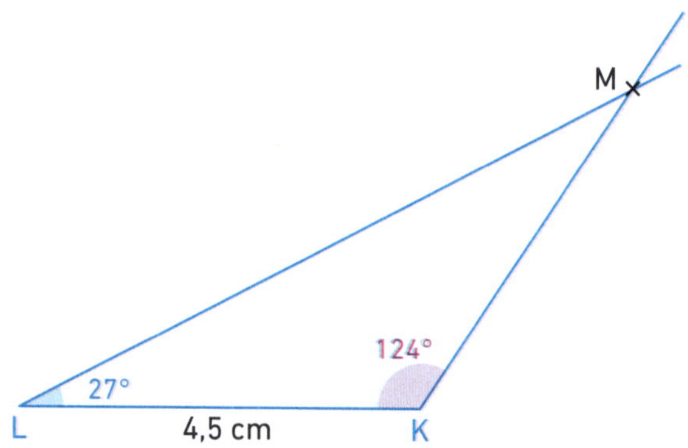

Je fais tout(e) seul(e)

On considère le triangle RST tel que :

ST = 5,2 cm ; $\widehat{RST} = 24°$ et $\widehat{RTS} = 109°$.

1. Construire une figure à main levée.

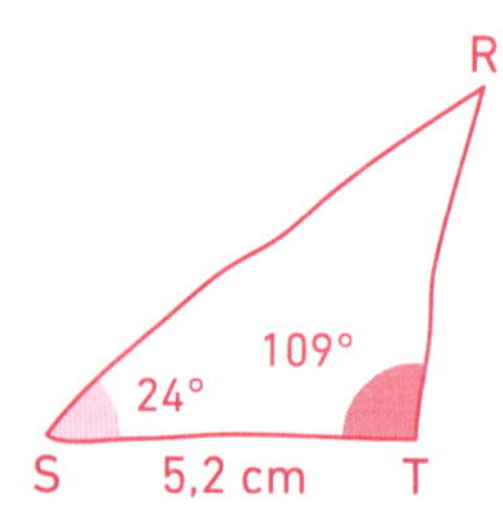

2. Construire le triangle RST en vraie grandeur.

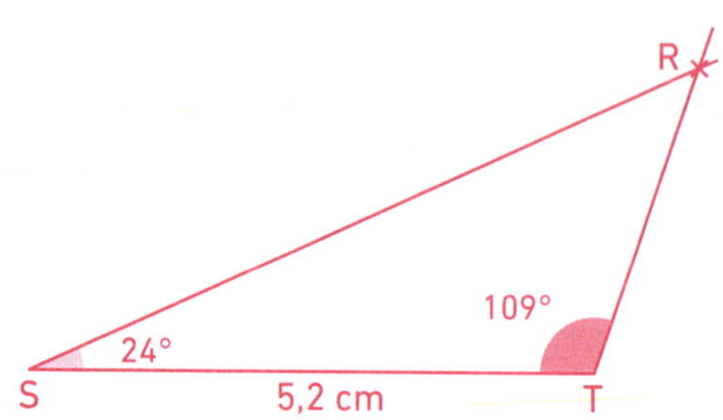

5 Construire le triangle MNP tel que :
MN = 3,6 cm ; NP = 4,7 cm et $\widehat{MNP} = 99°$.

Coup de pouce

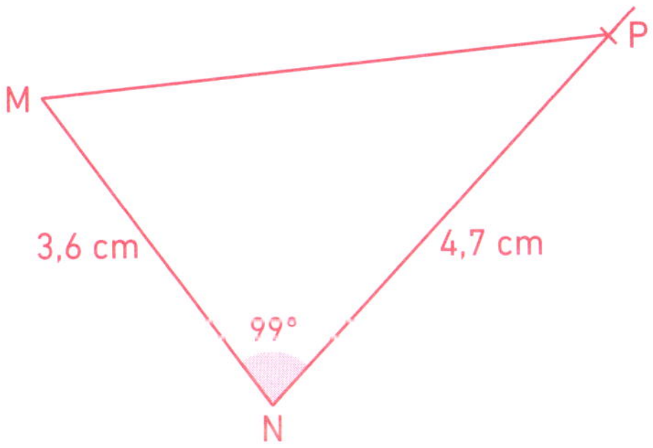

6 Construire le triangle HKL tel que :
HL = 5,7 cm ; $\widehat{HLK} = 21°$ et $\widehat{LHK} = 104°$.

Coup de pouce

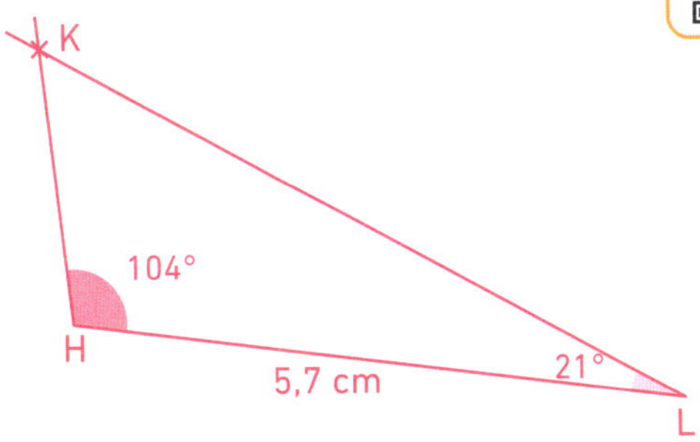

7 **1.** Construire en vraie grandeur le quadrilatère MATH :

Coup de pouce

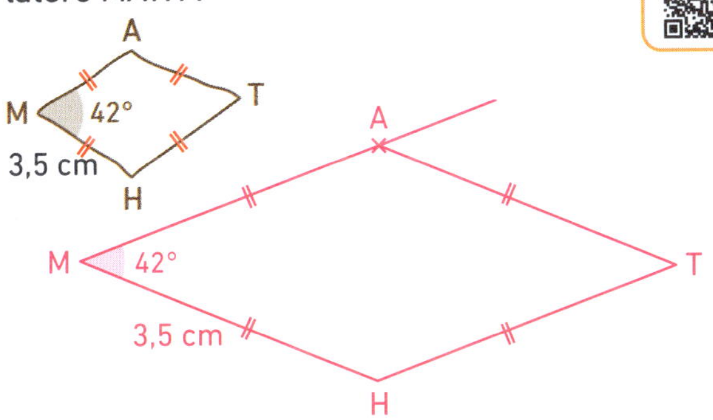

2. Mesurer les angles de MATH. Qu'observe-t-on ?

$\widehat{MAT} = 138°$; $\widehat{ATH} = 42°$ et $\widehat{THM} = 138°$.

Ainsi $\widehat{AMH} = \widehat{ATH}$; $\widehat{MAT} = \widehat{MHT}$; $\widehat{HMA} + \widehat{MAT} = 180°$.

Enfin, $\widehat{MAT} + \widehat{ATH} + \widehat{THM} + \widehat{HMA} = 360°$.

8 **1.** Construire la figure suivante en vraie grandeur à partir du segment déjà tracé :

Coup de pouce

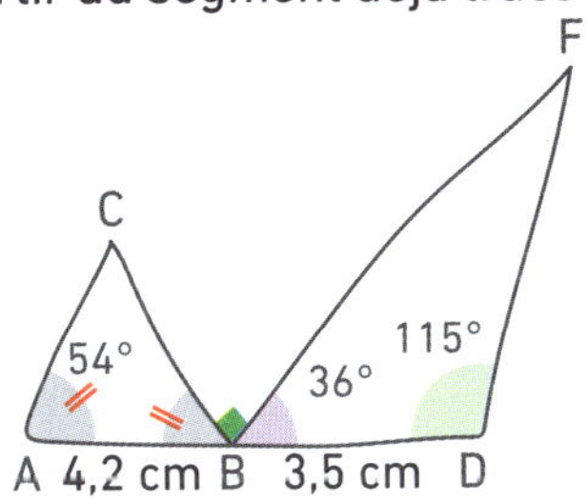

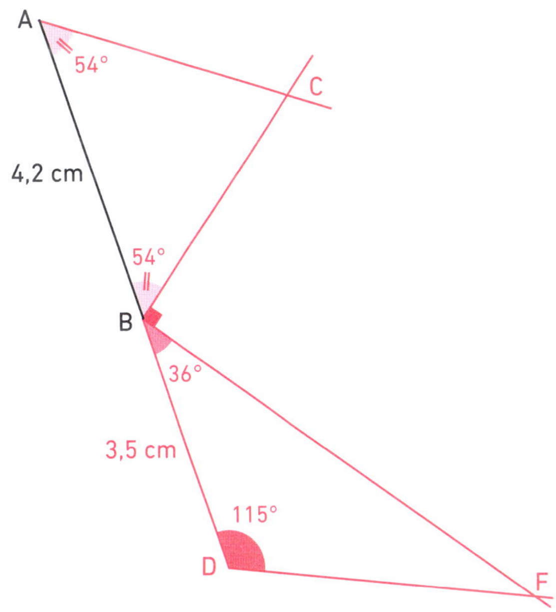

2. Les points A, B et D sont-ils alignés ?

Une figure ne permet pas de conclure, nous allons donc calculer la mesure de l'angle $\widehat{ABD}$.

D'après le codage, $\widehat{BAC} = \widehat{ABC} = 54°$.

$\widehat{ABD} = \widehat{ABC} + \widehat{CBF} + \widehat{FBD}$.

$\widehat{ABD} = 54 + 90 + 36 = 180°$.

Les points A, B et D sont alignés.

9 Vidéo

Automatismes

À partir des segments tracés, construire les angles :
$\widehat{AOB} = 47°$; $\widehat{RST} = 124°$ et $\widehat{HKL} = 25°$.

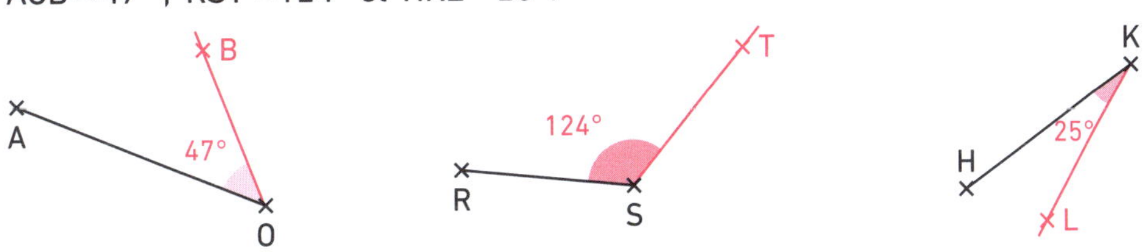

Problèmes

1 Cassiopée Fiches 29 et 30

Coup de pouce

Cassiopée est une constellation, c'est-à-dire un ensemble d'étoiles.

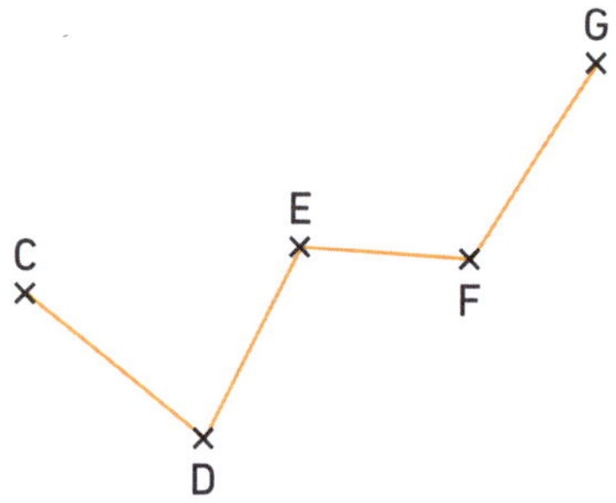

Mesurer chaque angle et chaque segment de la figure ci-dessus, puis reproduire la représentation de Cassiopée à partir du segment [CD] déjà tracé. Laisser les traits de construction visibles.

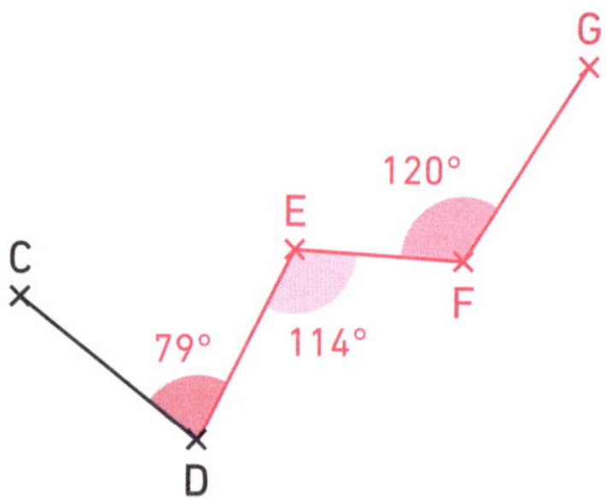

2 Angles avec Scratch Fiche 28

Coup de pouce

Le professeur de Kenza veut qu'elle construise avec le logiciel Scratch :

– un rectangle de longueur 120 pixels et de largeur 50 pixels ;

– un triangle équilatéral dont les côtés mesurent 70 pixels.

Compléter les deux programmes suivants pour aider Kenza :

```
quand [drapeau] est cliqué
aller à x: 0 y: 0
effacer tout
stylo en position d'écriture
s'orienter à 90
avancer de 120 pas
tourner ↺ de 90 degrés
avancer de 50 pas
tourner ↺ de 90 degrés
avancer de 120 pas
tourner ↺ de 90 degrés
avancer de 50 pas
tourner ↺ de 90 degrés
relever le stylo
```

```
quand la touche espace est pressée
aller à x: 0 y: 0
effacer tout
stylo en position d'écriture
s'orienter à 90
avancer de 70 pas
tourner ↺ de 120 degrés
avancer de 70 pas
tourner ↺ de 120 degrés
avancer de 70 pas
tourner ↺ de 120 degrés
relever le stylo
```

3 Partage « équitable » Fiches 28 et 30

Coup de pouce

Théo invite 7 amis pour son anniversaire. Comme il est très gourmand, il choisit d'avoir une part de gâteau deux fois plus grande que celle de ses camarades.

En utilisant la figure du gâteau ci-dessous, expliquer comment il va partager son gâteau d'anniversaire.

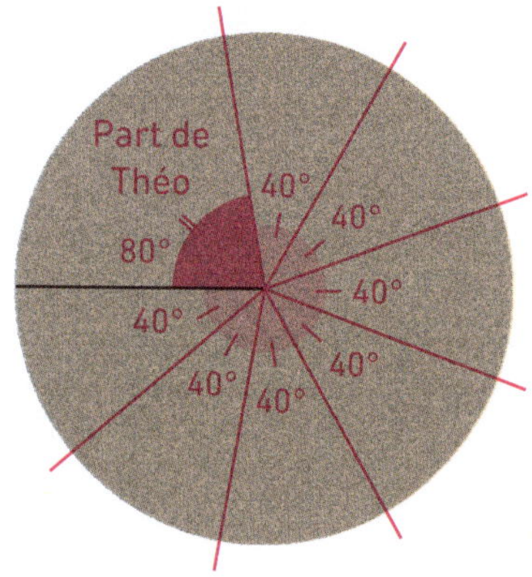

Comme Théo veut une part deux fois plus grande que celle de ses camarades, on doit partager le gâteau en 9 parts. Comme 360 : 9 = 40, on obtient le partage ci-dessus et Théo aura deux parts.

4 Trajectoire au billard Fiches 29 et 30

Coup de pouce

Lorsqu'une boule frappe sans effet une bande, c'est-à-dire l'un des bords de la table de billard, elle rebondit de telle façon que les angles $\widehat{AFB}$ et $\widehat{CFE}$ soient égaux :

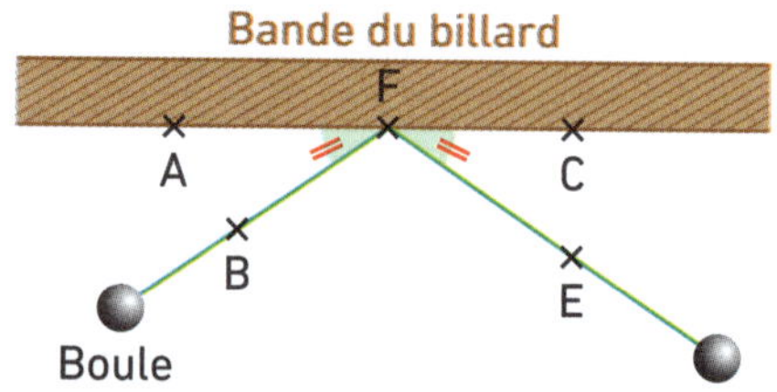

Léa tape, sans effet, la boule B en direction du point H. Va-t-elle rentrer la boule dans un trou après avoir touché deux bandes ?

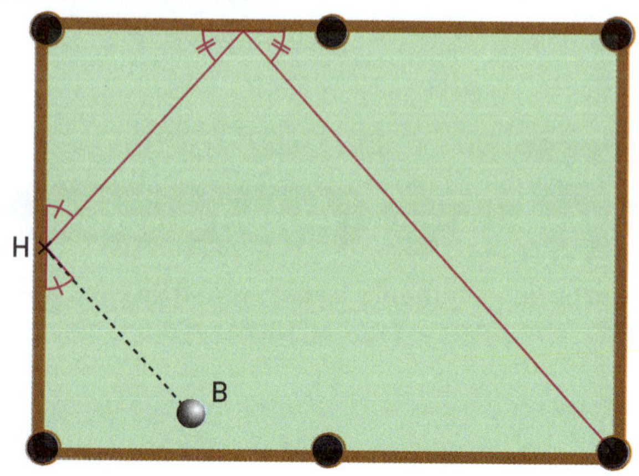

Oui, elle va réussir à rentrer la boule dans le trou en bas à droite.

5 La bissectrice Fiches 29 et 30

Coup de pouce

Rappel Par définition, la bissectrice d'un angle est la demi-droite qui partage un angle en deux angles de même mesure.

1. Construire la bissectrice de l'angle $\widehat{BAC}$ ci-dessous :

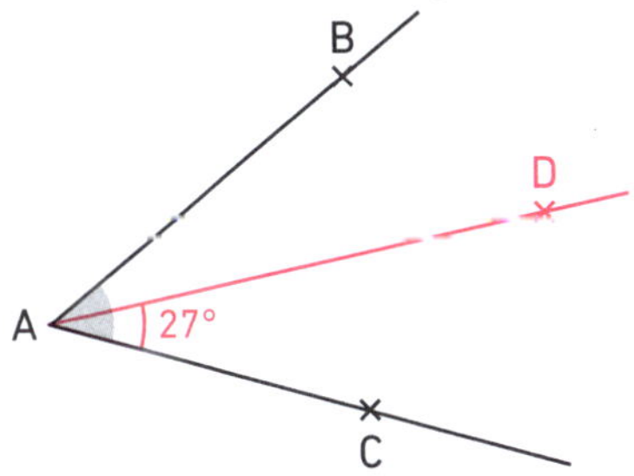

2. Expliquer la construction.

On commence par mesurer l'angle $\widehat{BAC} = 54°$, puis on divise 54 par 2 et on construit le point D de telle manière que $\widehat{BAD} = \widehat{DAC} = 27°$.

2. Appliquer cette méthode pour l'angle $\widehat{MER}$ ci-dessous :

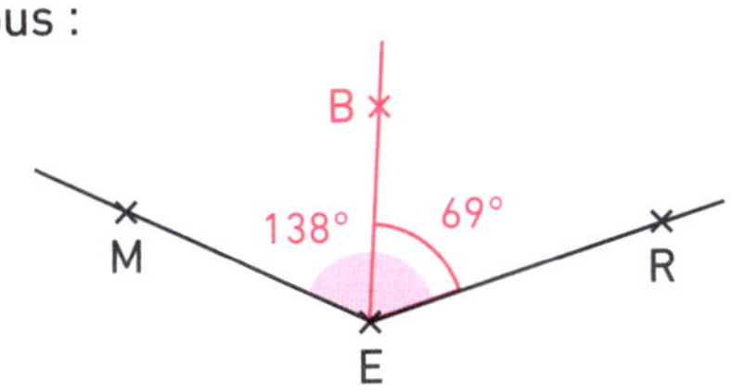

6 Agrandir, ça change quoi ? Fiche 29

Coup de pouce

1. Construire le triangle ABC tel que : AB = 4 cm ; BC = 5 cm et AC = 4,6 cm.

2. Construire le triangle DEF tel que les longueurs de ses côtés soient égales à celles du triangle ABC multipliées par 1,5.

3. Mesurer les trois angles des deux triangles. Qu'observe-t-on ?

1.

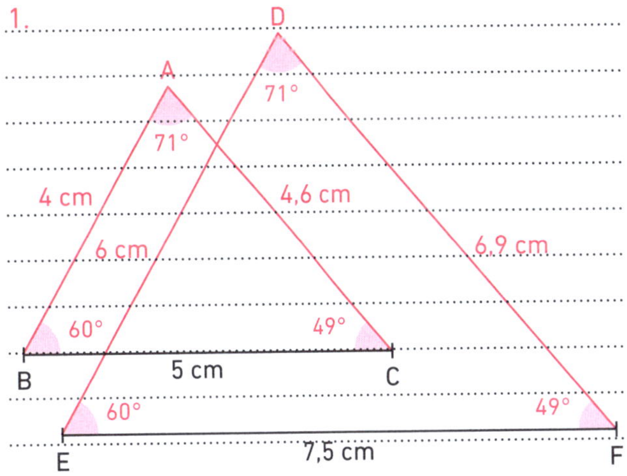

2. DE = 6 cm ; EF = 7,5 cm et FD = 6,9 cm.

3. On remarque que les angles ont des mesures égales deux à deux. Ainsi, en multipliant les longueurs par un même nombre, les mesures des angles semblent rester constantes.

7 Tâche complexe

CHERCHER 1 2 3 4 | MODÉLISER 1 2 3 4 | REPRÉSENTER 1 2 3 4 | RAISONNER 1 2 3 4 | CALCULER 1 2 3 4 | COMMUNIQUER 1 2 3 4

Amandine souhaite passer son brevet de pilotage. Pour cela, son instructeur lui demande de remplir son plan de vol (**Doc 4**).

Doc 1 : Le manuel de pilotage

Le cap est l'angle mesuré entre le nord (N) et la direction que l'on veut suivre, soit vers l'est (E), soit vers l'ouest (O).

Doc 2 : L'itinéraire

1. Montpellier
2. Candillargues
3. Saint-Martin-de-Londres
4. Pézenas
5. Bédarieux
6. Montpellier

Doc 3 : La carte

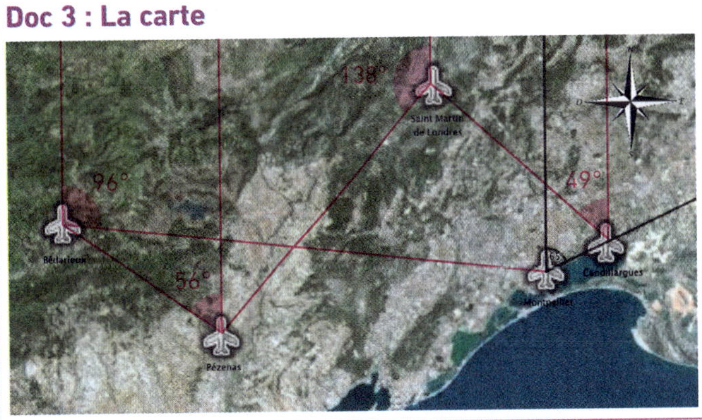

Doc 4 : Le plan de vol

Trajet n°	Aérodrome de départ	Aérodrome d'arrivée	Cap
1	Montpellier	Candillargues	65° Est
2	Candillargues	Saint-Martin-de-Londres	49° Ouest
3	Saint-Martin-de-Londres	Pézenas	138° Ouest
4	Pézenas	Bédarieux	56° Ouest
5	Bédarieux	Montpellier	96° Est

31 Connaître et utiliser la médiatrice d'un segment

Je retiens

• La **médiatrice** d'un segment est la droite perpendiculaire à ce segment en son milieu.

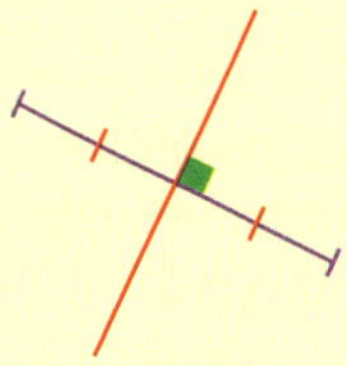

• La **médiatrice** d'un segment est l'ensemble des points équidistants des extrémités de ce segment.

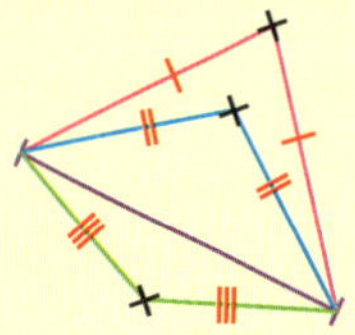

Équidistant signifie « à la même distance ».

Je prends un bon départ

1 Questions de vocabulaire

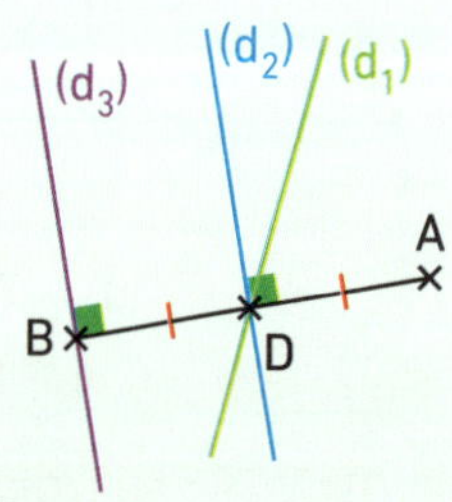

a. Les points D, A et B sont ....alignés........ .

b. D est ....le milieu........ du segment [AB].

c. D est donc à la même distance des extrémités du segment [AB] : il est ....équidistant........ de A et de B.

d. La droite (d_2) est ....perpendiculaire........ au segment [AB] en son milieu.

e. La droite (d_2) est la ....médiatrice........ du segment [AB].

2 Placer le plus précisément possible les milieux des segments suivants à l'aide d'une règle graduée :

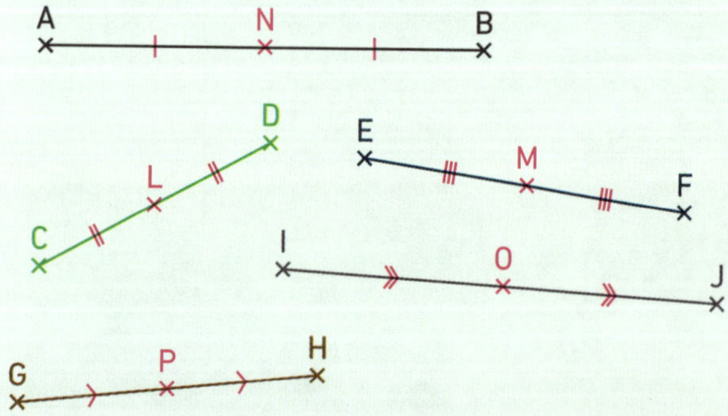

3 Dans chaque cas, tracer la perpendiculaire à la droite (d) passant par le point A avec une équerre.

a.

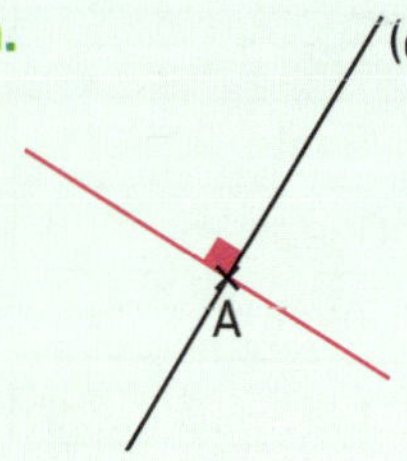

b.

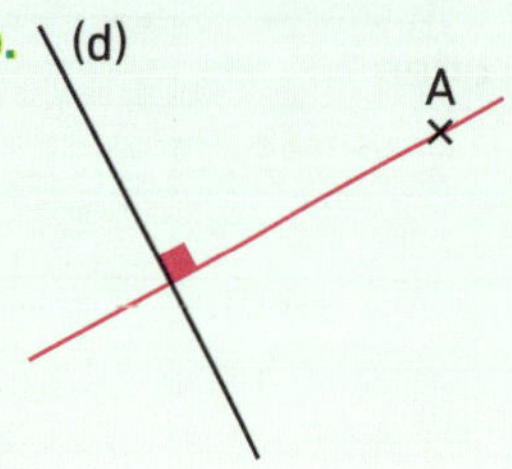

4 Je découvre et je fais

Vidéo

Je découvre une méthode

Sur ces figures, peut-on dire que la droite rouge est la médiatrice du segment ?

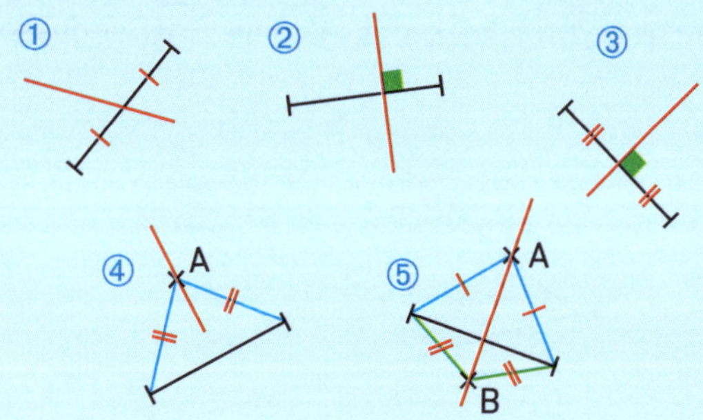

① Non, d'après les codages, on ne sait pas si la droite rouge et le segment sont perpendiculaires.
② Non, d'après les codages, on ne sait pas si la droite rouge passe par le milieu du segment.
③ Oui, d'après les codages, la droite rouge est perpendiculaire au segment en son milieu.
④ Non, le point A appartient à la médiatrice car il est équidistant des extrémités du segment mais il faut deux points pour définir une droite.
⑤ Oui, A et B sont équidistants des extrémités du segment, (AB) est donc la médiatrice du segment.

Je fais tout(e) seul(e)

Sur ces figures, peut-on dire que la droite rouge est la médiatrice du segment ?

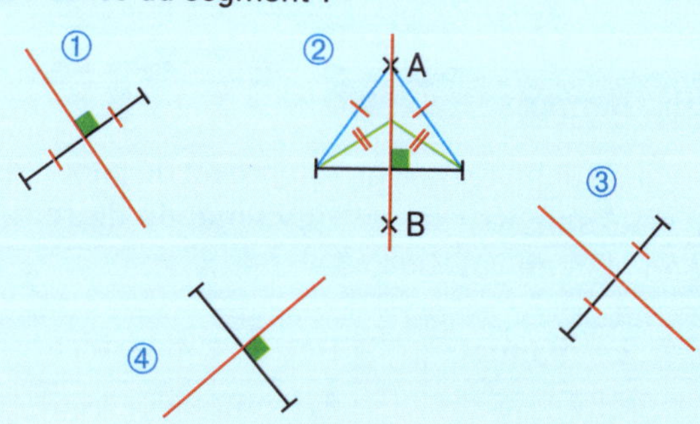

① Oui, d'après les codages, la droite rouge est perpendiculaire au segment en son milieu.
② Oui, A et B sont équidistants des extrémités du segment. (AB) est donc la médiatrice du segment.
③ Non, on ne sait pas si la droite rouge et le segment sont perpendiculaires.
④ Non, on ne sait pas si la droite rouge passe par le milieu du segment. On ne peut pas conclure que la droite rouge est la médiatrice du segment.

5 Tracer la médiatrice du segment [AB] à l'aide d'une règle graduée et d'une équerre.

Coup de pouce

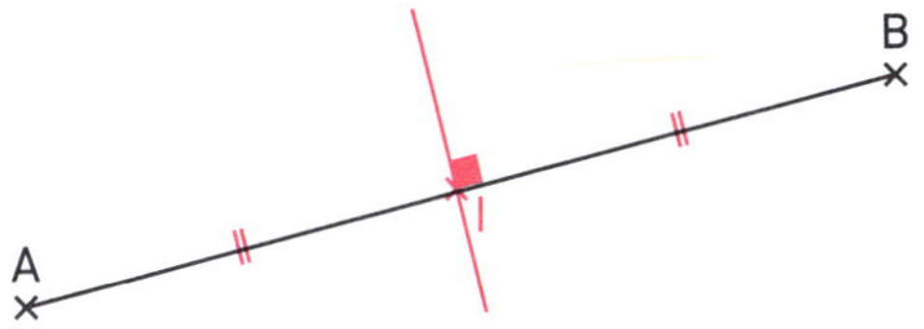

6 Tracer la médiatrice du segment [AB] à l'aide d'un compas et d'une règle non graduée, puis coder les figures obtenues.

Coup de pouce

a.

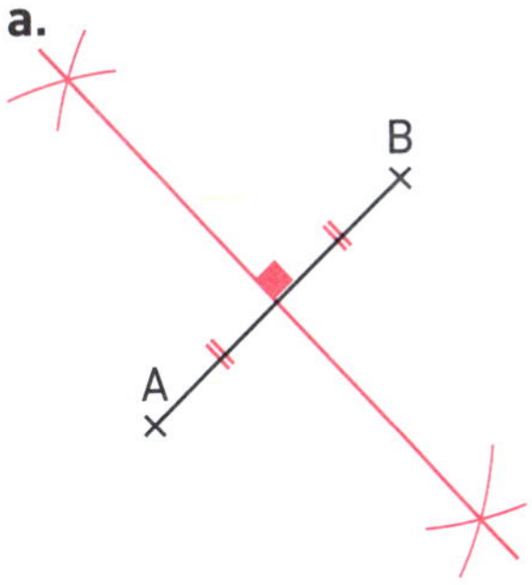

b.

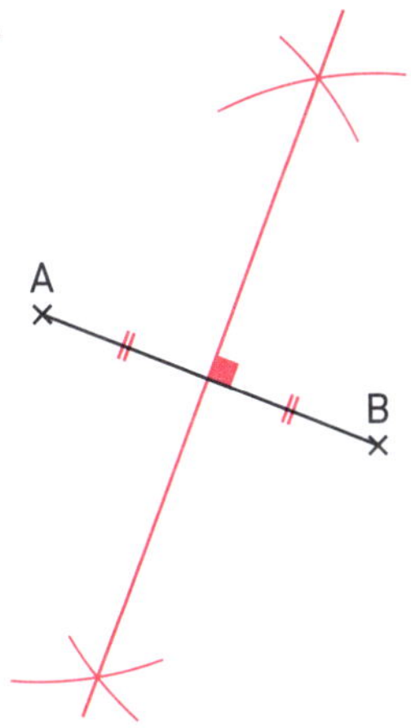

7 Tracer en rouge l'ensemble des points qui sont à la même distance de K et de L. Colorier en vert l'ensemble des points plus proches de K que de L et en bleu l'ensemble des points plus proches de L que de K.

Coup de pouce

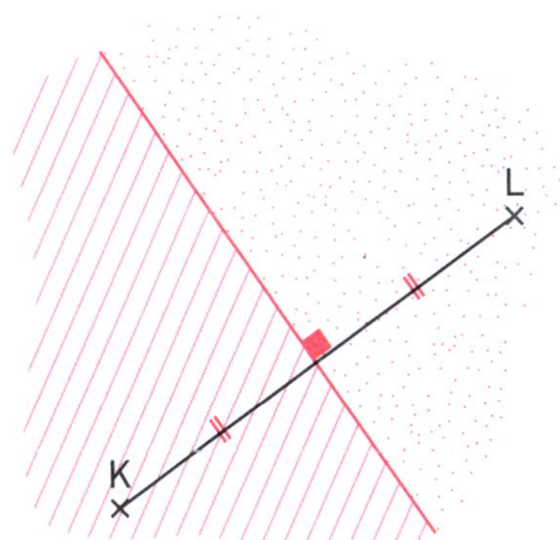

8 Polina organise une course en sac. Mohedine (M), Carla (C) et Louis (L) sont placés à la même distance d'un poteau. Celui qui l'atteindra en premier remportera le jeu. Où se trouve le poteau ?

Coup de pouce

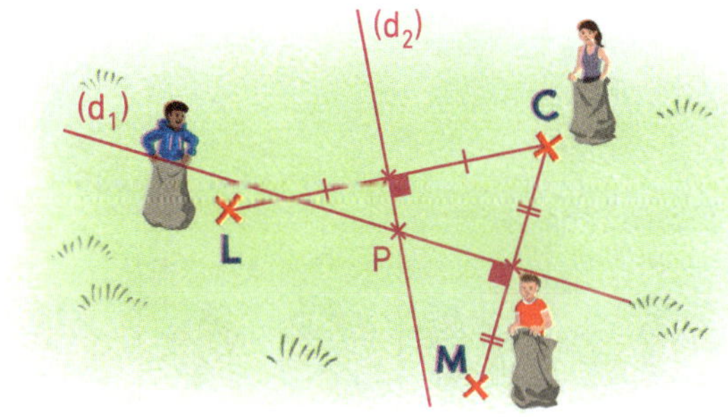

Le poteau est à la même distance de Carla et de Mohedine : il appartient à (d_1) médiatrice de [CM]. De même, il appartient à (d_2) médiatrice de [LC]. Si on appelle P le point d'intersection de ces droites : P est à la même distance de Mohedine, Louis et Carla.

9 Sam le pirate a caché un trésor sur une île. D'après les rumeurs, ce trésor serait plus proche de l'arbre géant que du rocher magique et plus proche du phare que du rocher magique. Colorier la partie de l'île dans laquelle il pourrait être enterré.

Coup de pouce

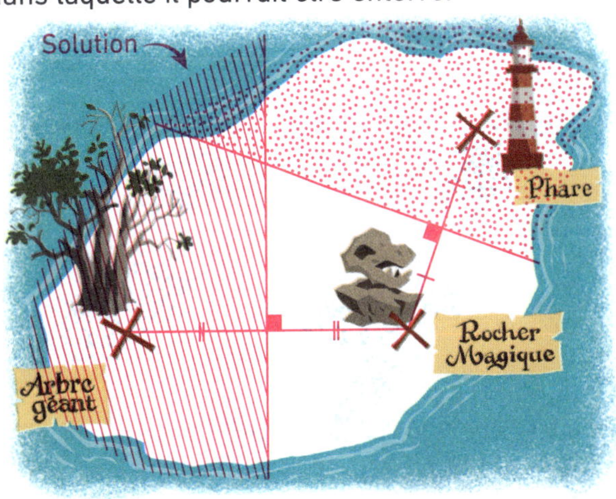

10 Vidéo

Automatismes

Vrai ou faux ?

a Si A appartient à la médiatrice de [CD], alors CA = CD. Faux

b Si M est un point tel que MA = MB, alors M est le milieu du segment [AB]. Faux, M est un point de la médiatrice de [AB].

c Si ABC est un triangle isocèle en B, alors C appartient à la médiatrice de [AB]. Faux

d Si ABC est un triangle isocèle en B, alors B appartient à la médiatrice de [AC]. Vrai

32 Reconnaître deux figures symétriques par rapport à une droite

Je retiens

• Deux figures sont **symétriques** par rapport à une droite (d) si elles se superposent par pliage le long de cette droite (d).

Figures symétriques

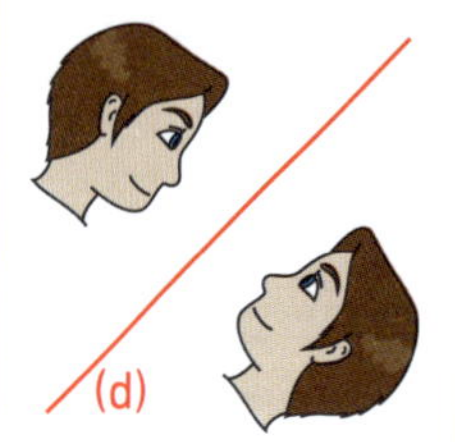

Figures non symétriques

• La symétrie axiale conserve :

– les longueurs

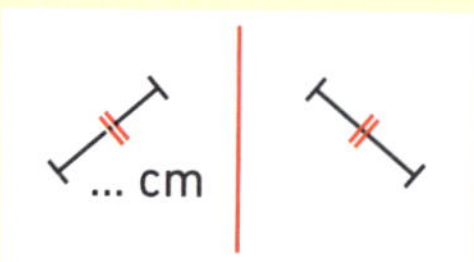

– les mesures d'angle

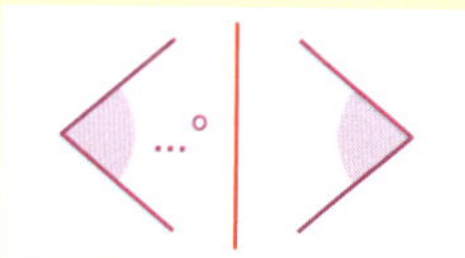

– les aires

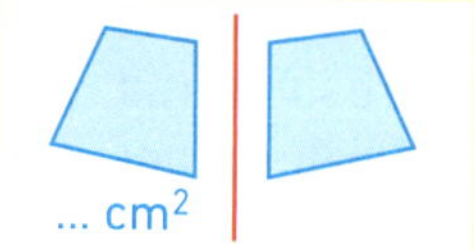

– le parallélisme

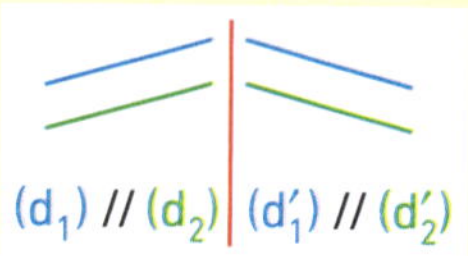

Je prends un bon départ

1 Questions de vocabulaire

Les figures F et F′ sont superposables par pliage le long de la droite (d), mais pas les figures G et G′.

a. F et F′ ....sont symétriques.......... par rapport à la droite (d).

b. F′ est ....l'image.......... de F par la symétrie d'axe (d).

c. G et G′ ....ne sont pas symétriques.......... par rapport à la droite (d).

2 Dans chaque cas, décalquer la figure et la droite et retourner le papier calque le long de la droite de façon à obtenir la figure symétrique.
Coller une partie du calque.

a.

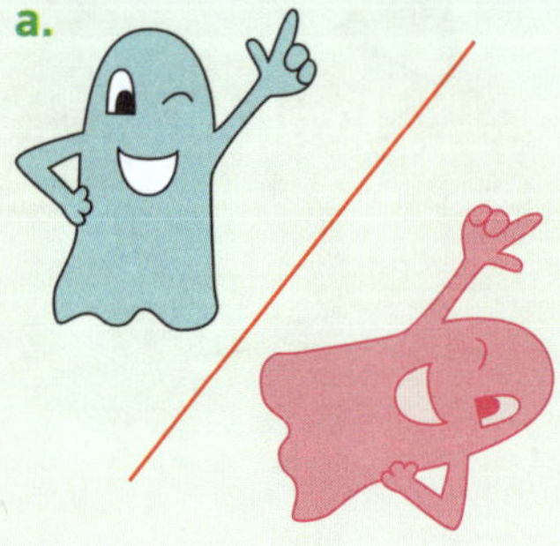

b.

3 Je découvre et je fais

Vidéo

➡ Je découvre une méthode

Les figures suivantes sont-elles symétriques par rapport à la droite ?

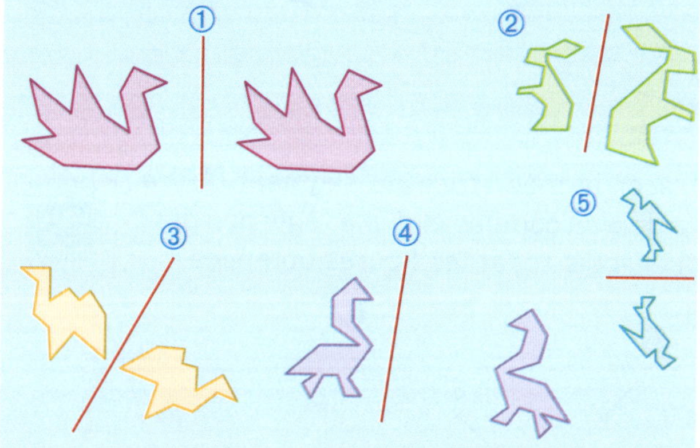

① Non, car pour obtenir la deuxième figure, on a glissé le papier calque en restant en contact avec la page, on ne l'a pas retourné.

② Non, car les deux figures n'ont pas la même taille.

③ Oui, les deux figures se superposent par pliage le long de la droite.

④ Non, car les deux figures ne sont pas à la même distance de la droite. Elles ne se superposent pas par pliage le long de la droite.

⑤ Non, pour obtenir la deuxième figure on a fait tourner le papier calque en restant en contact avec la page, on ne l'a pas retourné.

➡ Je fais tout(e) seul(e)

Les figures suivantes sont-elles symétriques par rapport à la droite ?

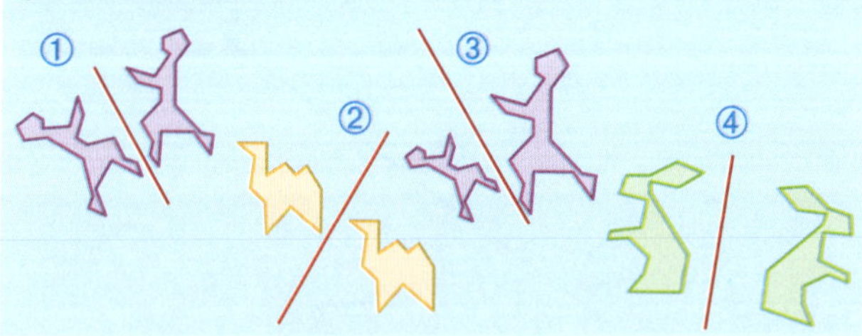

① Oui, les deux figures se superposent par pliage le long de la droite.

② Non, car pour obtenir la deuxième figure, on a glissé le papier calque en restant en contact avec la page, on ne l'a pas retourné.

③ Non, car les deux figures n'ont pas la même taille.

④ Non, car les deux figures ne sont pas à la même distance de la droite. Elles ne se superposent pas par pliage le long de la droite.

4 Les deux figures sont symétriques par rapport à la droite (d).

Coup de pouce

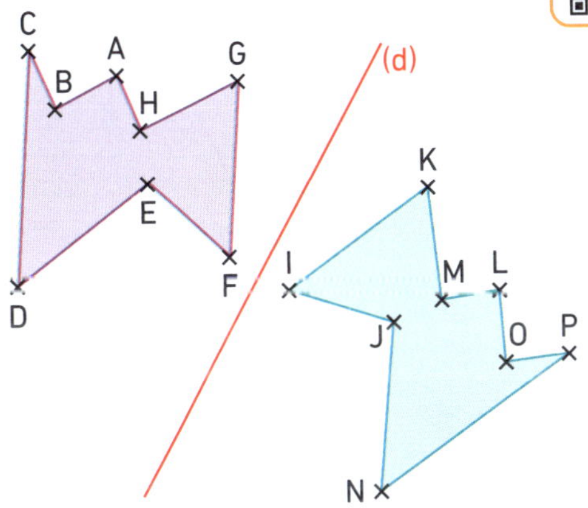

a. Quel est le symétrique du segment [GH] ? [KM]

b. Quel est le symétrique du segment [ED] ? [JN]

c. Quel est le symétrique de l'angle $\widehat{EDC}$? $\widehat{JNP}$

d. Quel est le symétrique de l'angle $\widehat{HAB}$? $\widehat{MLO}$

5 Les deux figures sont symétriques par rapport à la droite (d).
Retrouver les longueurs et mesures d'angles manquantes, puis coder la figure :

Coup de pouce

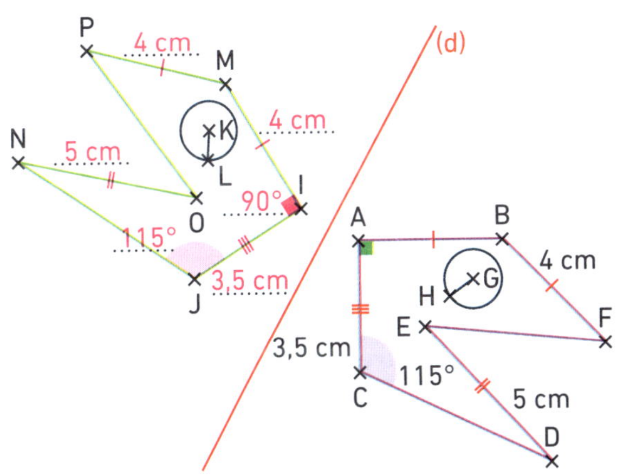

6 Les deux figures sont symétriques par rapport à la droite (d). On veut calculer l'aire du quadrilatère KPUM.

Coup de pouce

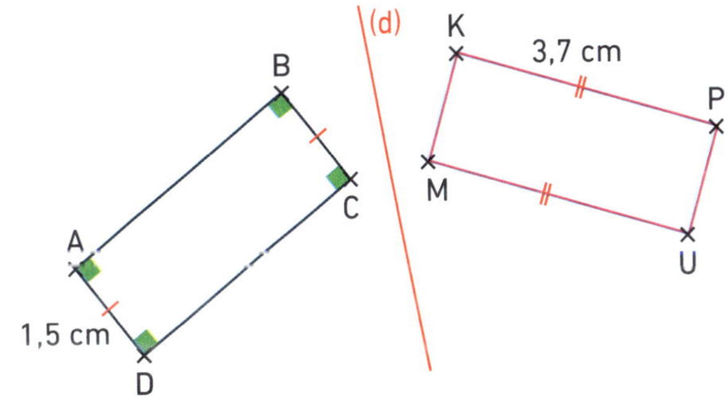

1. Prouvons que KPUM est un rectangle.

- $\widehat{MKP}$ = $\widehat{CBA}$ = 90°
- $\widehat{KPU}$ = $\widehat{BAD}$ = 90°
- $\widehat{PUM}$ = $\widehat{ADC}$ = 90°
- $\widehat{UMK}$ = $\widehat{DCB}$ = 90°

car la symétrie axiale conserve les mesures d'angles.

Donc KPUM est un quadrilatère qui possède quatre angles droits.

KPUM est un rectangle.

2. Trouvons la largeur du rectangle KPUM.

KM = BC = 1,5 cm

car la symétrie axiale conserve les longueurs.

On connaît maintenant la longueur et la largeur du rectangle KPUM.

3. Calculons l'aire de ce rectangle.

Aire = Longueur × largeur = KM × KP = 1,5 cm × 3,7 cm.

Aire = 5,55 cm^2.

L'aire de ce rectangle est égale à 5,55 cm^2.

7 Vidéo

Automatismes

Tim a tracé le symétrique de la figure par rapport à la droite (d) mais il a fait des erreurs. Où sont-elles ?

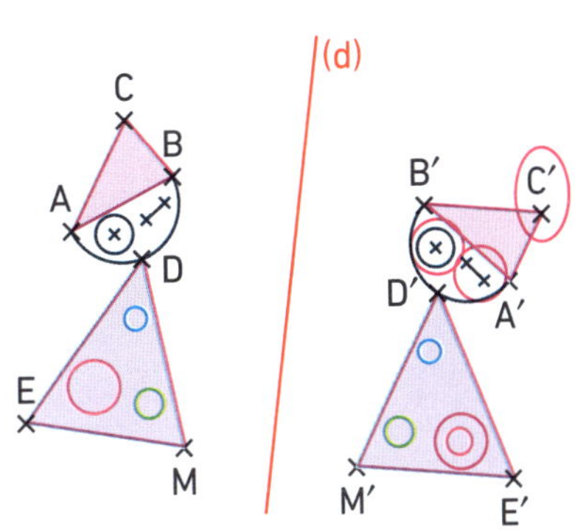

33 Construire un symétrique par rapport à un axe sur papier uni

Je retiens

Dire que le point A′ est l'image du point A par la symétrie d'axe (d) signifie que la droite (d) est la médiatrice du segment [AA′].

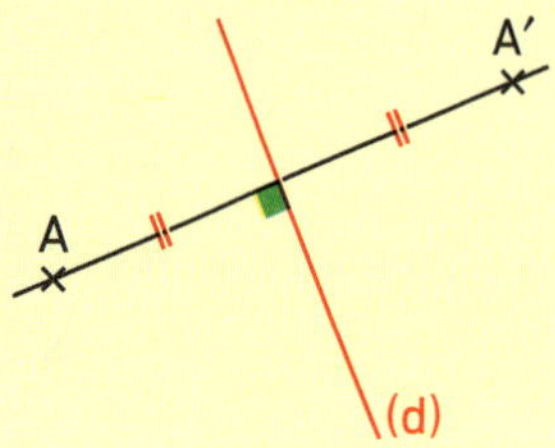

Symétrique d'un segment

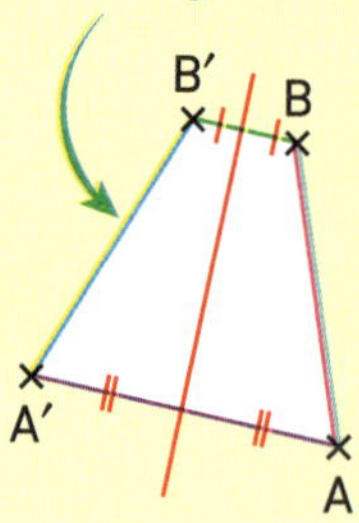

Symétrique d'une droite

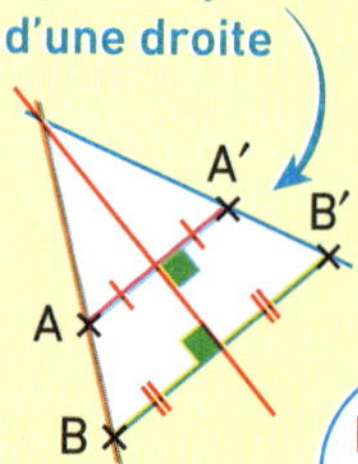

Symétrique d'un cercle

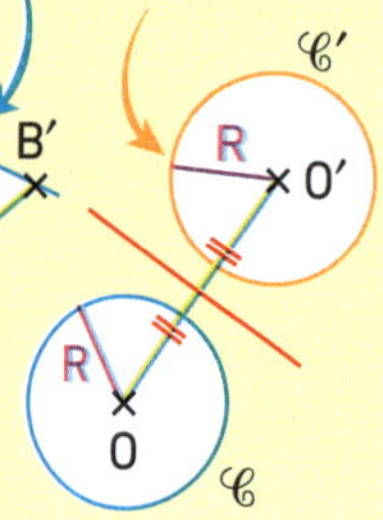

Je prends un bon départ

1 Questions de vocabulaire

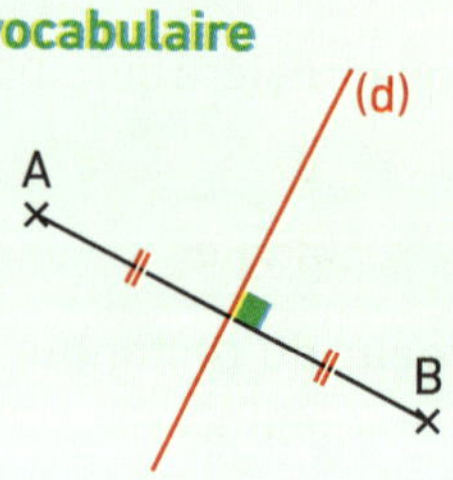

a. (d) est ......la médiatrice...... du segment [AB].

b. Les points A et B sont ......symétriques...... par rapport ......à la droite (d)......

c. (d) est appelée ......l'axe de symétrie......

2 Entourer le symétrique de A par rapport à l'axe (d) :

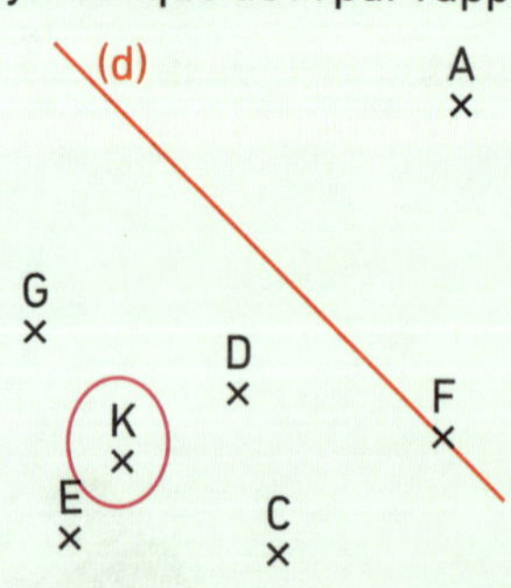

3 Tracer le symétrique de A par rapport à l'axe (d) :

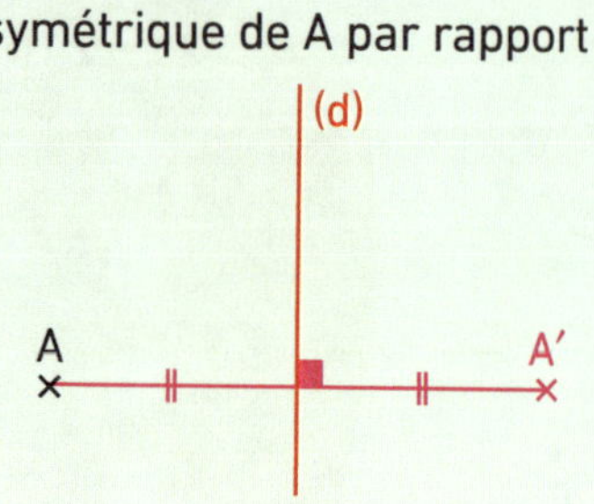

4 Je découvre et je fais

Vidéo

Je découvre une méthode

Tracer le symétrique de cette figure par rapport à l'axe (d).

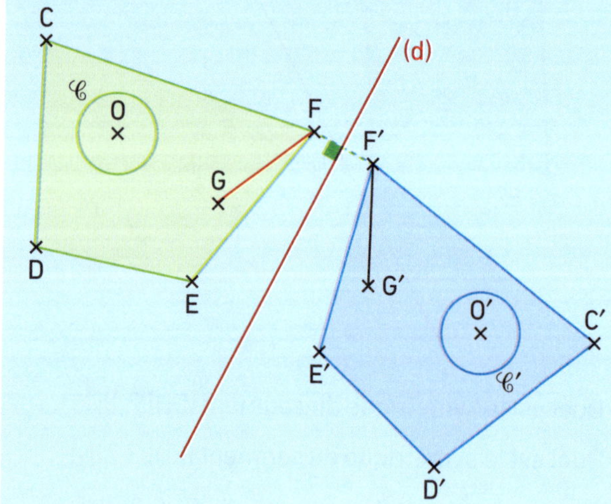

Étape 1

On commence par tracer le symétrique par rapport à (d) du quadrilatère FCDE, pour cela on trace l'image de chaque sommet.

On peut commencer par F′, symétrique de F ; puis le symétrique de C, C′.

Comme [FC] est un côté de FCDE, on trace [F′C′].

On fait de même avec les sommets D et E pour construire le quadrilatère F′C′D′E′.

Étape 2

Pour le cercle 𝒞′ : on construit O′ le symétrique de O par rapport à (d) et on trace le cercle de centre O′ et de même rayon que celui de 𝒞 (reporté à l'aide du compas).

Étape 3

On termine en construisant G′, symétrique de G par rapport à (d), puis en traçant [F′G′].

Je fais tout(e) seul(e)

Tracer le symétrique de cette figure par rapport à l'axe (d).

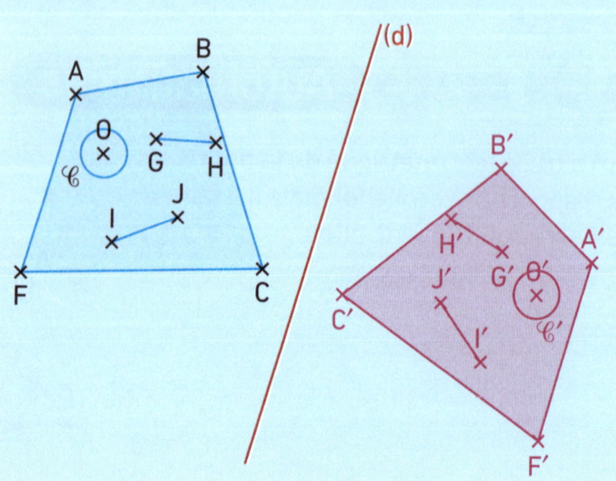

5 Dans chaque cas, tracer le symétrique de la figure bleue par rapport à la droite (d).

Coup de pouce

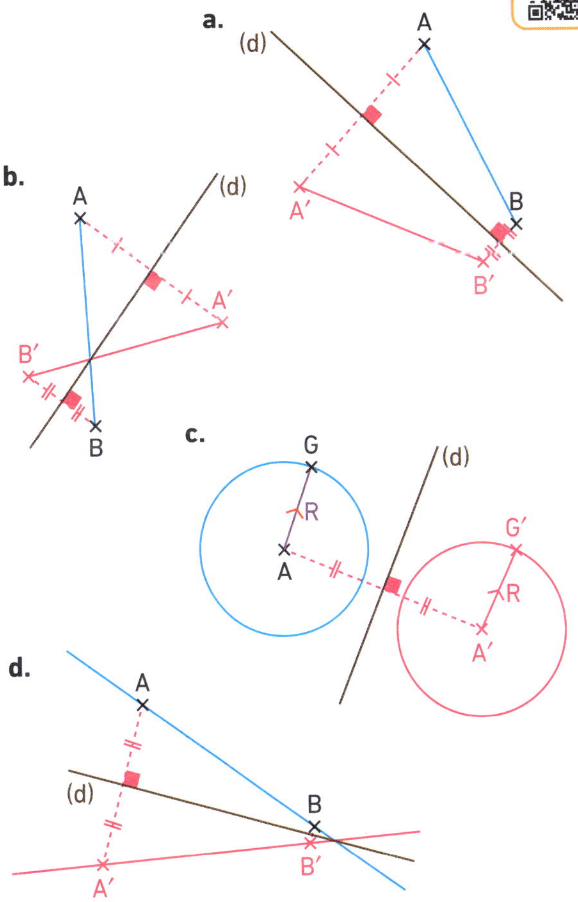

6 Tracer le symétrique de cette figure par rapport à la droite (d_1).

Coup de pouce

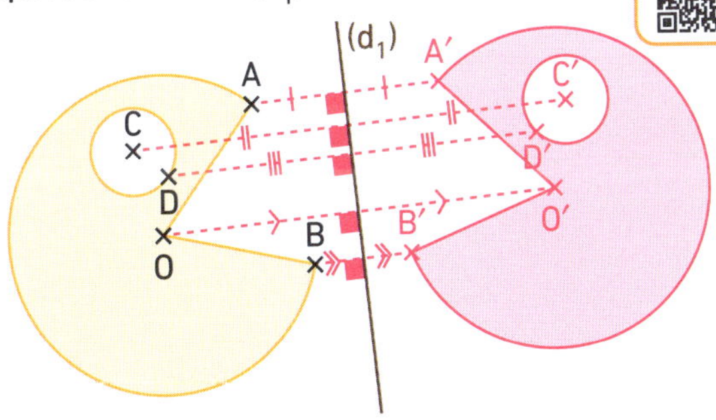

7 Tracer dans chacun des cas suivants, le symétrique de la figure par rapport à la droite (d).

Coup de pouce

a.

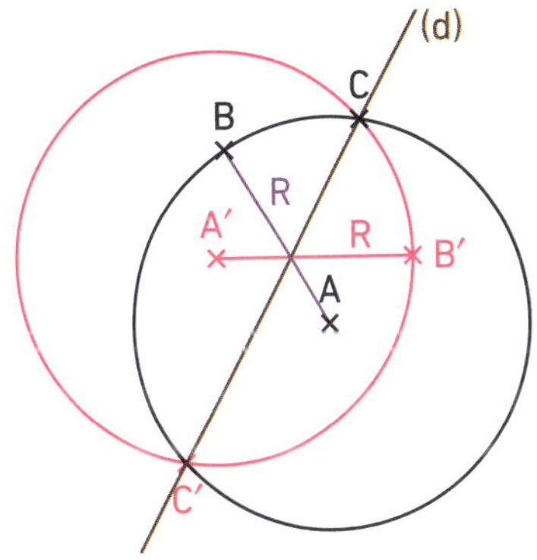

b.

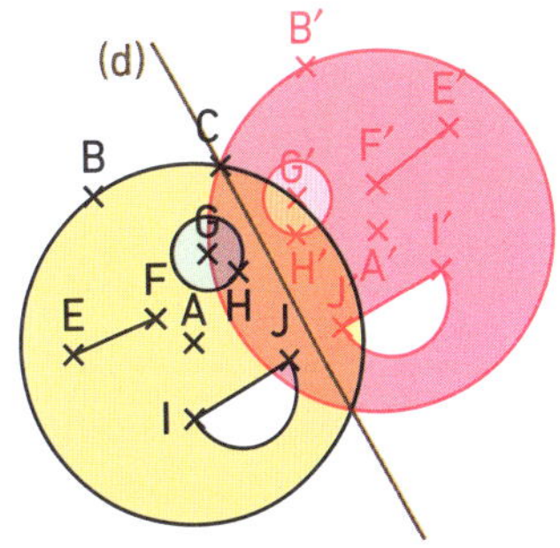

8 Tracer le symétrique de la figure par rapport à la droite (d).

Coup de pouce

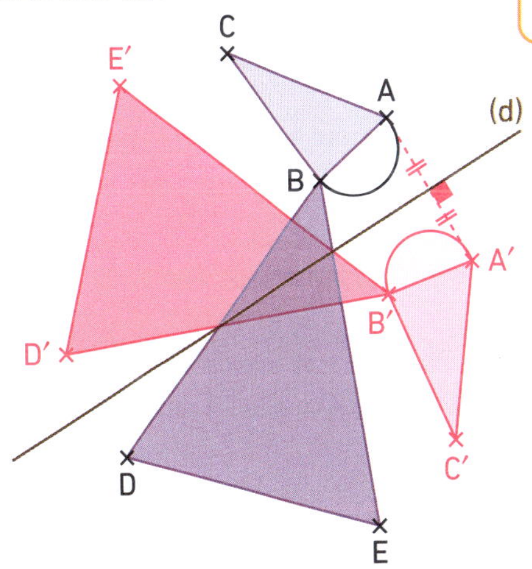

9 Vidéo

Automatismes

a Entourer le point symétrique de A par rapport à (d) :

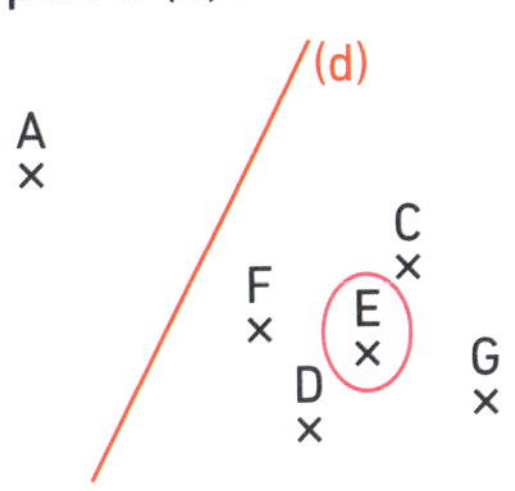

b Quelle est l'image de [CD] par rapport à (d) ? [GK]

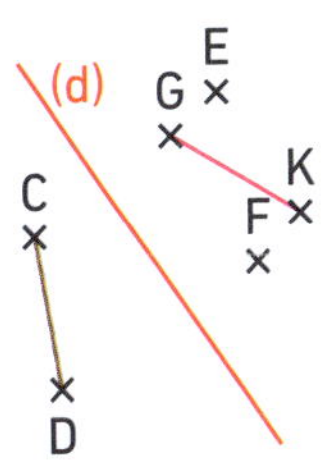

34 Construire un symétrique par rapport à un axe sur un quadrillage

Je retiens

Pour construire A′, symétrique de A par rapport à (d), lorsque A est un nœud du quadrillage :

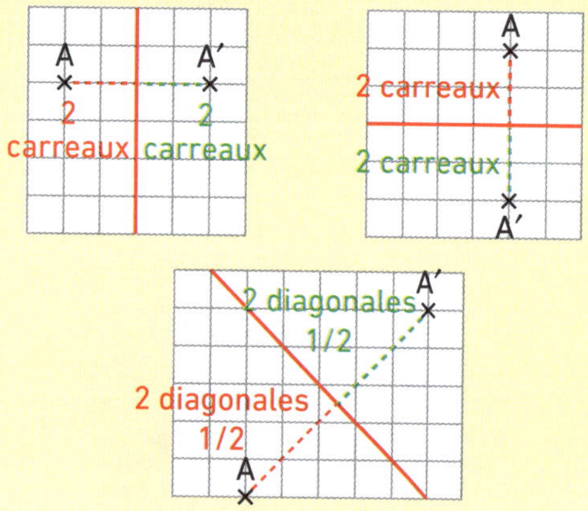

Je prends un bon départ

1 Questions de vocabulaire

Pour construire le symétrique du point A par rapport à une droite (d) :

– si la droite (d) est une droite du quadrillage, on compte le nombre de ....carreaux.... du quadrillage le séparant de l'axe ;

– si la droite (d) est une ....diagonale.... du quadrillage, on compte le nombre de ....diagonales.... du quadrillage le séparant de l'axe.

2 Dessiner, en respectant les couleurs, le pixel art symétrique par rapport à la droite.

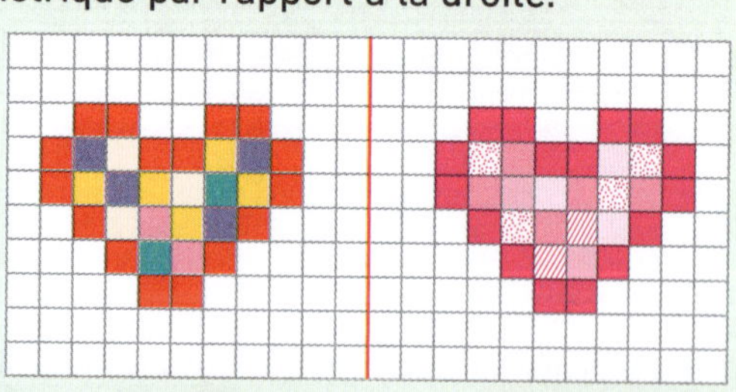

3 Dessiner, en respectant les couleurs, le pixel art symétrique par rapport à la droite.

4 Je découvre et je fais

Vidéo

Je découvre une méthode

Construire le symétrique de cette figure par rapport à la droite (d) en utilisant le quadrillage.

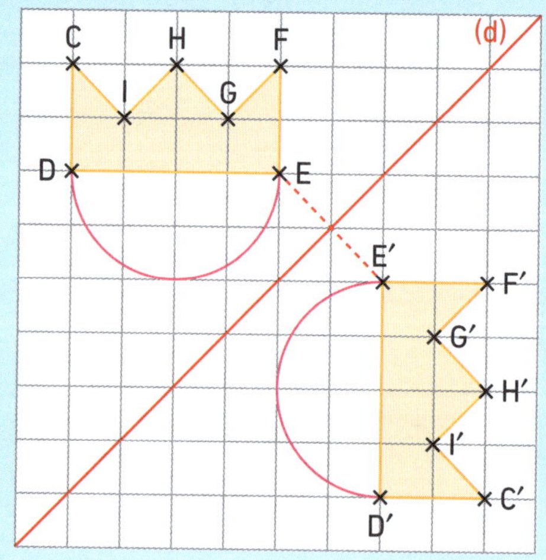

Étape 1

On construit l'image de chaque point en utilisant les diagonales des carreaux.

Une fois que les symétriques sont tracés, le symétrique du polygone CDEFGHI est le polygone C′D′E′F′G′H′I′, on peut le tracer.

Étape 2

Pour tracer l'image du demi-cercle, il nous faut son centre O : c'est le milieu du segment [E′D′].

Il ne reste plus qu'à tracer le demi-cercle de centre O et de rayon OE′ à l'extérieur du polygone C′D′E′F′G′H′I′.

Je fais tout(e) seul(e)

Construire le symétrique de cette figure par rapport à la droite (d) en utilisant le quadrillage.

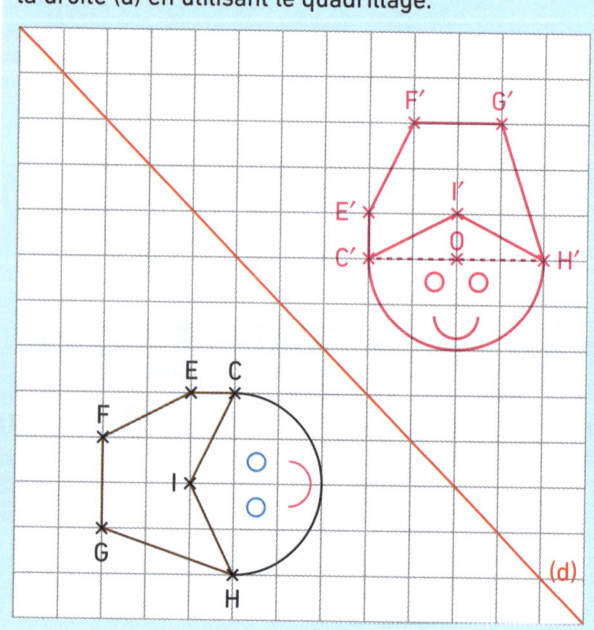

5 Dessiner le pixel art symétrique par rapport à la droite :

Coup de pouce

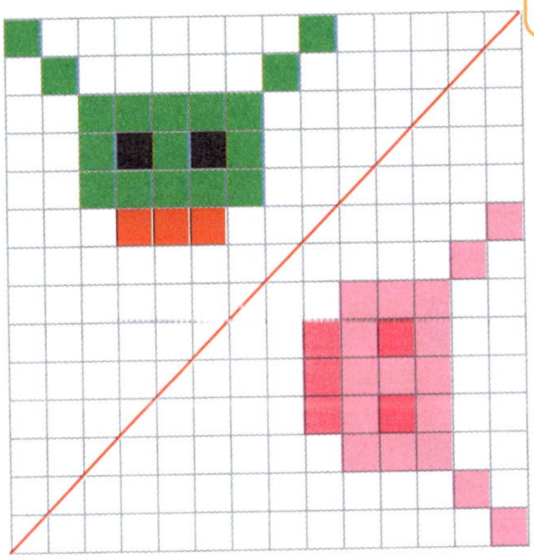

6 Tracer le symétrique du polygone par rapport à la droite :

Coup de pouce

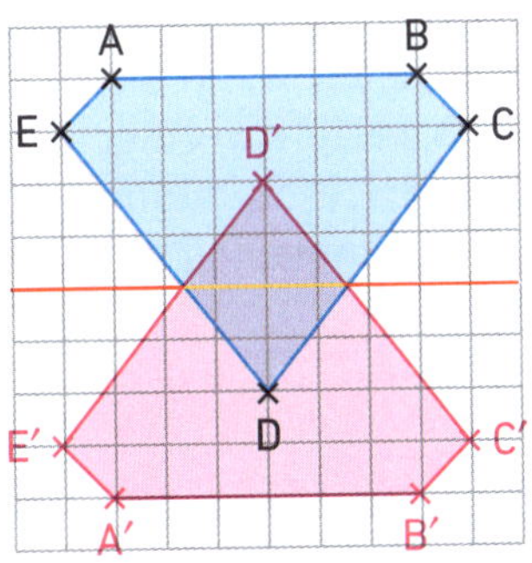

7 Tracer le symétrique du polygone par rapport à la droite :

Coup de pouce

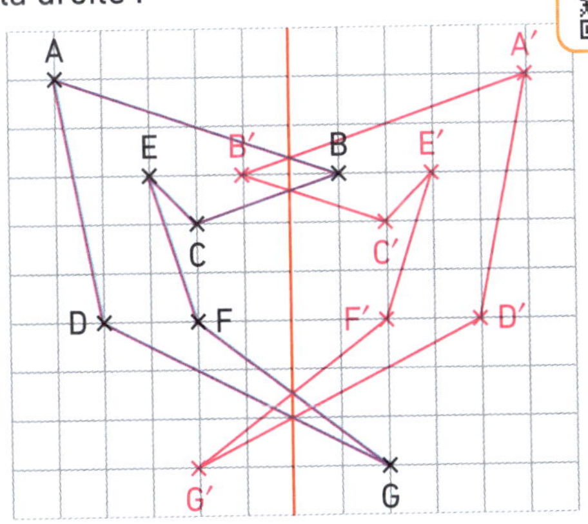

8 Tracer la figure symétrique de cette figure par rapport à la droite :

Coup de pouce

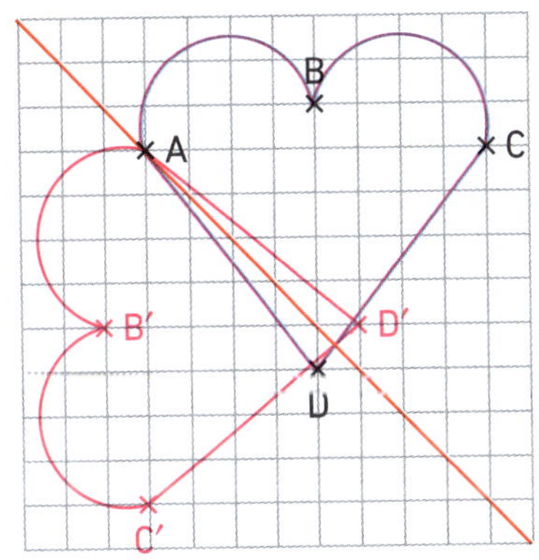

9 Tracer la figure symétrique de cette figure par rapport à la droite :

Coup de pouce

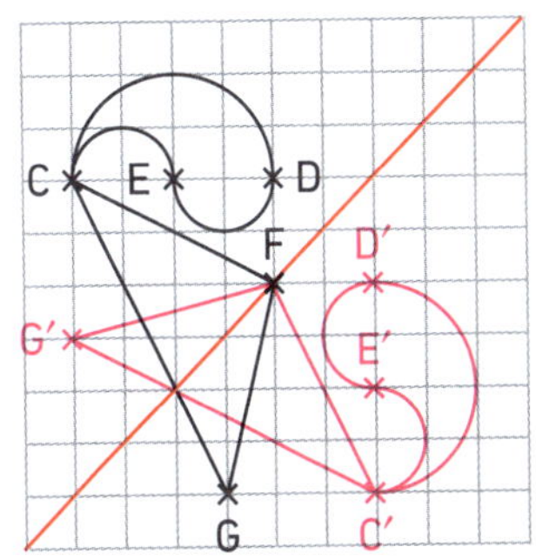

10 Dessiner un pixel art avec au moins deux axes de symétrie.

Coup de pouce

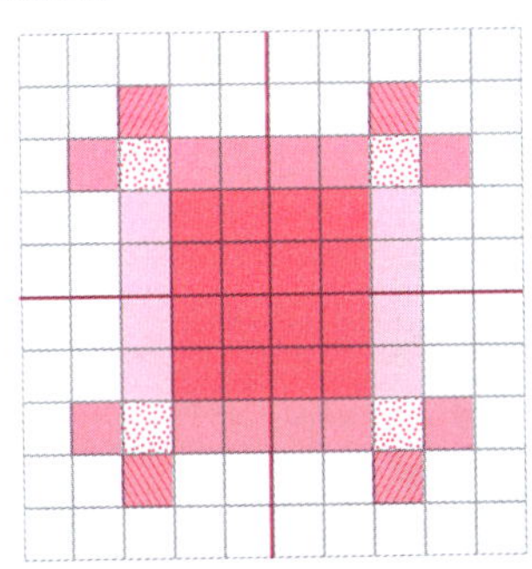

11 Vidéo

Automatismes

Entourer le symétrique de A par rapport à la droite (d).

a

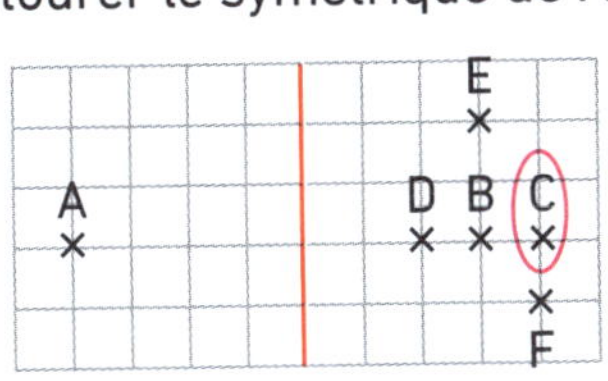

b

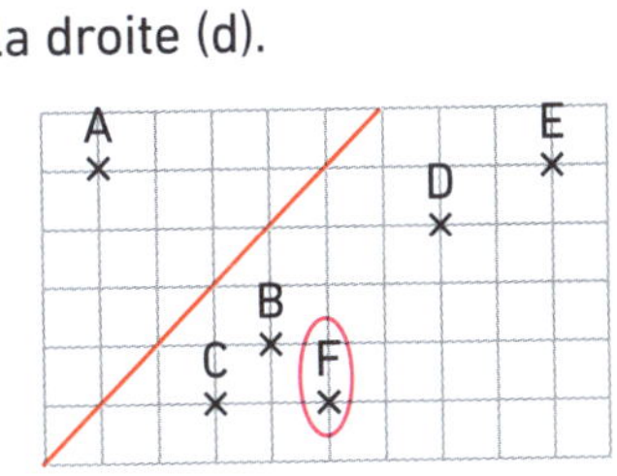

Reconnaître et utiliser des axes de symétries

Je retiens

Dire qu'une figure possède un **axe de symétrie** signifie que lorsqu'on la plie suivant cet axe, les deux parties obtenues se superposent exactement.

Je prends un bon départ

1 Questions de vocabulaire

a. Si on plie la figure le long de la droite (d), les deux parties se ...superposent....

b. La droite (d) est ...un axe de symétrie de la figure....

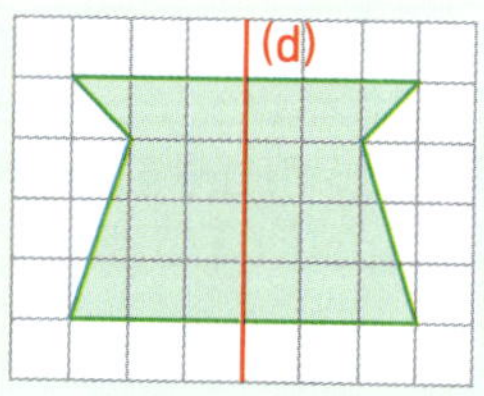

2 Dans quels cas la droite est-elle un axe de symétrie de la figure ?

a.

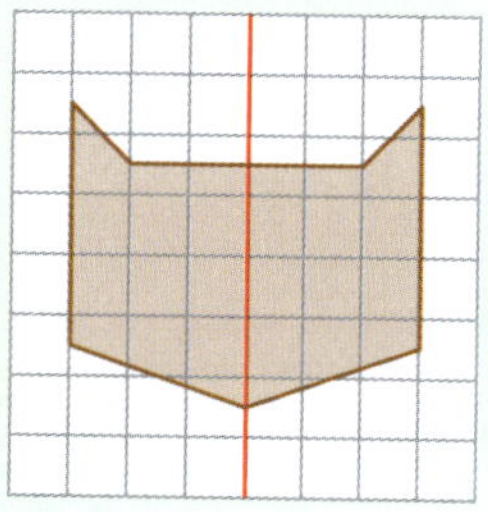

...Oui...

b.

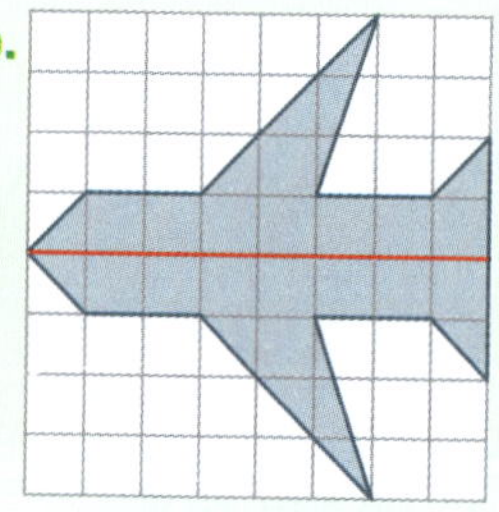

...Oui...

c.

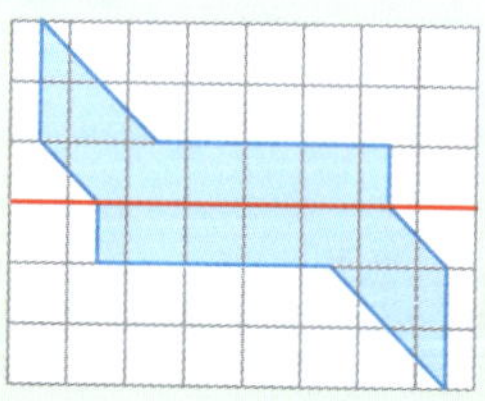

...Non...

d.

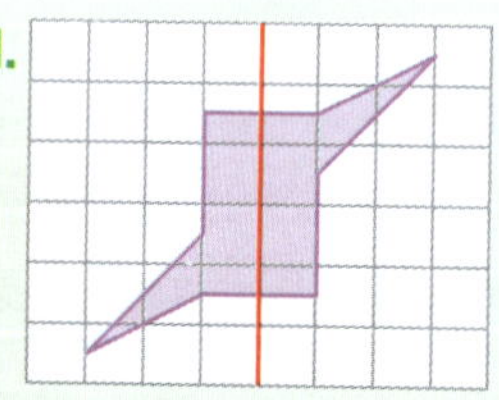

...Non...

e.

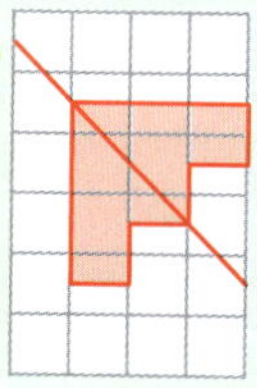

...Oui...

f.

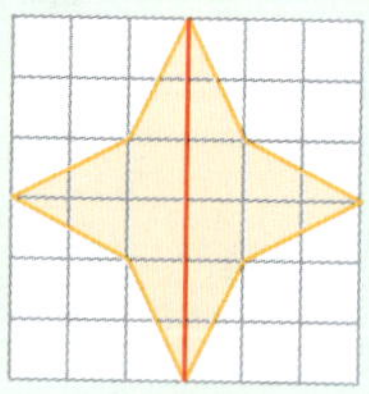

...Oui...

g.

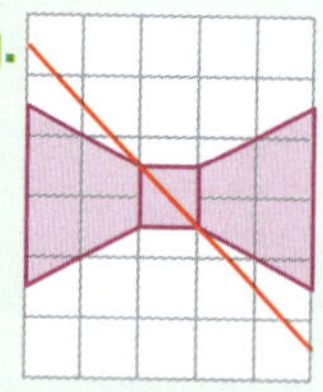

...Non...

3 Dans quels cas la droite est-elle un axe de symétrie de la figure ?

a.

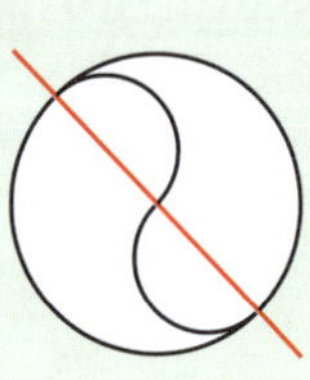

...Non...

b.

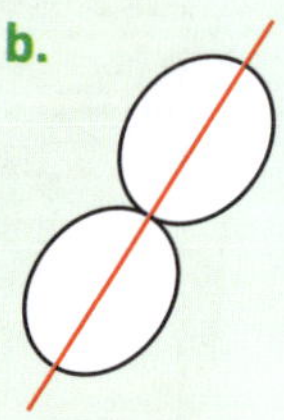

...Oui...

c.

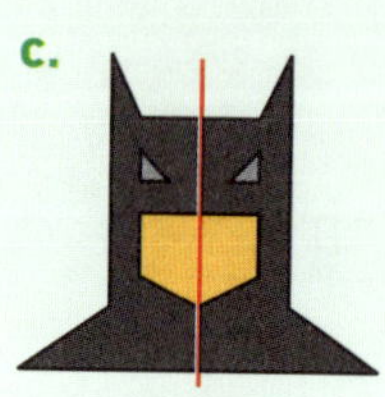

...Oui...

4 Je découvre et je fais

Vidéo

Je découvre une méthode

Cette figure a-t-elle un axe de symétrie ? Si oui, le tracer.

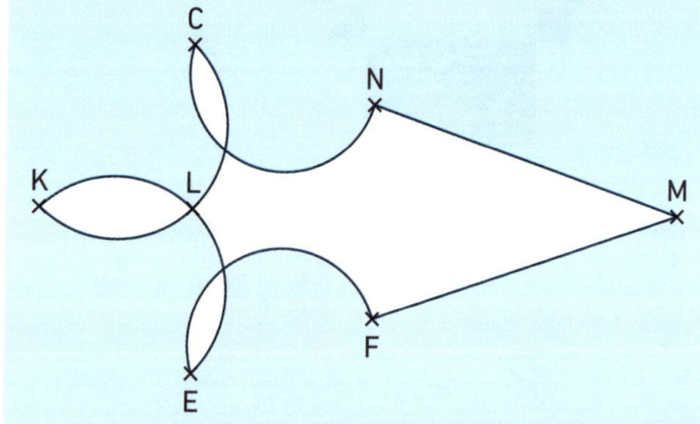

Si cette figure possède un axe de symétrie, N et F sont symétriques par rapport à cette droite : il s'agit donc de la médiatrice du segment [NF].
On trace cette droite : M, L et K appartiennent à cet axe, ils sont donc leurs propres symétriques.
Pour finir, il nous reste à vérifier que cette droite est bien la médiatrice du segment [CE] (c'est-à-dire qu'elle est perpendiculaire au segment en son milieu).

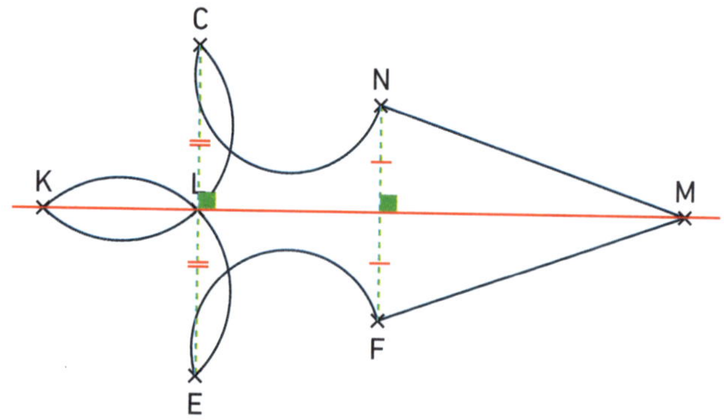

Je fais tout(e) seul(e)

Cette figure a-t-elle un axe de symétrie ? Si oui, le tracer.

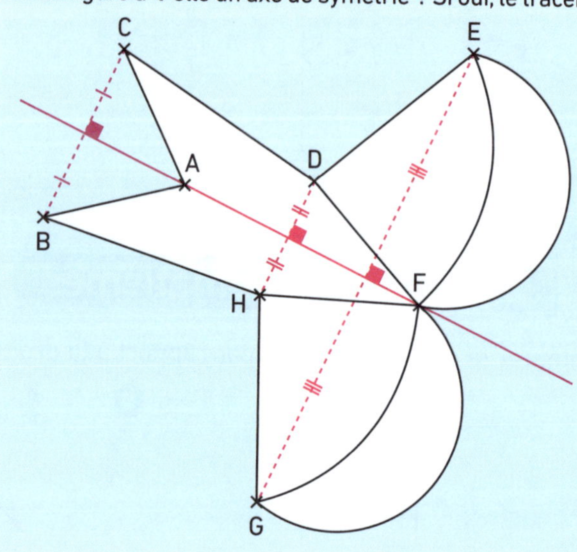

5 Tracer les axes de symétrie de ces figures usuelles lorsqu'ils existent.

Coup de pouce

a. Triangle quelconque

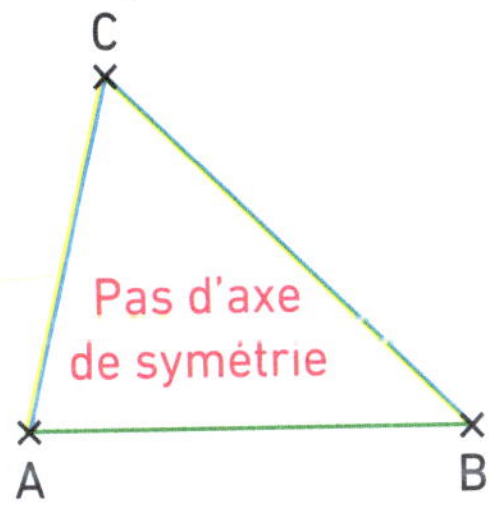

b. Triangle rectangle

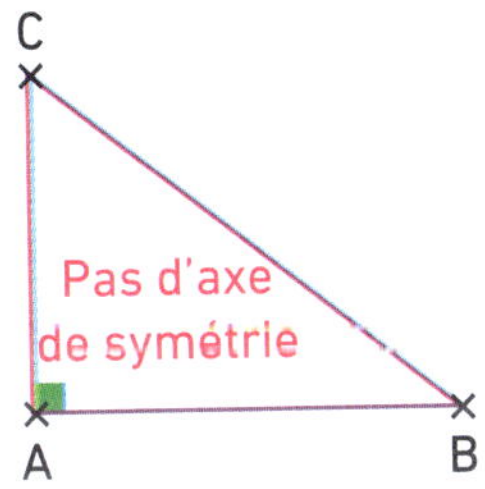

c. Triangle isocèle

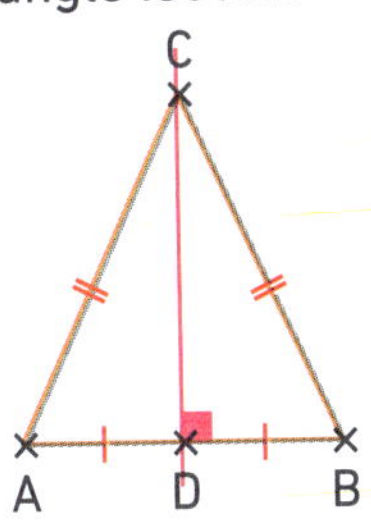

d. Triangle équilatéral

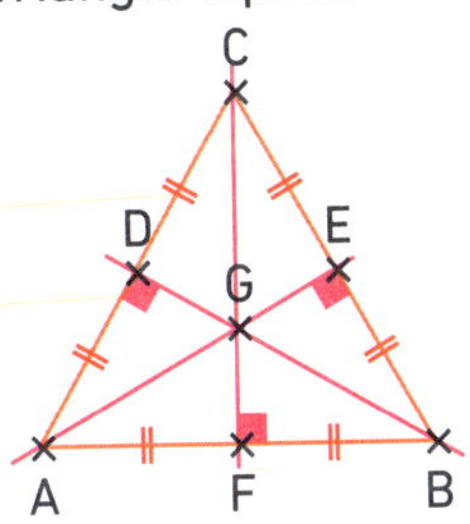

e. Cercle

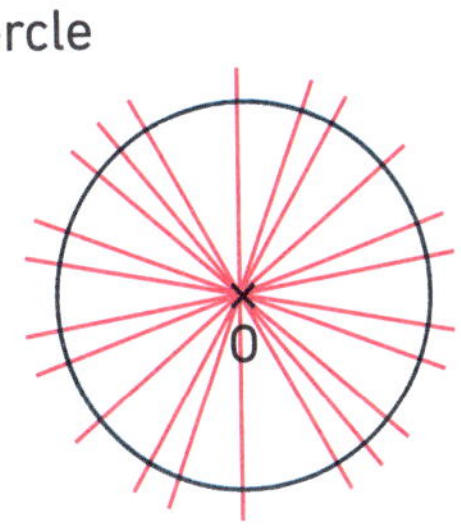

Une infinité d'axes de symétrie : toutes les droites passant par le centre du cercle.

f. Losange

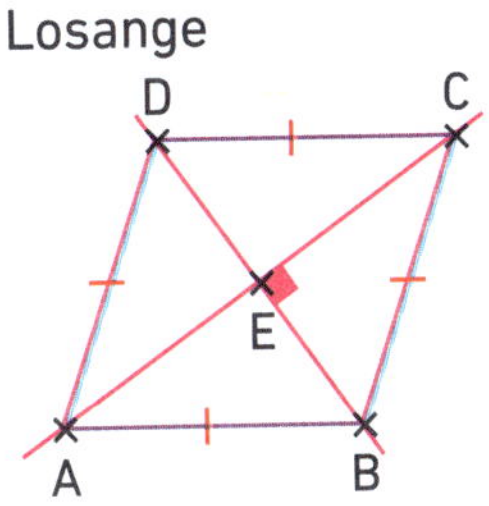

g. Rectangle

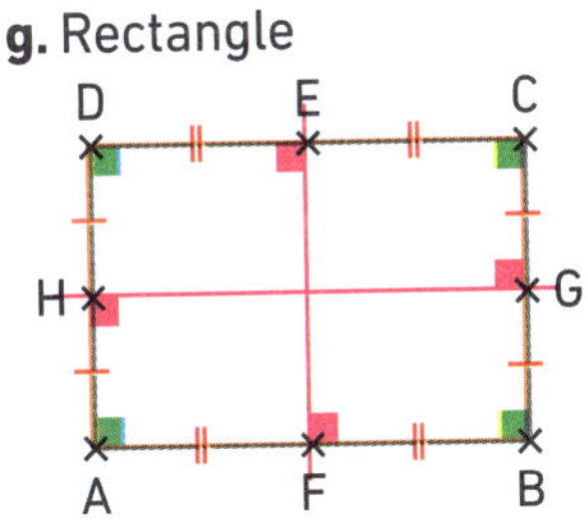

h. Carré

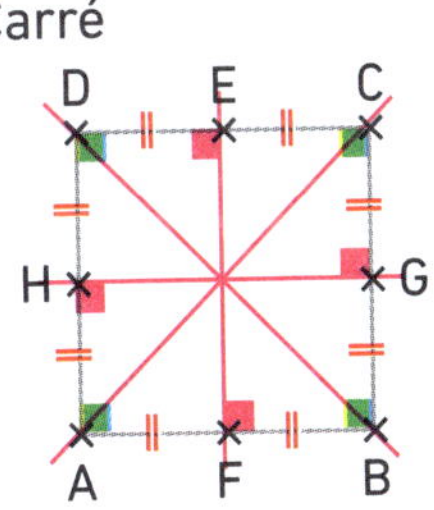

6 Compléter la figure pour que la droite (d) soit un axe de symétrie :

Coup de pouce

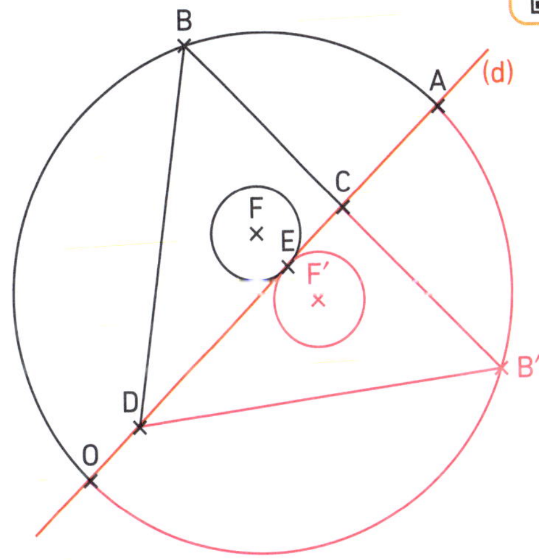

7 Compléter la figure de façon à ce que (d_1) et (d_2) soient deux axes de symétrie :

Coup de pouce

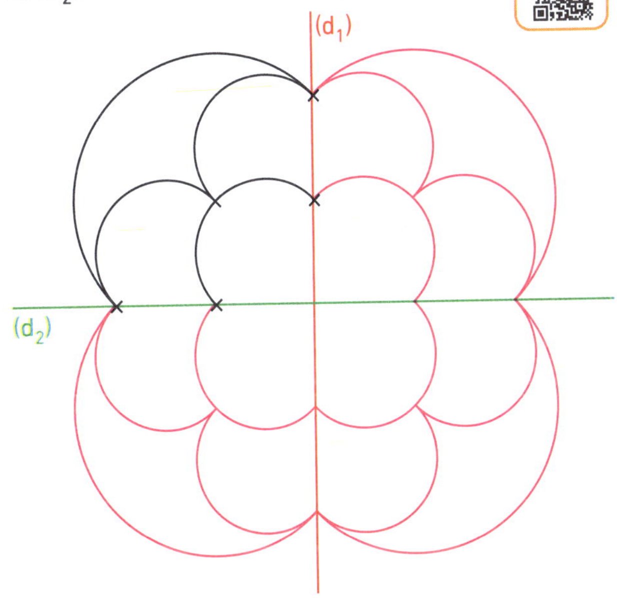

8 Vidéo

Automatismes

Tracer le ou les axes de symétrie des figures suivantes :

a

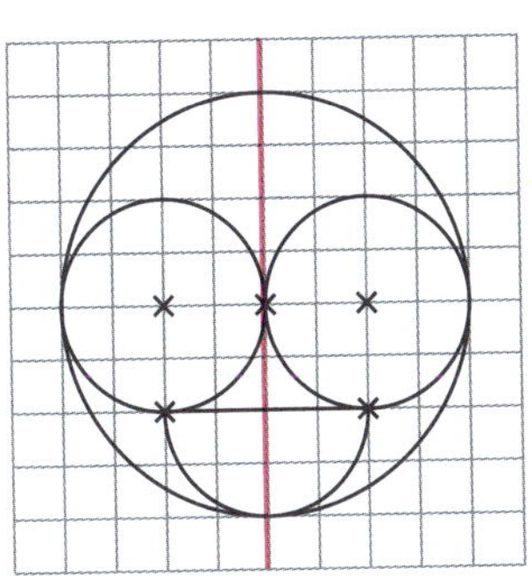

b

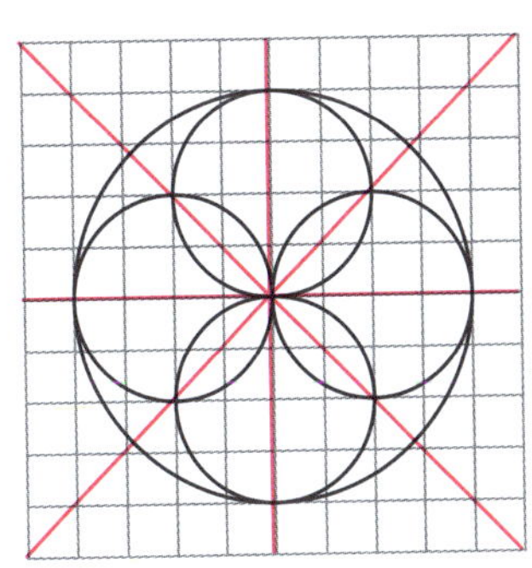

Problèmes

1 À la recherche du centre perdu Fiche 31

Coup de pouce

Medhi a tracé un cercle mais a oublié d'en marquer le centre. Comment peut-il le retrouver sans refaire sa construction ? Expliquer.

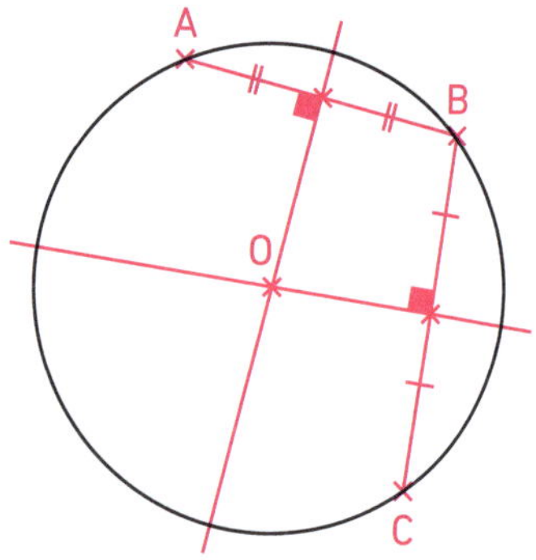

Plaçons trois points distincts A, B et C sur le cercle. Appelons O le centre du cercle.
Par définition du cercle : OA = AB = OC. Le centre du cercle est équidistant des points A, B et C. Il appartient donc aux médiatrices des segments [AB] et [BC]. Il nous suffit donc de tracer ces deux médiatrices et d'appeler O leur point d'intersection.

2 Sans règle, ni équerre

Fiches 31 et 33

Coup de pouce

Julia a oublié sa règle et son équerre. Expliquer comment et pourquoi elle peut tracer le symétrique du point A uniquement à l'aide de son compas.

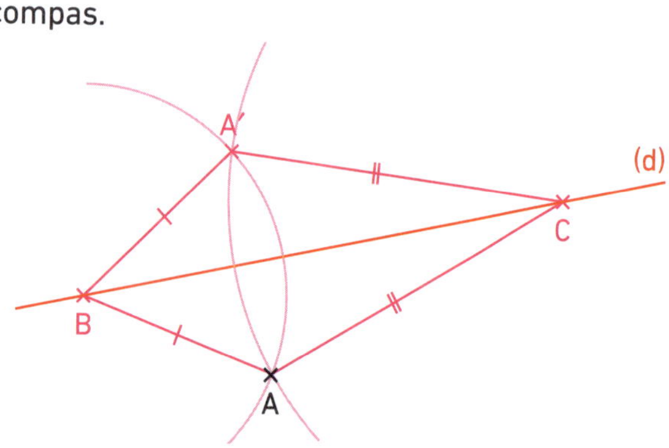

Appelons A′ le symétrique de A par rapport à (d).
(d) est la médiatrice du segment [AA′] : c'est donc l'ensemble des points équidistants de A et de A′.
On place deux points sur (d) : B et C. À l'aide du compas, on trace le cercle (ou un arc) de centre B et de rayon BA et le cercle (ou un arc) de centre C et de rayon CA de l'autre côté de la droite (d).
On appelle A′ le deuxième point d'intersection de ces cercles. B et C sont équidistants de A et de A′ : (BC) est la médiatrice de [AA′].

3 Le robot Fiches 32, 33 et 35

Coup de pouce

1. Compléter la figure pour que la droite (d) soit un axe de symétrie.

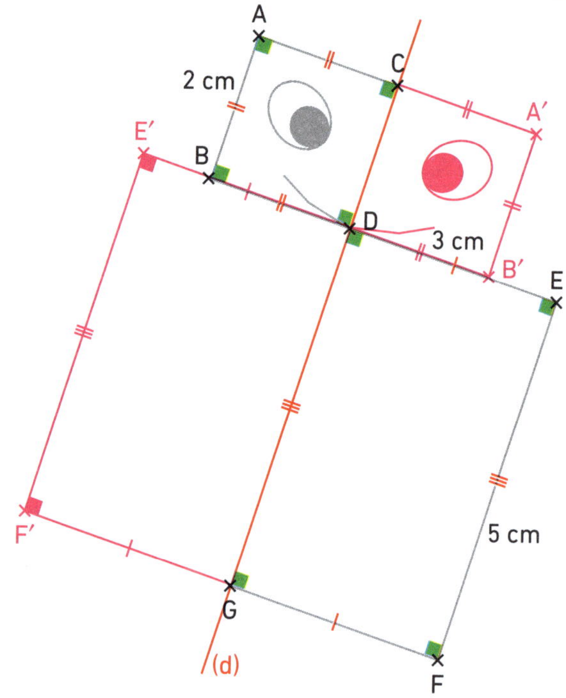

2. a. Quelle est la nature du quadrilatère ABDC ?
Un carré.

b. Quelle est la nature du quadrilatère symétrique A′B′D′C′ par rapport à (d) ? Un carré.

c. Quelles propriétés de la symétrie axiale permettent de le prouver ?
La symétrie axiale conserve les longueurs ; la symétrie axiale conserve les mesures d'angles.

3. a. Quelle est la nature du quadrilatère DEFG ?
Un rectangle.

b. Quelle est la nature du quadrilatère symétrique D′E′F′G′ par rapport à la droite (d) ? Un rectangle.

c. Quelles propriétés de la symétrie axiale permettent de le prouver ?
La symétrie axiale conserve les longueurs et les mesures d'angles.

4. Calculer l'aire de la figure en détaillant les étapes.
Aire ABDC = côté × côté = 2 cm × 2 cm = 4 cm^2.
Aire DEFG = Longueur × largeur = 3 cm × 5 cm
= 15 cm^2.
La symétrie axiale conserve les aires :
Aire totale = 2 × 4 cm^2 + 2 × 15 cm^2
= 8 cm^2 + 30 cm^2 = 38 cm^2.

4 Axes de symétrie Fiches 31 et 35

Coup de pouce

Tracer précisément les axes de symétrie des figures :

a.

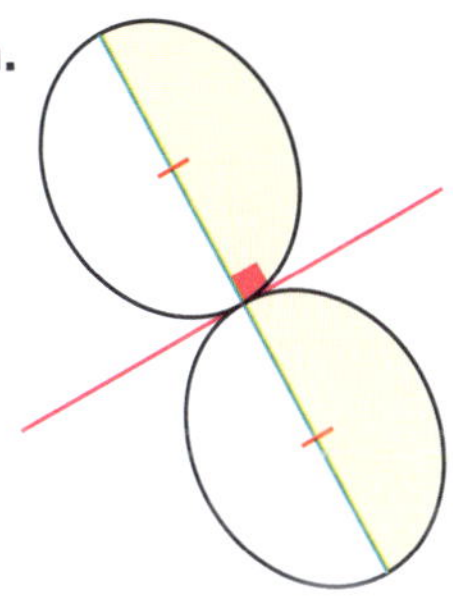

b.

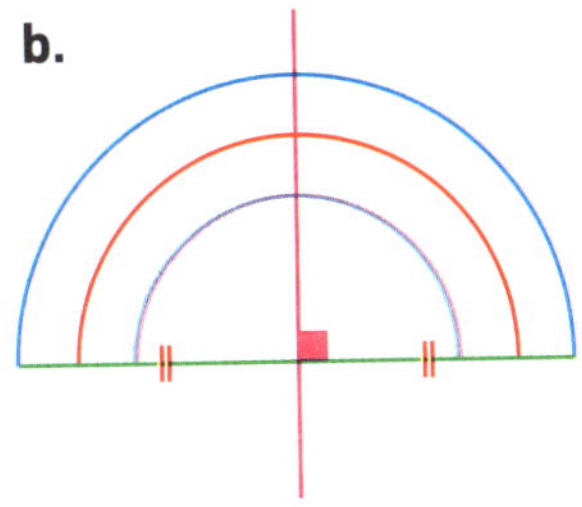

c.

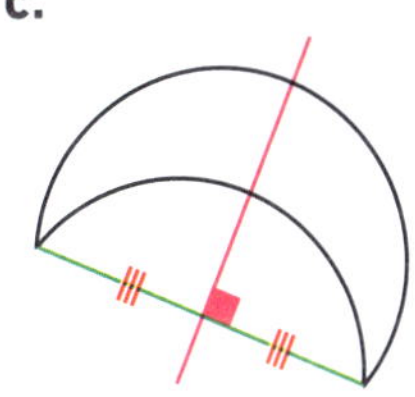

d.

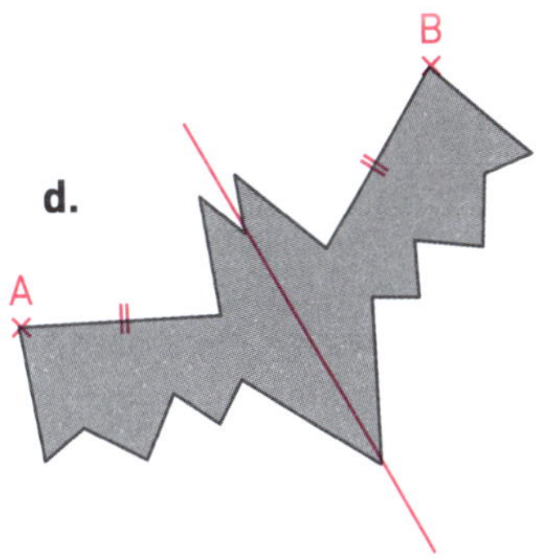

5 Le planter de bananier Fiches 31 et 70

Coup de pouce

Marek voudrait planter un bananier dans son jardin à 3 mètres du pommier et à la même distance des deux palmiers.
Où doit-il le planter ?

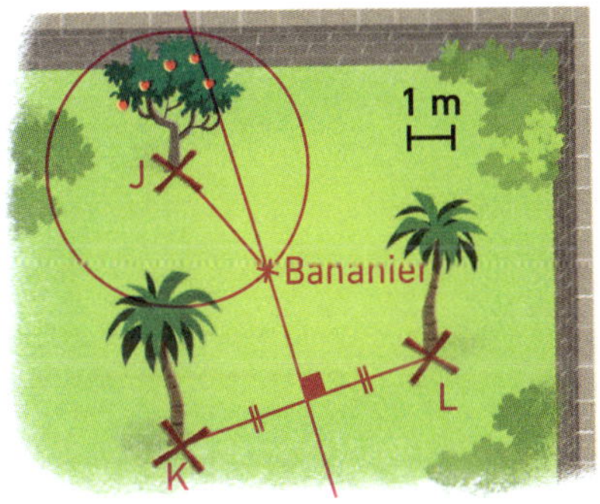

Le bananier B appartient au cercle de centre l'arbre et de rayon 3 m ; il appartient aussi à la médiatrice du segment ayant pour extrémités les deux palmiers. Ce cercle et cette droite ont deux points d'intersection : l'un d'eux est sur la clôture ; B est l'autre point d'intersection.

6 Tâche complexe

CHERCHER 1 2 3 4 | MODÉLISER 1 2 3 4 | REPRÉSENTER 1 2 3 4 | RAISONNER 1 2 3 4 | CALCULER 1 2 3 4 | COMMUNIQUER 1 2 3 4

Élodie doit apporter un seau d'eau à son cheval. Elle sort de chez elle, va remplir son seau à la rivière et se rend à l'enclos. Comme il fait très chaud, elle voudrait prendre le chemin le plus court.
Le tracer sur le plan en indiquant la démarche utilisée.

Essai 1

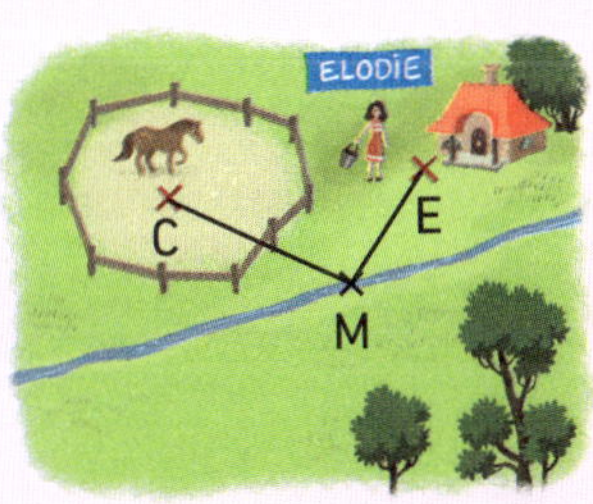

Essai 2

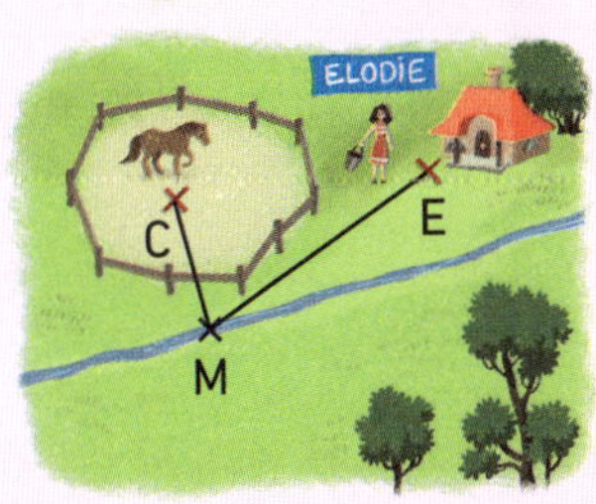

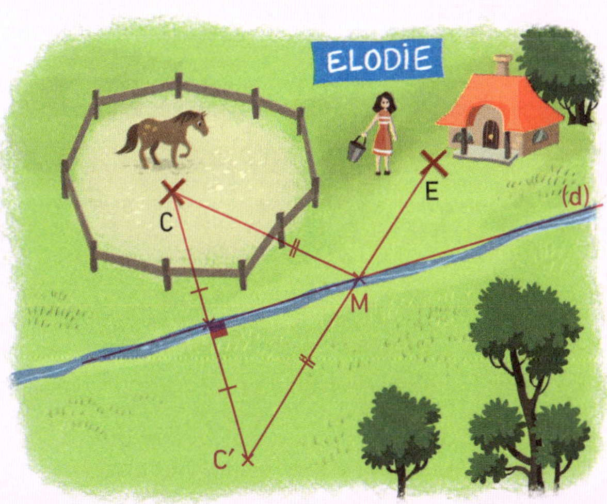

C et E indiquent les positions du cheval et d'Élodie ; la droite (d) modélise la rivière. La plus courte distance entre C et E est la longueur du segment [CE]. Mais ça ne convient pas car C et E sont du même côté de la rivière (pas d'eau pour son cheval). Appelons M le point où Élodie va chercher de l'eau. On cherche la position de M pour que la longueur EM + MC soit la plus petite possible. Construisons C′ le symétrique de C par rapport à la droite (d). La symétrie axiale conserve les longueurs, le problème revient à trouver la position de M pour que EM + MC′ soit la plus petite possible. Cette distance est minimale lorsque les points E, M et C′ sont alignés. On trace donc le segment [C′E] et on appelle M le point d'intersection de ce segment et de (d).

36 Reconnaître et coder des triangles particuliers

Je retiens

- Un polygone qui a trois côtés s'appelle un triangle.

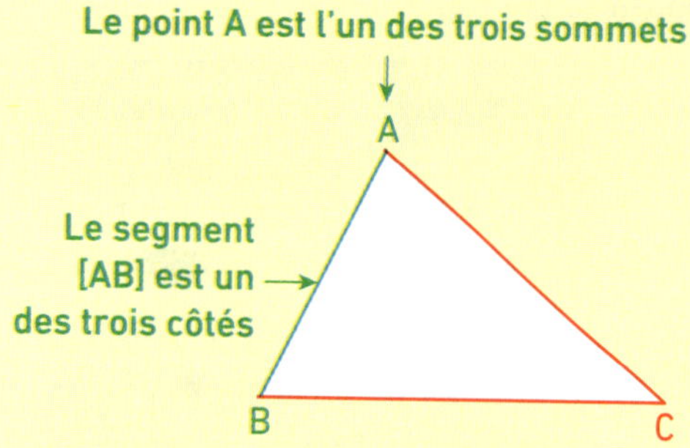

- Lorsque deux côtés ont la même longueur, on l'indique par un codage qui veut dire identique.
Ici, AB = BC, on voit le codage \\.
ABC est un triangle isocèle.

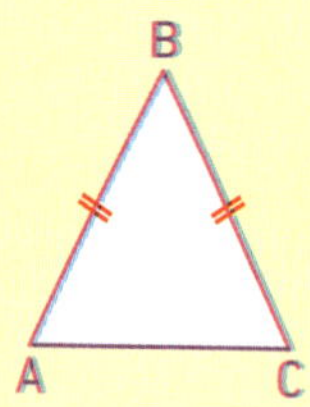

- Lorsque deux côtés forment un angle droit, on l'indique par ce codage ■.
DEF est un triangle rectangle.

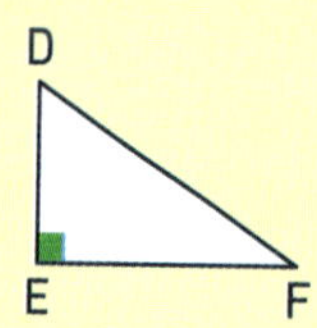

Je prends un bon départ

1 Questions de vocabulaire

Compléter les phrases avec les mots qui conviennent :

a. Un triangle ....rectangle.... possède un angle droit.

b. Un triangle isocèle rectangle possède ....deux côtés égaux.... et un ....angle droit.....

c. Un triangle ....équilatéral.... a ses trois côtés de même longueur.

2 Ajouter sur chacun des triangles les codages correspondant à leur nature (*isocèle, équilatéral, rectangle* ou *rectangle isocèle*) :

a. Un triangle rectangle

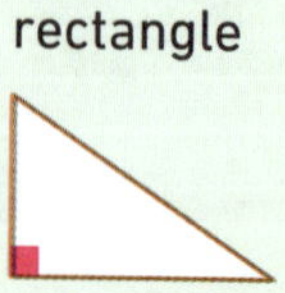

b. Un triangle équilatéral

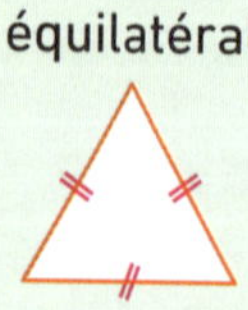

c. Un triangle isocèle rectangle

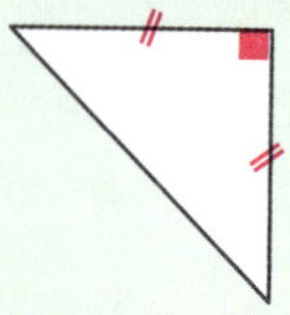

d. Un triangle isocèle

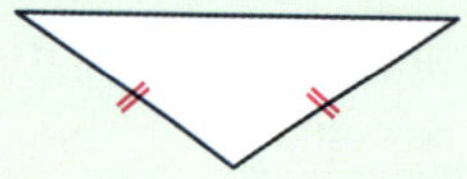

3 Je découvre et je fais

Vidéo

Je découvre une méthode

Les deux triangles ci-dessous ont un périmètre de 24 cm. Retrouver les longueurs notées ?.

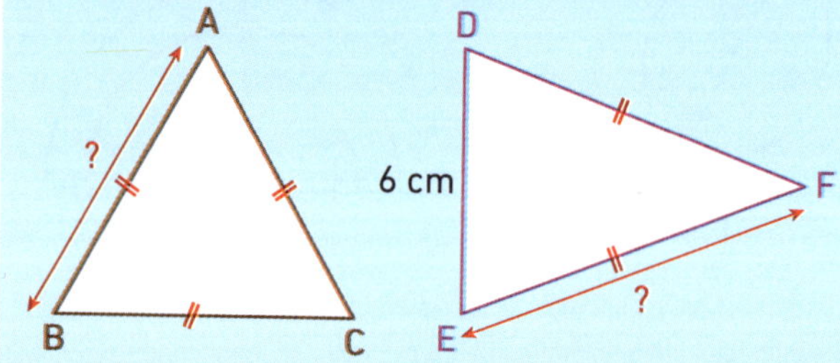

- **Triangle ABC**

D'après le codage, le triangle ABC est équilatéral donc ses trois côtés ont la même longueur.
On divise donc 24 par 3 et on obtient 8.
AB = 8 cm.

- **Triangle DEF**

Le côté [DE] mesure 6 cm donc il reste 24 – 6 = 18 cm pour les longueurs DF et EF.
Or, d'après le codage, le triangle DEF est isocèle en F donc ses côtés [DF] et [EF] ont la même longueur.
On divise donc 18 par 2 et on obtient 9.
EF = 9 cm.

Je fais tout(e) seul(e)

Les deux triangles ci-dessous ont un périmètre de 30 cm. Retrouver les longueurs notées ?.

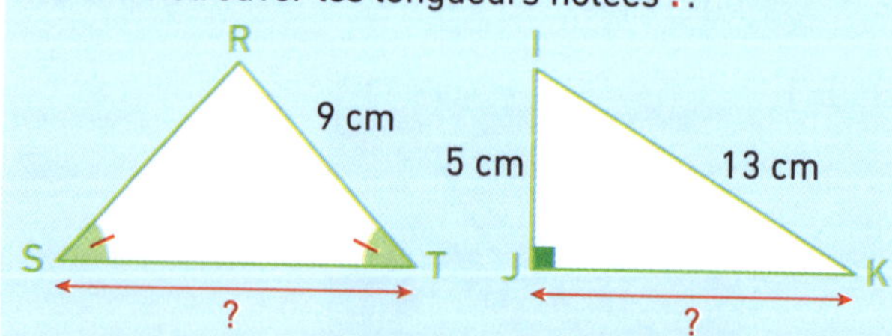

• Triangle RST
D'après le codage, le triangle RST est isocèle en R donc RS = RT = 9 cm.
Le côté [ST] mesure donc 30 – 9 – 9 = 12 cm.
• Triangle IJK
La somme des trois longueurs est 30 cm or IJ = 5 et IK = 13 donc JK = 30 – 5 – 13 = 12 cm.

4 Dans chaque cas, dire si les phrases sont vraies ou fausses.

1. ABC est un triangle isocèle en B donc :

a. AB = AC : Faux **b.** AB = BC : Vrai

c. L'angle $\widehat{A}$ et l'angle $\widehat{B}$ ont la même mesure :

Faux

2. Le triangle IJK est équilatéral donc :

a. IJ = JK : Vrai

b. Les trois angles du triangle ont la même mesure :

Vrai

5 Donner la nature de ces triangles :

a.

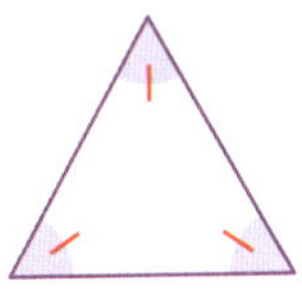

Équilatéral

b.

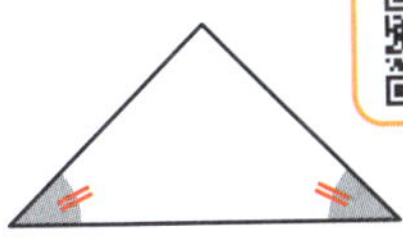

Isocèle

c.

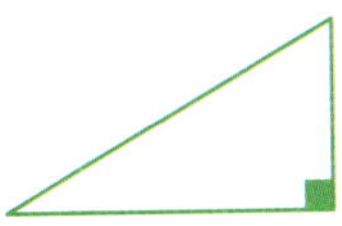

Rectangle

d.

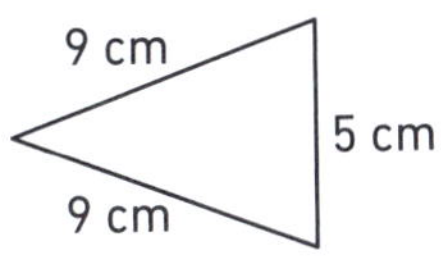

Isocèle

6 Compléter ce texte avec les nombres qui conviennent.

Dans cette figure, il y a :

2 triangles isocèles,

3 triangles rectangles,

1 triangle équilatéral.

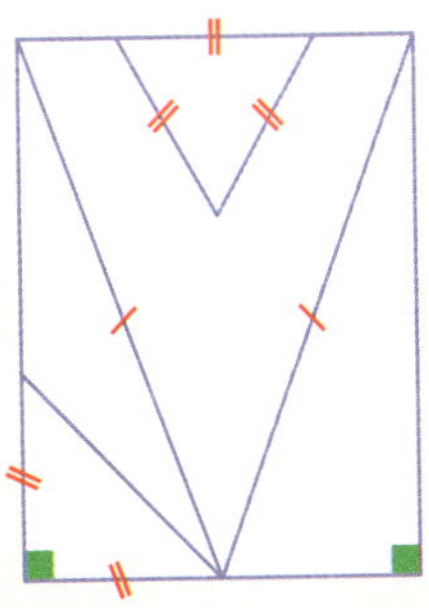

7 Nommer tous les triangles présents sur cette figure et préciser la nature de chacun d'eux.

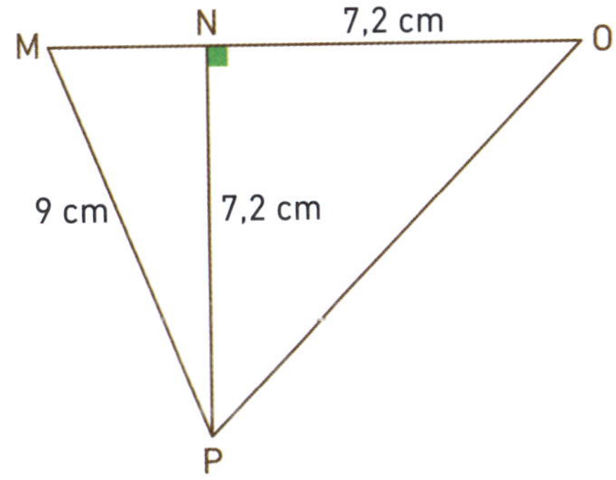

MNP triangle rectangle en N ;

NOP triangle isocèle rectangle en N ;

MPO triangle quelconque.

8 Trouver la longueur du segment [KL]. Justifier.

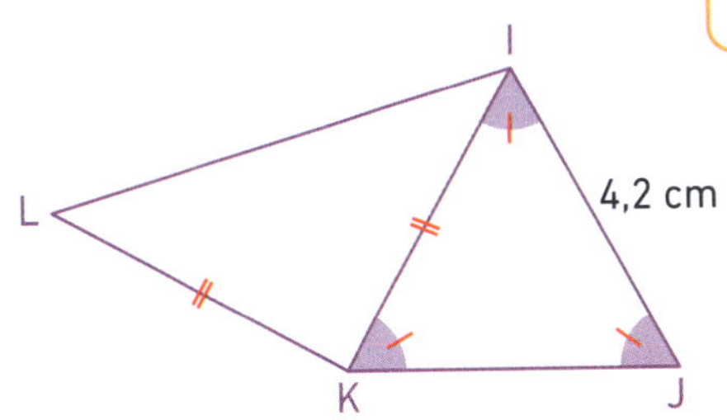

Le triangle IJK a trois angles égaux, il est donc équilatéral.

Donc IK = IJ = 4,2 cm.

Le codage indique que le triangle ILK est isocèle en K donc KL = IK = 4,2 cm.

9 Vidéo

Automatismes

Dans chaque cas, déterminer si possible la longueur AB :

a

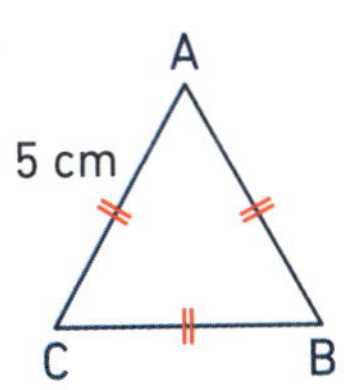

b

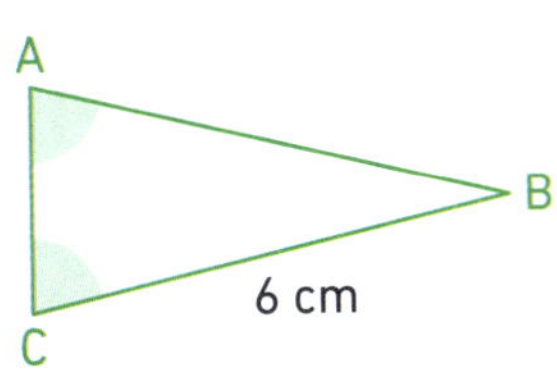

c

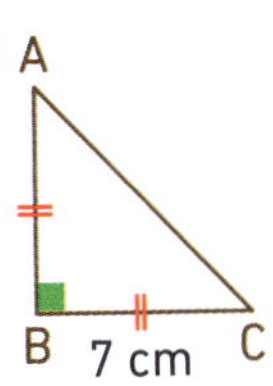

d

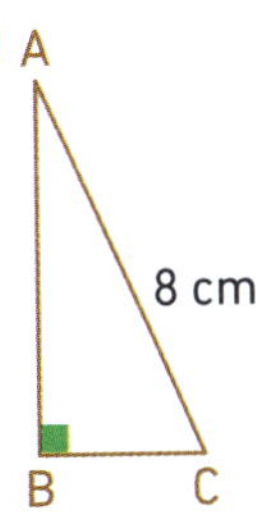

a AB = 5 cm **b** AB = 6 cm **c** AB = 7 cm

d On ne peut pas déterminer AB.

Évaluation

37 Construire des triangles quelconques ou particuliers

Je retiens

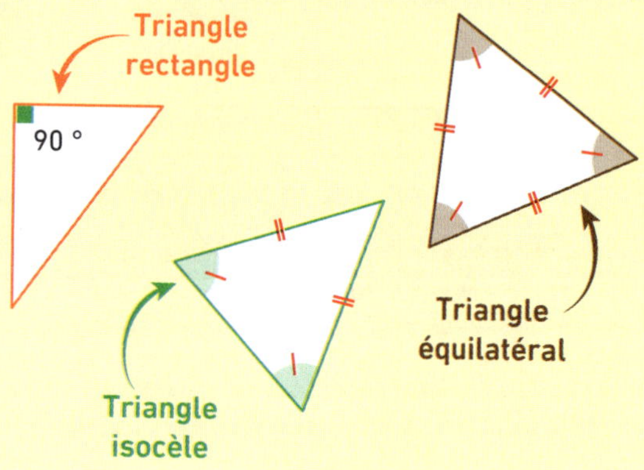

Je prends un bon départ

1 Questions de vocabulaire

Compléter les phrases avec les mots qui conviennent.

a. Je suis un triangle avec ....trois.... côtés de même ..longueur... Je suis un triangle équilatéral.

b. Je suis un triangle avec deux ....côtés.... de même longueur. Je suis un triangle ...isocèle....

c. Je suis un triangle. Deux de mes côtés forment un .angle droit.. On dit que je suis un triangle rectangle.

d. Un triangle peut être à la fois ....isocèle.... et ..rectangle...

2

Dessiner à main levée un triangle ABC rectangle en A, un triangle DEF isocèle en D, un triangle GHI équilatéral et un triangle JKL isocèle rectangle en K.

Indiquer les codages des longueurs, des angles égaux et des angles droits.

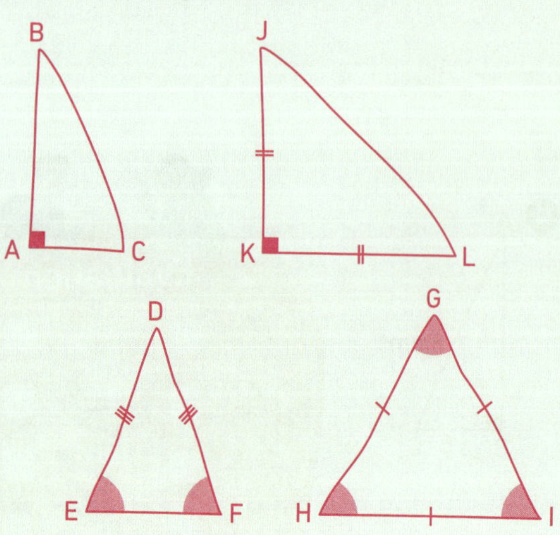

3 Je découvre et je fais

Je découvre une méthode

Construire un triangle ABC tel que AB = 4 cm, AC = 5 cm et BC = 6 cm.

On fait un schéma à main levée.

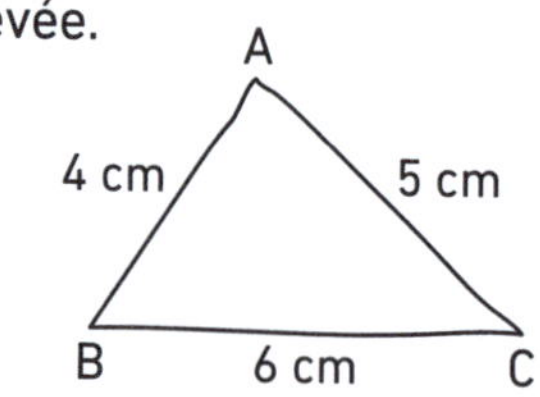

Pour construire le triangle en vraie grandeur, on commence par tracer un segment [BC] de longueur 6 cm. On trace ensuite avec le compas un arc de cercle de centre C et de rayon 5 cm. On trace également un arc de cercle de centre B et de rayon 4 cm.
A est un point d'intersection de ces arcs de cercle.

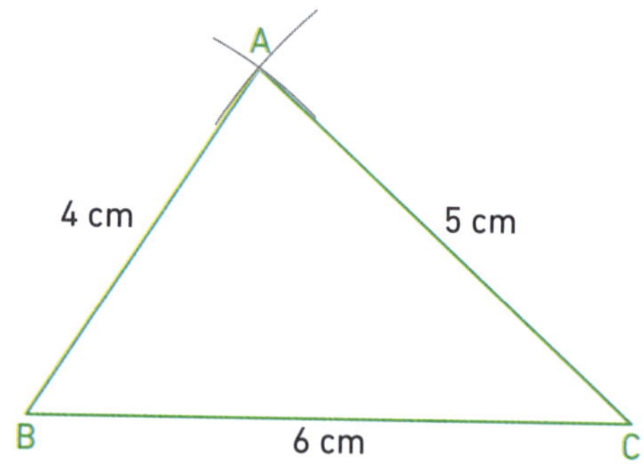

Je fais tout(e) seul(e)

Construire un triangle DEF isocèle en D tel que EF = 5,6 cm et DE = 4,2 cm.

On fait un schéma à main levée.

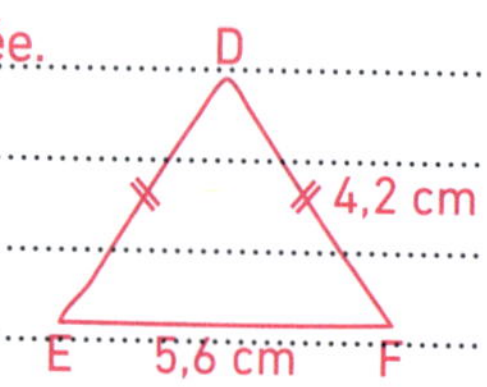

Pour construire le triangle DEF en vraie grandeur, on commence par tracer un segment [EF] de longueur 5,6 cm. On trace ensuite un arc de cercle de centre E et de rayon 4,2 cm. On trace également un arc de cercle de centre F et de rayon 4,2 cm.
D est un point d'intersection de ces arcs de cercle.

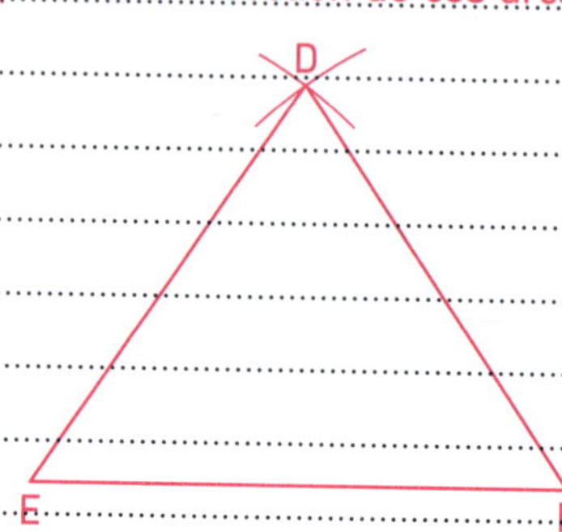

4 Construire le triangle ABC isocèle en C avec AC = BC = 5 cm à partir du segment [AB] déjà tracé :

Coup de pouce

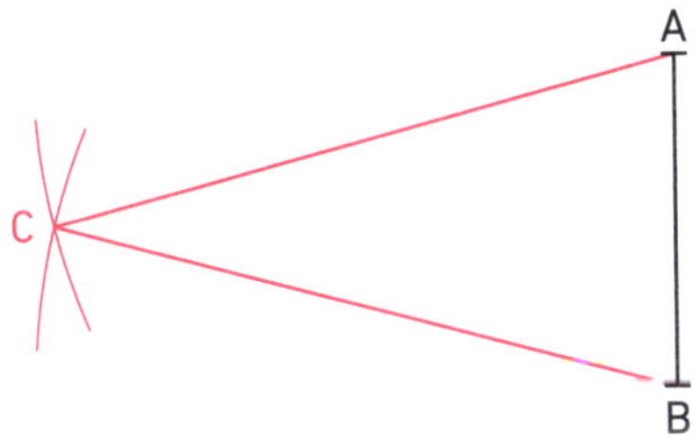

5 Construire un triangle équilatéral RTI de côté 4 cm et coder ses angles.

Coup de pouce

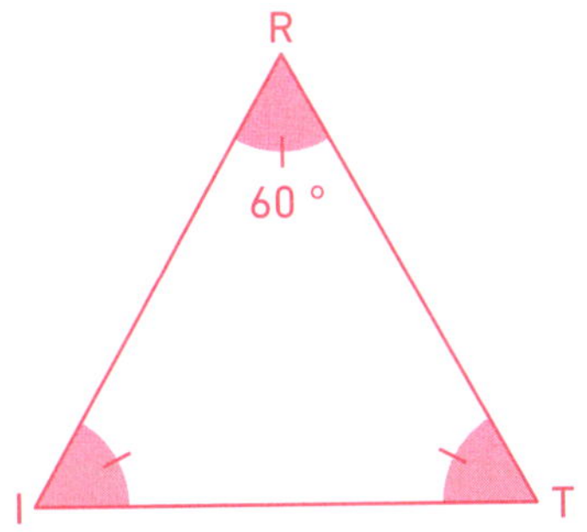

6 Construire un triangle POM isocèle en O de périmètre 14 cm et tel que PM = 6 cm.

Coup de pouce

On réalise un schéma à main levée.
PO + OM = 14 − 6 = 8 cm.
Or PO = OM
donc PO = 8 : 2 = 4 cm.

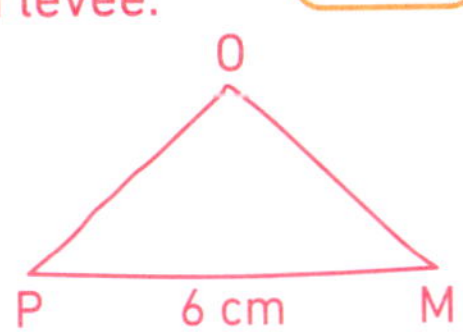

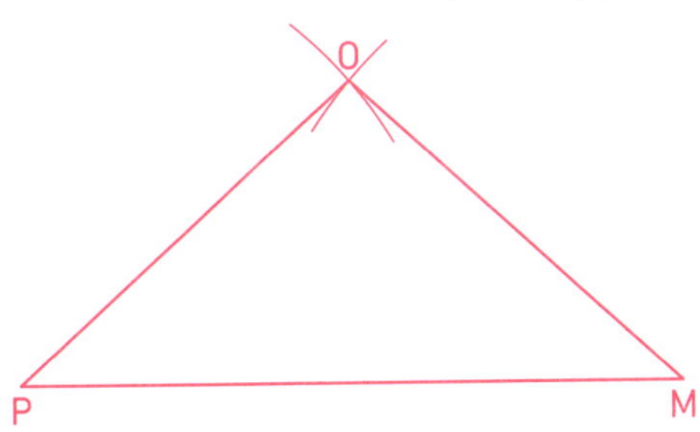

7 Construire un triangle EDF rectangle en D tel que DE = 2,5 cm et DF = 5,5 cm.

Coup de pouce

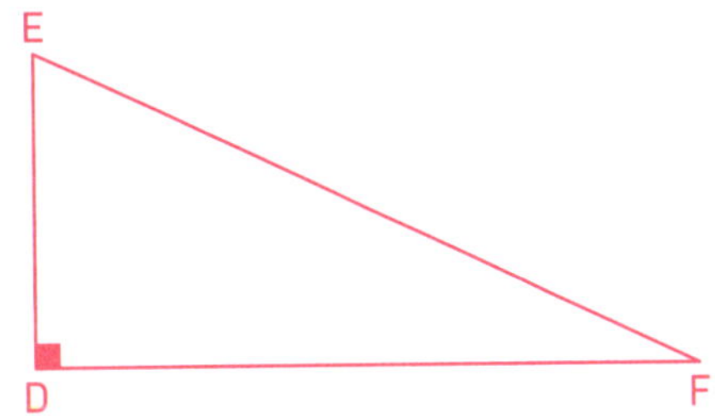

8 Reproduire cette figure, composée de triangles équilatéraux, en multipliant par 2 chaque longueur.

Coup de pouce

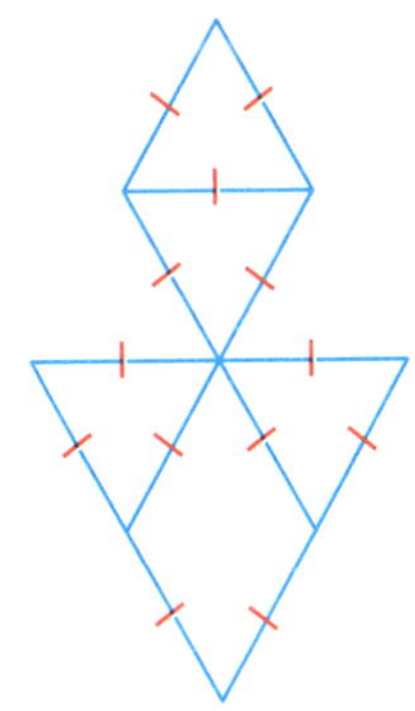

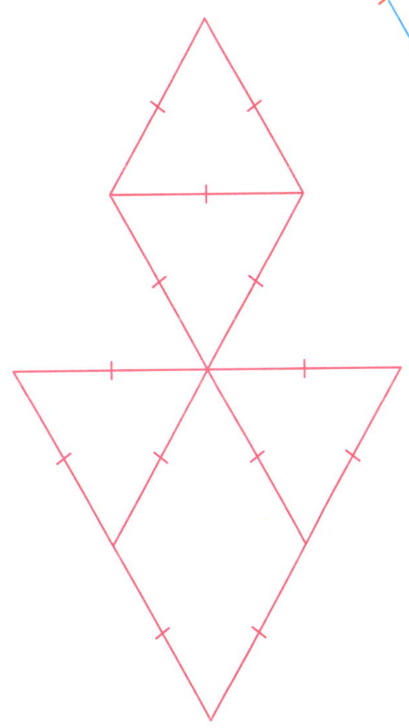

9 Vidéo

Automatismes

Placer des points A, B, C et D pour que :
– AEF soit rectangle en E ;
– BEF soit isocèle en B ;
– CEF soit isocèle en F ;
– DEF soit équilatéral.

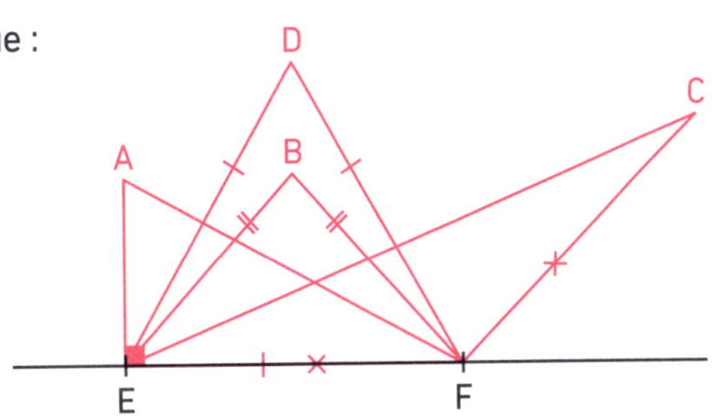

38 Reconnaître et coder des quadrilatères particuliers

Je retiens

Un polygone qui possède quatre côtés s'appelle un quadrilatère.

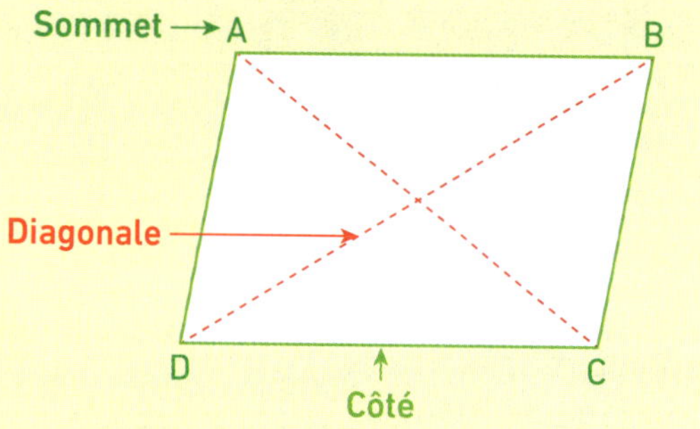

Je prends un bon départ

1 Questions de vocabulaire

Compléter les phrases avec les mots qui conviennent.

a. Je suis un quadrilatère avec mes quatre côtés égaux : je suis ......un losange.......

b. Je suis un quadrilatère avec quatre angles droits : je suis ......un rectangle.......

c. Mes quatre côtés sont égaux et j'ai quatre angles droits : je suis ......un carré.......

2 Sur chaque dessin, ajouter les codages nécessaires pour indiquer la nature des quadrilatères.

a. Un losange **b.** Un rectangle **c.** Un carré

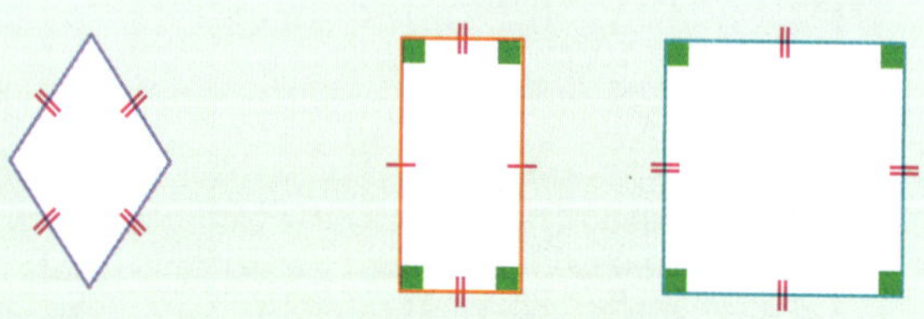

3 Dans chaque cas, reconnaître les figures faites à main levée.

a.

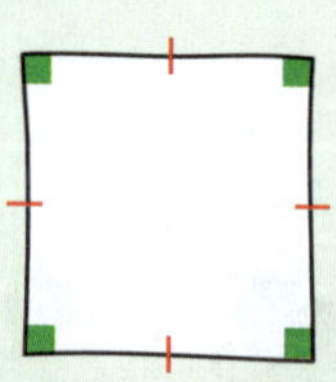

......Un carré......

b.

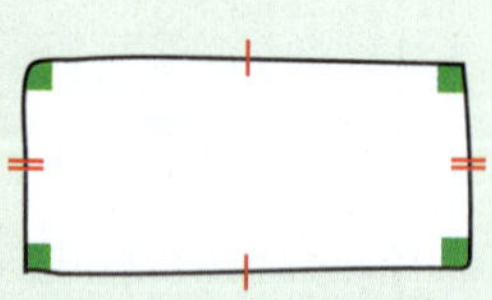

......Un rectangle......

c.

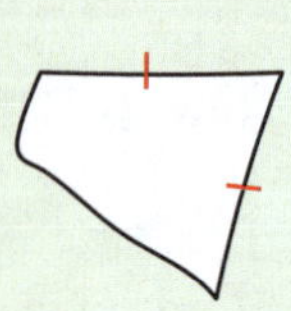

......Un quadrilatère quelconque......

d.

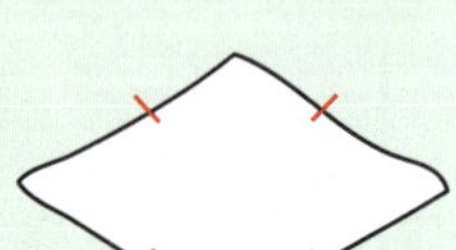

......Un losange......

4 Je découvre et je fais

Vidéo

Je découvre une méthode

Les deux quadrilatères ci-dessous ont un périmètre de 24 cm. Retrouver les longueurs notées ?.

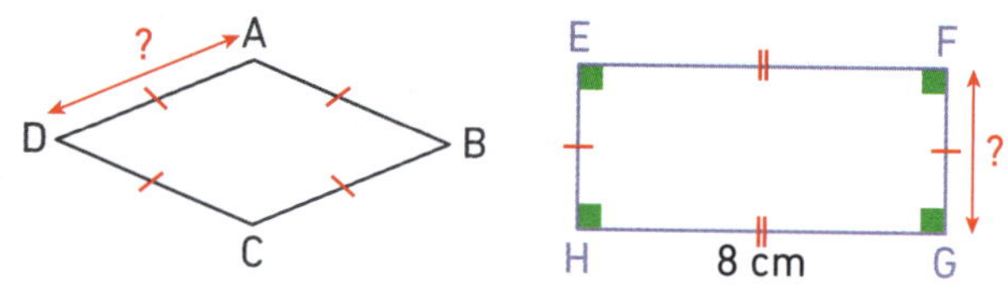

- D'après le codage, le quadrilatère ABCD est un losange donc ses quatre côtés ont la même longueur. Pour trouver la longueur d'un de ses côtés, on divise 24 par 4 et on obtient 6.
DA = 6 cm.
- D'après le codage, le quadrilatère EFGH est un rectangle donc ses côtés opposés ont la même longueur.
EF = GH = 8 cm.
FG = HE = (24 – 8 – 8) : 2 = 4 cm.

Je fais tout(e) seul(e)

Les deux quadrilatères ci-dessous ont un périmètre de 30 cm. Retrouver les longueurs notées ?.

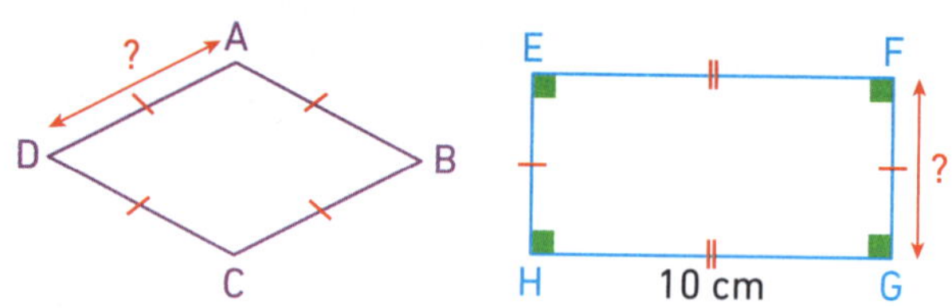

• D'après le codage, le quadrilatère ABCD est un losange donc ses quatre côtés ont la même longueur.
Pour trouver la longueur d'un de ses côtés, on divise donc 30 par 4 et on obtient 7,5.
DA = 7,5 cm.
• D'après le codage, le quadrilatère EFGH est un rectangle donc ses côtés opposés ont la même longueur.
EF = GH = 10 cm.
FG = HE = (30 – 10 – 10) : 2 = 5 cm.

5 Observer les codages et entourer les rectangles en bleu et les losanges en vert.

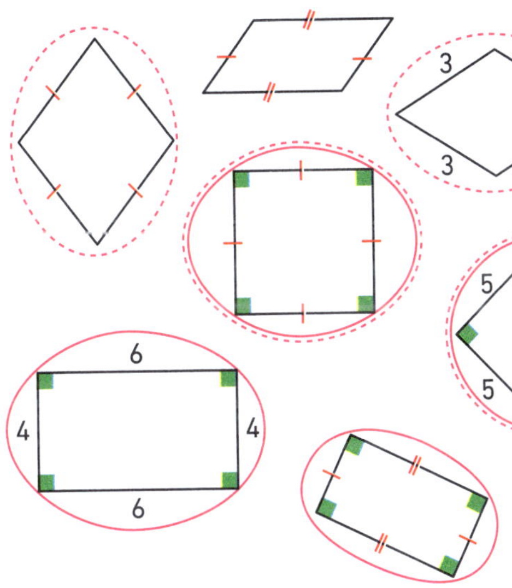

6 Donner la nature exacte de chacune des figures :

a.

Rectangle

b.

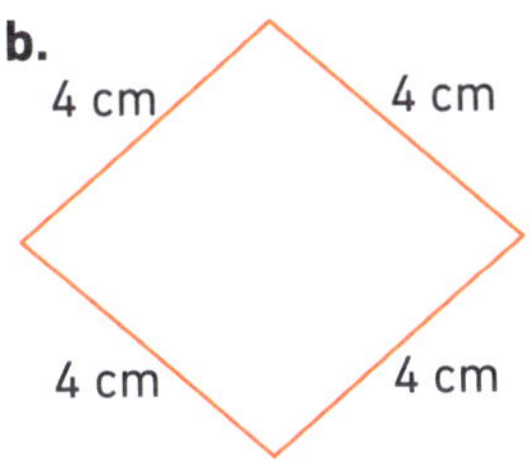

Losange

c.

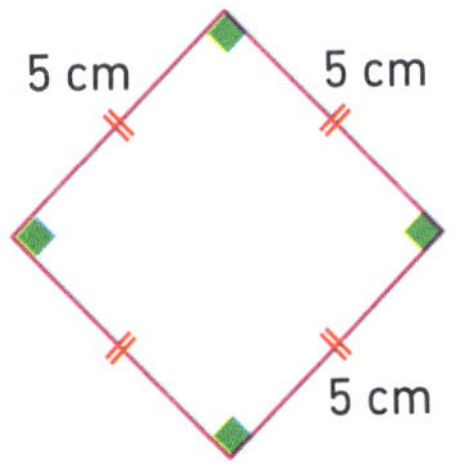

Carré

d.

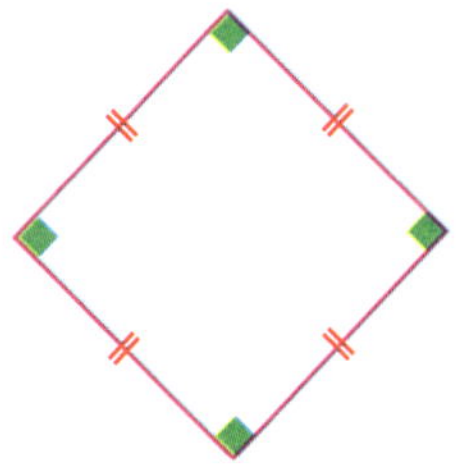

Carré

7 Dans la figure, donner le nom :

– de deux rectangles : ADFI et BCGH ;

– d'un losange : BEHJ ;

– de deux carrés : ABHI et BDFH.

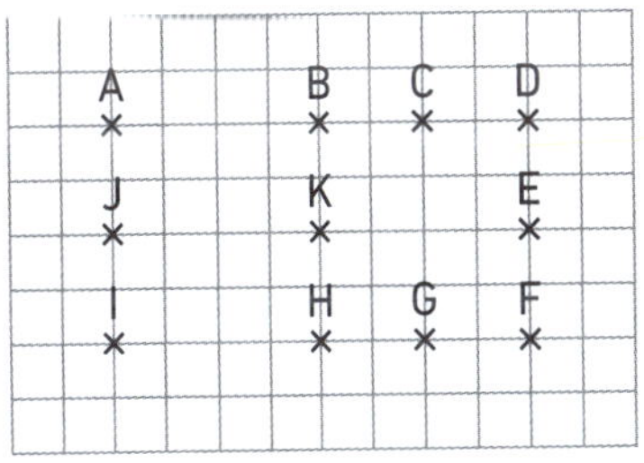

8 Le professeur Myriadus a programmé un algorithme avec le logiciel Scratch. Tracer la figure obtenue avec ce programme en prenant 1 cm pour 5 pas.

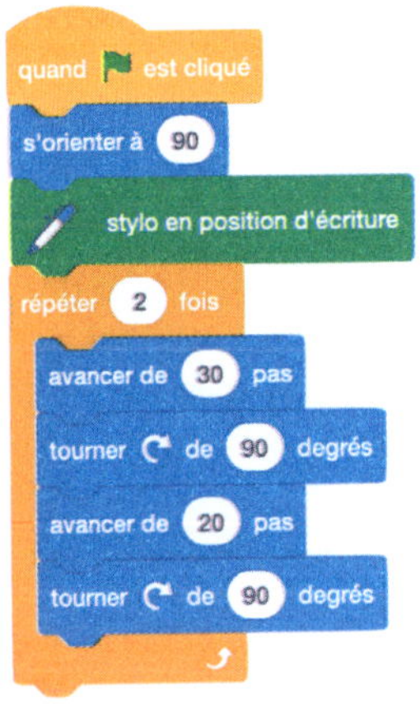

9 **Automatismes**

Dans chaque cas, déterminer si possible la longueur AB.

a

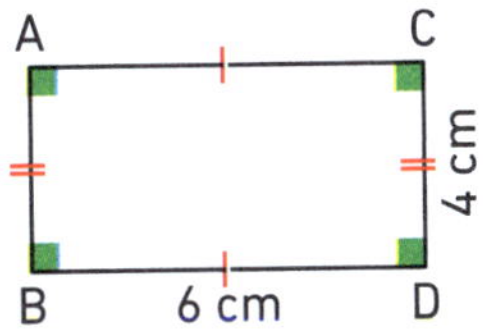

b

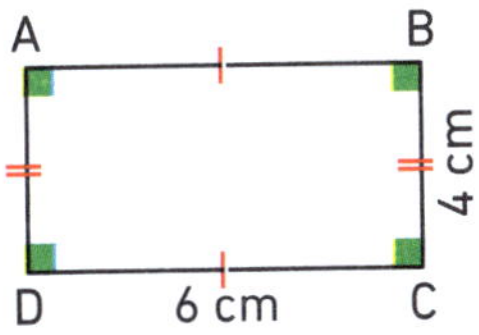

c

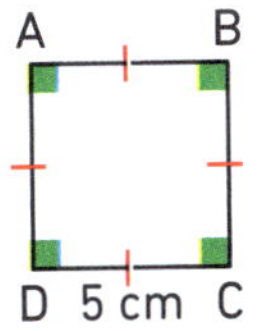

d

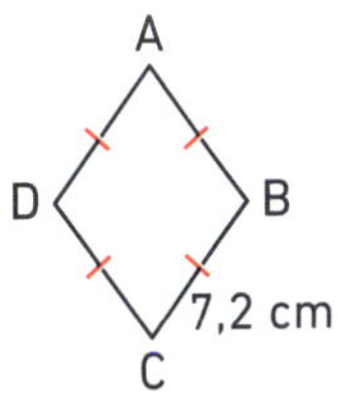

a AB = 4 cm ; **b** AB = 6 cm ; **c** AB = 5 cm ; **d** AB = 7,2 cm.

39 Construire des quadrilatères particuliers

Je retiens

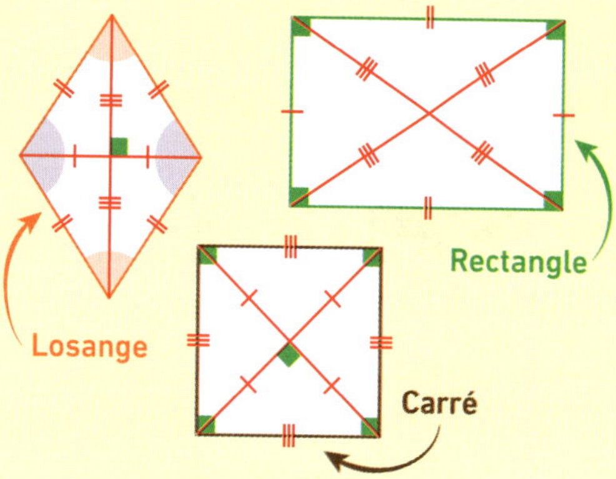

Je prends un bon départ

1 Questions de vocabulaire

Compléter les phrases avec les mots qui conviennent.

a. Je suis un quadrilatère dont les diagonales se coupent en leur milieu et sont de même longueur : je suis un rectangle.

b. Je suis un quadrilatère dont les diagonales se coupent en leur milieu et sont perpendiculaires : je suis un losange.

2

À main levée, dessiner un losange ABCD, un rectangle EFGH, un carré IJKL et leurs diagonales. Coder les longueurs égales et les angles droits de ces figures.

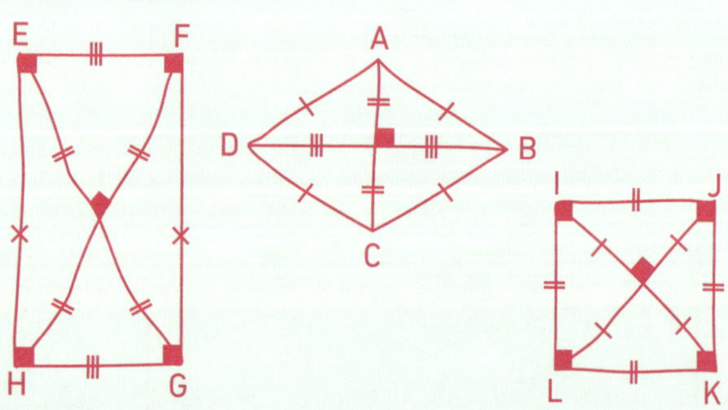

3

À partir du point M, construire un carré MNOP de côté 3,5 cm.

4 Je découvre et je fais

Vidéo

Je découvre une méthode

Construire un rectangle ABCD tel que AB = 3 cm et AD = 5 cm.

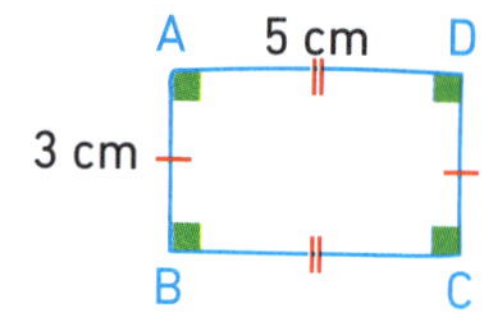

- On réalise un schéma à main levée pour commencer.
- Pour construire le rectangle en vraie grandeur, on commence par tracer un segment [AB] de longueur 3 cm.
- On trace ensuite une demi-droite passant par A et perpendiculaire à [AB] sur laquelle on place un point D à 5 cm de A.
- Puis on trace une demi-droite passant par B et perpendiculaire à [AB] sur laquelle on place un point C à 5 cm de B.
- Enfin, on trace le segment [DC].

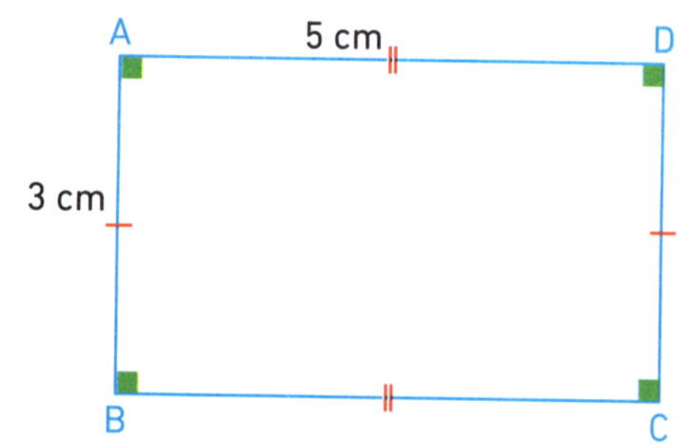

Je fais tout(e) seul(e)

Construire un rectangle EFGH tel que EF = 3,2 cm et EH = 5,3 cm.

- On réalise un schéma à main levée.

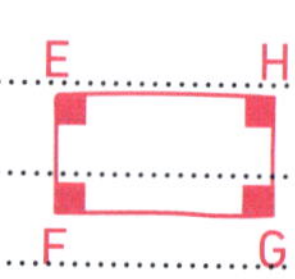

- Pour construire le rectangle en vraie grandeur, on commence par tracer un segment [EF] de longueur 3,2 cm.
- On trace ensuite une demi-droite passant par E et perpendiculaire à [EF] sur laquelle on place un point H à 5,3 cm de E.
- Puis on trace une demi-droite passant par F et perpendiculaire à [EF] sur laquelle on place un point G à 5,3 cm de F.
- Pour finir, on trace le segment [HG].

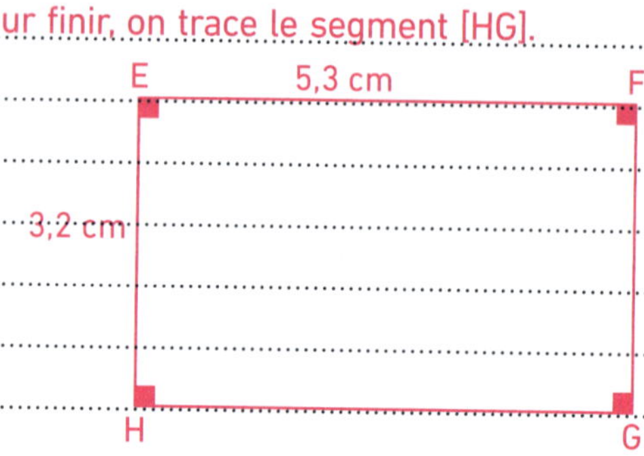

5 Construire ce rectangle en vraie grandeur.

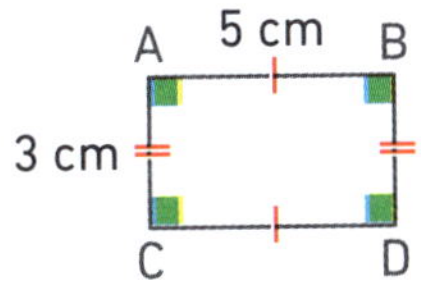

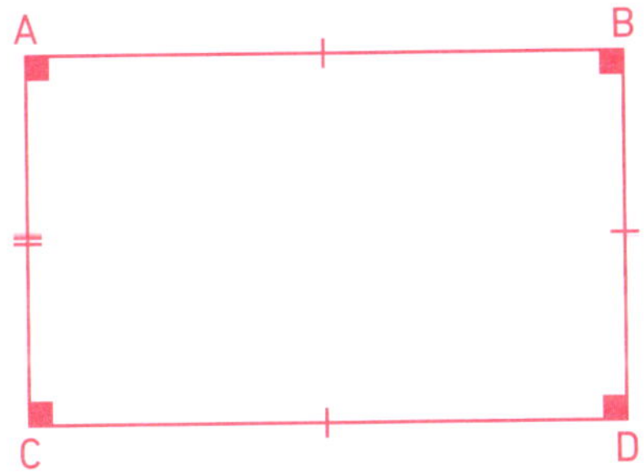

6 Construire ce losange en vraie grandeur.

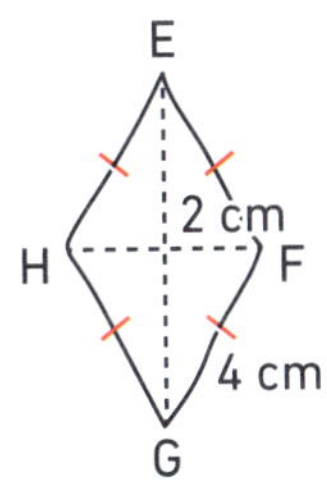

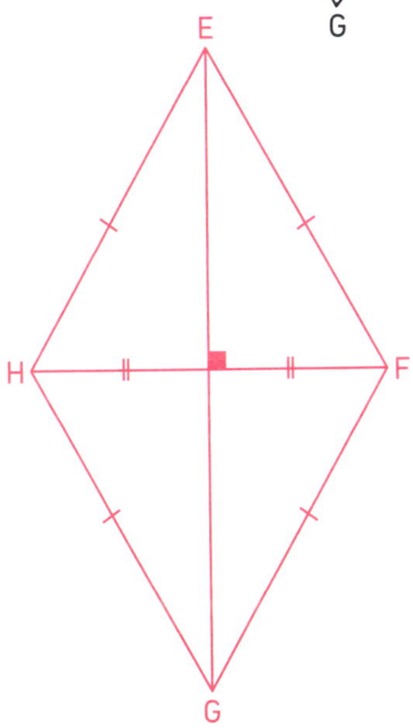

7 Construire un rectangle DEFG tel que DE = 6 cm et DF = 8 cm.

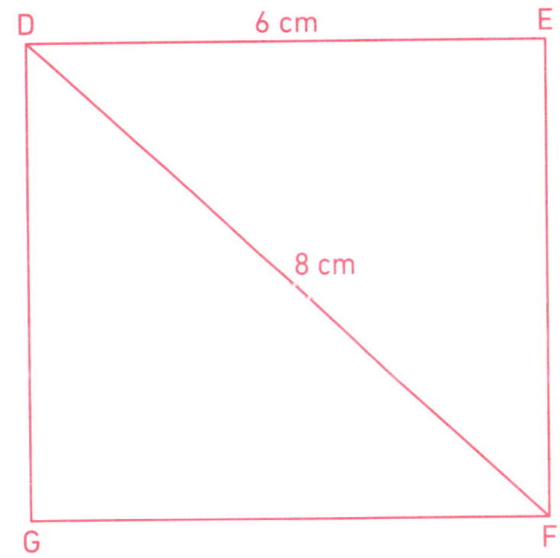

8 **1.** Construire un carré TRAM de côté 4 cm.

2. Placer le point O à l'intersection des diagonales de ce carré.

3. Placer le point N tel que OMNA forme un autre carré.

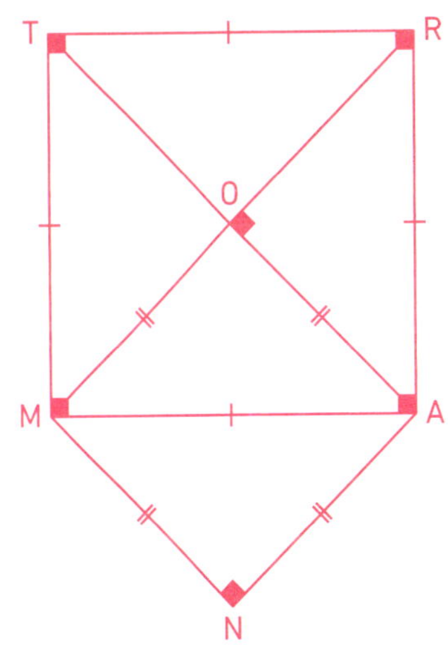

9 Vidéo

Automatismes

Construire les points D, E, F et G tels que ABDE et BCFG soient des carrés.

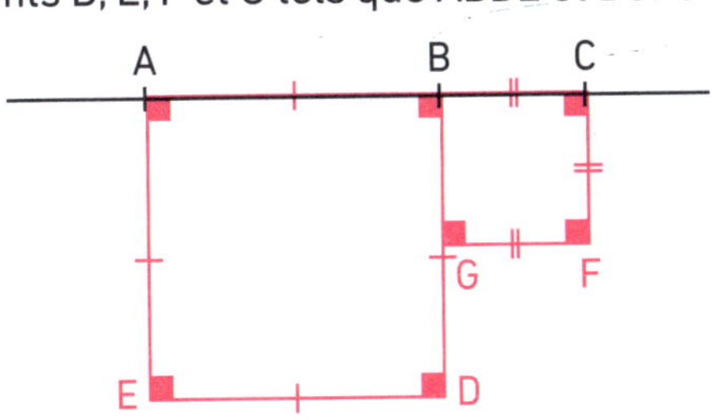

Problèmes

1 Deux carrés Fiches 38 et 39

Coup de pouce

1. Construire les points A et B tels que ABYX soit un carré.

2. Construire les points C et D tels que XCYD soit un carré.

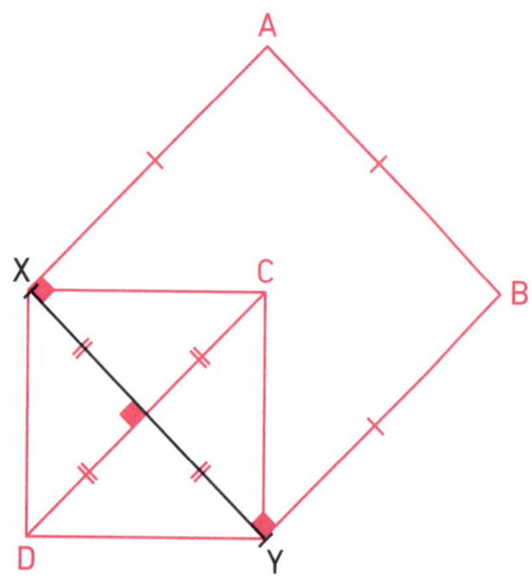

2 Figure téléphonée

Fiches 36, 37, 38 et 39

Coup de pouce

Martin téléphone à son ami Basile pour lui demander ce qu'ils ont fait en cours de maths en son absence. Basile lui répond qu'ils ont construit une figure de géométrie…
Aider Basile à décrire la figure par un programme de construction permettant à Martin de la reproduire à l'identique.

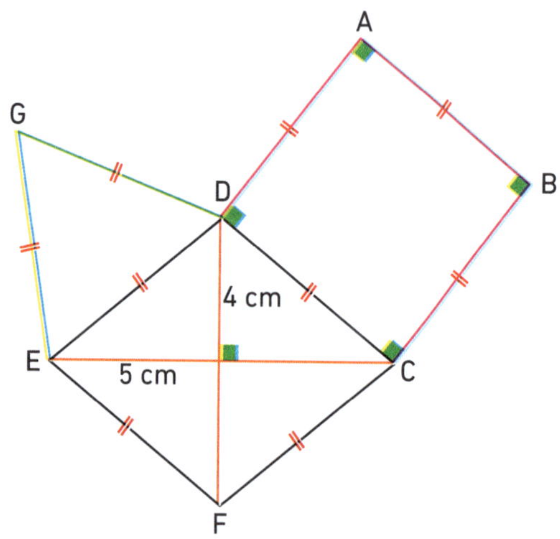

– Trace un losange EDCF tel que la diagonale [DF] mesure 8 cm et la diagonale [EC] mesure 10 cm.
– À l'extérieur de ce losange, place les points A et B tels que ABCD soit un carré.
– À l'extérieur du losange EDCF, place un point G tel que GDE soit un triangle équilatéral.
– Enfin, code la figure obtenue pour indiquer les longueurs égales et les angles droits.

3 Découpage Fiches 36 et 38

Coup de pouce

Alix fait des cookies de forme originale. Comment peut-elle décrire au mieux ce cookie à son ami Tom en faisant appel à des figures géométriques ?

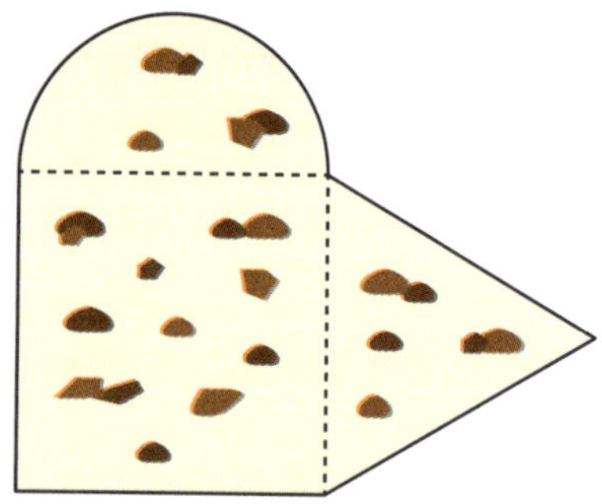

Le cookie est composé de trois parties : un carré, un demi-disque dont le diamètre est un côté du carré et un triangle équilatéral dont la base est un autre côté du carré.

4 Le Tangram Fiches 36 et 38

Coup de pouce

Avec les sept pièces de son Tangram, Léa réussit à faire un superbe avion.

Elle veut maintenant ranger ces sept pièces dans son cadre carré. Aider Léa à reformer ce carré.

5 Beaucoup de triangles... Fiches 38 et 39

Coup de pouce

1. Tracer un cercle de centre O et de rayon 3 cm.
2. Tracer un diamètre [AB] de ce cercle.
3. Placer un point C sur le cercle tel que AC = 3 cm.
4. Placer un point D de telle façon que O soit le milieu de [CD].
5. Tracer le quadrilatère ADBC.

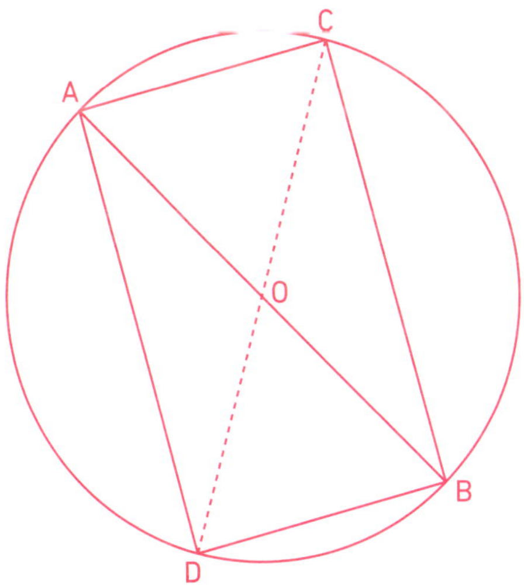

6. Quelle est la nature de ce quadrilatère ? Expliquer.

ADBC est un rectangle car il a les deux diagonales qui ont le même milieu O et les diagonales qui ont la même longueur de 6 cm.

7. Quelle est la nature du triangle AOC ? Expliquer.

AOC est un triangle équilatéral car tous ses côtés ont la même longueur 3 cm.

6 Triangles et losanges Fiches 36 et 38

Coup de pouce

1. Voici un réseau de 10 points situés à égale distance les uns des autres :

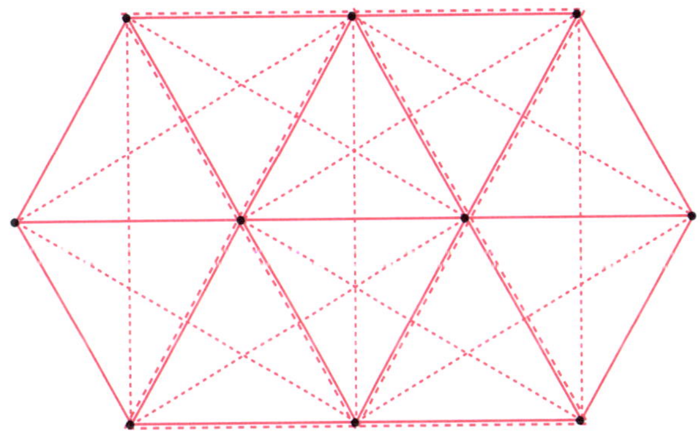

Combien de triangles équilatéraux peut-on tracer en joignant trois points de ce réseau ?

16 triangles (10 petits + 6 grands)

2. Combien de rectangles peut-on tracer ?

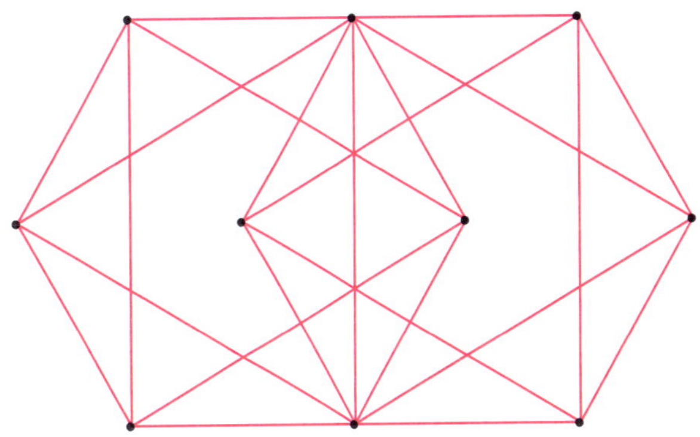

7 (6 identiques et un grand qui englobe les deux rectangles verticaux).

7 Tâche complexe

CHERCHER 1 2 3 4 | MODÉLISER 1 2 3 4 | REPRÉSENTER 1 2 3 4 | RAISONNER 1 2 3 4 | CALCULER 1 2 3 4 | COMMUNIQUER 1 2 3 4

On dispose de neuf carreaux carrés :

- trois de 1 cm de côté
- trois de 1,5 cm de côté
- trois de 2 cm de côté

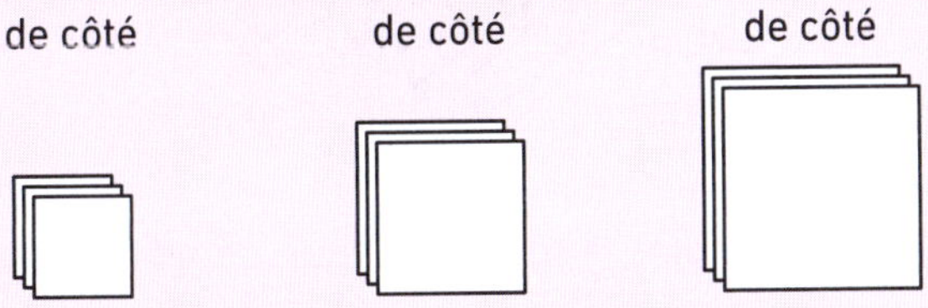

En collant bord à bord cinq carreaux exactement, tracer tous les rectangles que l'on peut obtenir.

Il y a trois rectangles possibles, à une disposition près.

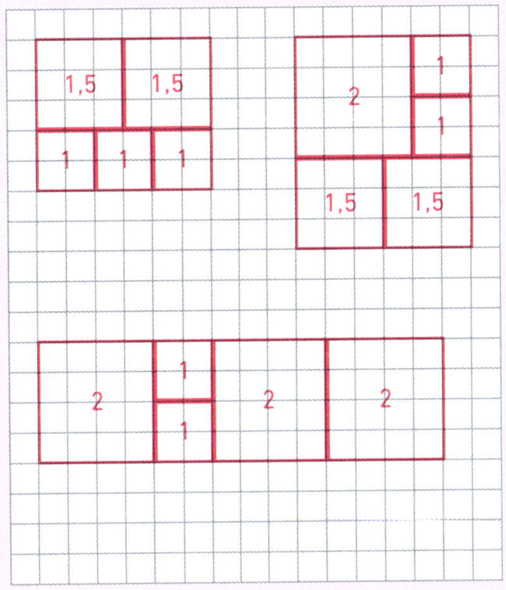

40 Calculer le périmètre d'un polygone

Je retiens

Le périmètre d'un polygone est la somme des longueurs de ses côtés.

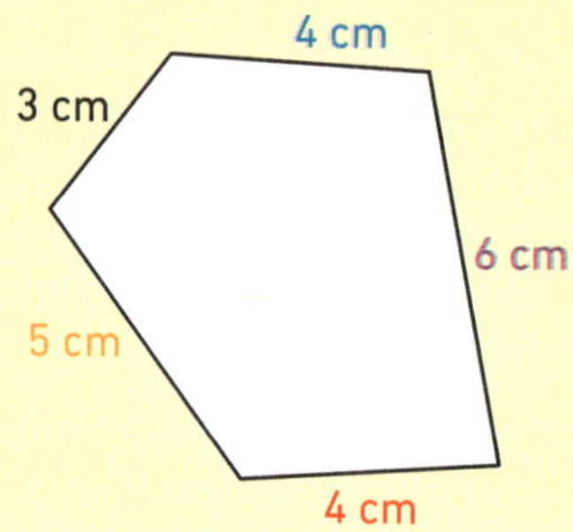

Périmètre
$= 4 + 6 + 4 + 5 + 3$
= 22 cm

Je prends un bon départ

1 Questions de vocabulaire

Compléter la phrase suivante :

Calculer le ....périmètre.... d'une figure revient à ....additionner.... les ....longueurs.... de tous les ....côtés.... de cette ....figure.....

2 Reporter chaque longueur des côtés de la figure ci-dessous, les uns après les autres sur la demi-droite, puis mesurer le périmètre de cette figure.

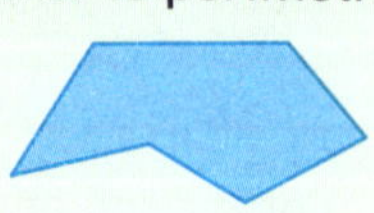

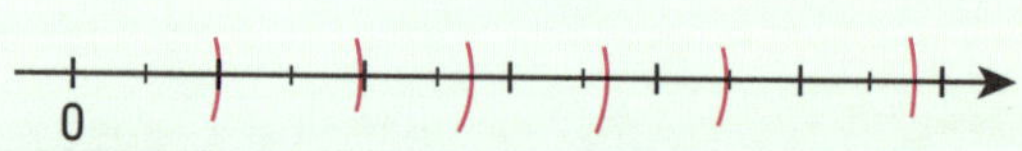

Le périmètre de la figure est égal à ....5,8.... cm.

3 Dans cette grille, les côtés des carreaux mesurent 1 unité.

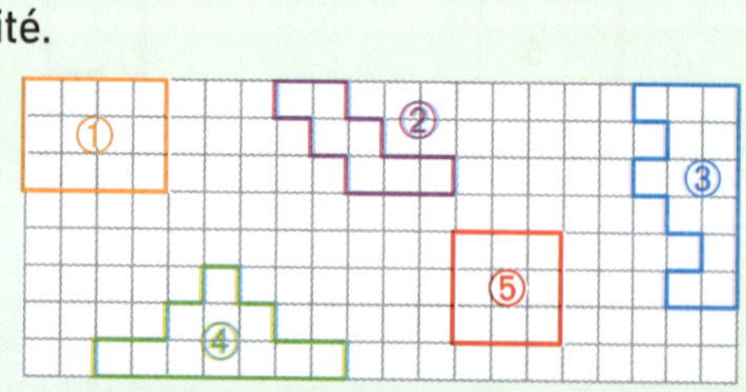

Combien mesure le périmètre de chaque figure ?
Relier chaque périmètre à sa juste valeur :

Périmètre de la figure ① •	• 20 unités
Périmètre de la figure ② •	• 14 unités
Périmètre de la figure ③ •	• 12 unités
Périmètre de la figure ④ •	• 22 unités
Périmètre de la figure ⑤ •	• 16 unités

4 Je découvre et je fais

Vidéo

Je découvre une méthode

L'entraîneur demande à Karim et Enzo de repasser les contours du terrain de football à la bombe de peinture car les lignes ne se voient plus.

1. Calculer la longueur du contour du terrain.

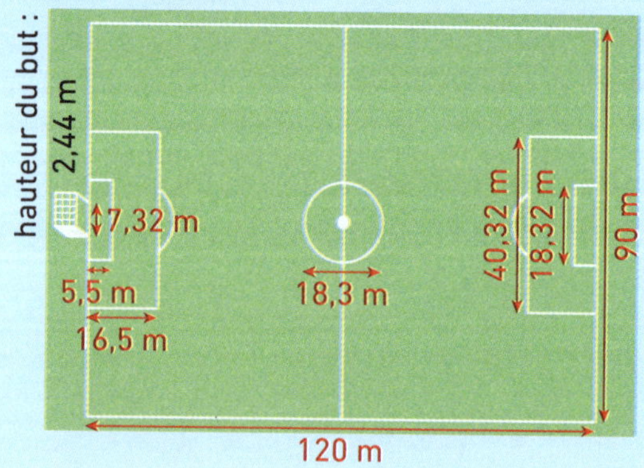

Karim sait que la longueur du contour se calcule en additionnant les longueurs de chaque côté, il effectue donc le calcul suivant : $120 + 90 + 120 + 90 = 420$.
Ils doivent donc repasser 420 m de lignes.

2. Combien de bombes faudra-t-il sachant qu'une bombe peut peindre 70 m ?

Enzo calcule $420 : 70 = 6$.
Il pense donc qu'il leur faudra six bombes de peinture.

Je fais tout(e) seul(e)

Olivier, Marc, Élisa et Malik veulent mettre un filet autour du terrain de Padel Tennis de leur ville afin de le protéger des projections de cailloux et d'herbe venues de l'extérieur.

1. De quelle longueur de filet ont-ils besoin ?

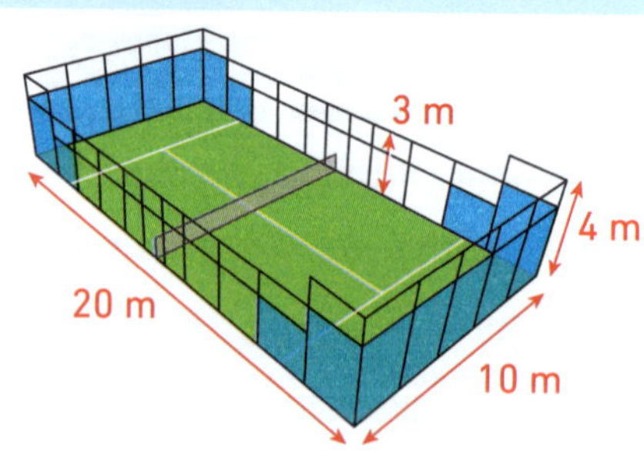

Élisa va calculer le tour du terrain en additionnant la longueur de tous les côtés.
Elle effectue donc ce calcul : 20 + 10 + 20 + 10 = 60.
Ils auront besoin de 60 m de filet pour faire le tour du terrain de Padel.

2. Un rouleau de filet fait 15 m de long. Combien en faudra-t-il ?

Élisa effectue 60 : 15 = 4. Elle pense donc qu'il leur faudra quatre rouleaux.

5 Écrire le calcul à faire pour déterminer le périmètre de ces figures, puis l'effectuer.

Coup de pouce

a. Rectangle

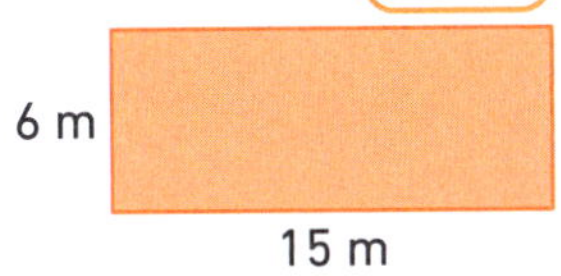

Périmètre = 15 + 6 + 15 + 6 = 42.

Le périmètre du rectangle est égal à 42 m.

b. Triangle rectangle

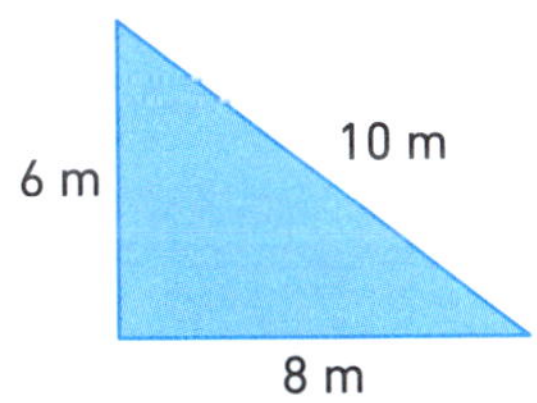

Périmètre = 10 + 8 + 6 = 24.

Le périmètre du triangle est égal à 24 m.

c. Carré

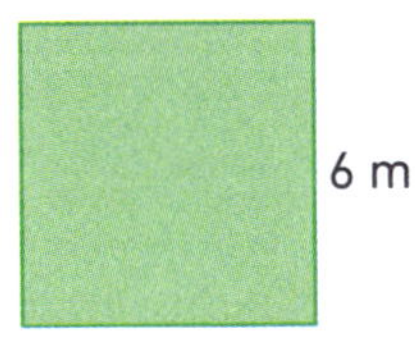

Périmètre = 6 + 6 + 6 + 6 = 24.

Le périmètre du carré est égal à 24 m.

6 Compléter :

Coup de pouce

a. 4 m = 40 dm

b. 15 m = 1 500 cm

c. 13 m = 13 000 mm **d.** 29 m = 2,9 dam

e. 32 m = 0,32 hm **f.** 37 m = 0,037 km

7 Compléter :

Coup de pouce

a. 6 km = 6 000 m

b. 26 dm = 2,6 m

c. 24 dam = 240 m **d.** 12 mm = 0,012 m

e. 27 hm = 2 700 m **f.** 7 cm = 0,07 m

8 Compléter :

Coup de pouce

a. 47 cm = 4,7 dm

b. 314 dm = 3,14 dam

c. 8 m = 800 cm **d.** 29 hm = 2,9 km

e. 0,45 dam = 450 cm **f.** 3,58 km = 358 dam

9 Ranger dans l'ordre croissant les valeurs dans les étiquettes en coloriant la bande ci-dessous :

Coup de pouce

- 32,5 dam
- 33 m
- 3 219 dm
- 3,2 hm
- 3 740 cm

Rouge	Gris	Vert	Jaune	Bleu

Il faut convertir dans la plus petite unité.
On garde donc 3 740 cm.
32,5 dam = 32 500 cm ; 33 m = 3 300 cm ;
3 219 dm = 32 190 cm ; 3,2 hm = 32 000 cm.

10 Toutes les figures ont le même périmètre. Calculer les longueurs manquantes :

Coup de pouce

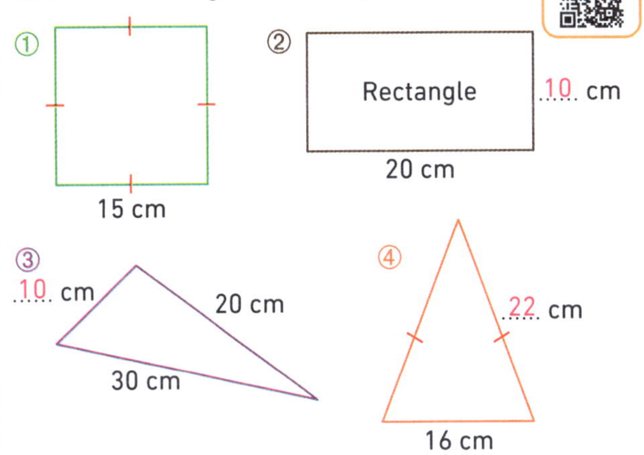

La figure ① est un carré de 15 cm de côté donc son périmètre est égal à 4 × 15 = 60 cm.
La figure ② est un rectangle donc 2 × 20 = 40 cm.
Il manque 60 – 40 = 20 cm pour finir le tour.
La largeur est donc égale à 20 : 2 = 10 cm.
Figure ③ La somme des deux côtés connus donne 30 + 20 = 50 cm, il manque donc 60 – 50 = 10 cm.
Figure ④ Le triangle est isocèle donc la somme des deux côtés égaux est égale à 60 – 16 = 44 cm.
Chaque côté manquant mesure 44 : 2 = 22 cm.

11 Vidéo

Automatismes

a Quel est le périmètre d'un carré de côté 5 cm ?

Périmètre = 4 × 5 = 20 cm.

b Quel est le périmètre d'un rectangle de longueur 25 cm et de largeur 8 cm ?

Périmètre = 2 × 25 + 2 × 8
= 50 + 16 = 66.

c Quel est le périmètre d'un triangle équilatéral de côté 9 cm ?

Périmètre = 3 × 9 = 27 cm.

d Quel est le périmètre d'un triangle ISO isocèle en S tel que SO = 6 cm et IO = 10 cm ?

Périmètre = 2 × 6 + 10 = 22 cm.

41 Calculer la longueur d'un cercle

Je retiens

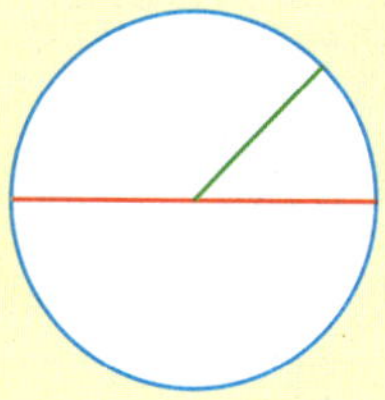

$\pi \approx 3{,}14$

- Diamètre = 2 × Rayon
- Circonférence = π × Diamètre

ou

- Circonférence = 2 × π × Rayon

Je prends un bon départ

1 Questions de vocabulaire

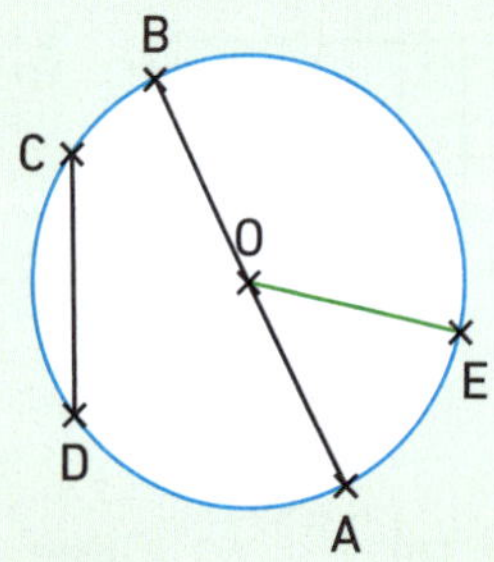

Cette figure est un ...cercle....

Le point O est le ...centre... de ce cercle.

Le segment [OE] est un ...rayon....

Le segment [BA] est un ...diamètre....

Le segment [DC] est une ...corde....

2 Si la circonférence du cercle bleu est égale à 20 m, quelles seront les longueurs des arcs de cercle rouge et vert ?

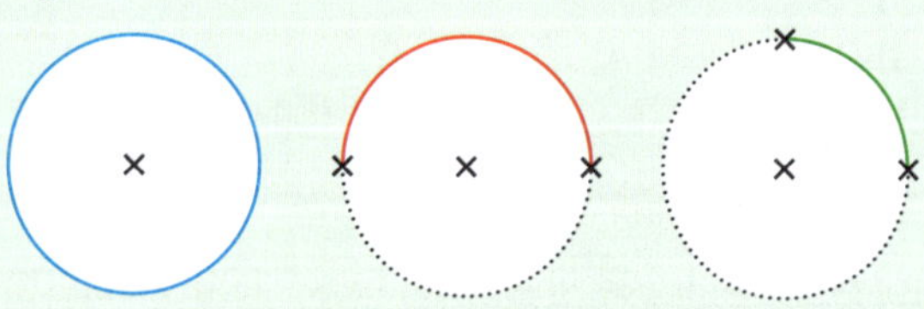

Arc rouge = la moitié de la circonférence du cercle bleu, soit 10 m.

Arc vert = le quart de la circonférence du cercle bleu, soit 5 m.

3 Les trois cercles ci-dessous ont une circonférence égale à 16 cm. Colorier en bleu sur le premier cercle un arc de cercle de 8 cm, en rouge sur le deuxième cercle un arc de longueur 12 cm et en vert sur le troisième cercle un arc de 2 cm.

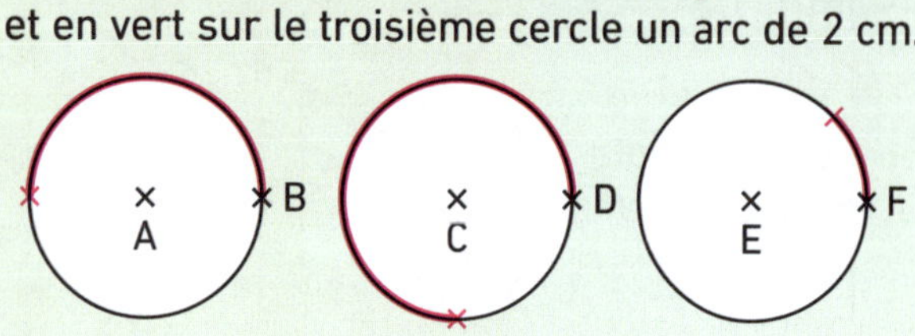

4 Je découvre et je fais

Vidéo

Je découvre une méthode

– C'est une révolte ?
– Non, Sire, c'est une révolution.
Duc de La Rochefoucauld, 1789.

La Lune tourne autour de la Terre sur une trajectoire quasi-circulaire.

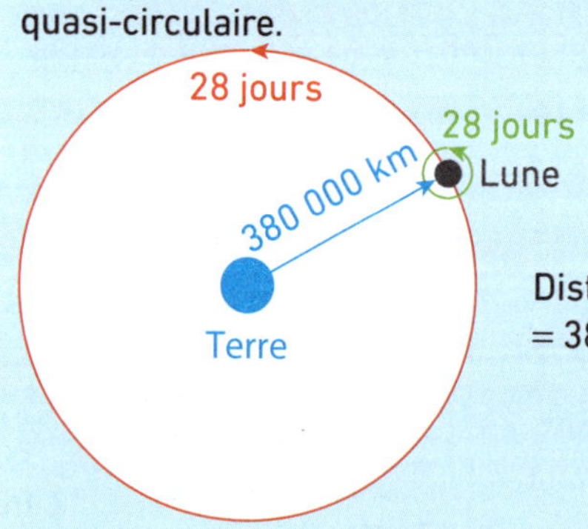

Distance Terre/Lune = 380 000 km

Quelle distance parcourt la Lune en un jour, sachant qu'elle met environ 28 jours (cycle de la Lune) pour tourner autour de la Terre ?

La distance Terre/Lune correspond au rayon du cercle de centre « La Terre ».
Calculons la distance P parcourue par la Lune pendant son cycle :
$P = 2 \times \pi \times 380\,000 = 2\,386\,400$ km.
Ce cycle dure 28 jours et on veut connaître la distance D parcourue en un jour donc
$D = 2\,386\,400 : 28 \approx 85\,226$ km.

Je fais tout(e) seul(e)

Les footballeuses U11 de l'entente Côte Vermeille veulent se tenir la main autour du rond central pour saluer le public venu les voir ce dimanche. En moyenne, chaque joueuse mesure 144 cm et l'envergure d'une personne est à peu près égale à sa taille.
Combien faudra-t-il de joueuses pour faire le tour complet du rond central ?

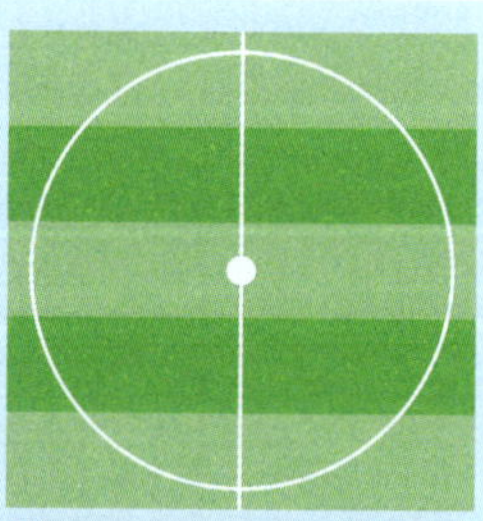

Rayon central = 9,15 m

Le rayon du « rond central » est de 9,15 m.
Nous pouvons alors calculer la circonférence du rond central : 2 × π × 9,15 = 57,462 m = 5 746,2 cm.
L'envergure d'une joueuse U11 est de 144 cm.
Il faut donc diviser 5 746,2 par 144 pour savoir combien de joueuses il faudra pour faire le tour complet.
Nombre = 5 746,2 : 144 = 39,9.
Il faudra donc 40 joueuses pour faire le tour du « rond central ».

5 Calculer la circonférence de ces deux cercles :

Coup de pouce

a.

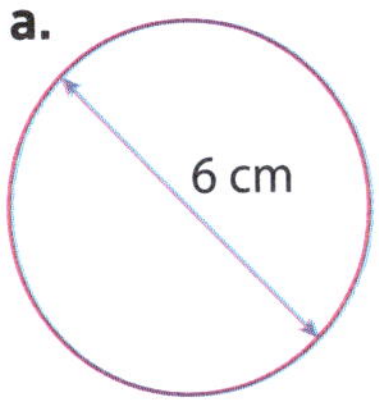

b.

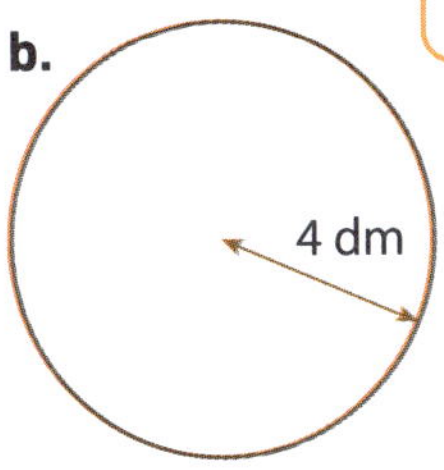

a. Circonférence $= \pi \times 6 = 18{,}84$ cm.

b. Circonférence $= 2 \times \pi \times 4 = 25{,}12$ dm.

6 Calculer le périmètre de la piste du stade d'athlétisme représentée ci-dessous :

Coup de pouce

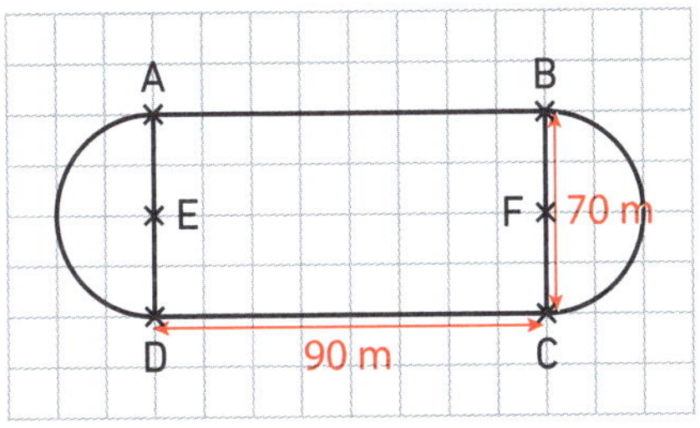

La figure est composée de deux fois la longueur 90 m et de deux demi-cercles de diamètre 70 m. Même éloignés, ils forment un cercle complet.

Périmètre $= 2 \times 90 + \pi \times 70 = 399{,}8$ m.

7 Exprimer la circonférence des cercles rouge et violet en fonction de celle du cercle bleu.

Coup de pouce

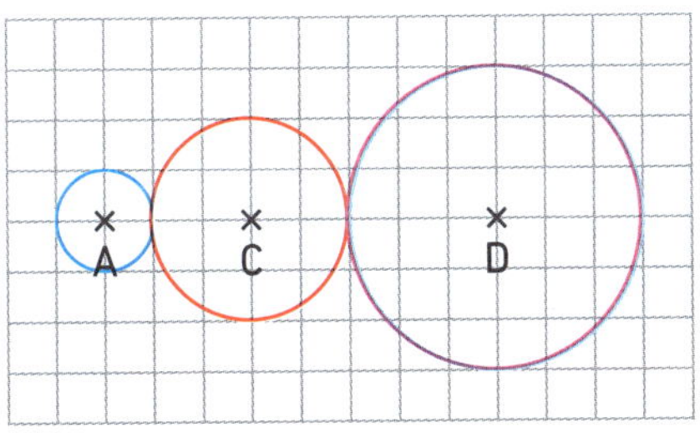

Cercle bleu : $C1 = \pi \times 2$;

cercle rouge : $C2 = \pi \times 4 = 2 \times C1$;

cercle violet : $C3 = \pi \times 6 = 3 \times C1$.

8 Quelle est la longueur de cette figure ?

Coup de pouce

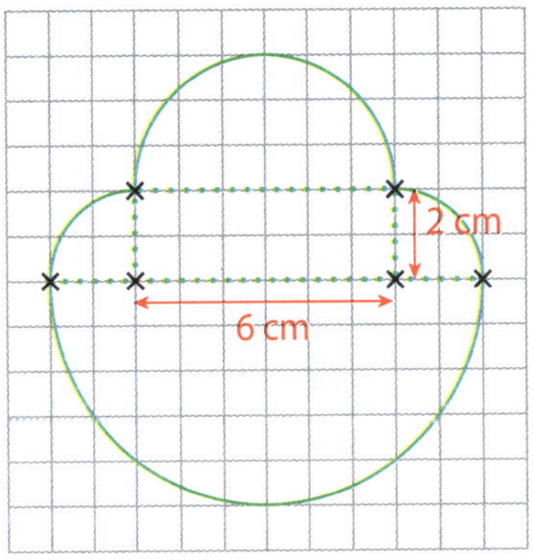

Le rectangle central nous permet d'avoir les rayons des différents arcs de cercles : un demi-cercle de diamètre 6 cm, deux quarts de cercle de rayon 2 cm et un demi-cercle de diamètre 10 cm.

Longueur : $= \dfrac{\pi \times 6}{2} + 2 \times \dfrac{2 \times \pi \times 2}{4} + \dfrac{\pi \times 10}{2}$

$= 9{,}42 + 6{,}28 + 15{,}7 = 31{,}4$ cm.

9 Un guitariste veut un fil d'or tout autour de sa guitare. Quelle longueur lui faut-il ?

Coup de pouce

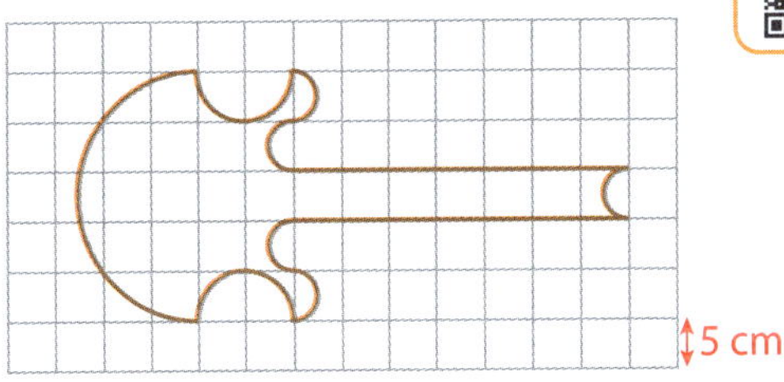

La guitare est composée d'un demi-cercle de diamètre 25 cm, de deux demi-cercles de diamètre 10 cm, cinq demi-cercles de diamètre 5 cm et deux segments de 35 cm.

Longueur $= \dfrac{\pi \times 25}{2} + 2 \times \dfrac{\pi \times 10}{2} + 4 \times \dfrac{\pi \times 5}{2}$

$+ 2 \times 35 + \dfrac{\pi \times 5}{2} \approx 179{,}95$ cm.

Il faudra donc un fil d'or d'environ 180 cm.

10 Vidéo

Automatismes

a Quelle est la circonférence d'un cercle de rayon 6 m ?

$2 \times \pi \times 6 \approx 37{,}68$ m.

b Quelle est la longueur d'un demi-cercle de rayon 5 dm ?

$\dfrac{1}{2} \times 2 \times \pi \times 5 \approx 15{,}7$ dm.

c Quelle est la circonférence d'un cercle de diamètre 10 cm ?

$\pi \times 10 \approx 31{,}4$ cm.

d Quelle est la longueur d'un demi-cercle de diamètre 8 cm ?

$\dfrac{1}{2} \times \pi \times 8 \approx 12{,}56$ cm.

42 Calculer l'aire d'un polygone

Je retiens

- **Le carré** est un rectangle particulier…

Aire = Longueur × largeur

- **Les triangles**

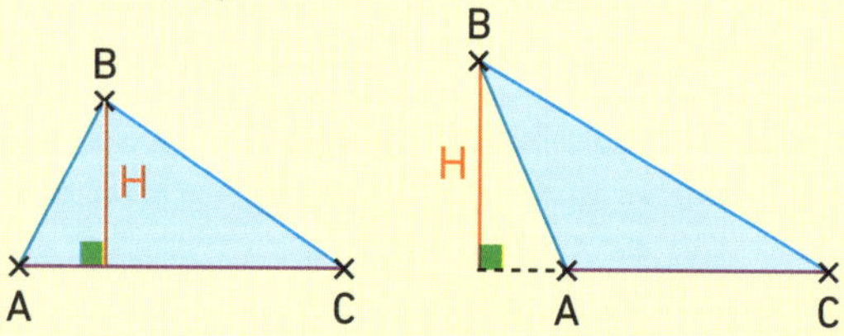

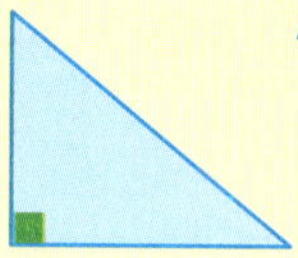

$$\text{Aire} = \frac{\text{Base} \times \text{Hauteur}}{2}$$

Je prends un bon départ

1 Questions de vocabulaire

Compléter les phrases par les mots qui conviennent.

Mesurer ...l'aire... d'une figure plane, c'est trouver la ...surface... occupée par cette figure.

Pour un rectangle ou un carré, il faut connaître les ...côtés... ; pour un triangle, il faut connaître une ...hauteur... et le ...côté... qui lui correspond.

2 Combien mesure l'aire de chaque figure ?

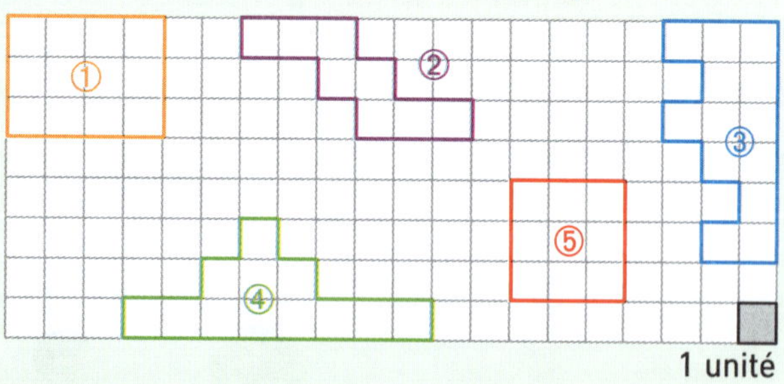

Sachant que l'unité est « un carreau », relier chacune des aires à sa juste valeur.

Aire de la figure ① •	• 13 unités
Aire de la figure ② •	• 12 unités
Aire de la figure ③ •	• 9 unités
Aire de la figure ④ •	• 8 unités
Aire de la figure ⑤ •	• 12 unités

3 Je découvre et je fais

Vidéo

Je découvre une méthode

Calculer l'aire de cette figure.

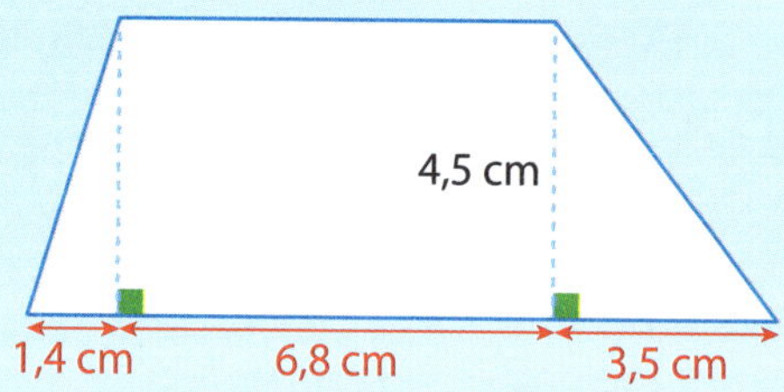

Cette figure est composée de trois figures simples :
– un rectangle (1) de longueur 6,8 cm et de largeur 4,5 cm,
aire 1 = 6,8 × 4,5 = 30,6 cm^2 ;
– un triangle rectangle (2) de base 1,4 cm et de hauteur 4,5 cm,
aire 2 = $\frac{1,4 \times 4,5}{2}$ = 3,15 cm^2 ;
– un triangle rectangle (3) de base 3,5 cm et de hauteur 4,5 cm,
aire 3 = $\frac{3,5 \times 4,5}{2}$ = 7,875 cm^2.
Aire totale = aire 1 + aire 2 + aire 3
= 30,6 + 3,15 + 7,875 = 41,625 cm^2.

Je fais tout(e) seul(e)

Calculer l'aire de cette figure.

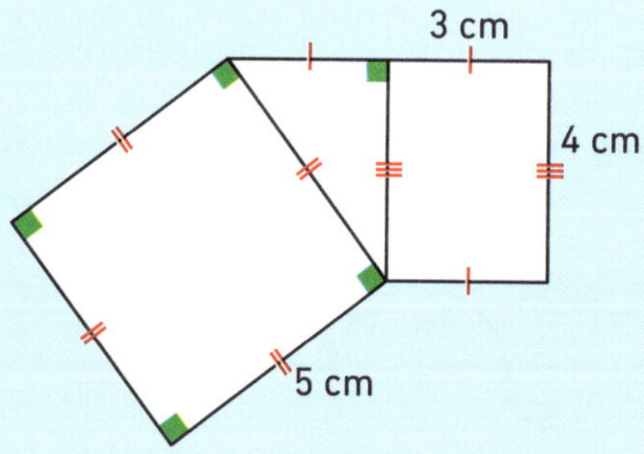

La figure complexe est composée de trois figures simples :
– un carré (1) de 5 cm de côté,
aire 1 = 5 × 5 = 25 cm^2 ;
– un rectangle (2) de longueur 4 cm et de largeur 3 cm,
aire 2 = 4 × 3 = 12 cm^2 ;
– un triangle rectangle (3) de base 3 cm et de hauteur 4 cm,
aire 3 = $\frac{3 \times 4}{2}$ = 6 cm^2.
Aire totale = aire 1 + aire 2 + aire 3
= 25 + 12 + 6 = 43 cm^2.

4 **1.** Calculer l'aire du rectangle en m², ensuite exprimer cette aire en dm².

Coup de pouce

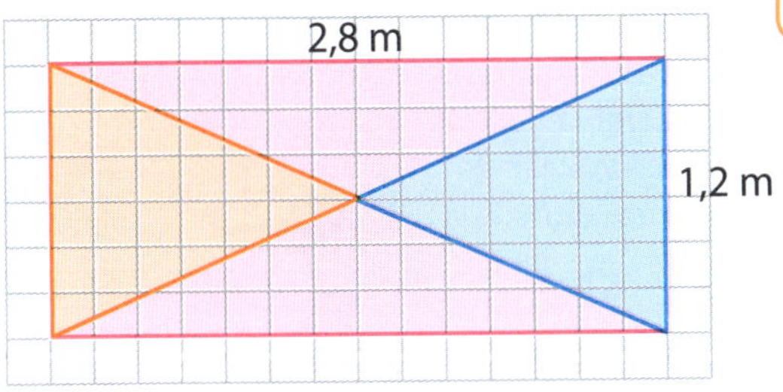

Aire du rectangle $= 2,8 \times 1,2 = 3,36\ m^2 = 336\ dm^2$.

2. Calculer les aires des surfaces orange et bleue en m², ensuite exprimer ces aires en dm².

Aire orange = aire bleue $= \dfrac{1,2 \times 1,4}{2} = 0,84\ m^2$
$= 84\ dm^2$.

3. Calculer l'aire de la surface rose en m², ensuite exprimer ces aires en cm².

Aire rose $= 2 \times \dfrac{2,8 \times 0,6}{2} = 1,68\ m^2 = 16\ 800\ cm^2$.

5 Calculer, en cm², l'aire de la flèche grise, ensuite exprimer cette aire en dm².

Coup de pouce

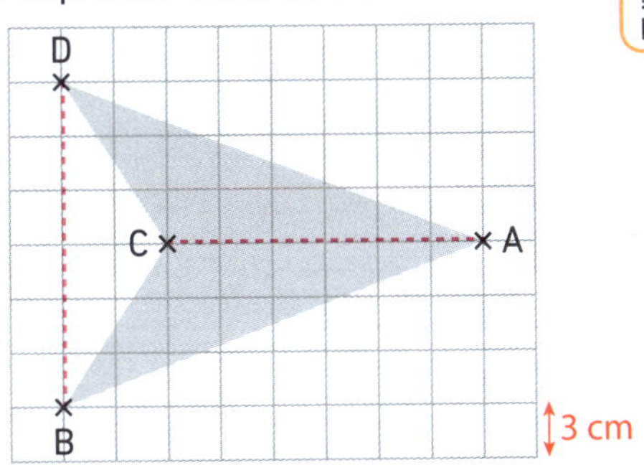

On calcule l'aire du triangle ACD, puis on la multiplie par 2 ensuite à cause de la symétrie.

AC $= 6 \times 3 = 18$ cm et Hauteur $= 3 \times 3 = 9$ cm.

Aire (ACD) $= \dfrac{AC \times hauteur}{2} = \dfrac{18 \times 9}{2} = 81\ cm^2$.

Aire flèche $= 2 \times 81 = 162\ cm^2 = 1,62\ dm^2$.

6 Pour réaliser une maquette, Candice colle sur une plaque en bois de la feutrine verte pour représenter un jardin. Quelle est, en cm², l'aire de ce jardin sur la maquette ?

Coup de pouce

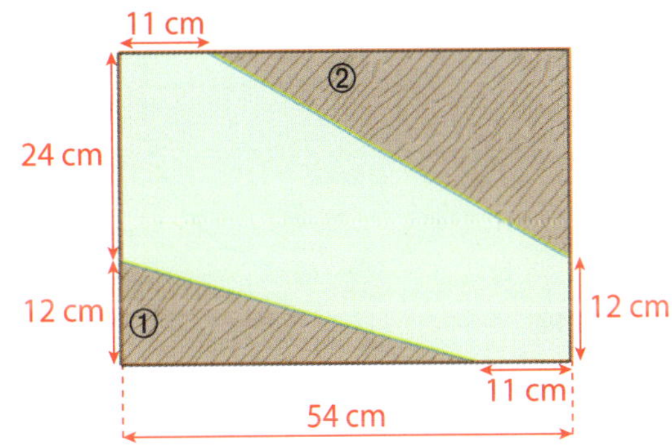

Dans cette figure, il y a un rectangle de largeur 54 cm et de longueur $24 + 12 = 36$ cm.

Aire du rectangle $= 54 \times 36 = 1\ 944\ cm^2$.

Il y a les triangles rectangles ① de côtés 12 cm et 43 cm (54 – 11) et ② de côtés 43 cm et 24 cm.

Aire (triangle ①) $= \dfrac{12 \times 43}{2} = 258\ cm^2$.

Aire (triangle ②) $= \dfrac{24 \times 43}{2} = 516\ cm^2$.

Aire verte $= 1\ 944 - 258 - 516 = 1\ 170\ cm^2$.

7 Colorier la pyramide de disques, vue de côté ci-dessous dans l'ordre décroissant de leur aire.

Coup de pouce

Il faut convertir les aires dans une même unité, par exemple en cm². On garde donc 4 283 cm²

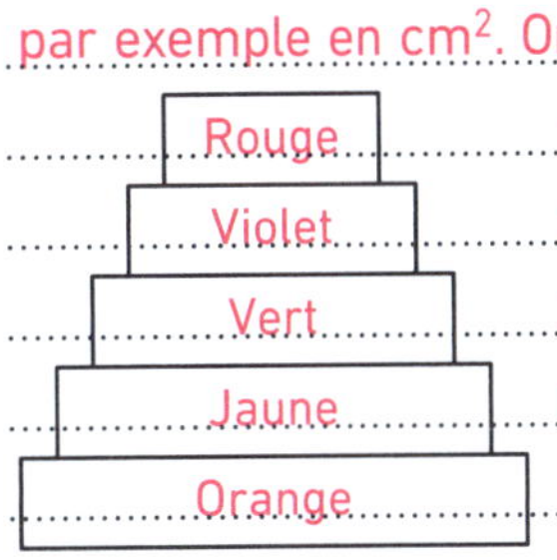

$1,4\ m^2 = 14\ 000\ cm^2$;
$217\ dm^2 = 21\ 700\ cm^2$;
$35,6\ dm^2 = 3\ 560\ cm^2$;
$0,025\ dam^2 = 25\ 000\ cm^2$.

8 Vidéo

Automatismes

a Aire d'un carré de côté 5 cm : Aire $= 5 \times 5 = 25\ cm^2$

b Aire d'un rectangle de longueur 4 m et de largeur 3 m :
Aire $= 3 \times 4 = 12\ m^2$

c Aire d'un triangle de base 6 dm et de hauteur 3 dm :
Aire $= \dfrac{3 \times 6}{2} = 9\ dm^2$

d Aire d'un rectangle de longueur 5 cm et de largeur 20 mm :
Aire $= 50 \times 20 = 1\ 000\ mm^2$

Je retiens

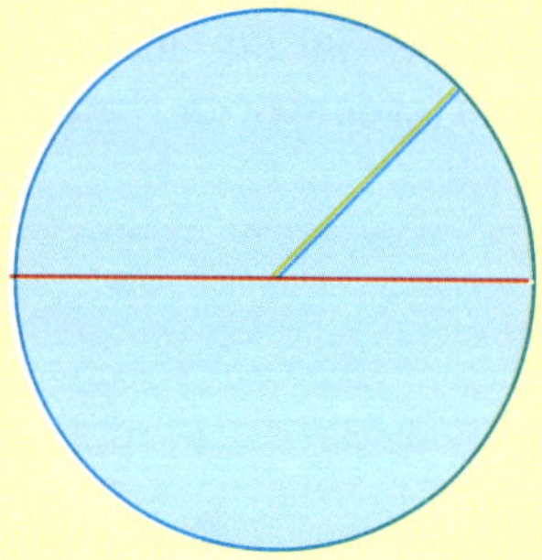

$\pi \approx 3{,}14$

- Aire du disque $= \pi \times \text{Rayon}^2$
- Diamètre du disque $= 2 \times$ Rayon

Je prends un bon départ

1 Questions de vocabulaire

Compléter les phrases par les mots qui conviennent.

a. La surface intérieure d'un cercle s'appelle un disque.

Pour calculer son aire, il faut connaître son rayon ou son diamètre.

b. Le diamètre mesure le double du rayon.

c. Pour faire des calculs avec un cercle ou un disque, on utilise toujours le nombre pi ou π.

2

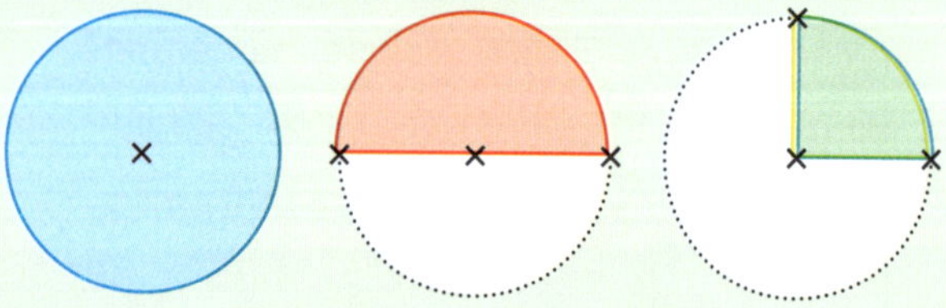

Que représentent les aires rouge et verte par rapport à l'aire du disque bleu ?

- Aire rouge = $\frac{1}{2}$ aire bleue
- Aire verte = $\frac{1}{4}$ aire bleue

3 Le rayon du disque central d'un terrain de football est de 9,15 m.

Quelle est son aire ?

Aire $= \pi \times 9{,}15^2 \approx 262{,}8\ \text{m}^2$.

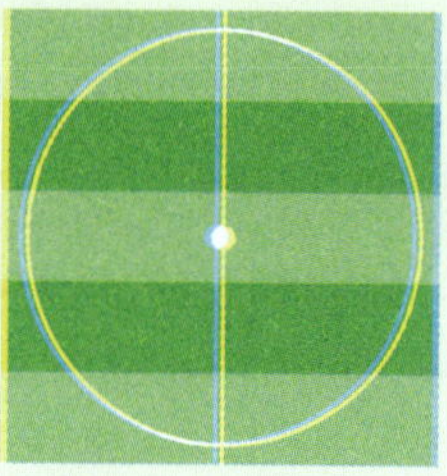

4 Je découvre et je fais

Vidéo

Je découvre une méthode

Christophe pratique un sport original, le lancer de marteau. Le marteau est composé d'un boulet qui est fixé à un câble en acier relié à une poignée, le tout mesurant 121 cm.

La longueur moyenne du bras d'un lanceur de marteau est de 67 cm.

Quelle est la surface nécessaire pour un lancer de marteau sécurisé ?

Il faut ajouter les deux longueurs pour savoir à quelle distance maximale se trouve le boulet :

$67 + 121 = 188$.

La distance est donc de 188 cm (soit 1,88 m).

Cela correspond au rayon du disque que va former le mouvement du lanceur, d'où

Aire (surface à laisser libre) $= \pi \times 188^2 \approx 110\ 980\ \text{cm}^2$

ou

Aire (surface à laisser libre) $= \pi \times 1{,}88^2 \approx 11{,}1\ \text{m}^2$.

Il faut 11,1 m² environ pour que le lancer soit sécurisé.

Je fais tout(e) seul(e)

Dans le jeu Kah-Lonto, un minuscule coquillage d'immunité est caché sur une plage à proximité d'un bâton planté dans le sable. Chaque aventurier est attaché à une corde de 3,5 m de long fixée à un bâton planté dans le sable.

Le bras du candidat Alexis mesurent 71 cm de long.

Quelle est l'aire de la surface qu'il pourra fouiller pour trouver le coquillage ?

Il faut ajouter la longueur du bras et celle de la corde pour savoir à quelle distance maximale du bâton Alexis pourra chercher le coquillage.

Convertissons d'abord en cm la longueur de corde :

3,5 m = 350 cm et $350 + 71 = 421$.

Au plus loin, il pourra aller à 421 cm (soit 4,21 m).

Cela correspond au rayon maximal du disque de la surface de recherche.

Aire $= \pi \times 421^2 \approx 556\ 537\ \text{cm}^2$

ou

Aire $= \pi \times 4{,}21^2 \approx 55{,}65\ \text{m}^2$.

5 On a découpé un disque, un triangle isocèle ayant même base et même hauteur et un carré dans un bout de carton rectangulaire. Quelle est l'aire de carton restant ?

Coup de pouce

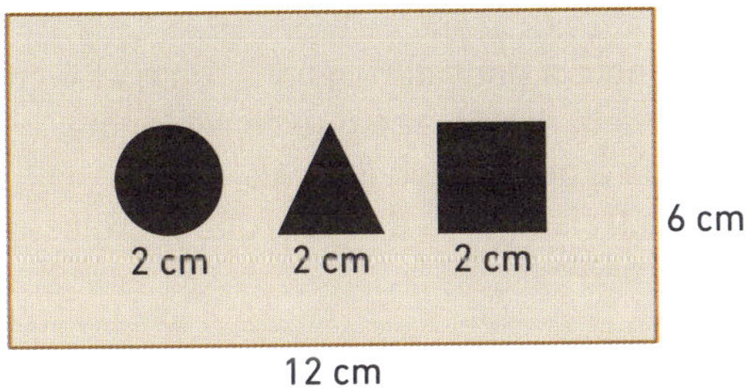

Le bout de carton est un rectangle de 6 cm sur 12 cm dans lequel on enlève un disque de diamètre 2 cm (donc de rayon 1 cm), un triangle de base 2 cm et de hauteur 2 cm et un carré de côté 2 cm.

Aire (rectangle) $= 6 \times 12 = 72$ cm^2 ;

Aire (disque) $= \pi \times 1^2 = 3{,}14$ cm^2 ;

Aire (triangle) $= \frac{2 \times 2}{2} = 2$ cm^2 ;

Aire (carré) $= 2 \times 2 = 4$ cm^2.

Donc Aire du carton restant $= 72 - 3{,}14 - 2 - 4$

$= 62{,}86$ cm^2.

6 Exprimer les aires rouge et verte en fonction de l'aire bleue.

Coup de pouce

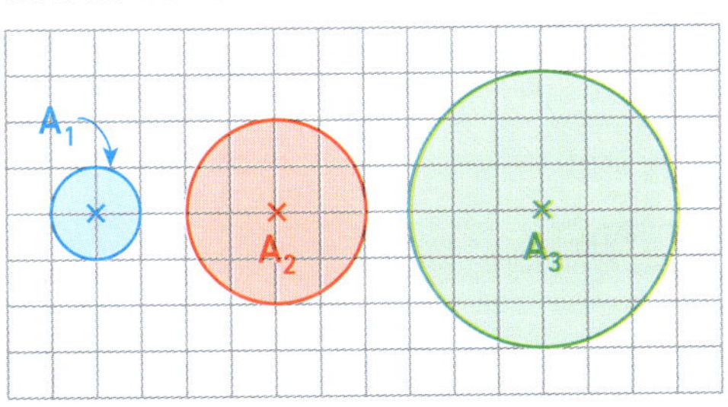

A_1 = aire bleue = $\pi \times 1^2 = \pi$;

A_2 = aire rouge = $\pi \times 2^2 = \pi \times 4$;

A_3 = aire verte = $\pi \times 3^2 = \pi \times 9$.

Donc $A_2 = 4 \times A_1$ et $A_3 = 9 \times A_1$.

7 Calculer l'aire de cette figure composée d'un rectangle et d'un demi-disque.

Coup de pouce

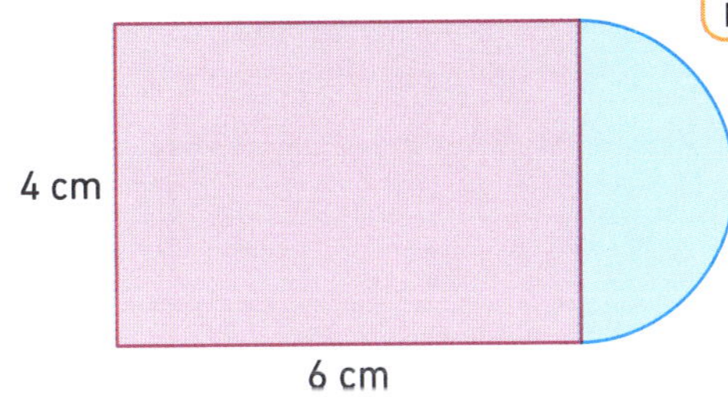

• Rectangle de longueur 6 cm et de largeur 4 cm, aire rectangle $= 6 \times 4 = 24$ cm^2.

• Demi-disque de diamètre 4 cm, si le diamètre fait 4 cm, alors le rayon fait 2 cm.

Aire demi-disque $= \frac{1}{2} \pi \times 2^2 = 6{,}28$ cm^2.

• Aire figure = Aire (rectangle) + Aire (demi-disque)

$= 24 + 6{,}28 = 30{,}28$ cm^2.

8 Calculer l'aire de la figure ci-dessous :

Coup de pouce

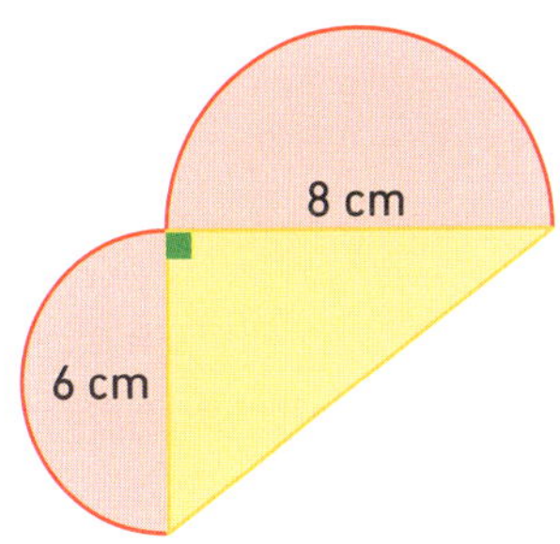

Le triangle jaune est un triangle rectangle dont on connaît les côtés de l'angle droit, 6 cm et 8 cm.

Aire triangle jaune $= \frac{6 \times 8}{2} = 24$ cm^2.

La lunule 1 est un demi-disque de diamètre 6 cm donc de rayon 3 cm, la lunule 2 est un demi-disque de diamètre 8 cm donc de rayon 4 cm.

Aire lunule 1 $= (\pi \times 3^2) : 2 = 14{,}13$ cm^2.

Aire lunule 2 $= (\pi \times 4^2) : 2 = 25{,}12$ cm^2.

Aire totale $= 24 + 28{,}26 + 50{,}24 = 102{,}5$ cm^2.

9 Vidéo

Automatismes

Entourer les bonnes valeurs.

a Aire d'un disque de rayon 5 cm :

31,4 cm^2 | 78,5 cm^2 | 20 cm^2

b Aire d'un disque de diamètre 10 m :

314 m^2 | 31,4 m^2 | 78,5 m^2

c Aire d'un disque de rayon 1 dm :

3,14 dm^2 | 3,14 dm | 6,28 dm^2

d Aire d'un disque de rayon 47 m :

2 950 m^2 | 6 940 m^2 | 148 m^2

Problèmes

1 À table ! Fiches 40, 41, 42, 43 et 46

Coup de pouce

Voici le plan d'une table vue de dessus :

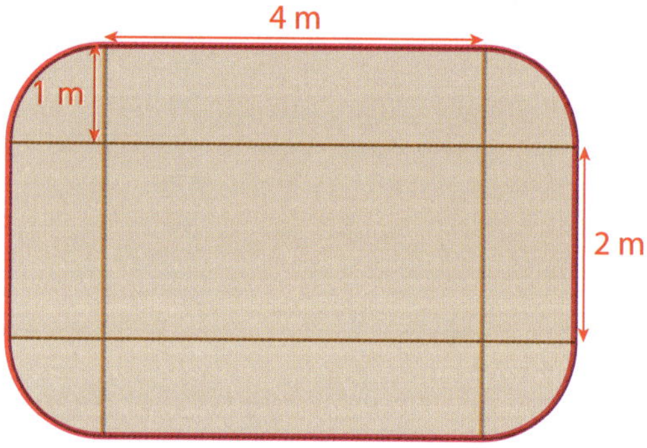

1. Repasser en couleur le périmètre de cette table.

2. Décomposer la table en éléments simples, puis calculer le périmètre de cette table.

Le périmètre de la table est composé de deux segments de 4 m, deux autres de 2 m et quatre quarts de cercle de rayon 1 m donc d'un cercle de rayon 1 m.

Périmètre $= 2 \times 4 + 2 \times 2 + 2 \times \pi \times 1 \approx 18{,}28$ m.

3. Décomposer la table en éléments simples, puis calculer l'aire de cette table.

L'aire de la table est composée d'un rectangle de 2 m sur 4 m, de deux rectangles de 1 m sur 2 m, de deux rectangles de 1 m sur 4 m et de quatre quarts de disque de rayon 1 m donc d'un disque de 1 m de rayon

Aire de la table $= 4 \times 2 + 2 \times (1 \times 2)$

$+ 2 \times (1 \times 4) + \pi \times 1^2$

$\approx 23{,}14$ m^2.

4. Combien de personnes environ peuvent s'asseoir autour de cette table si on laisse à chacun un espace de 70 cm ?

Pour savoir combien de personnes peuvent s'asseoir autour de cette table, il faut diviser le périmètre par 70. Pour cela, il faut d'abord convertir les valeurs en cm.

Périmètre de la table = 18,28 m = 1 828 cm,

1 828 : 70 = 26,11.

Il pourra y avoir 26 personnes autour de la table.

2 Le plus grand périmètre gagne ! Fiches 40, 42 et 43

Coup de pouce

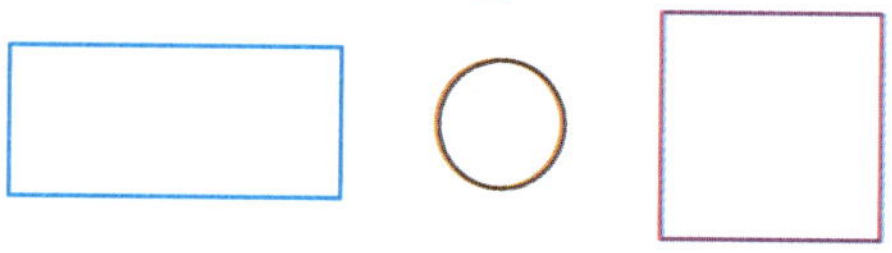

- Un rectangle a pour dimensions 9 cm et 4 cm.
- Un carré a la même aire que ce rectangle.
- Un disque a pour rayon 3,4 cm.

Ranger les trois figures dans l'ordre décroissant de leurs périmètres.

On sait tout sur le rectangle et le disque.

Périmètre (rectangle) $= 2 \times 4 + 2 \times 9 = 26$ cm.

Aire (rectangle) $= 4 \times 9 = 36$ cm^2.

Circonférence (disque) $= 2 \times \pi \times 3{,}4 \approx 21{,}352$ cm.

Le carré a la même aire que le rectangle.

On reconnaît 36 comme « le carré de 6 », on en déduit le côté du carré qui vaut 6 cm.

Ainsi, Périmètre (carré) $= 4 \times 6 = 24$ cm.

Conclusion : Rectangle > carré > disque

3 Vacances aux Bermudes Fiche 42

Coup de pouce

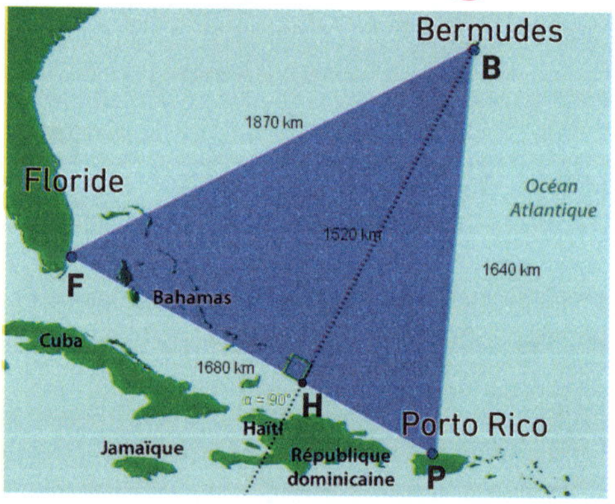

Le mystère du triangle des Bermudes a inspiré de nombreuses histoires : plus d'une centaine de navires et avions se sont volatilisés dans cette zone maritime proche des Caraïbes au large de la Floride. De nombreux chercheurs de trésors s'y rendent régulièrement, mais quelle surface doivent-ils couvrir pour leurs recherches ?

On ne connaît que la hauteur issue des Bermudes, dont on appelle H le pied sur le côté de longueur 1 680 km.

On utilise alors la formule $\frac{FP \times BH}{2}$.

Aire du triangle des Bermudes $= \frac{1\,680 \times 1\,520}{2}$

$= 1\,276\,800$.

La surface à couvrir par les chercheurs de trésor sera donc de 1 276 800 km^2.

4 Art et Maths Fiche 41

Coup de pouce

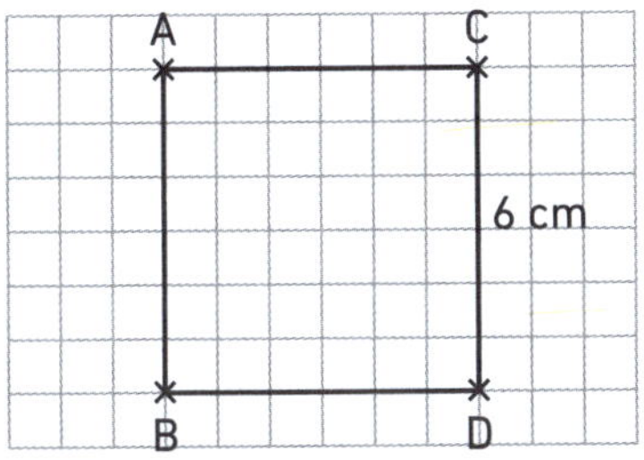

Colorier le carré ci-dessus en coloriant chaque carreau d'une seule couleur et en plaçant deux rectangles rouges, deux jaunes, un blanc et un bleu sachant qu'à la fin, le coloriage doit respecter les aires suivantes :

– Rouge : 14 cm^2 – Jaune : 9 cm^2
– Blanc : 9 cm^2 – Bleu : 4 cm^2

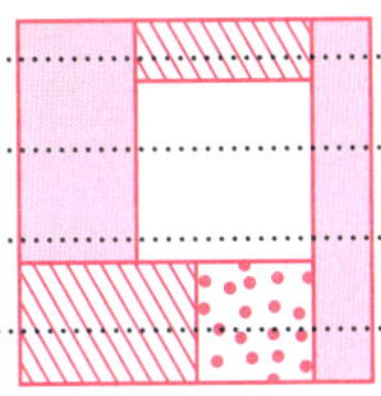

Pour le blanc, il n'y a pas le choix, c'est forcément un carré de 3 cm de côté.
Pour le rouge, $14 = 8 + 6$ ou $9 + 5$ ou $10 + 4$ ou $12 + 2$ ($7 + 7$ et $11 + 3$ et $13 + 1$ sont exclus car impossibles).
Pour le jaune, $9 = 5 + 4$ ou $6 + 3$ ou $8 + 1$ (les autres sont exclus).
Pour le bleu, deux possibilités, carré de 2 cm ou rectangle de 4 cm × 1 cm.

5 Un terrain de Padel Fiche 41

Coup de pouce

Calculer la surface de vitre nécessaire pour ce terrain de Padel.
Les vitres sont représentées en bleu sur les deux figures.

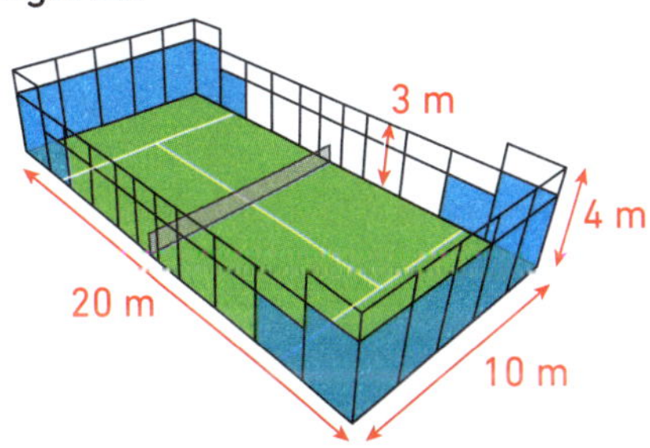

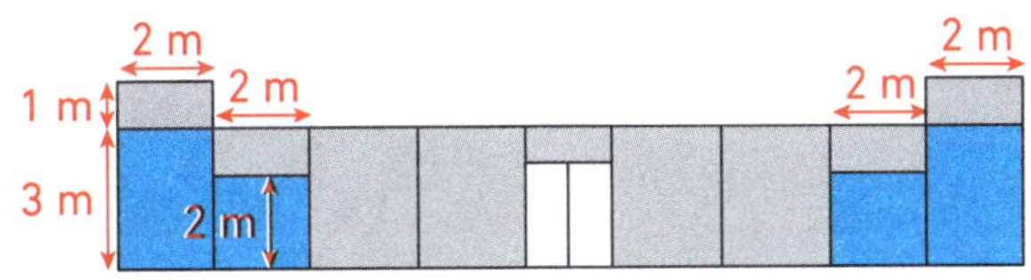

Le Padel est un sport de raquette dérivé du tennis, se jouant sur un court plus petit, encadré de vitres et de grillages.

Il faut considérer deux « fonds » rectangulaires de 10 m sur 3 m.
Aire (vitres du fond) $= 2 \times (3 \times 10) = 60$ m^2.
Il y a ensuite deux faces latérales avec chacune deux vitres de 3 m sur 2 m et deux vitres de 2 m sur 2 m.
Aire (vitres latérales) $= 2 \times (2 \times (3 \times 2) + 2 \times (2 \times 2))$
$= 40$ m^2.
Surface vitrée totale $= 60 + 40 = 100$ m^2.

6 Tâche complexe

CHERCHER 1 2 3 4 | MODÉLISER 1 2 3 4 | REPRÉSENTER 1 2 3 4 | RAISONNER 1 2 3 4 | CALCULER 1 2 3 4 | COMMUNIQUER 1 2 3 4

Pour une fête avec leurs amis, Alix et Ninon veulent préparer des mini-pizzas rondes. Auront-elles assez de pâte pour préparer une centaine de mini-pizzas ?

Doc 1 : Pâte à disposition
Deux rouleaux de pâte feuilletée qui une fois déroulés forment des rectangles de 31 cm sur 51 cm.

Doc 2 : Emporte-pièces
Alix et Ninon prennent un verre de diamètre 6 cm pour découper des pizzas dans la pâte.

On calcule la surface d'un rouleau de pâte : $31 \times 51 = 1\,581$ cm^2. Donc $2 \times 1\,581 = 3\,162$ cm^2 pour deux rouleaux.
Pour une mini-pizza : Rayon $= \dfrac{\text{Diamètre}}{2} = 3$ cm.
On calcule la surface d'une mini-pizza : $\pi \times 3^2 = 28{,}26$ cm^2.
On divise ensuite la surface totale par la surface d'une mini-pizza afin de déterminer le nombre de mini-pizzas que l'on peut avoir : $3\,162 : 28{,}26 \approx 111$.
Les deux filles auront donc assez de pâte pour faire une centaine de mini-pizzas.

44 Savoir se repérer et s'orienter

Je retiens

- Pour se diriger lors d'un déplacement, on peut utiliser les quatre points cardinaux :
Nord (N), Sud (S), Est (E) et Ouest (O).

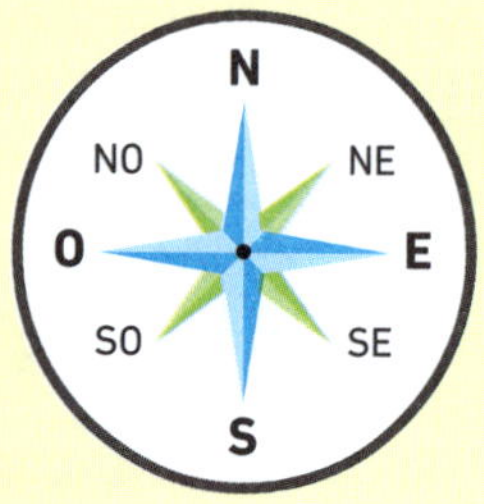

- Sur un échiquier, les cases peuvent être repérées par une association lettre et chiffre : ici, la case **verte** est **A3** ; la case **rouge** est **D7** ; la case **bleue** est **G6** ; la case **rose** est **C1**.

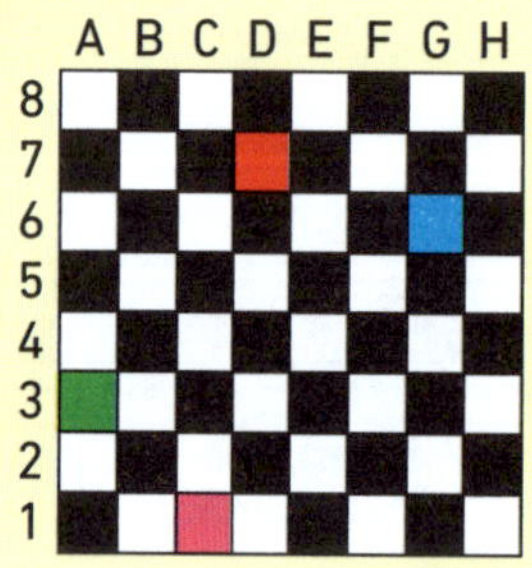

Je prends un bon départ

1 Questions de vocabulaire

À l'aide de la carte, compléter les phrases :

a. Nantes est ....au nord........ de La-Roche-sur-Yon.

b. Vannes est ....au nord-ouest.... de Saint-Nazaire.

c. Niort est ......au sud-est...... de La-Roche-sur-Yon.

d. Angers est au nord de ....Niort.......... .

e. ....Tours.......... est à l'est d'Angers.

2 Sur cet échiquier, un cavalier ♞ est placé en D6. Donner le nom de toutes les cases vers lesquelles il peut se déplacer (elles sont notées par des croix).

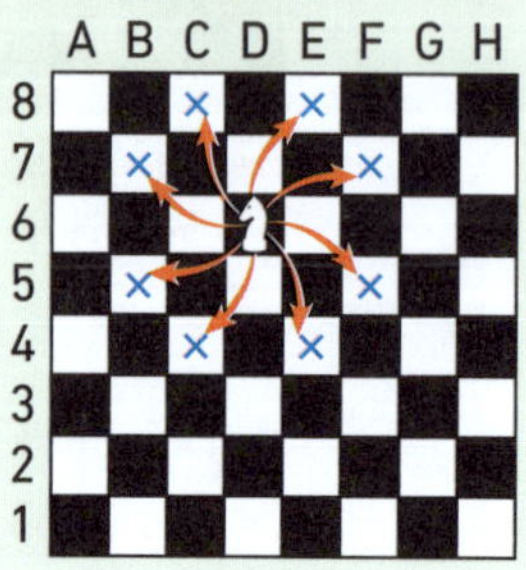

B5, B7, C4, C8, E4, E8, F5 et F7.

3 Je découvre et je fais

Vidéo

Je découvre une méthode

Voici trois instructions qui permettent de guider l'écureuil dans ses déplacements :

AVANCER ↑ — PIVOTER À GAUCHE ↰ — PIVOTER À DROITE ↱

Écrire une suite d'instructions permettant à l'écureuil d'atteindre le gland :

On peut lui indiquer :

↑↑↑↑↱↑↑↑↑↱↑↑↱↑↑

Je fais tout(e) seul(e)

Écrire une suite d'instructions permettant à l'écureuil d'atteindre le gland :

On peut lui indiquer :

↑↑↱↑↑↱↑↰↑↑↰

↑↑↑↰↑↑↑↱↑

4 Observer la carte pour répondre aux questions :

Coup de pouce

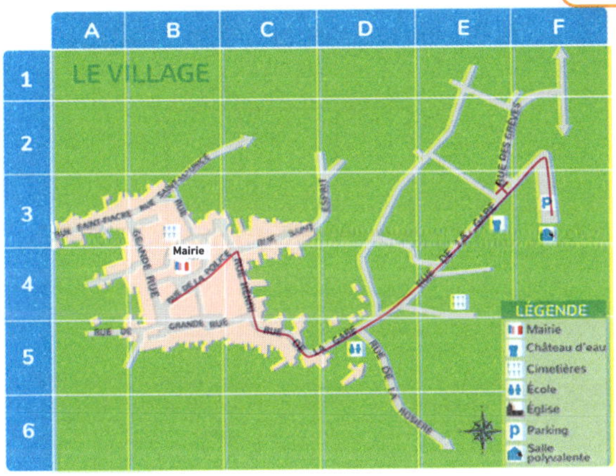

1. Dans quelle case se trouve la mairie ? B4

2. Tracer un chemin permettant d'aller de la mairie au parking de la salle polyvalente.

5 On souhaite réaliser cette figure :

Coup de pouce

Pour cela, dans quel ordre doit-on exécuter les instructions suivantes ?

② ④ ① ⑤ ③ ⑤ ① ④ ②

6 Luc et Amir habitent La-Roche-sur-Yon. Sur le plan, Luc est situé dans la case B4.

Coup de pouce

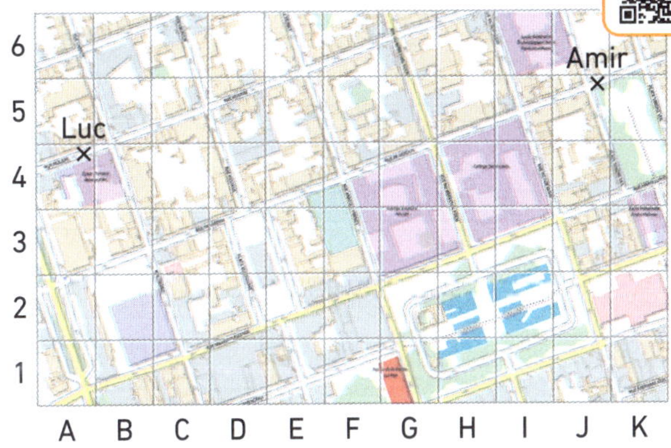

1. Dans quelle case Amir est-il situé ? J5

2. Amir écrit un sms à Luc pour lui expliquer comment le rejoindre. Compléter son message :
« Salut Luc, pour me rejoindre, remonte la rue Molière et prends la 4e rue à droite. Puis la première rue à gauche. Avance tout droit sur deux blocs de maison et tu me verras. »

3. Mais Luc lui répond qu'il préfère lui donner rendez-vous à la mairie (en rouge en bas du plan). Décrire le trajet que chacun des deux amis peut suivre pour se rendre à la mairie.

Luc avance sur la rue Molière en direction du lycée Saint François et prend la troisième rue à droite. Il va tout droit sur trois pâtés de maison. Amir descend la rue de Verdun en direction des collèges et prend la quatrième rue à gauche. Il va tout droit pendant deux pâtés de maison.

7 Vidéo

Automatismes

Deux personnages sont placés sur une grille. Le personnage vert placé initialement dans la case A3 effectue le déplacement suivant :

→ → → ↑ → → → ↓ ↓ ↓ ← ←

Le personnage bleu placé initialement dans la case I5 effectue le déplacement suivant :

← ← ↑ ↑ ↑ ← ← ↑ → ↓ →

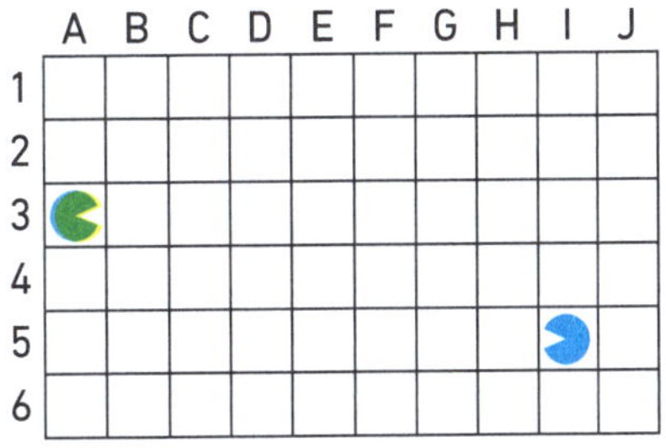

Dans quelles cases seront les deux personnages à la fin de leurs déplacements ?

Le personnage vert sera dans la case E5 et le bleu dans la case G2.

45 Reconnaître ou construire le patron d'un solide

Je retiens

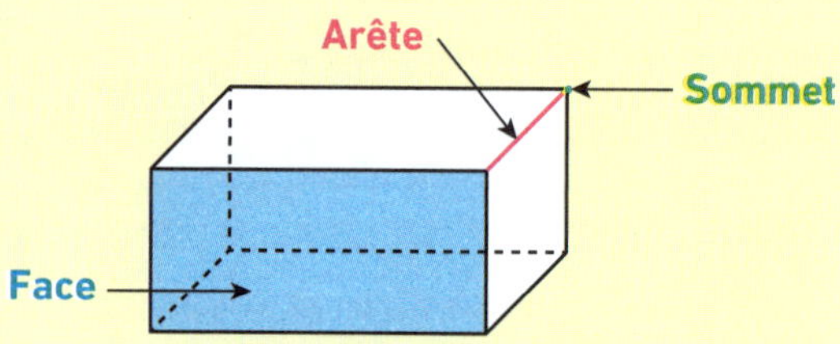

Vue en perspective cavalière

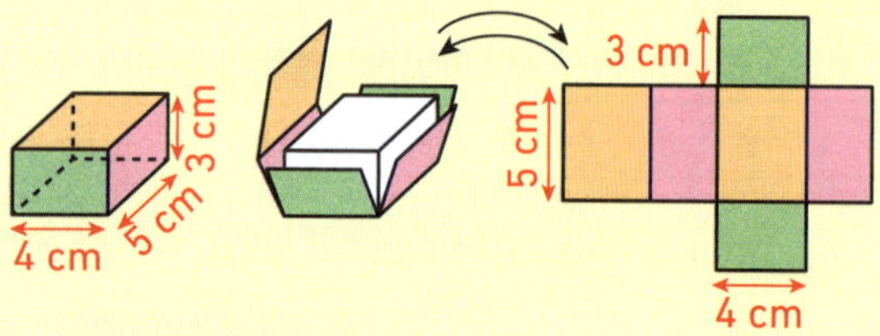

Je prends un bon départ

1 Questions de vocabulaire

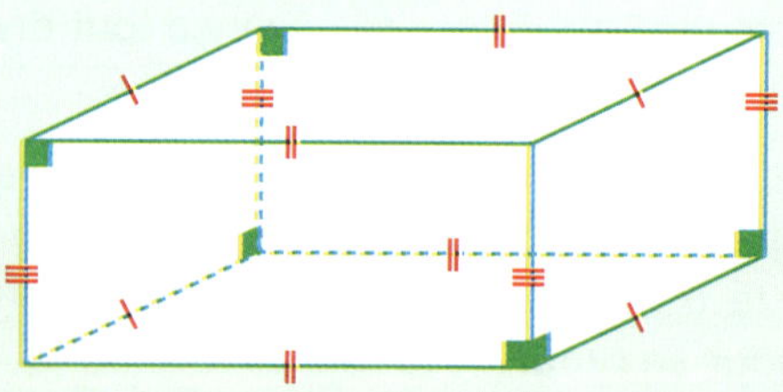

a. Mes 6 faces sont des ......rectangles......

b. J'ai 8 ......sommets...... et ......12...... arêtes.

c. Je suis un ......pavé droit......

2 Pour chacun des patrons suivants, dire s'il permet de construire un pavé droit ou non.

a.

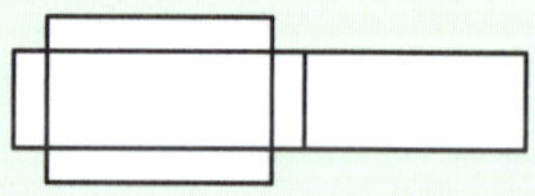

......Oui......

b.

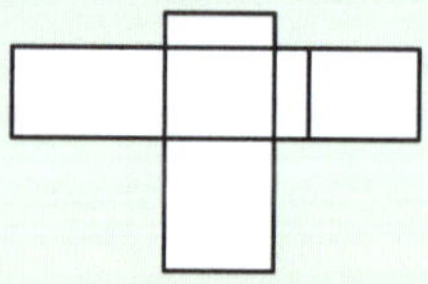

......Non......

3

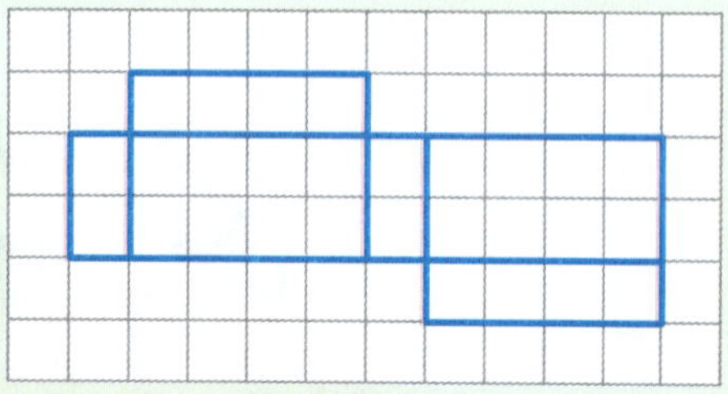

Quelles sont les dimensions du pavé droit formé par le patron ci-dessus sachant qu'un carreau représente 2 cm ?

Longueur : ......8 cm...... Largeur : ......4 cm......

Hauteur : ......2 cm......

4 Je découvre et je fais

Vidéo

➡ **Je découvre une méthode**

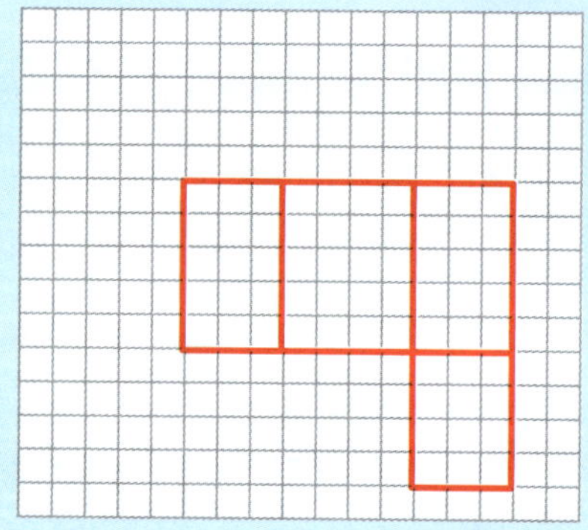

1. Compléter la figure ci-dessus afin d'obtenir le patron d'un pavé droit.
2. Coder les longueurs égales.
3. Colorier d'une même couleur les rectangles qui seront face à face après pliage.

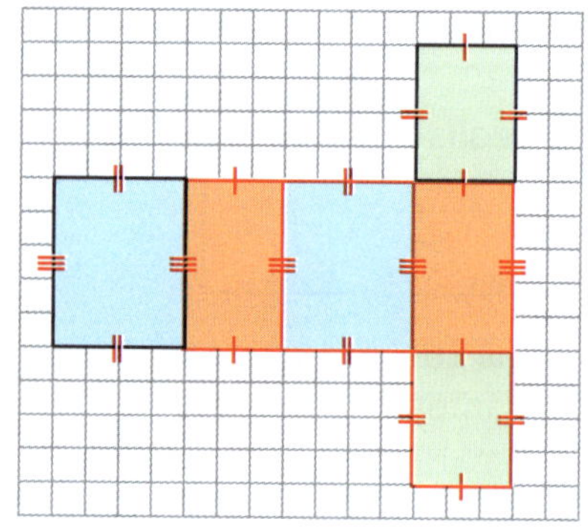

1. On trace les deux rectangles manquants : un de dimensions 3 par 4, un de dimensions 4 par 5.

2. On observe les côtés ayant la même longueur et on les code ainsi.

3. On colorie les rectangles de mêmes dimensions d'une même couleur.

➡ **Je fais tout(e) seul(e)**

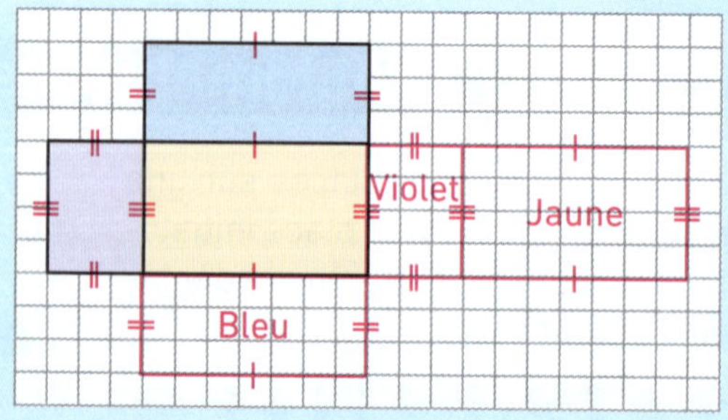

1. Compléter la figure ci-dessus afin d'obtenir le patron d'un pavé droit.
2. Coder les longueurs égales.
3. Colorier d'une même couleur les rectangles qui seront face à face après pliage.

5 Entourer les patrons de cubes.

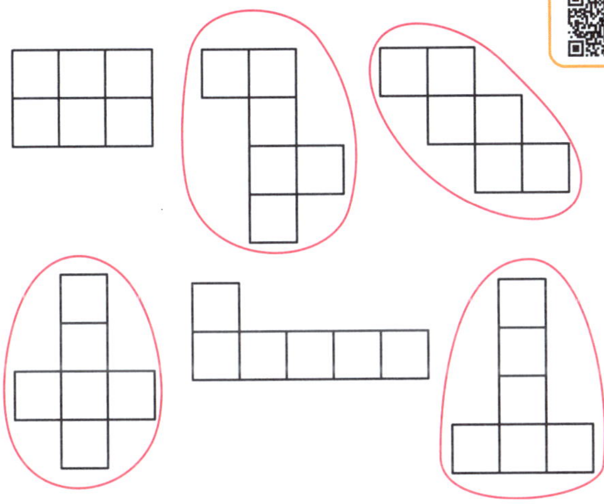

6

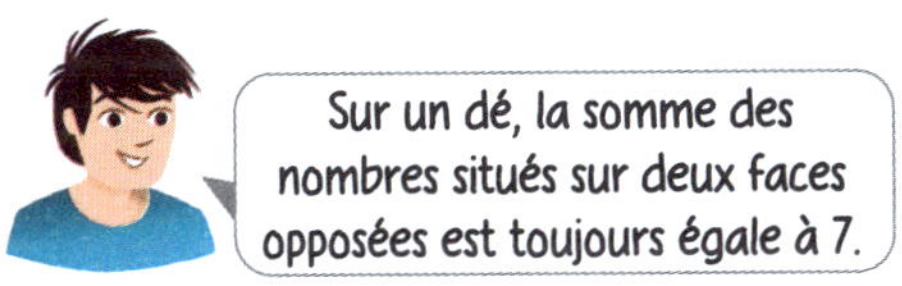

En prenant en compte cette règle, compléter ce patron de dé.

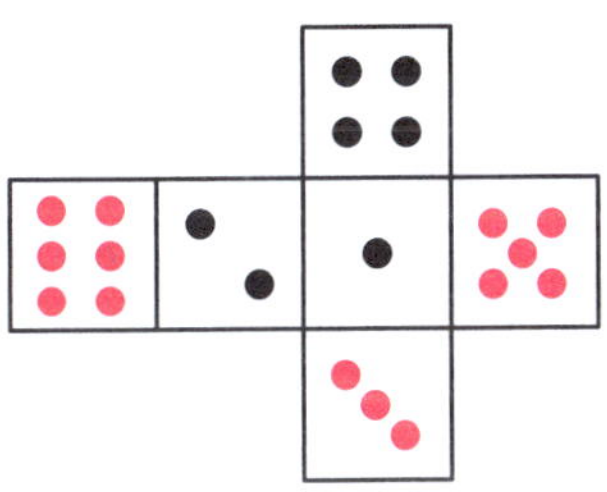

7 Compléter les représentations en perspective cavalière de ces deux solides.

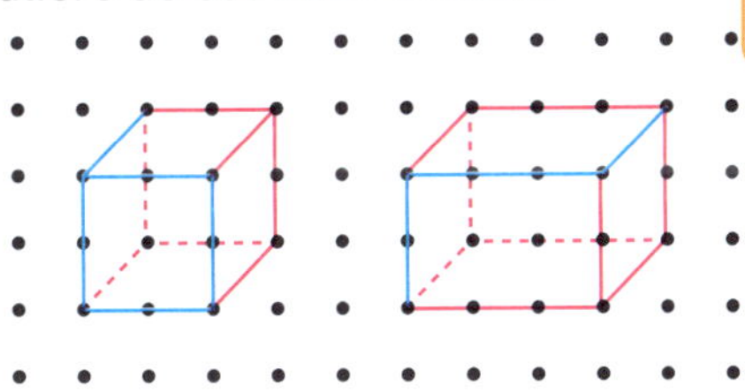

8 Construire sur le quadrillage le patron du pavé droit ci-contre.

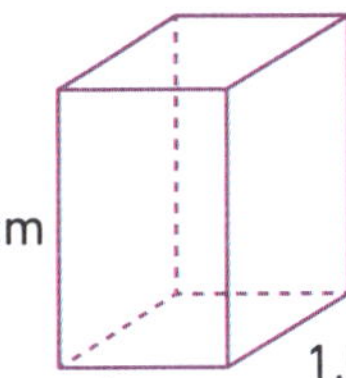

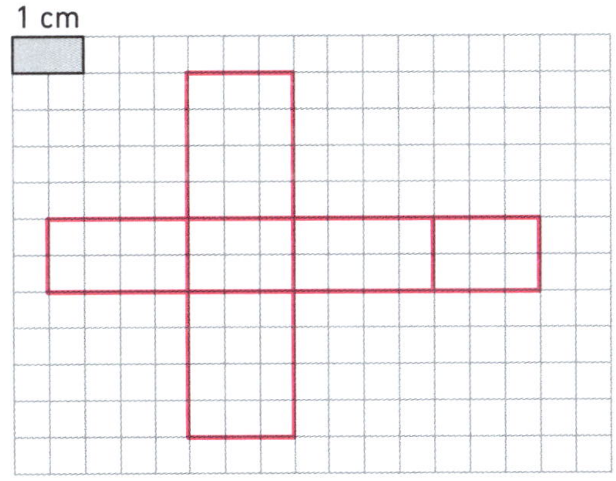

9 Un cube comporte six disques de couleur. Voici ce cube vu sous trois angles différents :

À l'aide de ces images, construire le patron du cube, avec les couleurs correspondantes.

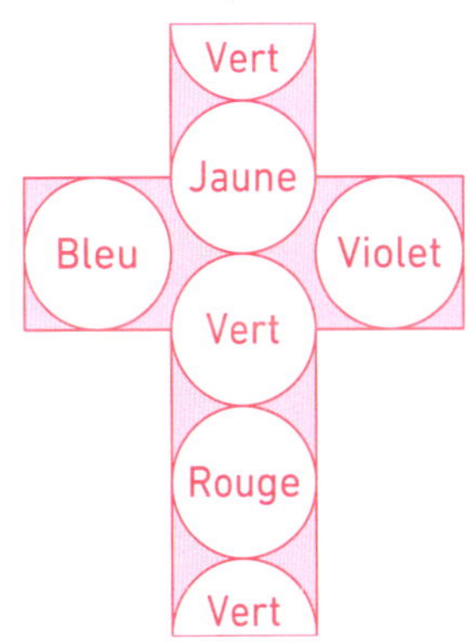

10 Vidéo

Automatismes

Colorier d'une même couleur les faces opposées de ces deux patrons de cube.

a

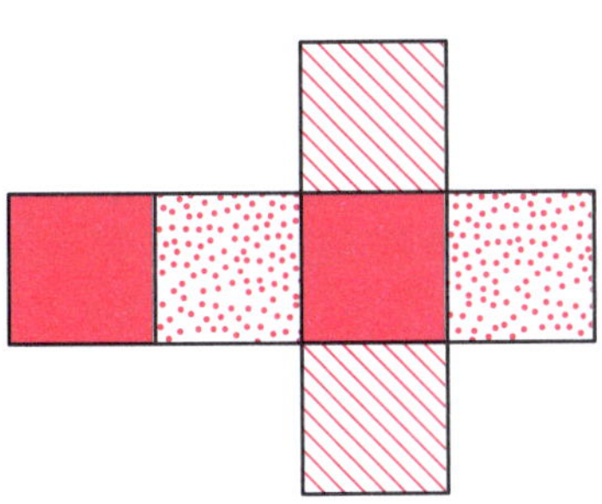

b

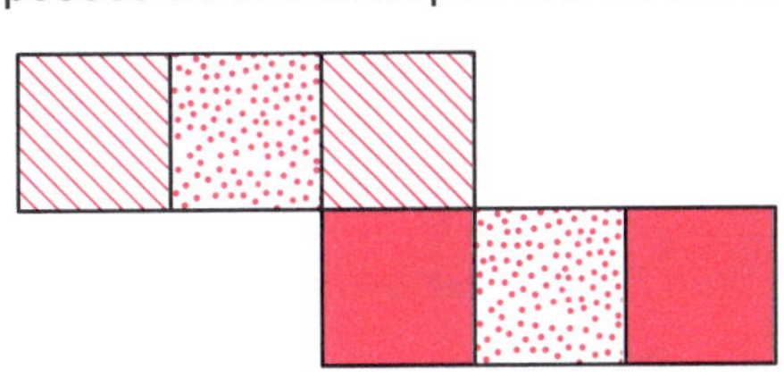

46 Calculer le volume d'un pavé droit

Je retiens

- **Volume du pavé**
  $V = L \times \ell \times h$

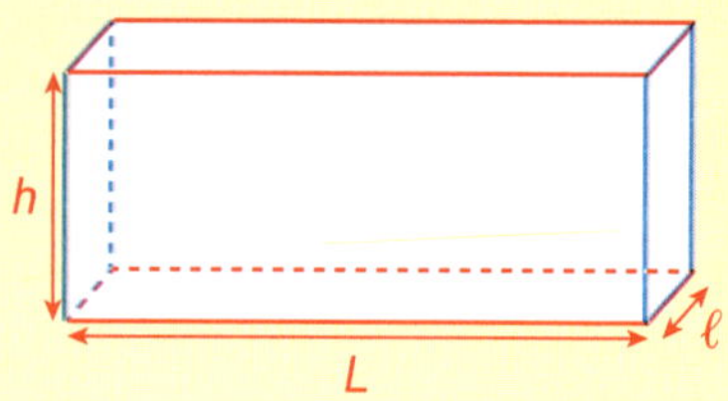

- **Volume du cube**
  $V = c \times c \times c = c^3$

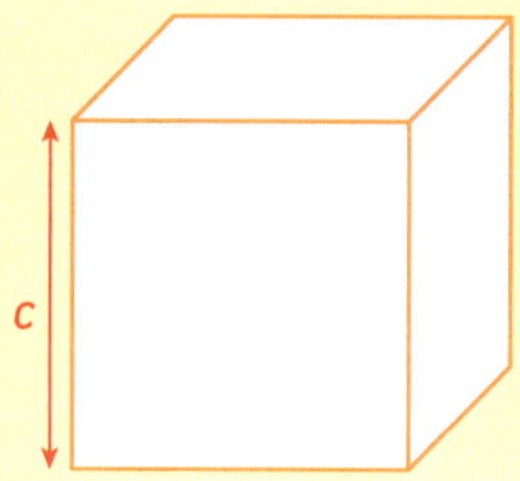

Je prends un bon départ

1 Questions de vocabulaire

Observer le pavé pour compléter le texte :

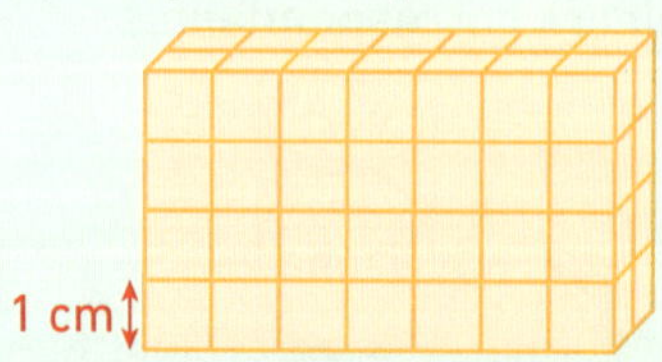

La ....longueur.... de ce pavé est de 7 cm. Sa largeur est de 2 cm et sa ....hauteur.... est de 4 cm. Son ....volume.... est donc égal à :
$7 \times 2 \times 4 = 56$ ....cm^3.....

2 Entourer d'une même couleur les volumes équivalents :

$1\ dm^3$	$1\ 000\ mm^3$	1 cL	1 L
$1\ cm^3$	$0{,}001\ m^3$	$0{,}01\ dm^3$	$10\ cm^3$

3 Compléter ces conversions :

a. 1 L = ...10.... dL

b. 1 L = ...1 000.... cm^3

c. $10\ m^3$ = ...10 000.... L

d. $1\ m^3$ = ...1 000 000.... cm^3

4 Je découvre et je fais

Vidéo

Je découvre une méthode

Déterminer le volume de ce pavé droit :

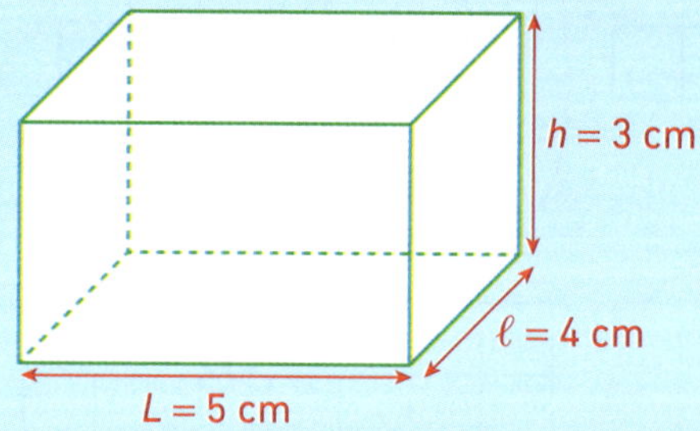

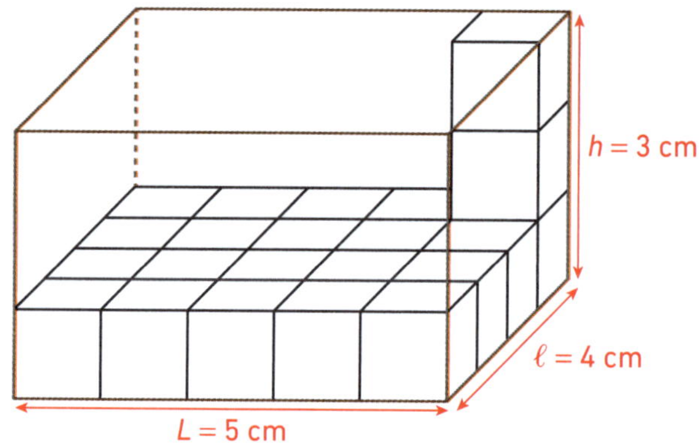

$V = L \times \ell \times h$

Ce pavé peut contenir $5 \times 4 \times 3 = 60$ petits cubes de 1 cm d'arête. Son volume est de $60\ cm^3$.

Je fais tout(e) seul(e)

Déterminer le volume du pavé droit ci-dessous :

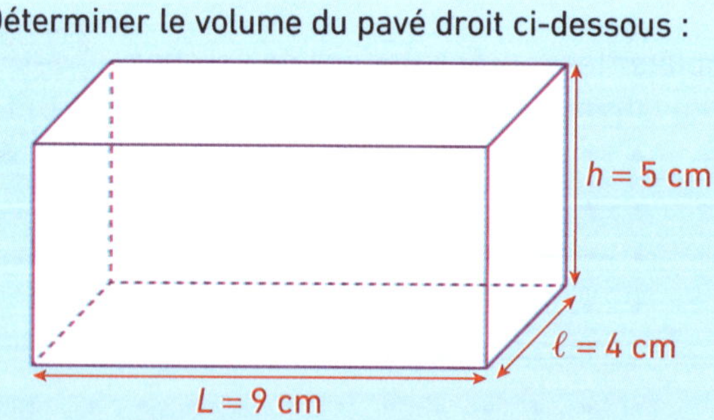

$V = L \times \ell \times h$
Ce pavé peut contenir $9 \times 4 \times 5 = 180$ petits cubes de 1 cm d'arête. Son volume est de $180\ cm^3$.

5 **1.** Calculer le volume d'un pavé droit de longueur 6 cm, de largeur 3 cm et de hauteur 4 cm.

Coup de pouce

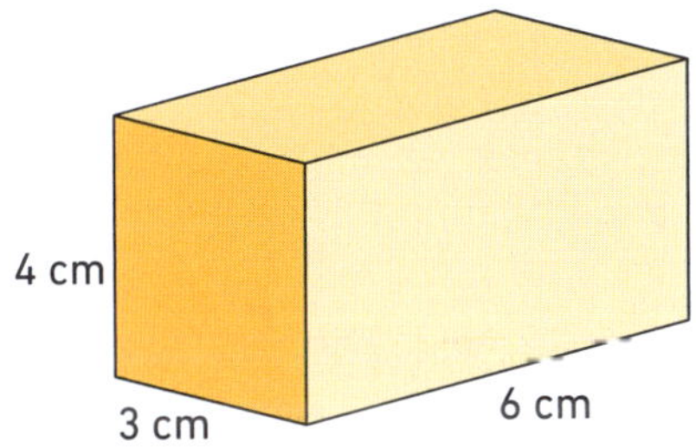

$6 \times 3 \times 4 = 72$ cm^3.

2. Convertir ce volume en dm^3, en L, puis en cL.

$72 : 1\ 000 = 0{,}072$ dm^3 $= 0{,}072$ L ;

$0{,}072 \times 100 = 7{,}2$ cL.

6 Compléter avec l'unité qui convient :

Coup de pouce

a. 7 m^3 = 7 000 dm^3

b. 56 cm^3 = 56 000 mm^3

c. 8 m^3 = 8 000 000 cm^3

d. 0,0065 km^3 = 6,5 hm^3

e. 16 000 hL = 1,6 dam^3

f. 9 850 000 mm^3 = 98,5 dL

7 Compléter avec les nombres qui conviennent :

Coup de pouce

a. 4 m^3 = 4 000 dm^3

b. 72 m^3 = 72 000 000 cm^3

c. 72 dm^3 = 0,072 m^3

d. 4 m^3 = 4 000 dm^3

e. 4 m^3 = 4 000 L

f. 300 hL = 30 m^3

8 Comparer le volume de ces deux pavés :

Coup de pouce

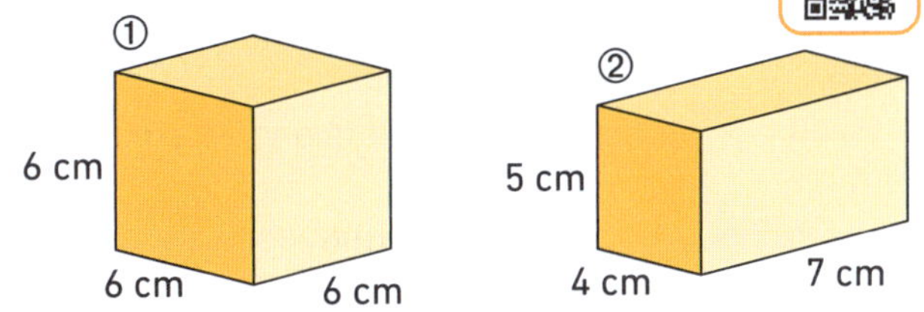

① $6 \times 6 \times 6 = 216$ cm^3.

② $5 \times 4 \times 7 = 140$ cm^3.

Le volume ① est supérieur au ②.

9 Un grand podium est composé de trois « tours » de largeurs égales. La troisième a une hauteur de 0,70 m et cette hauteur augmente de 30 cm pour chaque niveau.

Coup de pouce

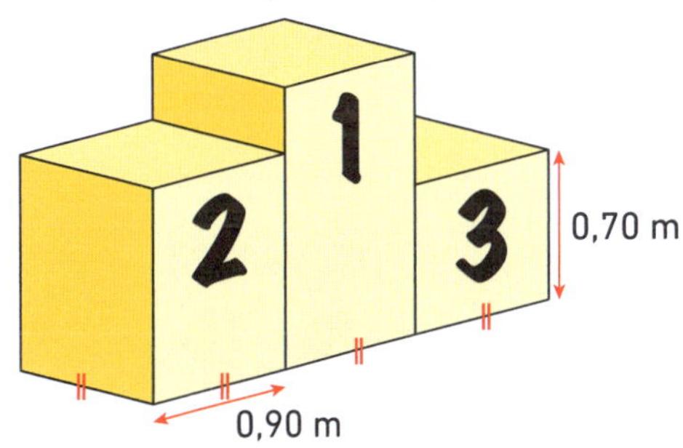

1. Quelles sont les hauteurs des tours 1 et 2 ?

$0{,}70 + 0{,}30 = 1$ m ; $1 + 0{,}30 = 1{,}30$ m.

La tour 2 fait 1 m et la tour 1 fait 1,30 m.

2. Calculer le volume total du podium (en m^3) :

Tour 1 : $1{,}30 \times 0{,}90 \times 0{,}90 = 1{,}053$ m^3 ;

tour 2 : $1 \times 0{,}90 \times 0{,}90 = 0{,}810$ m^3 ;

tour 3 : $0{,}70 \times 0{,}90 \times 0{,}90 = 0{,}567$ m^3.

Volume total : $1{,}053 + 0{,}810 + 0{,}567 = 2{,}430$ m^3.

Le podium a un volume de 2,430 m^3.

10 Vidéo

Automatismes

Calculer mentalement le volume des pavés ci-dessous :

a $V =$ 24 cm^3

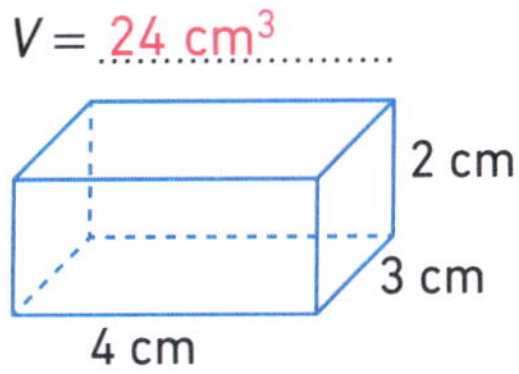

b $V =$ 15 cm^3

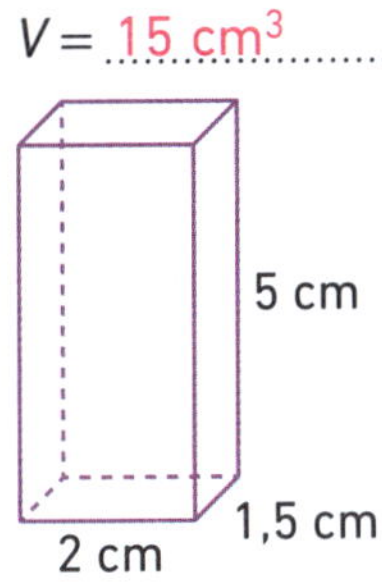

c $V =$ 27 cm^3

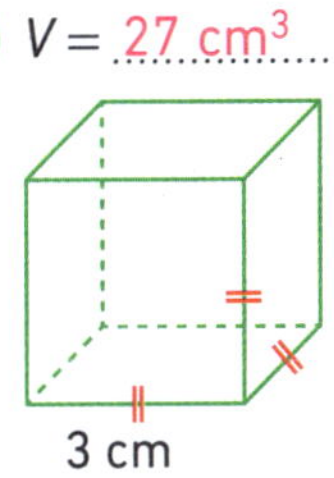

Problèmes

1 La pâte à gâteau Fiches 45 et 46

Coup de pouce

Sarah possède trois types de moules à gâteaux :
– un moule à cake de dimensions 30 cm, 12 cm et 9 cm ;
– un plat rectangulaire de dimensions 26 cm, 23 cm et 5 cm ;
– quatre petits plats carrés identiques de côté 12 cm et de hauteur 5 cm.

Sarah a préparé 3 litres de pâte à gâteau.

Quel(s) moule(s) peut-elle utiliser pour la cuire ?

– Volume du moule à cake :
$30 \times 12 \times 9 = 3\,240\ cm^3 = 3{,}24\ L$;
– volume du plat rectangulaire :
$26 \times 23 \times 5 = 2\,990\ cm^3 = 2{,}99\ L$;
– volume des quatre petits plats carrés :
$12 \times 12 \times 5 \times 4 = 2\,880\ cm^3 = 2{,}88\ L$.
Elle peut utiliser le moule à cake.

2 Piscine olympique Fiches 45 et 46

Coup de pouce

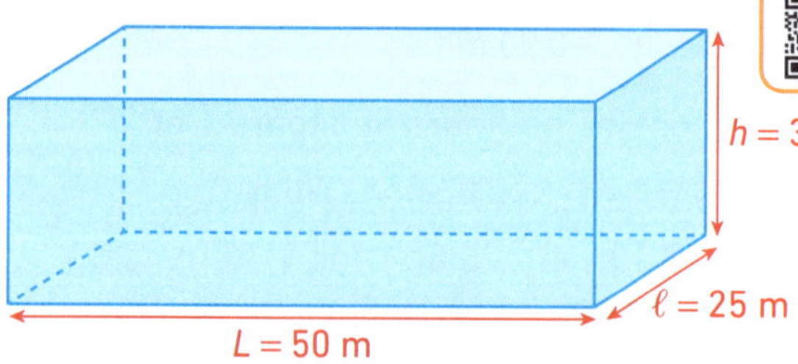

Une piscine olympique a pour dimensions 50 m de long, 25 m de large et 3 m de profondeur.
Maxime doit la remplir avec un gros robinet qui permet d'avoir 20 L d'eau par seconde.
Il commence à remplir la piscine lundi matin à 09 h.
Quand devra-t-il venir fermer le robinet ?

$50 \times 25 \times 3 = 3\,750\ m^3 = 3\,750\,000\ L$.
$3\,750\,000 : 20 = 187\,500$ s.
Il faudra 187 000 s pour remplir la piscine.
On sait qu'il y a 3 600 secondes dans une heure.
En divisant 187 500 par 3 600, on obtient un quotient de 52 et un reste de 300.
Donc il faut 52 h 05 min pour remplir la piscine.
Maxime devra donc venir arrêter le robinet mercredi vers 13 h car $52 = 24 + 24 + 4$.

3 Carte au trésor Fiche 44

Coup de pouce

À l'aide de la carte quadrillée avec des carreaux de 100 m de côté, tracer le chemin décrit dans le parchemin et placer une croix sur l'emplacement du trésor de Barbe Jaune.

- Partir de la case C9 et marcher 200 m vers le Nord.
- Se diriger 100 m à l'Est et retourner 100 m au Sud.
- Avancer vers l'Est pendant 400 m avant de remonter 200 m au Nord.
- Ensuite marcher 300 m en direction de l'Ouest.
- Progresser vers le Nord jusqu'à rencontrer un palmier, d'ici continuer 300 m à l'Est.
- Se diriger vers le sud jusqu'à retrouver un chemin déjà visité et alors partir 200 m à l'Est.
- Pour finir, marcher 200 m au Sud et creuser pour trouver le butin.

4 Vues de côtés Fiches 44 et 45

Coup de pouce

Quatre enfants regardent un assemblage :

Léonie dit qu'en regardant l'assemblage de sa place, elle voit ceci →

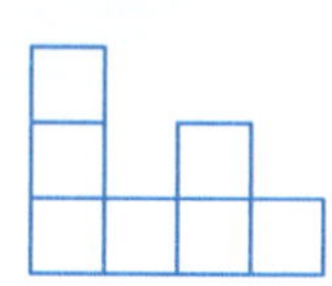

Que voient ses amis lorsqu'ils regardent l'assemblage de leur place ?

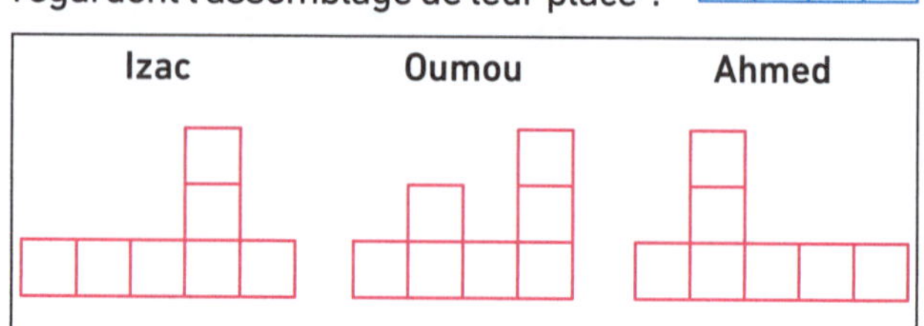

5 Un gros cube… Fiches 44, 45 et 46

Coup de pouce

Voici un gros cube formé de $5 \times 5 \times 5$ petits cubes.
Le professeur dit : « Sur chacune des arêtes de ce gros cube, enlevez un petit cube sur deux ».

Voici les solides obtenus par Enzo (①) et par Emma (②).

①

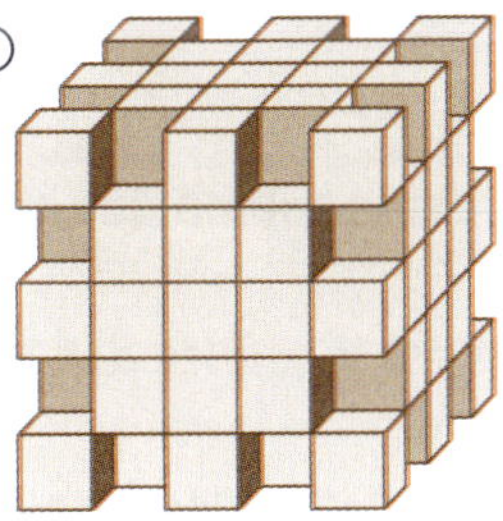

②

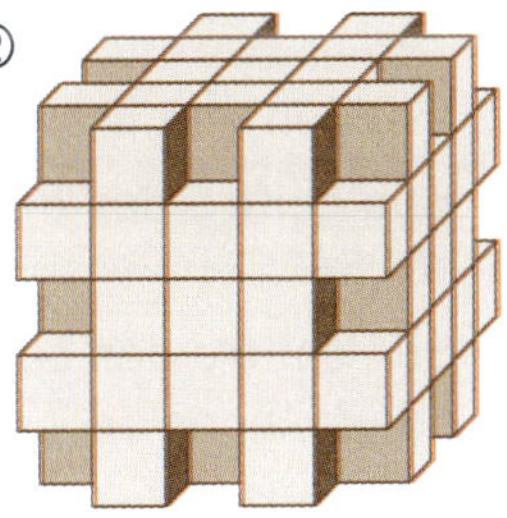

Qui a enlevé le plus de petits cubes et combien ?

Enzo a enlevé 2 cubes par arête, il a donc enlevé 24 cubes (2×12).
Emma a enlevé 1 cube à chaque sommet (donc 8 cubes) et 1 cube au milieu de chaque arête (donc 12 cubes), elle a donc enlevé au total : 20 cubes ($8 + 12$).
Enzo a donc enlevé plus de cubes qu'Emma.

6 Le cube percé Fiches 44, 45 et 46

Coup de pouce

Un cube a une arête de 16 cm.
On trace sur chacune de ses six faces un petit carré de côté 4 cm, centré au centre de la face.
Le cube est percé perpendiculairement à chaque face.
Les trous sont trois pavés droits, dont deux faces opposées sont deux des six petits carrés précédents.
Quel est le volume restant ?

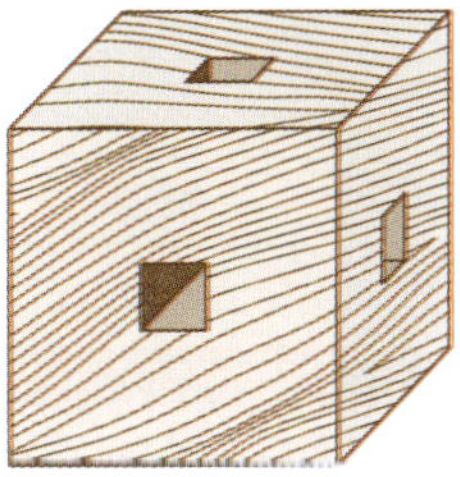

Le volume total du cube est de $16 \times 16 \times 16 = 4\,096$ cm^3.
Chacun des trois trous est un pavé droit de volume $4 \times 4 \times 16 = 256$ cm^3.
Mais attention, ces trois pavés droits passent par un « petit cube central » de volume $4 \times 4 \times 4 = 64$ cm^3.
Il ne faut donc enlever ce morceau central qu'une fois et pas trois.
Ainsi le volume restant est de :
$4\,096 - (3 \times 256) + (2 \times 64) = 3\,456$ cm^3.

7 Tâche complexe

CHERCHER 1 2 3 4 | MODÉLISER 1 2 3 4 | REPRÉSENTER 1 2 3 4 | RAISONNER 1 2 3 4 | CALCULER 1 2 3 4 | COMMUNIQUER 1 2 3 4

Hugo et Léa jouent au jeu expliqué dans les documents. Léa commence la partie. Qui va gagner ?

Doc 1 : Règles du jeu
Chaque joueur met à tour de rôle une bille dans un aquarium. Celui qui fait déborder l'aquarium a perdu.
Au départ, il y a 10 litres d'eau dans l'aquarium.

Doc 2 : Aquarium et billes

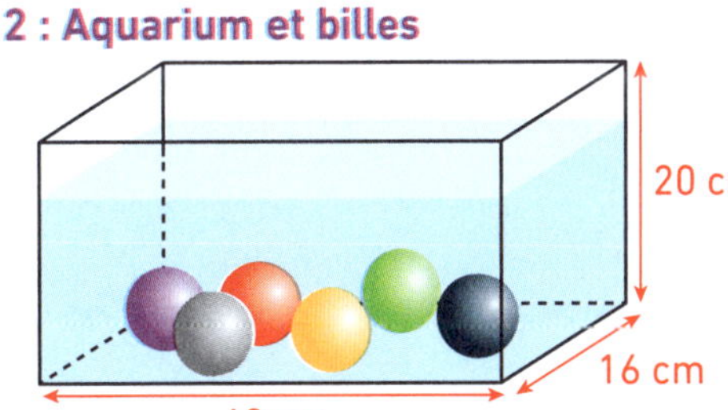

Volume d'une bille : 120 cm^3.

- On calcule le volume total de l'aquarium : $40 \times 16 \times 20 = 12\,800$ cm^3.
- On calcule le volume « encore disponible » avant de déborder (différence entre le volume total et les 10 litres présents au début du jeu) : $12\,800 - 10\,000 = 2\,800$ cm^3.
- On calcule le nombre de billes que l'on peut mettre dans ce volume disponible : $2\,800 = 120 \times 23 + 40$ donc on peut mettre 23 billes et la 24e va faire déborder.

Comme Léa commence, elle va jouer toute les billes « impaires » (bille 1, 3, 5,..., 23).
Hugo va jouer les billes « paires » (bille 2, 4, ..., 24).
Donc Hugo va faire déborder l'eau et Léa va gagner le jeu.

Je me teste sur les attendus de fin d'année

À la fin de ta 6e, tu dois être capable de faire les exercices de ces pages.

Utiliser et représenter les grands nombres entiers, des fractions simples, les nombres décimaux

1 Écrire en chiffres :
dix-sept milliards vingt-trois millions quatre cent cinq.

17 023 000 405

2 Recopier la phrase en écrivant le nombre en chiffres : « Au mois de juin 2018, la population mondiale est d'environ sept milliards cinq cent cinquante-neuf millions deux cent quatre-vingt-huit mille trois cents personnes. »

Au mois de juin 2018, la population mondiale est d'environ 7 559 288 300 personnes.

3 Compléter l'égalité :
3 dizaines de milliards et 8 millions
= 30 008 millions.

4 Voici cinq cartes :

415 | 2 103 | 9 | 87 | 13

En plaçant ces cartes côte à côte, écrire :

– le plus petit nombre entier possible de douze chiffres :

132 103 415 879

– le plus grand nombre entier possible de douze chiffres.

987 415 210 313

5 Sans utiliser le mot *virgule*, lire et écrire de différentes façons le nombre 15,3062.
Pour cela, compléter :

a. 15,3062 = 15 unités et 3 062 dix-millièmes

b. 15,3062 = 153 062 dix-millièmes

c. 15,3062 =

$$(1 \times 10) + (5 \times 1) + \frac{3}{10} + \frac{6}{1\,000} + \frac{2}{10\,000}$$

d. 15,3062 = $15 + \frac{3\,062}{10\,000}$

6

À l'aide des renseignements qui suivent, trouve le nombre caché.

① C'est un nombre décimal de cinq chiffres.

② Son chiffre des dixièmes est le même que celui de 17,54.

③ Son chiffre des centièmes est le chiffre des unités de millions de 738 214 006.

④ Son chiffre des unités est le chiffre des dizaines de mille de 120 008.

⑤ Son chiffre des millièmes est la moitié de celui des centièmes.

⑥ Son chiffre des dix-millièmes est égal au chiffre des unités.

Ce nombre est : 2,5842

7 Écrire le nombre qui convient dans le rectangle violet :

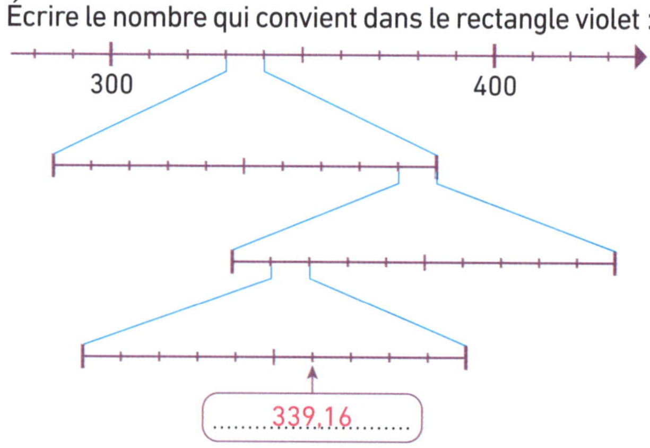

8 **1.** Intercaler un nombre décimal entre 3,451 et 3,452 :

3,451 < 3,4515 < 3,452

2. Encadrer le nombre 28,4597...

a. par deux nombres entiers consécutifs :

28 < 28,4597 < 29

b. par deux nombres décimaux, au dixième près :

28,4 < 28,4597 < 28,5

c. par deux nombres décimaux, au centième près :

28,45 < 28,4597 < 28,46

d. par deux nombres décimaux, au millième près :

28,459 < 28,4597 < 28,460

9 Calculer :

a. $\frac{3}{10} + \frac{4}{10} = \frac{7}{10} = 0{,}7$

b. $\frac{26}{100} + \frac{31}{100} + \frac{43}{100} = \frac{100}{100} = 1$

c. $\frac{7}{10} + \frac{3}{10} = \frac{10}{10} = 1$

d. $\frac{3}{5} + \frac{4}{5} = \frac{7}{5} = 1{,}4$

e. $\frac{26}{25} + \frac{31}{25} + \frac{43}{25} = \frac{100}{25} = 4$

f. $\frac{7}{2} + \frac{3}{2} = \frac{10}{2} = 5$

10 Calculer :

a. la moitié de 28 = 14

b. $28 \times \frac{1}{2} = 14$

c. 50 % de 28 = 14

d. $28 \times 1{,}5 = 42$

e. le quart de 80 = 20

f. $\frac{1}{4}$ de 80 = 20

g. 25 % de 80 = 20

h. $80 \times 1{,}25 = 100$

11 Compléter :

a. $\frac{31}{51} \times 51 = 31$

b. $4 \times 2 = 8$

c. $4 \times 2{,}5 = 10$

d. $4 \times \frac{11}{4} = 11$

Calculer avec des nombres entiers et des nombres décimaux

12 Calculer :

a. $5{,}8792 \times 10 = 58{,}792$

b. $45\,621 : 10\,000 = 4{,}5621$

c. $25 \times 3{,}5679 \times 4 = 356{,}79$

d. $0{,}6 \times 0{,}4 = 0{,}24$

e. $780 \times 0{,}1 = 78$

f. $3{,}5 \times 0{,}001 = 0{,}0035$

g. $13 \times 7 + 13 \times 3 = 13 \times 10 = 130$

h. $32 \times 11 = 32 \times 10 + 32 \times 1 = 352$

i. $32 \times 19 = 32 \times 20 - 32 \times 1 = 608$

13 Poser et effectuer $18{,}56 \times 7{,}9$.

```
          1 8, 5 6
  ×             7, 9
      1  1
        1  6  7  0  4
  +  1  2  9  9  2
  -----------------
     1  4  6, 6  2  4
```

14 **1.** Déterminer un ordre de grandeur de :

$9{,}8 \times 24{,}85 \approx 250$

2. Sans effectuer le calcul, mais en cherchant un ordre de grandeur, entourer le résultat exact du calcul de $9{,}52 \times 51{,}3$ parmi les propositions suivantes :

488,76 — 488,375 — 488 376 — 48,376 — 488,376 (entouré)

Un ordre de grandeur de ce calcul est 500 et ce nombre a trois chiffres après la virgule et son dernier chiffre doit être un 6 car $3 \times 2 = 6$.

15 **1.** Paolo achète dans un magasin un gâteau à 7,50 € et trois tartelettes à 4,90 € l'unité.
Combien va-t-il payer ?
Écrire en une seule ligne le calcul permettant d'obtenir sa dépense totale, puis la calculer.

7,50 € + (3 × 4,90 €) = 22,20 €.

Paolo va payer 22,20 €.

2. Un rectangle a une longueur de 4 cm et une largeur de 1,5 cm. Écrire en une seule ligne le calcul permettant d'obtenir son périmètre, puis le calculer.

2 × 4 cm + 2 × 1,5 cm
= 2 × (4 cm + 1,5 cm)
= 2 × 5,5 cm = 11 cm.

Ce rectangle a un périmètre de 11 cm.

Résoudre des problèmes en utilisant des fractions simples, les nombres décimaux et le calcul

16 Sachant que $685 \times 26 = 17\,810$, résoudre chacun des problèmes suivants.

Problème 1. Le CDI achète 26 revues à 6,85 € l'une. Combien vont coûter les revues ?

$6{,}85 \times 26 = 178{,}10$.

Les revues vont coûter 178,10 €.

Problème 2. Élisa achète 2,6 kg de fraises à 6,85 € le kg. Combien va-t-elle payer les fraises ?

$6{,}85 \times 2{,}6 = 17{,}810$.

Élisa va payer ses fraises 17,81 €.

17 Samy achète 1,6 kg de bananes qui coûtent 3,25 euros le kg. Il dispose d'un billet de 5 euros.
A-t-il assez d'argent ?

$1{,}6 \times 3{,}25 = 5{,}2$.

Samy n'a donc pas assez d'argent.

18 Un entraîneur de tennis achète sur internet 16 raquettes à 8,50 € l'unité et 20 cerceaux.
Il paye au total 192 €. Quel est le prix d'un cerceau ?

$16 \times 8{,}5 = 136$.

Les raquettes ont coûté 136 €.

$192 - 136 = 56$.

Les cerceaux ont coûté 56 €.

$56 : 20 = 2{,}8$. Un cerceau coûte 2,80 €.

19 Je suis un multiple de 7 compris entre 40 et 100 dont la somme des chiffres est un multiple de 4. Qui suis-je ?

Les multiples de 7 entre 40 et 100 sont :

42 – 49 – 56 – 63 – 70 – 77 – 84 – 91 – 98.

Le seul dont la somme des chiffres est un multiple de 4 est 84.

20 Dans un collège, les enfants ont le choix entre trois langues pour la langue vivante 2 : italien, allemand ou espagnol.
• En 5e A, il y a 25 élèves. 12 ont choisi espagnol, 6 allemand et les autres italien.
• En 5e B, 13 élèves ont choisi espagnol et 5 élèves allemand.
Au total, dans ces deux classes, 12 élèves ont choisi italien.
Présenter ces données dans un tableau à double entrée.

Langue / Classe	Espagnol	Allemand	Italien	Total
5e A	12	6	7	25
5e B	13	5	5	23
Total	25	11	12	48

21 Dire si l'affirmation suivante est vraie ou fausse à partir du graphique ci-dessous :

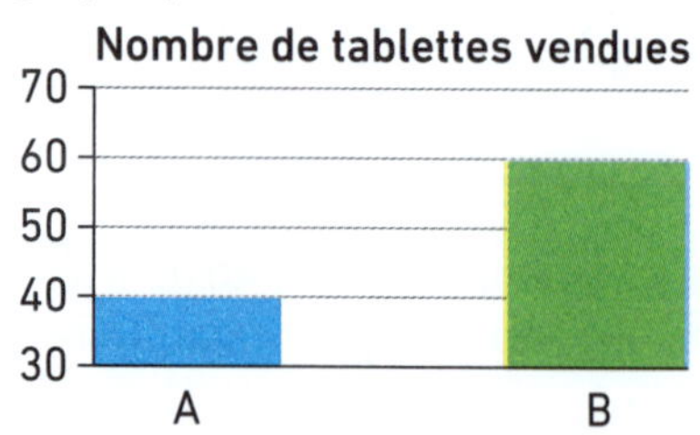

« Le nombre de tablettes vendues de la marque B est trois fois plus important que le nombre de tablettes vendues de la marque A. »

Cette affirmation est fausse. La marque B a vendu 60 tablettes alors que la marque A en a vendu 40. 60 n'est pas le triple de 40.

22 Lors de l'élection des délégués de la classe, quatre élèves se présentent. Chaque élève a voté pour un seul candidat. Voici les résultats :

	Jean	Salma	Chloé	Djibril
Nombre de voix obtenues	6	12	5	1

Représenter ces données par un diagramme circulaire.

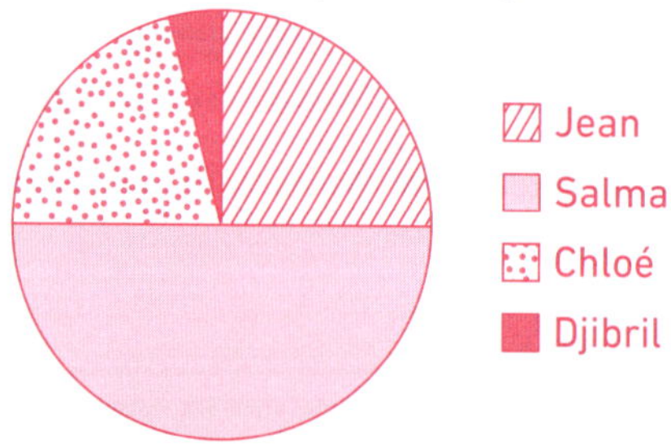

23 Voici les tarifs des pains dans une boulangerie :

Nombre de pains achetés	1	4	10
Prix (en €)	1,80	7	16,20

Le prix à payer est-il proportionnel au nombre de pains achetés ?

$1{,}80 : 1 = 1{,}80$; $7 : 4 = 1{,}75$; $16{,}20 : 10 = 1{,}62$.

On ne multiplie pas par le même nombre pour passer du nombre de pains achetés au prix à payer donc ces deux grandeurs ne sont pas proportionnelles.

24 Selim a écrit les ingrédients pour faire une pâte à crêpes pour 4 personnes.

200 de farine ;
4 œufs ;
trois quarts de litre de lait ;
40 g de beurre ;
2 cuillerées à soupe de sucre.

1. Quelle quantité de farine est nécessaire pour 12 personnes ?

$12 = 4 \times 3$ et $200 \times 3 = 600$ donc il faut 600 g de farine pour 12 personnes.

2. Pour 6 personnes, combien faut-il de cuillerées de sucre ?

$6 = 4 \times 1{,}5$ et $2 \times 1{,}5 = 3$ donc il faut 3 cuillerées à soupe de sucre pour 6 personnes.

3. Quelle quantité de beurre faut-il prévoir pour 7 personnes ?

$40 : 4 = 10$ et $10 \times 7 = 70$ donc il faut 70 g de beurre pour 7 personnes.

4. Quelle quantité de lait faut-il prévoir pour 12 personnes ?

$0{,}75 \times 3 = 2{,}25$ donc il faut 2,25 L de lait pour 12 personnes.

25 Quel est le coefficient de proportionnalité exact de ce tableau de proportionnalité ?

Longueur du côté d'un carré avant agrandissement (cm)	3
Longueur du côté d'un carré après agrandissement (cm)	7

Le coefficient de proportionnalité est égal à $\frac{7}{3}$.

26 **1.** Donner un ordre de grandeur de 48 % de 60,45 €.

50 % de 60 € donne 30 € comme ordre de grandeur.

2. Calculer 13 % de 225 €.

225 × 13 : 100 = 29,25 donc 13 % de 225 €, c'est 29,25 €.

3. Calculer mentalement :

a. 50 % de 120 = 60 **b.** 25 % de 120 = 30

c. 10 % de 120 = 12 **d.** 20 % de 120 = 24

4. Un collège comporte 775 élèves. 24 % des élèves sont externes. Calculer le nombre d'élèves externes.

775 × 24 : 100 = 185 donc il y a 185 élèves externes dans ce collège.

Comparer, estimer, mesurer des grandeurs géométriques avec des nombres entiers et des nombres décimaux : longueur (périmètre), aire, volume, angle

27 Donner une valeur approchée de la longueur d'un cercle :

a. de rayon 5 cm 31,4 cm

b. de rayon 7,8 m 49 m

c. de diamètre 20 cm 62,8 cm

d. de diamètre 9,6 m 30,2 m

28 Calculer le périmètre de cette figure :

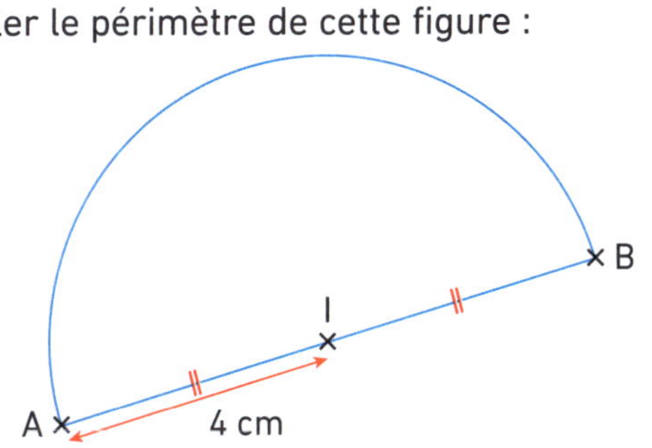

$P \approx 4 + 4 + 3{,}14 \times 8 : 2$;

$P \approx 20{,}56$ cm.

29 **1.** Combien font 609 h en semaines, jours et heures ?

3 semaines 4 jours et 9 heures

2. Combien font 34 990 s en heures, minutes et secondes ?

9 heures 43 minutes et 10 secondes

30 Compléter :

a. 1,5 km^2 correspond à 1 500 000 m^2 ;

b. 10 m^2 correspondent à 0,1 dam^2 ;

c. 45 cm^2 correspondent à 0,0045 m^2 ;

d. 25 mm^2 correspondent à 0,25 cm^2 ;

e. 3,12 dm^2 correspondent à 312 cm^2.

31 **1.** Calculer l'aire de la zone de jeux pour enfants sachant que PA = 30 m ; AR = 10 m et AS = 18 m.

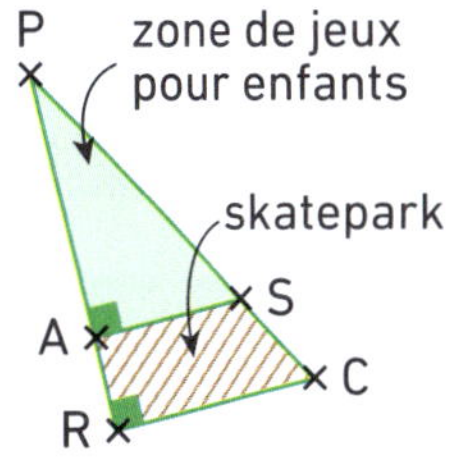

$\frac{30 \times 18}{2} = 270$.

L'aire de la zone de jeux pour enfants est égale à 270 m^2.

2. Calculer l'aire du triangle CED.

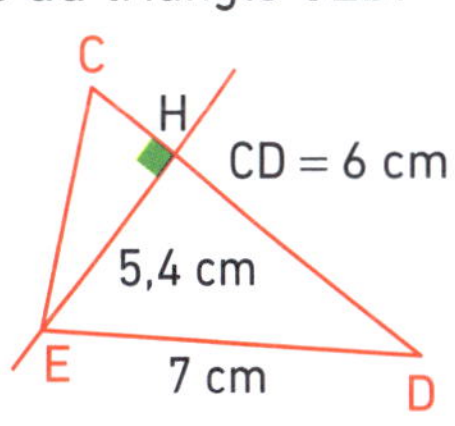

$\frac{6 \times 5{,}4}{2} = 16{,}2$.

L'aire du triangle CED est égale à 16,2 cm^2.

3. Calculer l'aire du triangle CAB.

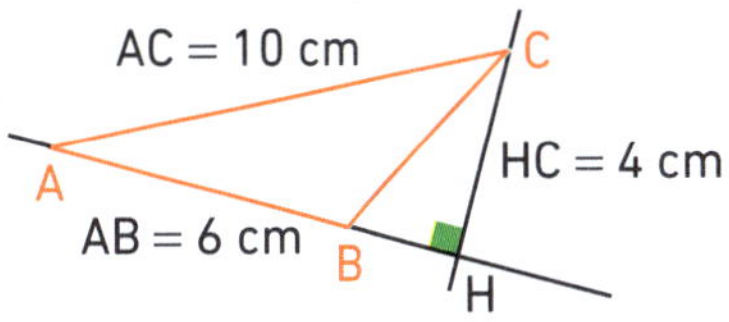

$\frac{6 \times 4}{2} = 12$.

L'aire du triangle CAB est égale à 12 cm^2.

32 Donner une valeur approchée de l'aire d'un disque :

a. de rayon 6 dm 113,04 dm^2

b. de diamètre 6 dm 28,27 dm^2

33 Calculer l'aire de cette figure composée d'un rectangle et d'un triangle rectangle.

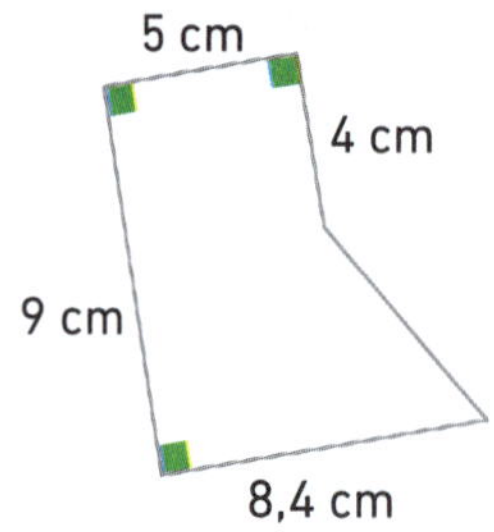

– Aire du rectangle :

$5 \times 9 = 45$ cm^2 ;

– aire du triangle :

$\frac{5 \times 3,4}{2} = 8,5$ cm^2.

Aire de la figure = 45 + 8,5 = 53,5 cm^2.

34 Calculer l'aire de la surface grisée sachant que les deux disques blancs ont pour rayon 4 cm.

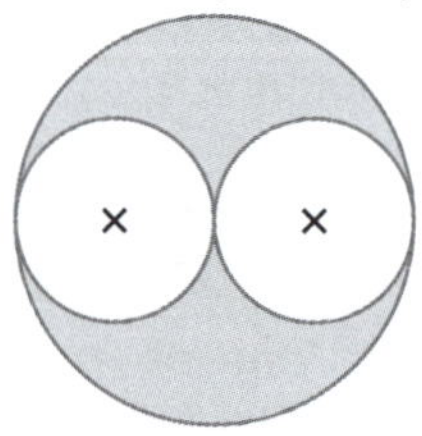

$A \approx (3,14 \times 8 \times 8) - 2 \times (3,14 \times 4 \times 4)$

$A \approx 100,48$ cm^2.

35 **1.** Un pavé droit a pour longueur 30 cm, pour largeur 25 cm et pour hauteur 15 cm.
Calculer son volume en cm^3, puis en dm^3.

$30 \times 25 \times 15 = 11\,250$ cm^3 = 11,25 dm^3.

2. a. Pierre plonge un premier cube fermé de 15 cm de côté dans une bassine remplie d'eau à ras bord. Indiquer, en L, la quantité d'eau qui sera récupérée hors de la bassine.

$15 \times 15 \times 15 = 3\,375$ cm^3 = 3,375 dm^3 ≈ 3,375 L.

b. Il remplit à nouveau la bassine à ras bord et plonge cette fois-ci un cube de 2,5 cm de côté.
Indiquer, en mL, la quantité d'eau récupérée hors de la bassine.

$2,5 \times 2,5 \times 2,5 = 15,625$ cm^3 = 0,015625 dm^3

= 0,015625 L = 15,625 mL.

36 **1.** Donner la mesure des angles ci-dessous :

a.

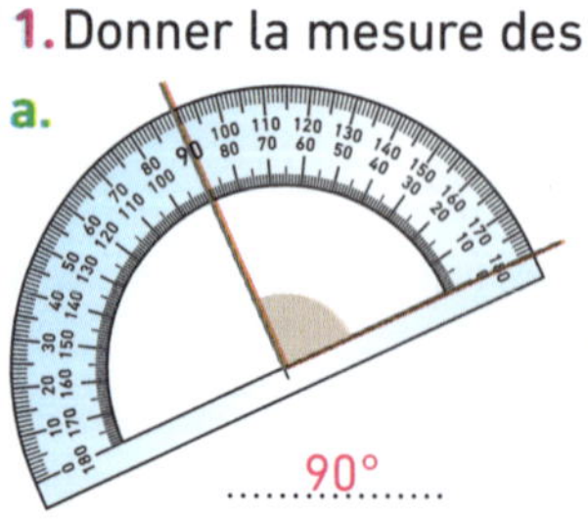

90°

b.

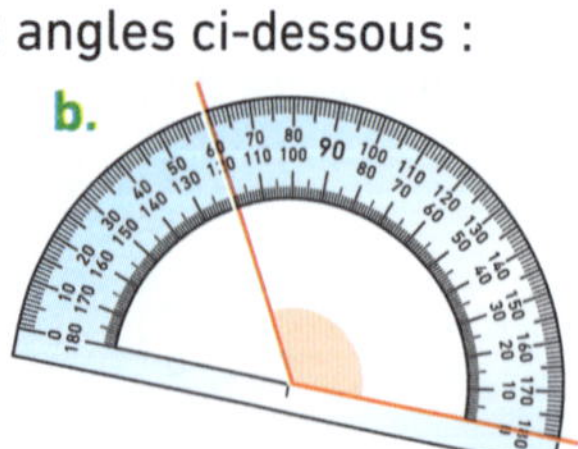

120°

c.

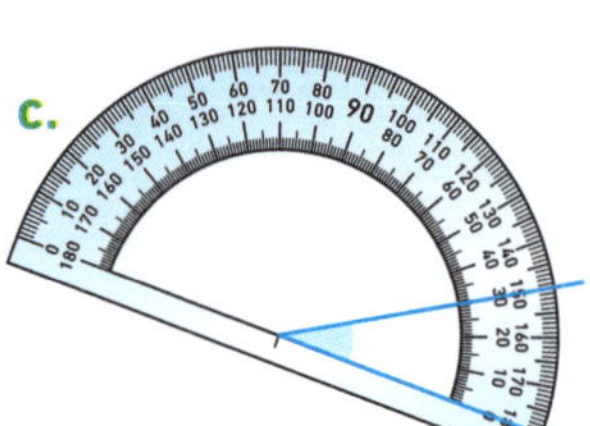

30°

2. Mesurer les angles ci-dessous avec un rapporteur :

a.

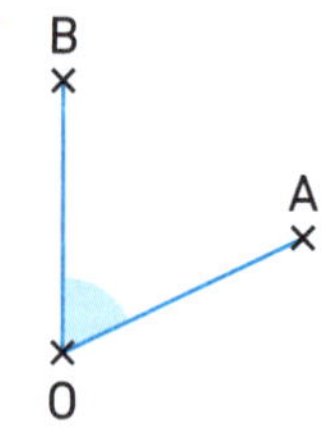

65°

b.

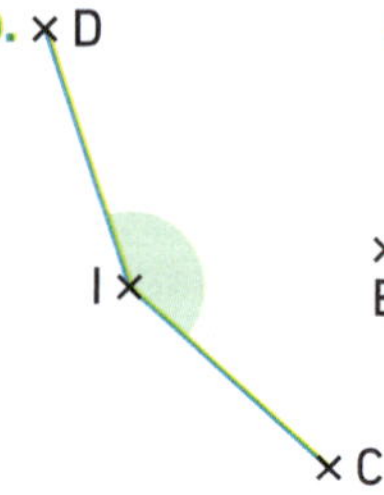

150°

c.

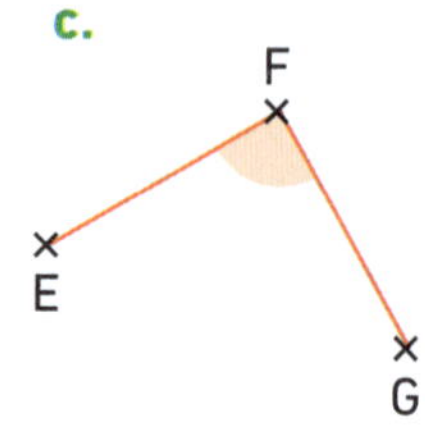

90°

3. Construire un angle $\widehat{AOB}$ de mesure 70° et un angle $\widehat{COD}$ de mesure 150°.

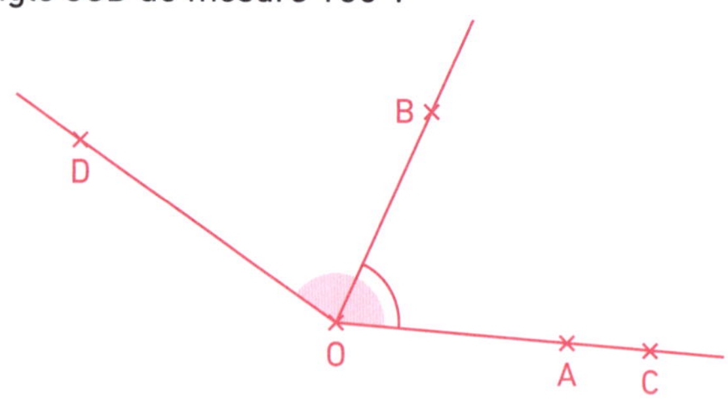

Résoudre des problèmes impliquant des grandeurs (géométriques, physiques, économiques) en utilisant des nombres entiers et des nombres décimaux

37 Un vase pouvant contenir 2 L contient déjà 1,3 L d'eau. Si on verse à nouveau 50 cL, l'eau débordera-t-elle ?

Non car 50 cL = 0,5 L et que 1,3 L + 0,5 L = 1,8 L.

38 Sohan et sa famille sont partis à 8 h 50 de leur domicile. Ils sont arrivés à 20 h 15 sur leur lieu de vacances. Combien de temps a duré leur voyage ?

11 h 25 min

39 Un robinet mal fermé laisse échapper 1 mL d'eau toutes les 10 s. Est-ce vrai que cela représente plus de 8 L d'eau perdue par jour ?

Oui, car le robinet laisse échapper 6 mL en 1 min soit 360 mL en 1 h et 8 640 mL (8,64 L) en 24 h.

40 Un pack contient 6 bouteilles de 1,5 L de jus d'orange. Combien de gobelets de 20 cL, pleins à ras bord, peut-on espérer servir ?

45 gobelets car $6 \times 1,5$ L = 9 L = 900 cL et que 900 : 20 = 45.

41 Myriam a dépensé 85,56 € en frais d'essence ce mois-ci. Flora a dépensé trois fois moins qu'elle. À combien lui reviennent ses dépenses ?

85,56 € : 3 = 28,52 €.

42 Yasmine roule à une vitesse constante de 20 km/h sur son vélo. Quelle distance, au dixième de kilomètre près, a-t-elle parcourue à la fin de son parcours d'une heure et quarante minutes ?

$20 + 20 \times 40 : 60 \approx 33{,}3$ km.

(Se) repérer et (se) déplacer dans l'espace en utilisant ou en élaborant des représentations

43 Léo est en train de se déplacer dans le sens de la flèche. Dessiner le chemin à suivre pour sortir du labyrinthe et décrire au mieux ce chemin.

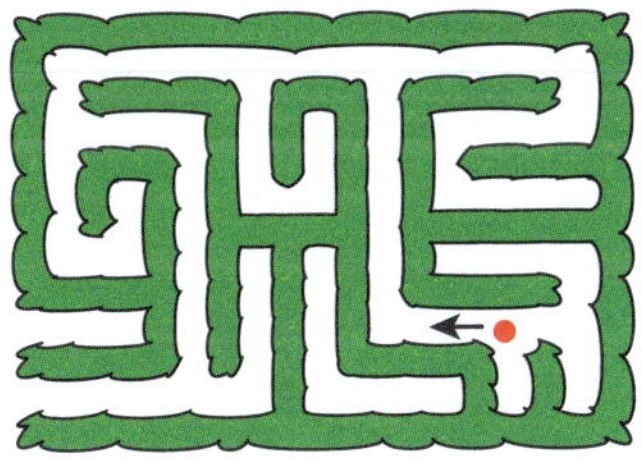

Aller jusqu'à la haie, tourner à droite et aller jusqu'à la haie, tourner à gauche et aller jusqu'à la haie, tourner à gauche et tourner à la première à gauche encore et aller jusqu'à la haie, tourner à droite et aller jusqu'à la haie, puis tourner à droite et aller tout droit jusqu'à la sortie.

Reconnaître, nommer, décrire, reproduire, représenter, construire des solides et figures géométriques

44 ABC est un triangle isocèle en B avec AB = 4 cm et AC = 2 cm.
Faire un schéma à main levée de ce triangle, puis le construire en vraie grandeur.

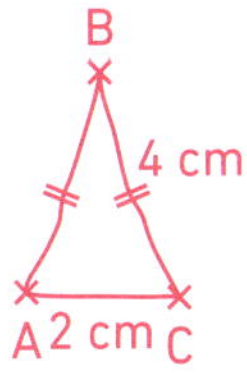

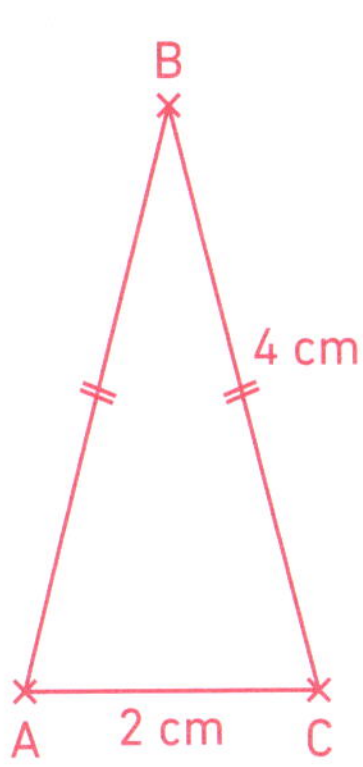

45 Construire dans le quadrillage ci-dessous (de côté 1 cm) un patron d'un pavé dont les dimensions sont 2 cm, 3 cm et 4 cm.

Reconnaître et utiliser quelques relations géométriques

46 Que peut-on dire des droites (AC) et (BD) ? Expliquer.

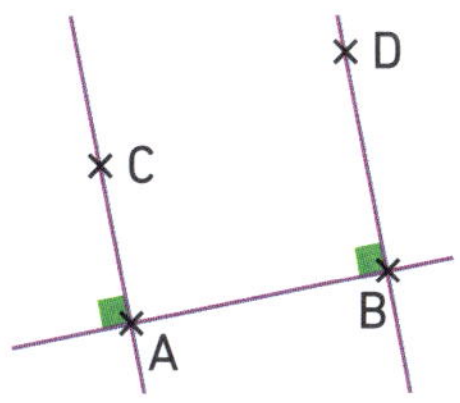

(AC) et (BD) sont parallèles car elles sont toutes les deux perpendiculaires à la droite (AB).

47 Compléter à main levée ces deux figures pour que les droites verticales soient des axes de symétrie :

a. **b.**

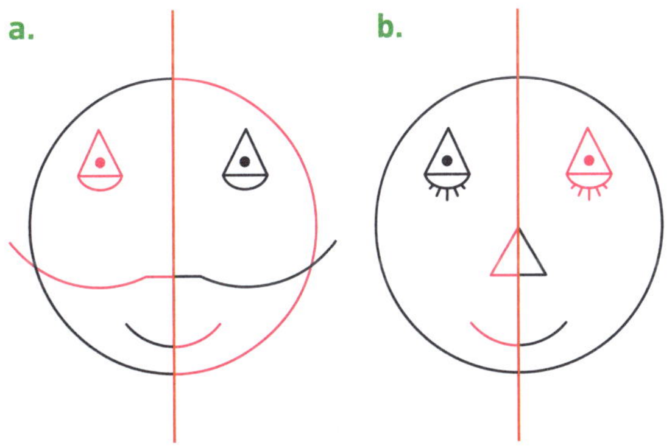

48 Compléter cette figure pour que la droite soit un axe de symétrie.

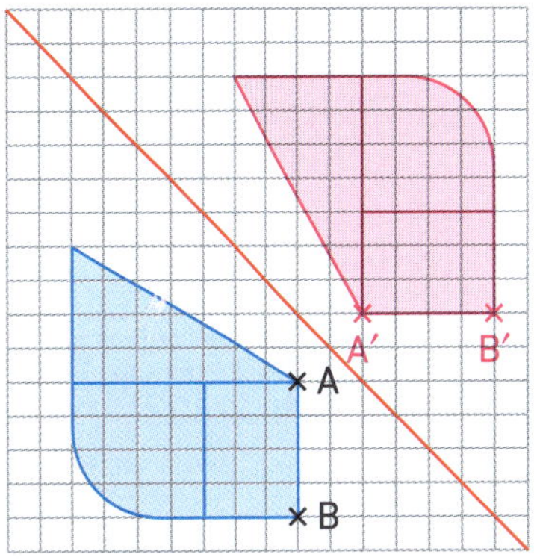

Crédits photographiques

1re de couv. ph © Jose Luis Pelaez Inc/Digital Vision/Getty Images
14 m d WavebreakMediaMicro/ADOBE STOCK PHOTO
14 bas d sportpoint/ADOBE STOCK PHOTO
15 m g Catherine Ivill/GETTY IMAGES ASIAPAC/Getty Images via AFP
36 m m nerudol/ADOBE STOCK PHOTO
36 bas d pamela_d_mcadams/ADOBE STOCK PHOTO
49 m d NASA/JPL-Caltech
77 ht d Digifoto Gold/PHOTO12.COM/ALAMY
110 ht d WavebreakMediaMicro/ADOBE STOCK PHOTO
113 bas d zi3000/ADOBE STOCK PHOTO

Direction éditoriale : Julien Barret
Responsable éditoriale : Béatrice Jovial-Vernet
Éditrice Junior : Mireille Chu
Couverture : Yann Collin
Conception graphique : ADN
Illustrations : Jean-Gabriel Jauze
Recherche iconographique : Chloé Williamson
Fabrication : Jean-Philippe Dore
Coordination artistique : Pierre Taillemite
Réalisation et schémas : STDI – merci à Gaëlle Guyard et Tania Foucher

À la mémoire de Marcel-André Boullis, professeur de mathématiques.

Ce fichier a été imprimé en France en mars 2022 par IPS, imprimeur certifié IMPRIM'VERT®

N° de projet : 10278911 • Dépôt légal : avril 2022